Lilian Kaliner

Das Glück findet dich

FIRESFLY CREEK

Roman

FISCHER Taschenbuch

Aus Verantwortung für die Umwelt hat sich der S. Fischer Verlag zu einer nachhaltigen Buchproduktion verpflichtet. Der bewusste Umgang mit unseren Ressourcen, der Schutz unseres Klimas und der Natur gehören zu unseren obersten Unternehmenszielen.

Gemeinsam mit unseren Partnern und Lieferanten setzen wir uns für eine klimaneutrale Buchproduktion ein, die den Erwerb von Klimazertifikaten zur Kompensation des CO_2-Ausstoßes einschließt.

Weitere Informationen finden Sie unter: www.klimaneutralerverlag.de

MIX
Papier aus verantwortungsvollen Quellen
FSC® C083411
FSC www.fsc.org

2. Auflage: Dezember 2021

Originalausgabe
Erschienen bei FISCHER Taschenbuch
Frankfurt am Main, Dezember 2021

Satz: Pinkuin Satz und Datentechnik, Berlin
Druck und Bindung: CPI books GmbH, Leck
Printed in Germany
ISBN 978-3-596-70552-8

Für meine Tochter
Lass dich niemals einschränken,
sondern folge stets deinem Herzen!

Prolog

32 Jahre zuvor

Das fahle Licht des aufkommenden Morgens drang durch die dunkelgrünen Vorhänge. Harry sah blinzelnd Charlotte an, die ihr Nachthemd zuknöpfte und dann behutsam das Baby hochnahm. Einen Augenblick lang betrachtete sie es mit einem verträumten Lächeln auf den Lippen, dann legte sie den Säugling in der Wiege neben dem Bett ab. Gähnend sank sie zurück aufs Kissen und drehte sich auf die Seite. Als sie Harry anblickte, erschien es ihm, als würden ihre Augen lachen. »Hast du mich beobachtet?«, flüsterte sie und rutschte an ihn heran. Sie legte ihren Kopf auf seine Brust, und Harry fuhr mit den Fingern durch ihre langen dunkelblonden Haare.

»Es gibt keinen schöneren Anblick«, brummte er.

»Jim ist das hübscheste Baby, das es gibt.« Sie fuhr mit ihrer Hand über seinen Hals und ließ sie schließlich auf Harrys Oberarm ruhen. »Auch wenn ich seine Mutter bin, stimmt es dennoch.«

Harry brummelte amüsiert und legte seine Wange an ihre Haare. »Das hast du auch schon bei unseren letzten beiden Babys gesagt.«

»Wir machen wohl einfach schöne Kinder.« Ihr sanftes Lachen kitzelte in seinen Ohren. Charlotte stützte sich auf die Ellbogen und sah ihn an. »Wir brauchen noch ein kleines Mädchen«, sagte sie mit Nachdruck.

Harry entfuhr ein Stöhnen. »Jim ist erst fünf Wochen alt, warte mal ab, bis er ein Jahr alt ist und mit John und Samuel das Haus auf den Kopf stellt.«

»Ach was, unser Jim ist ein Sonnenschein und immer gut gelaunt. Ich bin mir nicht einmal sicher, ob er wirklich schreien kann«, hielt sie dagegen.

Harry musste ihr zustimmen. Nach John, der die ersten Monate quasi durchgebrüllt hatte, und Samuel, der kaum ein Jahr später in der Wiege gelegen und nur selten mal geschlafen hatte, war dieses Neugeborene eine wahre Wohltat. »Ich glaube nicht, dass ich mehr als drei Kinder verkrafte«, sagte Harry leise. »Egal wie still der Bursche jetzt noch ist, in ihm steckt ein Bennett. Eines Tages wird er es zeigen.«

»Die meiste Arbeit mit den Jungs habe ja ich. Und ein weiteres Baby traue ich mir noch zu.« Charlotte bedachte ihn mit einem frechen Grinsen.

»Ich weiß nicht, wie du es schaffst, mit drei Söhnen so entspannt zu sein.« Mit einem Arm zog er sie an sich und küsste sie. Charlotte schloss die Augen, und Harry spürte, wie sehr sie den Kuss genoss. Dann richtete sie sich wieder auf. »Willst du etwa kein kleines Mädchen?«, fragte sie nach und zog eine Schnute.

Dieser Blick. Harry konnte Charlottes himmelblauen Augen nur selten widerstehen. Und tatsächlich hatte er dieses Mal selbst auf eine Tochter gehofft, auch wenn er es nicht ausgesprochen hatte. »Es könnte wieder ein Junge werden«, gab er zu bedenken.

»Nächstes Mal wird es ein Mädchen, das habe ich im Gefühl. Ganz sicher.«

»Lass uns ein oder zwei Jahre abwarten, und dann sprechen wir noch mal darüber«, schlug er vor.

Im Flur waren flinke Schritte zu hören, und gleich darauf wurde die Tür aufgestoßen.

»Ich werde dich daran erinnern«, flüsterte Charlotte, setzte sich auf und half den beiden kleinen Jungen auf die Matratze.

Harry schob Johns Fuß aus seinem Gesicht und zog den kleinen Samuel zu sich unter die Decke. Es war kurz nach fünf, und sicherlich hatten die Racker nicht vor, noch einmal einzuschlafen. Gähnend wuschelte er durch Johns dunkle Haare. Seit vier Jahren hatten Charlotte und er keine Nacht durchgeschlafen. John und Samuel strotzten nur so vor Energie und gönnten ihren Eltern selten eine Verschnaufpause. Ein Lächeln umspielte Harrys Mundwinkel. Das hier war die beste Zeit seines Lebens, da war er sich sicher.

Kapitel 1

Kats Fingerspitzen fuhren andächtig über das glatte, kalte Metall des Untersuchungstischs. Erneut sah sie sich in dem in die Jahre gekommenen Raum um. Einrichtung und Geräte waren veraltet, aber sie würden ihren Zweck erfüllen. Allerdings musste das Chaos, das Doc Harlow ihr hier hinterlassen hatte, dringend beseitigt werden. Nach ihrer Ankunft am gestrigen Abend hatte sie versucht, dessen Sortierung der Medikamente zu verstehen, doch das Ablageprinzip ergab keinerlei Sinn. Vermutlich hatte der Doc die Ampullen, Schachteln und Spritzen einfach dort verstaut, wo noch Platz war. Kat öffnete den Aktenschrank und betrachtete die vergilbten Patientenordner. Hier war natürlich auch nichts elektronisch erfasst worden.

»Ms. Roberts, wir können jetzt die Verträge unterschreiben.« Die Stimme des alten Tierarztes riss sie aus ihren Gedanken. Er stand in der Tür und beobachtete sie mit nachdenklichem Blick.

Kat ahnte, wie schwer es ihm fiel, sein Lebenswerk zu übergeben. Was für Kat dringend erneuerungsbedürftig erschien, war für Doc Harlow der Mittelpunkt seines Lebens gewesen. Und ab jetzt sollte es ihrer sein. Mit einem lauten Knall schob sie die Schublade in den Schrank zurück und nickte ihm zu. »Ich komme gleich.«

Für einen Moment schloss sie die Augen und atmete tief durch, dann folgte sie ihm in den Empfangsbereich der Praxis.

Doc Harlow unterhielt sich angeregt mit einem Mann, der einen Stapel Papiere in der Hand hielt. Als sie auf die beiden zutrat, streckte der Fremde ihr eine Hand entgegen. »Ethan Bennett, Sie müssen Katherine Roberts sein.«

Angespannt griff sie nach seiner Hand und musterte den großen, Mann in der dunklen Jeans und dem perfekt gebügelten Hemd. Wenn Ethan Bennetts Arbeit nur halb so akkurat war wie sein Haarschnitt, dann würde Kat in wenigen Minuten ihre eigene Praxis besitzen.

»Der Doc hat mir die Einzelheiten der Übernahme beschrieben, die Sie beide abgesprochen haben. Die notwendigen Unterlagen haben Sie mir ja vorab zugeschickt. Alle Punkte, die Sie und der Doc ausgehandelt haben, sind hier aufgeführt.« Er überreichte ihr mehrere Blätter. »Bitte lesen Sie alles gründlich durch. Sollte etwas nicht stimmen, können wir es direkt abändern. Ich sende es dann heute noch zur Beglaubigung an den Notar.«

Kat bemühte sich, das Zittern ihrer Hände nicht zu zeigen, und nahm auf einem der abgewetzten Stühle Platz, die entlang der Wand aufgereiht standen. Zeile für Zeile las sie das Dokument durch, das sie zur niedergelassenen Tierärztin von Firefly Creek machen sollte. »Es ist alles richtig so«, sagte sie erleichtert.

»Dann dürfen Sie jetzt unterschreiben.« Ethan Bennett lächelte charmant und reichte ihr einen Kugelschreiber.

Entschlossen setzte sie ihren Namen unter den Vertrag und gab ihn dann an Doc Harlow weiter.

Dieser zog langsam eine Lesebrille aus der Brusttasche

seines Hemdes, rückte sie auf der Nase zurecht und unterschrieb mit einem kratzenden Geräusch. »Jetzt gehört alles Ihnen«, verkündete der alte Mann und nahm die Brille wieder ab.

»Ich gratuliere dir zum Ruhestand, Doc«, sagte Ethan Bennett, schlug dem alten Tierarzt freundschaftlich auf die Schulter und sah dann Kat an. »Und Ihnen zur neuen Praxis.«

Erleichtert atmete Kat durch. »Nachdem das geschafft ist, nenne mich doch bitte Kat«, antwortete sie und nahm ihre Ausfertigung des Vertrags von Ethan entgegen.

»Gerne. Ich schätze, wir werden uns in Zukunft öfter sehen.« Mit einem Zwinkern steckte er den Kugelschreiber ein und ging zur Tür. Das Glöckchen darüber klingelte, als sie hinter ihm zufiel.

Kat sah ihm grübelnd nach. »Hat er einen Hund oder eine Katze?«, fragte sie den Doc. Sie machte sich einen Spaß daraus zu erraten, welches Haustier die Menschen, die ihr begegneten, besaßen. Doch Ethan hatte weder Haare an der Hose gehabt, die ihr etwas hätten verraten können, noch sah er überhaupt danach aus, als ob er ein Tierliebhaber wäre. Und Kat lag selten falsch mit ihrer Intuition.

»Weder noch.«

»Aber Ethan meinte doch, wir würden uns jetzt öfter sehen?«, überlegte sie laut.

»Seine Familie besitzt eine Rinderfarm, die Sie von nun an betreuen werden«, löste Doc Harlow das Rätsel auf. »Um genau zu sein, liegt Silverwood auf der Runde, die wir heute gemeinsam abfahren werden.«

Kat war dankbar, dass der Doc vorgeschlagen hatte, sie auf den größeren Farmen als seine Nachfolgerin vorzustellen. Die Unsicherheit, wie sie in dieser ländlichen Gegend von den alteingesessenen Farmern angenommen werden würde, hatte ihr schon so manche schlaflose Nacht bereitet. In den letzten beiden Jahren hatte sie bei drei Landtierärzten gearbeitet, um sich auf Rinder zu spezialisieren, und erlebt, dass einige Züchter Vorbehalte gegenüber weiblichen Veterinären hatten. Doch Kat hatte vor, sich durchzubeißen und zu zeigen, dass sie ihr Handwerk verstand. »Wann gehen wir los?«

»Am besten sofort«, schlug Doc Harlow vor und spielte schon wieder an seinem Hörgerät herum, das, wie sie inzwischen wusste, ab und an Aussetzer hatte. Kat war beeindruckt von dem alten Mann, der mit siebzig Jahren noch weit über fünfzig Stunden in der Woche gearbeitet hatte. Sie verstand dessen Leidenschaft für den Beruf nur zu gut. Zwar waren die Bewegungen des alten Mannes ein wenig langsam, doch in ihren Gesprächen zur Praxisübernahme war er Kat sehr kompetent erschienen. Doc Harlow fuhr sich über die beinahe weißen Haare, die sich um die beginnende Halbglatze gruppierten. Als er sich die Jacke anzog, ging Kat zum Anmeldetresen, schlüpfte aus ihren Turnschuhen und stieg in die festen Lederstiefel, die dahinterstanden. Dann nahm sie ihre Tasche mit den Instrumenten und Medikamenten von der Tischplatte. »Bereit für Ihre letzte Runde?«, fragte sie mitfühlend.

»Wohl oder übel.« Doc Harlow nickte und hielt ihr die Tür auf.

Drei Farmen hatten sie nun schon besucht, einige Routineuntersuchungen an Schafen gemeinsam durchgeführt und mehrere Zuchtbullen begutachtet. Der Doc hatte sie bei den Farmern in den höchsten Tönen gelobt und von ihrer Erfahrung in der Zucht berichtet. Dennoch hatte sie dieser unsympathische Richard Smith abschätzig beäugt, und Kat war sich sicher, unangemessene Kommentare hinter ihrem Rücken vernommen zu haben, als sie eine seiner trächtigen Stuten abhörte. Ausgerechnet der wohlhabendste Farmer der Gegend und damit einer ihrer wichtigsten Kunden schien einer vom alten Schlag zu sein.

»Machen Sie sich nichts draus, Sie werden Richard mit Ihrer Arbeit früher oder später sicherlich überzeugen.« Offensichtlich hatte der Doc ihre Gedanken erraten.

»Ob es ihm passt oder nicht, er wird mit mir vorliebnehmen müssen.«

»Das ist die richtige Einstellung«, stimmte der Doc ihr zu.

»Und wohin geht es jetzt?« Kat ließ ihren Blick über die weitläufige Landschaft schweifen. Wie endlos der Himmel hier draußen erschien. Am Horizont waren dicke dunkle Wolken zu erkennen. In Südaustralien hatte mit dem Juni der Winter begonnen, und sie war froh, in der etwas ruhigeren Jahreszeit ihre neue Tätigkeit aufzunehmen. Das bot ihr die Gelegenheit, die Praxis umzustrukturieren und die Akten zu digitalisieren, bevor sie im Frühjahr deutlich mehr zu tun bekäme.

»Und hier kommen wir nach Silverwood.«

Die Farm von Ethans Familie also. Noch immer fiel es ihr schwer, sich den elegant gekleideten Mann auf einer Rinderfarm vorzustellen. Aber sie selbst entsprach ebenfalls nicht der geläufigen Vorstellung einer typischen Landtierärztin, wie man sie schon öfter hatte spüren lassen.

»Das dürfte Sie interessieren: Silverwood hat kürzlich auf biologische Rinderhaltung umgestellt«, sagte Doc Harlow.

Kat zog die Augenbrauen hoch. »Damit müssten sie hier in der Region die Einzigen sein, oder nicht?« Abgesehen davon, dass ihr als Tierärztin die Biohaltung deutlich besser gefiel, wusste sie um die konstant steigenden Preise für organisches Rindfleisch. Die Umstellung würde sich als kluger Schachzug erweisen, da war sie sich sicher. Und es machte sie neugierig darauf, die Farm zu sehen.

Der Doc gab ein zustimmendes Brummen von sich. »Das hat ganz schön für Gelächter bei den anderen Farmern gesorgt.« Der alte Mann lachte auf. »Aber Harry hat schon immer für eine Menge Gesprächsstoff gesorgt.«

»Harry?«

»Harry Bennett, der Vater von Ethan.« Der Doc legte einen anderen Gang ein, und der Wagen rumpelte schneller über die unebene Straße. »Anscheinend war die Sache mit dem Bio-Fleisch Ethans Idee.« Er sah zu ihr hinüber. »Der Junge ist ein ganz cleverer Kopf, wenn Sie mich fragen. Hat lange Zeit in Sydney Karriere gemacht, bis er vor ein paar Monaten nach Silverwood zurückgekehrt ist. Jetzt berät er Farmer und Selbständige. Kümmert sich um alles, was mit Finanzen zu tun hat. Deshalb habe ich ihn auch bei dem Übergabevertrag um Hilfe gebeten. Wenn Sie je einen Kredit brauchen, um neue Ausstattung zu kaufen, dann wenden Sie sich an Ethan. Er vermittelt Ihnen einen Kredit zu den besten Konditionen.«

Kat unterdrückte einen Seufzer. Tatsächlich würde sie sich wohl oder übel mit dem Gedanken anfreunden müssen, sich weiteres Geld zu beschaffen, wenn sie die Praxis jemals auf einen modernen Standard bringen wollte. »Danke für den Tipp. Es ist immer gut, in diesem Bereich jemand Vertrauenswürdiges zu kennen.«

»Die Bennetts sind alle vertrauenswürdig, das kann ich Ihnen garantieren. Sind zwar ein chaotischer Haufen und etwas eigenwillig, aber auf Harry und die Jungs können Sie sich verlassen.«

»Es gibt mehrere Söhne?« Die Ausführungen des Docs weckten Kats Interesse.

»Einen ganzen Stall voll, und Harry hat sie größtenteils alleine aufgezogen, nachdem seine erste Frau gestorben und die zweite über Nacht verschwunden ist.« Der alte Mann schüttelte den Kopf und fuhr bedenklich nahe an den Straßenrand, ehe er das Steuer herumriss. »Ich sage ja: Die Bennetts haben schon immer für Gesprächsstoff gesorgt.« Er lachte dröhnend.

Der alte verbeulte Pick-up mit dem Praxislogo an der Seite, den Kat ebenfalls übernommen hatte, bog auf eine Schotterstraße ein. Ab morgen würde sie hinter dem Steuer sitzen, doch heute genoss Kat es, die neue Umgebung auf sich wirken zu lassen, während der Tierarzt sie durch die Gemeinde chauffierte. Der Weg führte an mehreren Weiden entlang, und ihr geschulter Blick nahm den erstklassigen Zustand der Rinder wahr. Schließlich kam am Ende der Straße ein großes rotes Backsteinhaus in Sicht. Es wirkte romantisch, von Eukalyptusbäumen eingerahmt und mit Efeu bewachsen. Der Doc parkte den Wagen auf dem großen Parkplatz davor, dann kramte er in seiner Tasche und reichte ihr eine dünne Akte mit der Aufschrift *Fred Bennett.* Kat schlug die Mappe auf und überflog die wenigen Eintragungen. Ein junger Cattledog, dessen nächste Impfung fällig war. Ein Hund mit diesem Namen war ihr bisher nicht untergekommen. Amüsiert stieg Kat aus.

Von der Scheune neben dem Haus kam ein ernst dreinblickender Mann mit festen Schritten auf sie zu. »Doc«, er nickte dem Tierarzt zu und sah dann sie an.

»Das ist Ms. Roberts, die neue Tierärztin«, stellte er sie erneut vor.

»John Bennett«, gab der großgewachsene Farmer kurz angebunden zurück, nahm den Lederhut ab und wendete sich dann wieder ihrem Vorgänger zu. »Ich habe Quentin angefunkt, als ich deinen Wagen gesehen habe. Er ist mit Fred hinten bei den Schafen und kommt gleich.«

Kaum hatte er den Satz beendet, vernahm Kat ein näherkommendes Motorengeräusch. Suchend sah sie sich um und entdeckte ein Geländemotorrad, das sich in beeindruckender Geschwindigkeit über einen schmalen Wirtschaftsweg näherte, gefolgt von einer dicken Staubwolke. Grollend donnerte das Bike auf die Gruppe zu und hielt wenige Meter vor ihnen abrupt an. Kat beobachtete überrascht, wie ein Cattledog fröhlich bellend vom Schoß des Mannes sprang, der das Motorrad fuhr. Intuitiv beugte sie sich ein wenig hinunter und streckte ihre Hand aus, damit der Hund ihren Geruch aufnehmen konnte. Schnuppernd umrundete er die Gruppe.

»Macht Fred sich gut?«, wollte der Doc wissen.

Als der Fahrer den Helm abzog, kam ein junger Kerl mit wilden Locken und Sommersprossen auf den Wangen zum Vorschein. Kat schätzte ihn auf Mitte zwanzig, während die schmalen Furchen auf Johns Stirn und die ersten grauen Haare an seinen Schläfen ihn etwa zehn Jahre älter wirken ließen. Damit kannte sie nun drei der Bennett-Brüder, stellte Kat fest, wobei ihr auffiel, dass sie zwar alle ausgesprochen gut, aber dennoch recht unterschiedlich aussahen. Während Ethan blond und blauäugig war, hatten seine Brüder dunkelbraune Haare und Augen.

»Fred lernt unheimlich schnell, er kann jetzt schon mehr Pfiffe als unser alter Hund, und wie du siehst«, sagte der Lockenkopf und deutete auf das Tier, das sie weiter umrundete, »hat er den natürlichen Trieb, alle beisammenzuhalten.«

»Er versucht sogar, die Rinder einzukreisen«, brummte John Bennett.

»Aber er ist schnell genug, um abzuhauen, wenn sie genug davon haben«, sagte sein jüngerer Bruder. Dann blickte er Kat an. »Ich bin Quentin – und du wohl die neue Tierärztin?«

»Genau, Kat.« Erleichtert über seine freundliche Art, lächelte sie ihm zu. »Und Fred bekommt gleich eine Impfung, wenn ich richtig informiert bin.«

»Dann lasse ich euch mal machen und gehe wieder an die Arbeit. Doc, du kommst morgen wie besprochen, um Buster die Zähne abzuschleifen?« Fragend sah John ihn an.

Abwehrend hob der alte Mann die Hände. »Diesen Satansbraten übergebe ich mit Freude an Ms. Roberts.«

Mit zusammengezogenen Augenbrauen sah John Kat an. »Na dann. Wann passt es Ihnen morgen?«

John Bennett hatte im Gegensatz zu seinen Brüdern entschieden, sie zu siezen, und Kat hatte Mühe, angesichts seiner steifen Art ein Schmunzeln zu unterdrücken. Nur schwer brachte sie in ihren Gedanken Ethan mit seinem gepflegten Auftreten und diesen ruppigen John, der in verfleckter Jeans und einem schlichten schwarzen Shirt vor ihr stand, als Brüder zusammen. Sie kam wieder auf seine Frage zurück. Ganz offensichtlich handelte es sich hier um ein Pferd. »Bedeutet Satansbraten, wir können es nur mit einer Beruhigungsspritze machen?«, hakte sie nach.

John nickte und sah sie starr an. Unter dem Dreitagebart

steckte zweifelsohne ein gut aussehendes Gesicht, doch seine finstere Miene machte jeden Charme zunichte.

»Dann komme ich als Erstes morgen früh hierher, und Sie sorgen dafür, dass er nüchtern ist.«

John nickte, setzte den Hut auf und stapfte zurück in Richtung der Scheune.

»Und jetzt bist du dran, kleiner Fred«, flötete Kat fröhlich und kniete sich auf den Boden. Der Hund stupste sie mit der Nase an und schnupperte vorwitzig in die Tasche hinein, als Kat die Spritze und das kleine Glasfläschchen mit dem Impfstoff herausnahm. Rasch schätzte sie Freds Gewicht und zog die Spritze auf. Quentin kniete sich neben sie hin, hielt den Hund am Halsband fest und lenkte ihn ab, während Kat die passende Stelle an Freds Hinterteil suchte und zielsicher die Nadel ansetzte. Kurz zuckte der drahtige Körper zusammen, dann leckte Fred ihr fiepend über das Gesicht. Kat gluckste, strich ihm über das kurze Fell und stand auf. »Diesen Patienten habe ich jetzt schon ins Herz geschlossen«, verkündete sie begeistert.

»Ist dein Vater im Haus?«, hörte Kat den Doc fragen.

»Müsste im Büro sitzen«, sagte Quentin und schwang sich auf das Motorrad. Er pfiff, und Fred machte einen Satz und sprang zu ihm hinauf.

»Dann stelle ich Ihnen jetzt noch Harry Bennett vor.« Der Doc spielte einmal mehr genervt an seinem Hörgerät herum.

Kat folgte ihm neugierig auf dem schmalen Weg entlang dem Haus zu einer Seitentür. Als sie eintrat, fand sie sich in einer großen Küche wieder.

»Hallo?«, rief Doc Harlow ungeduldig in den Flur hinein, und kurz darauf waren Schritte auf der Treppe zu hören.

Eine Frau mit blondem Bob trat in die Küche. Eine Hand

in den Rücken gestemmt, kam sie in gemächlichem Watschelgang auf sie beide zu. »Hallo, Doc, schön, dich zu sehen.« Fröhlich lächelte sie dem alten Tierarzt zu und fuhr sich über den eindrucksvoll gerundeten Bauch. Dann sah die Frau an ihm vorbei und strahlte Kat an. »Und du bist vermutlich Docs Nachfolgerin?«

»So ist es. Kat Roberts«, erklärte Kat heute zum gefühlt hundertsten Mal.

»Und das ist Liz Bennett, die Lebensgefährtin von Ethan«, stellte der Doc ihr die hübsche Frau vor.

»Ethan hat mir schon von dir erzählt. Möchtet ihr was trinken?« Fragend sah Liz von einem zum anderen.

»Gerne ein Wasser«, bat Kat. Ausgerechnet heute hatte sie ihre Wasserflasche vergessen, und bisher war ihr auf keiner Farm etwas zu trinken angeboten worden. Inzwischen war es Nachmittag, und außer einem Müsliriegel hatte sie seit dem Frühstück nichts zu sich genommen.

»Und du möchtest sicher wie immer einen Kaffee.« Verschwörerisch zwinkerte Liz dem Doc zu und deutete auf eine Thermoskanne auf dem Tisch. Dann ging sie zum Kühlschrank und nahm eine Flasche heraus.

»Wann ist es denn so weit?«, erkundigte sich Kat, während Liz ihr ein Glas eingoss.

»Nicht mehr lange, Mitte Juli ist der errechnete Geburtstermin. Aber die letzten Wochen sind ja immer die beschwerlichsten. So langsam glaube ich, dieses Baby wird nie geboren.« Hell lachte Liz auf und tätschelte ihren Bauch.

»Früher oder später kommen sie alle raus«, brummte der Doc und sah ungeduldig in den Flur. »Harry!«, rief er durch die Tür.

Endlich hörte sie schwere Schritte im Gang. Kat nahm das

Wasser von Liz entgegen und beobachtete, wie ein älterer Mann eintrat. Er hatte die gleiche hohe Statur, die Kat schon bei seinen Söhnen aufgefallen war. Mit den Händen in den Hosentaschen grüßte er zuerst den Doc, dann fixierte er Kat.

Liz stellte sie vor.

»Freut mich, Sie kennenzulernen, Mr. Bennett«, sagte Kat und streckte ihm eine Hand entgegen.

Mit dem gleichen Blick wie zuvor John musterte Harry Bennett sie und zog eine Hand aus der Hosentasche. Sein Händedruck war kräftig, und Kat bemühte sich, ihn fest zu erwidern.

»Bei Mr. Bennett muss ich an meinen Vater denken, nennen Sie mich Harry«, brummte er unter seinem grauen Schnauzbart und wandte sich dem Doc zu: »Hast du einen Moment Zeit?«

»Ich komme gleich wieder. Sehen Sie sich doch etwas um«, sagte Doc Harlow zu Kat, dann folgte er Harry Bennett aus dem Raum.

»Die beiden trinken einen Whisky zusammen und reden über alte Zeiten«, klärte Liz sie auf.

»Das bedeutet, an dem Tag, an dem Harry mir auch einen Drink anbietet, bin ich hier akzeptiert?«, fragte Kat grinsend nach.

»Das nehme ich an.« Liz beugte sich zum Backofen hinunter und öffnete die Klappe. Sie griff nach einem Geschirrtuch und nahm einen dampfenden Kuchen heraus. »Wenn der Apfelkuchen etwas abgekühlt ist, packe ich dir ein Stück ein. Ich nehme an, der erste Tag ist hart?« Sie warf ihr einen mitfühlenden Blick zu.

Kat nickte. »Es ist ein Wechselbad der Gefühle. Ein Stück Kuchen für heute Abend klingt wunderbar.«

»Ich rufe nach Jim, soweit ich weiß, schleift er gerade mehrere Sägeblätter und wird sicher gerne eine Pause einlegen und dich über die Farm führen.« Liz deutete mit dem Kopf zum Flur. »Wenn Harry und der Doc erst mal im Büro sitzen, kommen sie so schnell nicht wieder raus.« Schnaufend watschelte sie zur Seitentür und rief über den Hof, der sich hinter dem schmalen Vorgarten auftat.

»Komme gleich!«, schallte es zurück.

Kat leerte ihr Glas in einem Zug und stellte es in die Spüle. »Danke für die Gastfreundschaft.«

»Jederzeit. Wenn du herkommst und keinen siehst, dann geh einfach ins Haus und ruf. Irgendeiner ist immer da«, sagte Liz.

Wie wohl Kat sich hier fühlte, im Gegensatz zu den anderen Farmen, auf denen sie kritisch beäugt worden war. Dieser Raum mit den alten Holzdielen und dem großen Esstisch hatte etwas Gemütliches. Das Haus strahlte den Charme längst vergangener Zeiten aus, und beim Duft des Kuchens lief ihr das Wasser im Mund zusammen.

»Was gibt's?«, fragte eine tiefe, warme Stimme hinter ihr.

***

Jims Blick fiel auf leuchtende dunkelrote Haare. Erstaunt betrachtete er die Frau, die bei seiner Schwägerin in der Küche stand. Als sie sich umdrehte, wirkte auch sie überrascht, zumindest glaubte er zu bemerken, wie sich ihre Augen weiteten.

»Jim, das ist Kat Roberts, die neue Tierärztin. Kannst du sie etwas über die Farm führen? Dein Vater ist mit dem Doc in seinem Büro verschwunden, und du weißt ja, was das bedeutet.« Abwartend sah Liz ihn an.

»Natürlich.« Jim bedeutete der Tierärztin, ihm zu folgen, und trat hinaus auf den Hof. »Was willst du sehen?«, fragte er.

»Was gibt es denn zu sehen?«, gab sie die Frage zurück. Ihre graugrünen Augen strahlten ihn an, und Jim wandte verlegen den Blick ab. »Wir haben da tatsächlich ein Problem«, sagte er und zeigte an der Scheune vorbei zu einer kleinen Weide.

»Na dann.« Mit schnellen Schritten lief sie los.

Jim musste einen kleinen Sprint einlegen, um sie einzuholen. Wie konnte eine so kleine Frau derart schnell gehen? Unauffällig sah er zu ihr hinüber. Kats rotgefärbte offene Haare hatten bei Tageslicht beinahe einen Lilastich. Über ihrer Jeans trug sie eine braune Lederjacke. Links in ihrer Unterlippe war ein Piercing zu erkennen. Ein silberner Ring, der sich durch die sanft geschwungene Lippe bohrte. Jim fand es merkwürdig, solch einen schönen Mund derart zu verschandeln. Und das sollte tatsächlich die neue Landtierärztin von Firefly Creek sein? War sie dazu nicht viel zu zierlich? Jim versuchte, sich vorzustellen, wie diese schmale Person einen Bullen untersuchte oder ein Kalb, das stecken geblieben war, auf die Welt brachte. Man brauchte eine Menge Kraft für den Job.

»Also, was haben wir hier?« Kat lehnte sich gegen den Zaun und musterte die Kühe. »Sind die hoch trächtig? Um diese Jahreszeit?« Die Verwunderung in ihrer Stimme war nicht zu überhören.

Jim nahm den Hut vom Kopf und fuhr sich durch die dunkelbraunen Haare. »Einer unserer Zuchtbullen hat im Frühjahr einen Zaun durchbrochen, und wir haben es nicht gleich bemerkt. Inzwischen ist nicht mehr zu übersehen, dass er Spaß mit den Kühen hatte.«

»Allerdings.« Schmunzelnd hob Kat einen Finger und zählte lautlos. »Gleich dreiundzwanzig Kühe, das ist beeindruckend«, sagte sie.

»Eigentlich wollten wir die Kühe erst in der nächsten Saison zur Zucht einsetzen, daher waren sie noch nicht gedeckt, als der Bulle es zu ihnen geschafft hat. Die Kälber müssten in ein paar Wochen kommen, wenn es nachts schon empfindlich frisch werden kann, und wenn wir Pech haben, kommt starker Regen hinzu. Für Rinder haben wir keinen Stall vorgesehen, und ich mache mir über die Jungtiere Gedanken.«

»Es ist ungewöhnlich, aber es wird schon gehen. In anderen Ländern kalben Kühe häufig noch bei Schnee im Frühjahr. Ich denke, da machst du dir als Australier, der keine richtige Kälte kennt, zu viele Sorgen. Der Regen ist eher das, was mich beunruhigt, auch wenn das in dieser Region selten vorkommt.« Stirnrunzelnd sah Kat in den bewölkten Himmel. »Könnt ihr nicht zur Sicherheit irgendwo einen mobilen Unterstand ausleihen, bis die Kälber gut durch die erste Zeit gekommen sind?«

Seufzend setzte Jim sich den Hut wieder auf. »Das haben wir schon überlegt. Auf der High Valley Farm haben sie sicher einen.«

Kat kniff die Augen zusammen. »Das ist die Farm von Richard Smith, oder? Ich war heute Morgen dort.«

»Genau. Harry weigert sich, Geschäfte mit Smith zu machen, und hat es uns untersagt, dort um Hilfe zu bitten.«

Kat lachte. »Dein Vater hat eine gute Menschenkenntnis, würde ich sagen.«

Jim legte den Kopf schief und blickte sie interessiert an. »Sag bloß, du hast schon an deinem ersten Tag Probleme mit Richard bekommen?«

»Erinnere mich nicht daran.« Sie stellte genervt einen Fuß auf die unterste Holzlatte. »Ganz offensichtlich ist er mit mir als Nachfolgerin für die Praxis nicht sonderlich einverstanden. Jedenfalls hat er sich keine Mühe gegeben, seine Abneigung mir gegenüber zu verhehlen«, sagte Kat.

Das wunderte Jim nicht. Wenn schon er Schwierigkeiten damit hatte, sich diese Frau als Landtierärztin vorzustellen, was würde dann ein arroganter, aufgeblasener und rückständiger Großgrundbesitzer wie Richard Smith von einer Frau wie Kat denken? »Richard Smith wird keine andere Wahl haben, als deine Dienste in Anspruch zu nehmen. Wir haben hier in einem Umkreis von über hundertfünfzig Kilometern keinen anderen Veterinär. Sicherlich will er sich gern die Fahrtkosten sparen, um einen Kollegen von dir hierher einzubestellen.«

»Ich weiß. Das habe ich alles recherchiert, bevor ich Doc Harlow ein Angebot für die Praxis gemacht habe.« Sie zwinkerte ihm zu. »Was die Kälber angeht, werde ich mir was überlegen. Etwas Zeit haben wir ja zum Glück noch, um diesen Schlamassel zu lösen.« Ausgelassen lachte Kat und sah ihn dann auf eine Art an, die Jim verlegen machte. Sie kräuselte die schmale Nase und schien ihn genau zu betrachten. »Ihr seid hier eine Menge Brüder, welcher bist du?«, fragte sie unvermittelt.

»Was meinst du?«, hakte er nach. Kat kannte doch seinen Namen.

Sie stützte sich mit einem Arm auf den Zaun und legte ihren Kopf gegen die Hand. »Ich habe jetzt den Schönling, den Mürrischen und den jungen Wilden kennengelernt. Also: Was für ein Bruder ist Jim Bennett?«

Schallend lachte er auf und schüttelte den Kopf. Ihre forsche Art brachte ihn aus dem Konzept, aber Kats Bezeichnungen für seine Brüder trafen den Nagel auf den Kopf. »Steckst du alle Menschen so schnell in Schubladen?«, wollte er wissen.

»Das machen die Leute für gewöhnlich auch mit mir, daher nehme ich mir diese Freiheit heraus.«

Erwischt. Hatte er sich nicht ebenfalls gerade erst eine vorschnelle Meinung über Kat gebildet? »Dann lass mich mal überlegen.« Einen Augenblick lang dachte Jim nach. »Ich nehme an, die anderen würden mich als den Ruhigen beschreiben.«

Kat schob das Kinn vor und ließ ein wenig beeindrucktes »Hmmm« hören.

»Bist du jetzt etwa enttäuscht?« Zischend stieß er Luft durch die Schneidezähne aus.

»Der *Ruhige* klingt jetzt ehrlich gesagt etwas langweilig«, sagte sie und zuckte mit den Schultern.

»Den Schönling hast du ja bereits vergeben und außerdem, wie heißt es doch so schön: Stille Wasser sind tief.«

»Touché«, antwortete sie grinsend. »Ich nehme an, stille Wasser sind nicht so ganz mein Ding, schäumende Gischt schon eher.«

Auch wenn Jim selten längere Gespräche mit Frauen führte, vor allem mit so aufgekratzten wie dieser Kat, war ihm dennoch klar, dass sie ihm gerade ihre Männervorlieben offenbart hatte. »Dann kann ich dir den Mürrischen empfehlen, der schäumt ständig über«, schlug er ihr vor.

»Das war jetzt sehr direkt für einen, der sich selbst als den

Ruhigen bezeichnet. Danke für den Hinweis, aber ich bin aktuell nicht auf der Suche«, murmelte Kat und verschränkte die Arme vor der Brust.

»Ich habe mich nur angepasst«, brummte Jim. Tatsächlich verwunderte es ihn, dass die Worte in Kats Gegenwart nur so aus ihm heraussprudelten.

»Vier Söhne unter einem Dach, da muss echt was los sein«, kommentierte sie.

»Das ist nicht ganz korrekt. Den jungen Wilden gibt es in doppelter Ausführung, aber River, Quentins fünf Minuten jüngerer Zwillingsbruder, arbeitet in der Werkstatt im Ort. Wenn die alte Kiste vom Doc mal streiken sollte, frag nach ihm. River bekommt alles wieder zum Laufen.«

»Quentin und River«, wiederholte Kat und lachte auf. »Was ist denn da mit Harry losgewesen, dass es plötzlich derart ausgefallene Namen wurden?«

Jim presste die Lippen aufeinander und sah von ihr weg. »Quentin stammt vom lateinischen Quintus ab, was so viel wie der Fünfte bedeutet«, murmelte er.

»Ich weiß, ich habe Latein fürs Studium gebraucht.«

Jim nickte. »Quentin ist der Fünftgeborene, daher hat seine Mutter diesen Namen ausgewählt. Warum River seinen Namen hat, ist eine ganz andere Geschichte, die erzähle ich dir vielleicht irgendwann mal.«

Kats Augen ruhten auf ihm. Ihr forschender Blick war ihm unbehaglich, doch Jim hielt ihm stand. »Und welcher Bruder ist gestorben?«, fragte sie leise.

»Samuel.« Mit zusammengekniffenen Augen sah Jim zum Horizont. Die Nachmittagssonne stand tief über den sanften Hügeln und leuchtete auf die Weideflächen. Hier und da ragten krumme Bäume in die Höhe. »Samuel war der Zweitgeborene nach John. Er ist vor etwa fünf Jahren gestorben.« Es war das erste Mal, dass er jemandem erzählte, warum Maggie Quentin diesen Namen gegeben hatte. Jim erinnerte sich noch immer lebhaft daran, wie die Mutter der Zwillinge und Harry sich über die Namen gezofft hatten. Sein Vater war für etwas Schlichtes gewesen, das hier aufs Land passte, doch die lebhafte Maggie hatte ihr Herz an den Namen Quentin verloren und dann zu Harrys Entsetzen den jüngsten seiner Söhne River getauft. »So kannst du den Jungen nicht nennen, mit dem Namen kann aus ihm doch nur ein Hippie werden«, polterte Harry damals, nachdem er Maggie und die Säuglinge vom Krankenhaus abgeholt hatte. Und bis heute sollte das eine der wenigen Ausnahmen bleiben, bei denen Harry seinen Willen nicht durchsetzen konnte. River war letztlich kein Hippie geworden und Quentins Name ein Mahnmal für das, was die Familie verloren hatte.

»Das tut mir leid.« In Kats Gesicht zeichnete sich Bedauern ab. »Manchmal ist meine Zunge schneller, als mir lieb ist. Ich wollte mich nicht darüber lustig machen«, beteuerte sie.

»Schon gut.« Nachdenklich lächelte er sie an. Diese Frau lockte mehr aus ihm heraus, als ihm lieb war. Besser, er passte auf, was er von sich gab.

»Also, was gibt es sonst noch, das ich über Silverwood wissen muss?«

»Über unsere Biohaltung hat dich der Doc sicherlich schon informiert«, überlegte Jim laut. »Wir haben haufenweise Rinder, eine Schafherde von gut achthundert Tieren, siebzehn Hühner, fünf Pferde, einen Hund und jede Menge Fliegen«, fasste er den Tierbestand der Farm zusammen.

»Dann hatte Ethan wohl recht, als er meinte, wir würden

uns in Zukunft öfter sehen. Morgen früh komme ich schon wieder«, sagte sie.

»Ach ja, Busters Zähne. Da bist du nicht zu beneiden. Dafür darfst du mindestens einmal im Jahr antanzen, das Vieh hat furchtbare Beißer. Und leider setzt er sie auch oft genug ein.«

Kat drehte sich um und sah zum Haus hinüber. »Wie lange brauchen dein Vater und der Doc wohl noch?«

»Lass uns zurückgehen. Vielleicht haben wir ja Glück, und die beiden sind schon fertig damit, sich ihre alten Heldentaten zu erzählen«, schlug Jim ihr vor.

Gerade als sie das Haus erreicht hatten, waren der Doc und sein Vater aus der Seitentür gekommen. Nun sahen Jim und Harry zu, wie der verbeulte Pick-up vom Parkplatz rumpelte.

»Und, was denken wir über sie?«, brummte John, als er auf sie beide zukam. »Du hast dich ja ganz schön lange mit Ms. Roberts unterhalten«, bemerkte er mit einem Seitenblick auf Jim.

Jim ignorierte Johns süffisanten Unterton. »Kat ist«, er suchte nach dem richtigen Wort, »quirlig würde ich sagen. Redet viel und schnell. Ich bin mir noch nicht sicher, was ich von ihr halten soll.« Dann grinste er seinen Bruder an. »Aber sie hat treffende Spitznamen für jeden hier gefunden.«

»Spitznamen?« John schnaubte verächtlich. »Sind wir im Kindergarten?«

Jim zuckte mit den Schultern und sah noch einmal zum Wagen, der langsam kleiner wurde.

»Welche denn?«, fragte John nun doch nach.

»Ethan ist der Schönling, Quentin der junge Wilde und du«, Jim lachte auf, »du bist der Mürrische.«

Wieder schnaubte John, während selbst sein Vater belustigt grummelte.

»Und wie nennt sie Harry?«, wollte sein Bruder wissen.

»Ich schätze, nicht einmal Kat traut sich, Harry Bennett einen Spitznamen zu verpassen«, sagte Jim.

»Das will ich ihr auch geraten haben«, brummte sein Vater. »Aber der Doc meinte, sie sei mehr als qualifiziert. Anscheinend war er auch etwas überrascht, als er Ms. Roberts vor ein paar Monaten zum ersten Mal gesehen hat. Damals war sie für einen Tag in Firefly Creek, um die Übergabe mit ihm zu besprechen, und ihre Referenzen sollen top sein. Zur Sicherheit hat er ihre vorherigen Arbeitgeber angerufen, und alle haben nur Gutes berichtet.«

»Konnte er keinen Mann finden?«, fragte John und schüttelte den Kopf.

»Der Doc hat sich zwei Jahre lang bemüht, einen Nachfolger zu finden«, sagte Harry. »Offensichtlich ist es für die meisten jungen Veterinäre nicht sehr verlockend, so weit aufs Land zu ziehen. Und dann ist die Praxis inzwischen auch ziemlich veraltet.«

Jim fuhr sich über den Nacken und sah zur Schotterstraße, an deren Ende nur noch eine große Staubwolke zu erkennen war. Dass es ausgerechnet jemanden wie Kat aufs Land zog, wunderte ihn. Aber immerhin konnte sich der Doc endlich in den wohlverdienten Ruhestand verabschieden.

»Morgen werden wir sehen, was sie wirklich draufhat«, knurrte John und stapfte davon.

Mit Busters Zahnbehandlung würde Kat tatsächlich ins sprichwörtliche kalte Wasser geworfen werden. Aber etwas sagte ihm, dass John nicht zu sehr auf seinen verrückten Hengst setzen sollte.

Die Tür flog auf, und River stürmte keuchend in die Küche, warf seinen Motorradhelm auf die Arbeitsplatte und begann, sich am Waschbecken mit einer kleinen Bürste die ölverschmierten Hände zu schrubben. »Dachte schon, ich schaffe es nicht mehr rechtzeitig zum Abendessen.« Ausgehungert warf Jims jüngster Bruder einen Blick auf den vollbesetzten Tisch.

»Ich habe deinen Teller in die Mikrowelle gestellt«, sagte Liz, während sie für ihren Sohn Ollie das Fleisch kleinschnitt.

River lief zur Mikrowelle, stellte sie an und wuschelte durch die Haare seines Neffen, woraufhin ihm der Vierjährige die Zunge rausstreckte.

»Habt ihr schon das Neuste gehört?«, fragte River.

»Dass du mal wieder zu spät kommst?«, brummte Harry und sah mit zusammengekniffenen Augen seinen Sohn an.

»Der alte Reynold hat vorhin seinen Traktor gebracht, und ich bin nicht eher fertig geworden«, antwortete River augenrollend. »Jedenfalls hat er erzählt, dass der Doc heute Morgen mit der neuen Tierärztin bei ihm war. Eine Frau!« Erwartungsvoll sah er in die Runde.

Jim schmunzelte über den Blick seines Bruders. »Wir haben sie schon kennengelernt.«

»Echt?« River nahm den Teller aus der Mikrowelle und ließ sich auf einen Stuhl fallen. »Reynolds meinte, sie sieht aus wie ein Punk. Stimmt das?«

Es war, wie Jim es vorhergesehen hatte. Kats Ankunft verbreitete sich bereits wie ein Lauffeuer im Ort. »Sie sieht nicht aus wie ein Punk, höchstens etwas ungewöhnlich.«

River schien mit der Antwort nicht zufrieden zu sein und stieß seinen Zwillingsbruder in die Seite. »Was meinst *du*?«

»Sie ist scharf, hat sogar ein Piercing«, murmelte Quentin kauend und zog sein Handy aus der Hosentasche. »Hab versucht, sie in den sozialen Medien zu suchen, aber ich finde sie nicht.«

Enttäuscht griff River nach der Gabel.

Quentin sah zu Ethan. »Heißt sie wirklich Kat mit Vornamen, oder steht in dem Vertrag, den du aufgesetzt hast, etwas wie Katherine?«, fragte er.

Jim beobachtete, wie Ethans Augen für einen Moment schmal wurden. »Lass die Frau in Frieden und spionier ihr nicht hinterher«, schnauzte er Quentin an.

»Das ist abchecken, das macht man so.« Quentin zog eine Schnute und packte das Handy wieder weg.

Jim lehnte sich zurück und verschränkte die Arme vor der Brust. Die heftige Reaktion passte nicht zu Ethan. Auf diese Art reagierte sonst meist nur John. Was genau störte Ethan derart an ihrer Neugier? »Ich schätze, sie wird früher oder später bei dir in der Werkstatt auftauchen, dann kannst du dir ein eigenes Bild von ihr machen«, versuchte Jim, die Stimmung zu entschärfen.

Fragend sah River ihn an.

»Sie hat die Karre vom Doc mitübernommen«, klärte Jim ihn auf.

»Dann kann es ja nicht lange dauern, bis sie bei mir anklopft«, lachte River und stürzte sich auf sein Essen. Er runzelte die Stirn. »Wo genau hat sie denn das Piercing?«, nuschelte er in Richtung seines Zwillingsbruders.

»Das verrate ich nicht«, sagte Quentin grinsend.

Zur Abwechslung war einmal nicht seine Familie das aktuelle Klatschthema von Firefly Creek, stellte Jim fest. Ob Kat ahnte, worauf sie sich hier eingelassen hatte?

Kapitel 2

Der Wecker klingelte erbarmungslos schrill, und Kat brauchte einen Moment, um sich zu orientieren. Sie stellte ihn aus und setzte sich gähnend auf. Müde schweifte ihr Blick durch das Zimmer. Im hinteren Bereich des Hauses befanden sich zwei Wohnräume, die mit einer Verbindungstür an den schmalen Praxisflur angeschlossen waren. Vorne lagen das winzige Büro, der Behandlungsraum, ein Zimmer für die stationäre Pflege von Haustieren und die Röntgenkammer. Früher hatte Doc Harlow die enge und ein wenig dunkle Wohnung wohl vermietet, doch die letzten Jahre stand sie leer. Obwohl Kat gestern erst spät von ihrer Einführungsrunde zurückgekommen war, hatte sie das Schlafzimmer bis spät in die Nacht geputzt und die dicke Staubschicht von den Möbeln gewischt. Erst dann hatte sie ihre Koffer aus dem Auto ins Haus gehievt und war beinahe besinnungslos ins Bett gefallen. Die Matratze war hart und unbequem, und das Gestell quietschte bei jeder noch so kleinen Bewegung. Doch für den Anfang musste es reichen. Es war wichtiger, die Praxis auf Vordermann zu bringen, als sich um die Einrichtung der Räume zu sorgen, in denen sie sich in der nächsten Zeit sowieso kaum aufhalten würde.

Rasch zog sie den Pulli über, den sie achtlos neben das Bett geworfen hatte, und schlurfte in den Wohnraum nebenan. Immerhin ihre hochwertige Kaffeemaschine hatte sie mitgebracht. Kat beobachtete, wie das dunkle Gebräu in die Tasse lief. Nachdem sie sich einen großen Schluck Milch eingegossen hatte, griff sie nach einer Banane und setzte sich an den klapprigen Blechtisch, der mit zwei Stühlen, dem Fernseher auf einem Tischchen und einem abgenutzten Sofa die einzige Einrichtung in diesem Zimmer darstellte. Während sie frühstückte, sah sie sich in dem trostlosen Raum um. Der Teppich musste Jahrzehnte alt sein, jedenfalls ließen die Flecken das vermuten. Auch das Sofa hatte eindeutig schon bessere Tage gesehen. Doch Kat war nicht hierhergekommen, um im Luxus zu leben, und hatte genau gewusst, worauf sie sich einließ. Für eine Weile würde sie es aushalten, hier zu hausen, entschied sie und biss in die Banane.

Dank der vielen Farmen im Umland musste sie sich um ausreichende Einnahmen keine Gedanken machen, und Firefly Creek war zumindest weit genug entfernt von ihrem früheren Leben und den Schatten, die sie verfolgten. Es war ein weiterer Neuanfang, so wie es in den letzten Jahren schon viele gegeben hatte. Doch das hier, diese Praxis und alles, was dazugehörte, sollte endlich zu so etwas wie einem Zuhause für sie werden. »Ein letzter Neuanfang«, murmelte sie.

Kats Blick fiel auf die Uhr, und sie sprang eilig auf. Sie brauchte nach dem Großputz am gestrigen Abend dringend eine Dusche, und bald würde ihre Mitarbeiterin kommen. Der Doc hatte von Edna White in den höchsten Tönen geschwärmt, doch beim Anblick der schludrig geführten Patientenakten hatte Kat ihre Zweifel, was deren Fähigkeiten als Sprechstundenhilfe betraf. Dennoch erhoffte sie sich von einer erfahrenen Angestellten Unterstützung, was ihre Fragen zu den Kunden anging. In einer Kleinstadt wie dieser kannte sicher jeder jeden.

Kat betrachtete sich zufrieden im Spiegel. Die Haare hatte sie zu einem lockeren Knoten gebunden, und sie trug ihren geliebten dunkelgrünen dünnen Parka der ihr seit Jahren hervorragende Dienste leistete. Dieses unverwüstliche Teil war schon mit allem beschmutzt worden, mit dem sie es in ihrem Job zu tun hatte, doch selbst Blut ließ sich aus dem groben Stoff problemlos auswaschen. Gerade rechtzeitig, um das Klingeln des Glöckchens über der Eingangstür zu hören, betrat sie den Untersuchungsraum. Leise öffnete Kat die Schiebetür und schielte ins Wartezimmer. Sie sah, wie eine Frau gerade dabei war, die Eingangstür wieder zu schließen. Warum war sie eigentlich so aufgeregt? Vermutlich deshalb, weil sie zum ersten Mal der Chef von jemandem war? Kat atmete tief ein und ging auf die Frau zu. »Guten Morgen. Sie müssen Edna White sein«, rief sie freundlich.

Die Frau drehte sich um und starrte sie kritisch an. Kat hatte ebenfalls Mühe, ihre Irritation zu verbergen. Von hinten hatte Edna schon etwas älter gewirkt, aber erst jetzt erkannte Kat, dass sie um die siebzig sein musste, wenn nicht älter.

»Miss Roberts?« Langsam streckte die ältere Dame ihr die Hand entgegen. »Jetzt verstehe ich, was der Doc meinte, als er sagte, ich solle nicht überrascht sein.«

Kat ignorierte die Aussage und schüttelte Ednas schmale, knochige Hand. »Also, dann werden wir von nun an wohl zusammenarbeiten«, erklärte sie mit einem breiten Lächeln.

»Das scheint so«, antwortete Edna White, trug ihre Handtasche zum Schreibtisch hinter dem Tresen und nahm Platz.

»Darf ich Sie Edna nennen, wenn wir jetzt doch recht viel Zeit miteinander verbringen?«, schlug Kat vorsichtig vor.

»Wir sollten uns korrekt anreden, gerade auch vor den Kunden. Ich halte nichts von diesem neumodischen Gehabe, sich direkt beim Vornamen zu nennen.« Mit zitternder Hand kramte Edna White ein Brillenetui aus der Tasche und setzte sich eine Brille mit erstaunlich dicken Gläsern auf.

»Ganz wie Sie meinen.« Zögernd überlegte Kat, was sie als Nächstes tun sollte, doch Mrs. White klappte einen großen, in Leder gebundenen Kalender auf und deutete auf die Spalten. »Hier, Ms. Roberts, tragen Sie all Ihre Termine ein, dann weiß ich immer, wo Sie gerade sind, falls es einen Notfall geben sollte, während Sie außer Haus sind«, sagte die alte Dame bestimmt. »Die Akte vom nächsten Patienten lege ich Ihnen während der Sprechstunde immer ganz links auf den Tresen«, fuhr sie fort.

»Was das angeht«, hakte Kat ein, »werden wir bald einige Neuerungen einführen.«

»Neuerungen?« Die Falten auf Mrs. Whites Stirn wurden noch tiefer.

»Wir digitalisieren die Patientenakten. Dann kann sowohl ich alle Daten im Behandlungsraum sehen als auch Sie hier am Computer.« Zweifelnd betrachtete Kat den Röhrenbildschirm auf dem Schreibtisch. »Wobei ich vermute, dass ich zwei neue Computer werde anschaffen müssen. Mit diesem Teil können wir sicherlich kein Praxisnetzwerk nutzen.« Seufzend rieb sie sich über das Gesicht. Hier war wirklich kaum etwas zu gebrauchen.

»Das bisherige Prinzip funktioniert wunderbar. Der Doc hat sich nie darüber beschwert«, sagte Mrs. White pikiert.

»Sicher hat es das nicht. Aber wissen Sie, wir wollen doch

den Ansprüchen unserer Kunden gerecht werden, und dazu gehören solche Dinge eben.« Kat kam ein beunruhigender Gedanke. »Kennen Sie sich eigentlich mit Computern aus?«

»Ich bestelle mein Rheumamittel im Internet«, erklärte Edna White selbstsicher.

»Na wunderbar. Dann bin ich mir sicher, wir schaffen das zusammen«, antwortete Kat und lächelte ihr versöhnlich zu, in der Hoffnung, die angespannte Stimmung aufzulockern.

Noch immer war der Blick ihrer Mitarbeiterin recht reserviert. Dann sah Mrs. White wieder auf den Kalender und die leeren Spalten. »Was haben Sie heute für Termine? Ich bin mir sicher, es werden bald die ersten Anrufe eingehen, und ich müsste wissen, für wann ich die Patienten einbestellen kann.«

»Ich fahre jetzt direkt nach Silverwood, dort müssen die Zähne eines Pferdes abgeschliffen werden. Das sollte rasch erledigt sein, und ich bin sicherlich rechtzeitig zur Sprechstunde für die Haustiere zurück«, erläuterte Kat ihre Pläne für den Tag.

»Etwa Buster?«, fragte Mrs. White mit hochgezogenen Augenbrauen.

»Ja. Ich glaube, so heißt er.«

»Dann passen Sie auf Ihre Finger auf«, sagte sie. »Und ich lege eventuelle Termine für die Sprechstunde weiter nach hinten. Sie werden eine Weile beschäftigt sein.«

Was hatten nur alle mit diesem Pferd? Offensichtlich war Buster hier bekannt wie ein bunter Hund. »Wie dem auch sei, ich fahre jetzt. Meine Handynummer habe ich Ihnen notiert und an den Bildschirm geklebt.« Kat griff nach ihrer Tasche und trat vor die Praxis. Sie hoffte inständig, den Weg nach Silverwood zu finden. Dummerweise hatte sie nicht daran gedacht, sich die Adresse ins Navi einzuspeichern. Doch sie wollte nicht noch einmal zurück in die Praxis gehen, da dieser miesepetrige John vermutlich schon auf sie wartete. Kat steckte den Schlüssel in das rostige Schloss und rüttelte am Griff. Fluchend zog sie stärker, und endlich öffnete sich die Fahrertür. Mit Schwung warf sie die Tasche auf den Beifahrersitz und rutschte ins Auto. Stotternd sprang der Motor an. Vermutlich würde Jim recht behalten und sie konnte mit dieser Klapperkiste demnächst die Hilfe des jüngsten Bennetts in Anspruch nehmen. Der Pick-up wirkte alles andere als zuverlässig. Kat setzte die Sonnenbrille gegen die helle Morgensonne auf, die trotz der frischen Temperaturen durch die staubige Windschutzscheibe blendete. Auf der breiten Hauptstraße, an der die Praxis lag und die aus dem Ort herausführte, war kaum Verkehr. Firefly Creek war trotz seines romantischen Namens ohne Frage ein verschlafenes Kaff mitten im Nirgendwo und damit das genaue Gegenteil vom etwa drei Stunden entfernten Adelaide, wo Kat aufgewachsen war. Doch nie hatte sie die Großstadt vermisst, seit sie dort vor vielen Jahren weggezogen war. Kopfschüttelnd verscheuchte Kat die Erinnerungen an ihre Vergangenheit, passierte das Ortsschild und bog auf die Landstraße ab.

Die Blätter der schiefen Eukalyptusbäume am Straßenrand glitzerten silbrig. Nach den vernichtenden Buschbränden im letzten Sommer war es eine Wohltat, auf die Landschaft hier draußen zu blicken. In Südaustralien war nur wenig Fläche der Feuersbrunst zum Opfer gefallen und diese Region überhaupt nicht betroffen gewesen. Die vergangenen Monate waren hart gewesen für Kat und ihre Kollegen. Niemals hätte sie es für möglich gehalten, derart viele Wildtiere mit Brandwunden zu sehen. Doch nun war es vorüber, und Kat hoffte inständig, nie wieder eine solche Zerstörung erleben zu müssen. Die Natur würde lange Zeit brauchen, um sich vollständig zu erholen, sofern dies überhaupt möglich war. Als wäre es ein Versprechen auf bessere Zeiten, entdeckte sie etwas abseits der Straße ein Känguru. Kat verringerte die Geschwindigkeit etwas und genoss den Anblick. Nur ungern riss sie sich davon los und hielt nach der Abzweigung Richtung Silverwood Ausschau. Ein Kribbeln ging durch ihren Körper. Sie hatte es geschafft. Endlich hatte sie ihre eigene Praxis, und genau in diesem Moment war sie auf dem Weg zu ihrem ersten offiziellen Patienten. Wie gut es doch passte, dass dies ein beißendes Pferd sein sollte. Alles in ihrem Leben hatte sie sich hart erarbeitet – natürlich bekam sie nun kein lammfrommes Ross auf dem Silbertablett serviert. Schmunzelnd stellte sie das Radio an und klappte die Sonnenblende herunter. Heute war der Tag, an dem ihre Zukunft begann.

John Bennett lehnte am Zaun des Pferdeauslaufs, und Kat spürte seinen Blick auf sich, als sie aus dem Auto stieg. Rasch griff sie nach der Tasche mit den Geräten für die anstehende Behandlung und ging mit zügigen Schritten auf ihn zu.

»Guten Morgen«, rief sie ihm betont beschwingt zu und ließ die Tasche neben seine Füße fallen.

»Ms. Roberts«, er nickte ihr steif zu. »Hier draußen ist der halbe Morgen schon fast rum, wir stehen im Morgengrauen auf.« Abwartend blieb er stehen.

Kat betrachtete die Pferde, die in dem eingezäunten Bereich standen. Etwas weiter hinten sah sie einen zweiten, kleineren Auslauf und bemerkte einen dunklen Hengst, der sie mit hocherhobenem Kopf nicht aus den Augen ließ. »Ich nehme an, das ist mein Patient?« Mit der Hand deutete sie auf das Tier.

»Buster.« Stöhnend trat John vom Zaun weg und steckte die Hände in die Hosentaschen. »Es läuft so ab, dass Sie mir die Spritze geben. Ich gehe dann nach hinten. Gebe mein Möglichstes, um einen guten Moment zu erwischen, und verpasse ihm das Beruhigungsmittel.«

»Wie bitte?«, belustigt lachte Kat auf. »*Ich* werde die Spritze setzen.«

»Auf keinen Fall. Das hat der Doc auch schon versucht, und es klappt nicht. Wir machen es immer so. Danach halte ich ihn fest, so gut es geht, und Sie machen Ihr Ding.«

»Das bedeutet, Buster ist auch trotz Spritze noch aggressiv?«, fragte Kat nach.

»Er mag keine Menschen«, sagte John und runzelte die Stirn. »Ich weiß nicht genau, was Buster erlebt hat, aber es war nicht gut. Ich habe ihn vom Abdecker freigekauft.«

»Verstehe.« Kat bückte sich und zog die Beruhigungsspritze aus der Tasche, die sie bereits in der Praxis vorbereitet hatte.

»Also dann?« Er hielt die Hand auf und sah sie abwartend an.

»Nichts also dann. Ich habe doch schon gesagt, dass ich das selbst machen werde.« Aufmunternd schlug Kat ihm auf den Oberarm. »Und wenn ich es schaffe, dann hörst du mit diesem Ms.-Roberts-Mist auf und nennst mich Kat wie deine Brüder«, rief sie ihm zu und schlüpfte durch die Holzlatten.

***

Diese Frau war eindeutig übergeschnappt. Anders konnte John sich nicht erklären, dass Kat seine Warnung ignorierte. Hastig folgte er ihr und stieg über den Zaun. Überraschend schnell für so eine kleine Person lief sie an den anderen Pferden vorbei und blieb vor der Absperrung zu Busters Bereich stehen. »Ich nenne dich, wie du willst, aber gib mir die verdammte Spritze«, brach es aus ihm heraus.

Doch Kat schien ihn zu ignorieren, hielt die Spritze mit der aufgesetzten Sicherheitskappe sichtbar hoch und tippte sich an mehreren Stellen ihres Körpers damit an.

»Was soll denn der Quatsch?«

»Entspann dich, du weißt doch, dass er deine Körpersprache liest«, flüsterte sie und machte einen Schritt auf ihn zu. »Jetzt lächle mich an und stell dich locker hin. Denk an den letzten Witz, den dir jemand erzählt hat.« Wie eben bei sich selbst, stupste sie John mit der verschlossenen Spritze gegen die Arme.

»Du bist verrückt«, brummte er, während Kat um ihn herumlief und an seinem Rücken weitermachte.

»Schau dir Buster an«, forderte sie ihn auf.

Unauffällig sah er in Richtung seines Pferdes. Mit hoch aufgestelltem Kopf und zuckenden Ohren stand Buster da. Sein ganzer war Körper angespannt, um beim kleinsten Anzeichen von Gefahr reagieren zu können. Aber da war noch etwas anderes im Blick des Pferdes. John kniff die Augen zusammen. War das Neugierde?

Kat drückte John die Spritze in die Hand. »Und jetzt machst du das Gleiche bei mir.«

Stöhnend nahm er das Teil in die Hand. Er sollte diese fremde Frau wirklich anstupsen? An ihrem linken Oberarm beginnend, umrundete er sie, wie sie es bei ihm getan hatte.

»Und was jetzt? Sollen wir noch ein Lied singen, um ihn zu überzeugen, dass die ganze Sache hier echt Spaß macht?«, knurrte er gereizt.

»Nein, jetzt gehen wir zu ihm rein, bleiben aber ganz dicht am Zaun.« Ohne auf eine Antwort zu warten, schlängelte Kat sich in den Auslauf und lehnte sich gegen die Holzlatten. Dann nahm sie ihm die Spritze aus der Hand und warf sie hinüber in Busters Nähe. Erschrocken schlug der Hengst mit dem Kopf, senkte dann aber den Hals, um daran zu schnuppern.

Ungläubig beobachtete John, wie Buster über dem interessanten Ding auf dem Boden völlig die fremde Frau in seinem Paddock vergaß. Niemand außer ihm selbst konnte diesen Bereich sonst betreten. »Wie geht es weiter?«, fragte John voller Neugier.

Kat kramte in ihrer Jackentasche und zog eine zweite Spritze heraus, die, wie John erkannte, leer war. »Du nimmst die hier und wiederholst das von eben damit erst an deinem Körper und dann an Busters. Lob ihn ausführlich für jeden Stupser, den er dich machen lässt. Den Rest erledige ich dann.«

»Wenn du meinst.« John gab sich geschlagen. Sollte Kat doch ihre eigenen Erfahrungen mit Buster machen. Während er beruhigend auf es einredete, trat er langsam auf sein Pferd zu. Dann tat er genau das, was Kat ihm gesagt hatte. Tatsächlich konnte er die Spritze an Busters Hals ansetzen. Zwar verdrehte der Hengst die Augen und schnaubte aufgeregt, doch Johns Hand an den Nüstern entspannte ihn gleich darauf wieder. Angespornt arbeitete John sich weiter an dem dunklen Körper entlang und erreichte schließlich seine Ausgangsposition wieder. Erstaunt stellte er fest, dass Kat inzwischen in der Mitte des Auslaufs stand. Um Buster abzulenken, wiederholte er die Prozedur an dessen Hals, während Kat sich nach der Spritze am Boden bückte. Buster hatte die Tierärztin längst bemerkt, daran hatte John keinen Zweifel, dennoch blieb er weiter stehen. Mit geöffneter Hand zeigte Kat Buster, was sie aufgehoben hatte. Als sie ansetzte, das Pferd ebenfalls mit der Spritze zu berühren, hielt John den Atem an. Alles, was ihm blieb, war zu hoffen, dass Kat schnell genug rennen konnte. Doch es passierte nichts. Wieder und wieder stupste sie mit der Nadel im Fell und entfernte unauffällig die Verschlusskappe der Nadel. John hielt Buster die leere Spritze vor die Nase, und dieser spielte mit den Lippen daran herum.

Als er aufsah, wandte Kat sich ab, lief zurück hinter den Zaun und setzte sich dort auf den Boden.

»Was tust du da?«, zischte John ihr zu.

»Warten, dass das Beruhigungsmittel wirkt«, sagte sie und zog einen Schokoriegel aus einer der Jackentasche.

»Du hast es ihm schon verpasst?« Fassungslos starrte er die Ärztin an, die entspannt den Riegel auspackte.

»Natürlich. Das war doch der Sinn der Übung.«

»Ich fasse es nicht.« Kopfschüttelnd schlurfte er auf sie zu und ließ sich neben sie auf den Boden fallen. »Das hätte ich nie für möglich gehalten.«

»Hast du es schon mal so versucht?« Fragend sah sie ihn aus den Augenwinkeln an.

»Natürlich nicht. Auf so etwas wäre ich nie gekommen. Und der Doc auch nicht.«

»Man muss nur auf die Zeichen des Tieres achten«, nuschelte sie kauend. »Buster erschien mir sehr neugierig, und du hast gleich zwei Schlösser an seinem Gatter. Ich nehme an, weil er eines mal geöffnet hat?«

»Er ist blitzschnell bei so was, bricht auch regelmäßig von der Weide aus, wenn wir nicht alles doppelt und dreifach sichern.«

»Siehst du, deshalb dachte ich mir, dass sein Interesse an der Spritze seine Angst überlagern könnte. Die leere Spritze behältst du einfach und übst das ab und zu, dann geht es beim nächsten Mal schneller.«

»Ich glaube, er ist schon so weit«, sagte John mit einem Blick auf das Tier. Mit blinzelnden Augen und hängendem Kopf stand Buster bewegungslos dort.

Kat erhob sich und kam kurz darauf mit der schweren Tasche zurück.

»Ich habe in Busters Box schon den Schlauch und das Stromkabel vorbereitet«, erklärte John ihr. Dann zeigte er auf einen Haken, der oben am Durchgang zur Box im Holz steckte. »Dort können wir den Kopf fixieren.«

Ohne Zeit zu verlieren, sortierte Kat ihre Geräte auf dem Boden, während John Buster zu ihr führte. Augenblicklich steckte Kat dem Pferd den Schlauch ins Maul und spülte es aus. Dann griff sie nach dem Maulgatter, ließ Buster an dem Metallteil schnuppern und setzte es ihm flink ein. Sprachlos beobachtete John, wie sie den Strick daran befestigte und ihm bedeutete, diesen durch den Haken zu ziehen. Seelenruhig stand Buster da, während Kat seine Maulhöhle inspizierte.

»Da gibt es einiges zu tun«, stellte sie fest und setzte sich die breite Schutzbrille auf. »Sehe ich nicht ganz hinreißend aus?«, fragte sie und zog eine Grimasse.

»Wie eine Fliege«, brummte John ihr zu und schüttelte den Kopf.

Sie nahm das Schleifgerät und begann, konzentriert die

Kauflächen zu bearbeiten. Buster stampfte zwar immer wieder auf, blieb aber unerwartet gelassen.

»Was tust du da?«, fragte er nach, als sie eine Art Lineal an die Zähne des Hengstes hielt und den Unterkiefer hin und her bewegte.

»Seinen Biss ausmessen, damit ich weiß, wie viel ich von den Schneidezähnen entfernen muss.« Mit einer kleinen Diamantscheibe, die auf einem kurzen Handgriff befestigt war, schliff Kat quietschend die vorderen Beißer seines Pferdes ab. Erneut maß sie nach, nickte zufrieden und steckte ihm den Schlauch ins Maul, um die abgeschliffenen Reste zu entfernen. »Wunderbar, das war's«, rief sie und löste die Maulsperre. Eilig sammelte sie das Werkzeug zusammen.

Buster drehte seinen Hals zu Kat, die am Boden kniete, und für einen lähmenden Augenblick war John sich sicher, dass er sie beißen würde. Doch stattdessen zupfte er nur an der Kapuze ihres Parkas herum, und Kat gluckste fröhlich. Was John hier sah, war ein verdammtes Wunder.

»Also dann, bis zum nächsten Mal.« Sie stand auf und eilte zum Auslauf hinaus.

»Bis zum nächsten Mal, Kat.« Mit verschränkten Armen sah er hinter der Tierärztin her, und bald darauf fuhr ihre alte Karre scheppernd vom Hof. »Ich habe diesen Mist seit Jahren mitgemacht. Wie oft hast du beim Schleifen nach uns getreten oder uns umgerempelt? Und jetzt kommt so eine halbe Portion hier an, und du lässt dich bezirzen?«, brummte er seinem Pferd zu. Er konnte nicht glauben, was eben geschehen war. In Gedanken vertieft stapfte er zum Haus hinüber und trat in die Küche.

»Und, wann fangt ihr an?«, wollte Jim wissen, der mit der hochschwangeren Liz am Tisch saß und einen Kaffee trank.

»Wir sind fertig«, sagte John beinahe tonlos.

»Jetzt schon?« Jim zog die Augenbrauen hoch, und Liz wirkte ebenfalls verwundert. »Ich habe Buster gar nicht wiehern gehört. Dabei hatte ich vor, mir das Schauspiel anzusehen.«

John griff nach einer Tasse und schenkte sich ein. Dann setzte er sich an den Tisch. »Ich weiß gar nicht, wie ich das erklären soll, was da eben passiert ist. Sie hat Buster die Spritze selbst verpasst, und er konnte gar nicht schauen, wie schnell sie ihm die Maulsperre eingesetzt hatte. Diese Frau«, kopfschüttelnd sah er seinen Bruder an, »hat flinke Finger.«

Begeistert klatschte Liz in die Hände. »Ich hatte wirklich gehofft, dass Kat gut ist. So werden es die Farmer schwer haben, über sie zu schimpfen, nur weil sie eine Frau ist.«

»Dann hat Buster also seine Meisterin gefunden«, murmelte Jim.

John sah zu seinem Bruder, der schmunzelnd die Zeitung aufschlug. »Warum grinst du so blöd?«, herrschte er ihn an.

Jim sah auf und lehnte sich im Stuhl zurück. »Ich stelle mir nur dein Gesicht in dem Moment vor, als dir klarwurde, dass es heute anders läuft als sonst«, bemerkte Jim amüsiert.

»Ach halt die Klappe.« Gereizt setzte John die Tasse an.

»Stell dich nicht so an, John, das ist doch eine wunderbare Nachricht. Jetzt muss der arme Buster sich nicht mehr mit Gewalt die Zähne abschleifen lassen.« Fröhlich lächelte Liz ihm zu.

Natürlich hatte sie recht. Dieser Gedanke war auch John schon gekommen. Nach jeder Behandlung war das Pferd bisher mehrere Tage nicht zu reiten gewesen, so furchtsam hatte es Buster gemacht. Aber dass diese komische Kat das hinbekommen hatte, störte ihn dennoch. Wieder wanderte Johns Blick zu seinem Bruder, der noch immer verdammt zufrieden aussah. Warum freute Jim sich so über den Erfolg dieser Frau? Sollte sein Bruder etwa ausgerechnet diese schrecklich aufgedrehte Person mögen? Irgendwas war hier im Busch. Aber John würde sich da schön raushalten. Zufrieden sah er zu Liz, wie sie mit ihrem dicken Bauch und erschöpftem Gesicht am Tisch saß. Er hatte den Fehler begangen, sich bei Ethan und Liz einzumischen, ein zweites Mal würde ihm das nicht passieren.

Kapitel 3

Ich bin wieder da«, verkündete Kat lauthals, als sie die Praxis betrat.

»Jetzt schon? Haben Sie aufgegeben?«, fragte Mrs. White besorgt nach.

Was war hier nur mit allen los? Offensichtlich traute man ihr wirklich nicht viel zu. Kat schlüpfte aus dem Parka und den schweren Arbeitsstiefeln und zog die Turnschuhe unter dem Schreibtisch hervor. »Zähne sind geschliffen, alle Beteiligten leben noch«, fasste sie die Aktion zusammen.

»Erstaunlich«, murmelte Mrs. White kopfschüttelnd.

Kat rauschte ins Behandlungszimmer, nahm eine Kiste von der Ablage und wuchtete sie vor ihrer Mitarbeiterin auf den Schreibtisch. »Könnten Sie hier bitte die Haltbarkeitsdaten überprüfen?«, bat sie freundlich. »Ich glaube, die Hälfte der Medikamente ist abgelaufen.«

»Doc Harlow sagt, das macht nichts, die sind noch gut«, antwortete Mrs. White und schob die Kiste ein Stück zu Kat zurück.

Mit einem Finger bewegte Kat die Kiste erneut zu Edna White. »Die Kunden zahlen für Medikamente, die in Ordnung sind. Bitte machen Sie eine Liste mit allem, was nicht mehr zu nutzen ist, und entsorgen Sie dann, was weg kann.«

»Wie Sie wünschen.« Schnaubend setzte sich die ältere Dame die Brille auf.

»Was haben wir heute in der Sprechstunde?«, fragte Kat.

»Eine Katze mit Schnupfen, eine trächtige Hündin und«, Edna White schüttelte sich gespielt, »eine Ratte.« Angewidert verzog sie das Gesicht.

»Ratten sind intelligente Tiere. Sie würde sich wundern, was man denen alles beibringen kann«, sagte Kat gelassen. Sie deutete auf die Sprechanlage neben dem Computer, die das Wartezimmer mit dem Behandlungsraum verband. »Geben Sie mir bitte Bescheid, wenn der erste Patient kommt. Ich werde so lange noch etwas die Schränke nebenan neu sortieren.«

Erleichtert zog Kat den weißen Kittel aus und griff nach einem Umschlag. Die erste Sprechstunde war geschafft. Zwar hatte Mrs. White jedes Mal laut nach ihr gerufen, anstatt die Sprechanlage zu benutzen, und sie hatte Mühe, die krakelige Schrift von Doc Harlow in den Akten zu entziffern, aber alles in allem war der Vormittag erfolgreich verlaufen.

Kat trat ins Wartezimmer und hielt den Umschlag in ihrer Hand hoch. »Ich muss ein paar Unterlagen im Rathaus abgeben und hole mir danach etwas zu essen, soll ich Ihnen auch etwas mitbringen?«

»Ich habe immer ein Sandwich dabei.« Mrs. White setzte die Brille ab und sah sie ernst an. »In einer Stunde öffnen wir wieder, bitte seien Sie pünktlich.« Dann kramte sie ein neues Döschen Pillen aus der Kiste, setzte die Brille vorne auf die Nasenspitze und versuchte, das Haltbarkeitsdatum zu entziffern.

»Ich werde mich bemühen, pünktlich zu sein.« Kat unterdrückte ein Grinsen, öffnete die Tür und trat nach draußen. Sie ließ ihren Blick über die breite Hauptstraße schweifen. Selbst um diese Zeit fuhren hier nur wenige Autos. Vorbei an Holzhäusern mit kleinen Geschäften lief sie über den Gehweg. Ja, das war eine andere Welt als Adelaide. Zum zweiten Mal des Tages kam die Erinnerung an den Ort, an dem sie aufgewachsen war, in ihr hoch. Mühsam verbannte Kat die Erinnerung an ihre Kindheit und die Probleme, die sie letztlich nach Firefly Creek geführt hatten. Instinktiv sah sie über ihre Schulter nach hinten und blieb dann stehen. *Stell dich nicht so an.* Wann würde dieses Bedürfnis, ihre Umgebung immer im Auge zu behalten, endlich verschwinden? Tief atmete sie durch und lief dann erneut los.

Auch wenn sie das alles hier nicht gewöhnt war, konnte sie sich kaum dem Charme der Kleinstadt entziehen. Trotz des inzwischen grauen Himmels wirkte der Ort freundlich und aufgeräumt. Liebevoll gestaltete Schilder an den Fassaden wiesen auf Friseur, Metzger und Bäcker hin, und das Rathaus am Ende der Straße war ein eindrucksvolles Sandsteingebäude neben einer gepflegten kleinen Parkanlage. Die meisten Vorgärten vor den kleinen Häusern sahen nach dem heißen Sommer noch immer bemitleidenswert vertrocknet aus. Die Hände in den Jackentaschen, spazierte Kat vorbei am Kindergarten und beobachtete, wie kreischende Kinder im Garten spielten. Hier war, so schien es, die Welt noch in Ordnung. Etwas weiter, beinahe hatte sie das Rathaus schon erreicht, entdeckte sie die Werkstatt, in der der jüngste Bennett arbeiten sollte. Unauffällig schielte Kat im Vorbeigehen durch das offene Tor und entdeckte einen großen Mann mit auffallend kurz geschorenen Haaren, der an einem Auto auf der Hebebühne herumschraubte. Selbst auf die Entfernung war die Familienähnlichkeit unverkennbar. Obwohl die Brüder unterschiedlich aussahen, verband sie etwas, auch wenn Kat es nicht benennen konnte. Nein, es bestand kein Zweifel: Der gut gebaute Kerl in der Arbeitshose musste River sein. Amüsiert ging Kat weiter und stieg schließlich die massiven grauen Steinstufen zur Eingangstür des Rathauses hinauf.

Die Eingangshalle war größer, als es von außen den Anschein machte. Rechts und links führte je eine geschwungene Holztreppe in den ersten Stock, und an den Wänden hingen verblasste Bilder, die Firefly Creek in früheren Tagen zeigten. Dieses Gebäude stand in deutlichem Gegensatz zu all den niedlichen Holzhäusern, welche die wenigen Straßen des Ortes säumten. Neben der Tür zum Bürgeramt entdeckte Kat eine Pinnwand, an der ein Zettel hing, der ihre Aufmerksamkeit auf sich zog. Prüfend trat sie näher heran und las den Text. Rasch kramte sie in ihrer Tasche und zog den Geldbeutel heraus. Erleichtert stellte sie fest, dass sie genug Geld dabeihatte, und riss den Zettel vom Brett. Es war ungewöhnlich, aber es konnte funktionieren.

Auf dem Weg zurück zur Praxis hatte sie sich ein Sandwich und ein süßes Teilchen in der kleinen Bäckerei besorgt. Die Aufregung des ersten Tages machte sie offensichtlich hungriger als üblich. Als Kat das Wartezimmer betrat, schmunzelte sie und leckte sich den restlichen Zuckerguss von den Fingerspitzen. Mrs. White saß, die Brille schief auf der Nase, schlafend auf dem Bürostuhl.

»Ich bin zurück«, rief Kat etwas zu laut und trat auf ihre Angestellte zu.

Die alte Dame rückte sich die Brille zurecht, setzte sich

aufrecht hin und sah auf die Uhr. »Gerade noch rechtzeitig«, bemerkte sie spitz.

»Können Sie mir bitte die Nummer von Silverwood raussuchen?«, bat Kat und lehnte sich abwartend gegen den Tresen.

Statt im Computer sah Mrs. White in einem abgenutzten kleinen Büchlein nach, dessen Seiten schon erkennbar vergilbt waren. In Zeitlupe wählte sie und reichte den Hörer dann Kat weiter.

Kaum hatte Kat nach dem Telefon gegriffen, hörte sie schon Liz' fröhliche Stimme.

»Hallo, hier ist Kat Roberts. Könntest du mir bitte Jim geben?«

»Natürlich. Er ist draußen, ich rufe ihn.« Sie hörte Schritte und eine Tür, die sich öffnete. Laut schallte Liz' Ruf durch den Hörer, und Kat hielt ihn etwas weiter weg.

»Und, wie ist der erste richtige Arbeitstag bisher verlaufen?«, wollte Liz wissen, um die Wartezeit zu überbrücken.

»Erstaunlich unkompliziert bisher.«

»John war total perplex, wie gut du mit Buster zurechtgekommen bist. Ich erlebe ihn ja selten sprachlos, aber heute war er es.« Liz kicherte in den Hörer.

»Hoffentlich erzählt er das den anderen Farmern«, gab Kat belustigt zurück. »Dein Kuchen war übrigens unheimlich lecker und hat mir gestern den Abend gerettet. Ich bin noch immer nicht zum Einkaufen gekommen, und der Kühlschrank ist fast leer.«

»Du bist jederzeit auf einen Kaffee eingeladen, wenn du in der Nähe bist«, sagte Liz, und Kat spürte, dass es ehrlich gemeint war. Sie freute sich über die Gastfreundschaft, die ihr die fremde Frau so selbstverständlich entgegenbrachte.

»Hier ist der Mann, den du sprechen möchtest. Bis bald«, verabschiedete sich Liz.

»Ja?« Die Irritation in Jims Stimme war nicht zu überhören. Kat sah Jim vor sich, wie er am Tag zuvor während ihres Gesprächs am Zaun gelehnt hatte. Groß wie sein Vater und seine Brüder, aber mit einem breiteren Kreuz und einer etwas gemütlicheren Ausstrahlung. *Wie ein Brummbär.*

»Ich habe die Lösung für dein Problem mit den tragenden Kühen«, platzte es aus ihr heraus.

»Kat?« Er machte eine kurze Pause. »Du hast einen Unterstand aufgetrieben? So schnell?«

»Etwas in der Art. Kannst du heute nach der Sprechstunde herkommen?«

»Ja sicher. Danke.«

»Bedank dich nicht zu früh, ich habe dafür zweihundert Dollar ausgelegt, die ich gerne von dir zurückhätte. Bis später dann.« Ohne auf seine Reaktion zu warten, reichte sie Mrs. White das Telefon, und gleich darauf klingelte schon die Türglocke. Eine ältere Frau trug einen Karton herein, aus dem leises Maunzen drang. Katzenbabys – konnte der Tag noch besser werden?

***

»Was wollte Kat denn?« Neugierig musterte Liz ihn.

»Ich habe ihr die Kühe gezeigt, die bald kalben werden, und Kat meinte, wir bräuchten zur Sicherheit einen Unterstand, falls starker Regen einsetzt.« Prüfend sah Jim zum Fenster hinaus auf den Himmel. »Wochenlang hat es nicht geregnet, und all die dunklen Wolken ziehen seit Tagen über uns hinweg, ohne dass auch nur ein Tropfen zu Boden fällt.

Aber ich wette, dass es in dem Moment zu regnen beginnt, in dem das erste Kalb kommt.«

»Wir brauchen dringend Wasser«, sagte Liz. »Aber dann habt ihr jetzt dank Kat eine Sorge weniger.«

Jim zog die Augenbrauen zusammen. »Ich möchte nur wissen, wo sie das Teil so schnell aufgetrieben hat. Außer Richard Smith fällt mir niemand ein, der so etwas besitzen könnte. Zumindest nicht in der Größe, die wir brauchen.«

»Kat wird es dir sicher nachher verraten.«

Jim nickte und legte auf. »Ich habe noch zu tun. Heute Nachmittag fahre ich zur Praxis, und dann können wir es in den nächsten Tagen schon aufbauen.« Er griff nach seinem Hut und stapfte hinaus. Kat hatte begeistert geklungen und das, obwohl es *sein* und nicht ihr Problem war. Doch offensichtlich war sie nicht nur begabt, wie die Sache mit Buster vermuten ließ, sondern auch engagiert, wenn es um ihren Beruf ging.

Als er eintrat, sah Mrs. White zu ihm auf, und er konnte erkennen, wie sich ihr Gesicht aufhellte.

»Jim Bennett. Dich habe ich ja eine Weile nicht mehr gesehen«, rief die ältere Frau aus.

»Sie wissen ja, wie das bei uns Farmern ist: Es gibt immer was zu tun.« Er trat an den Tresen heran, stellte die Tasche darauf, die Liz ihm mitgegeben hatte, und stützte die Arme ab. »Ist sie schon fertig?«, erkundigte er sich.

»Miss Roberts«, rief Edna White laut in Richtung des Behandlungsraums. Erstaunt, dass eine Frau in diesem Alter solch eine kräftige Stimme hatte, musste Jim grinsen.

Die Tür öffnete sich, und Kat streckte den Kopf heraus.

»Mr. Bennett ist hier«, erklärte Mrs. White.

»Das sehe ich.« Seufzend kam Kat auf sie zu, während sie in einen Parka schlüpfte. »Bitte nutzen Sie das nächste Mal die Sprechanlage, dann müssen Sie nicht so laut sein.«

»Das Teil funktioniert nicht«, beschwerte sich Edna White. »Den Doc hat es nicht gestört, wenn ich gerufen habe.«

»Der hat auch nicht gut gehört«, murmelte Kat und kramte einen roten Filzstift aus der Schreibtischschublade hervor. »Hier, ich habe Ihnen die richtige Taste markiert. Nun sollte es keine Probleme mehr geben«, sagte sie zufrieden.

»Finden Sie nicht auch, dass er ein wenig mager aussieht?«, wollte Edna White mit sorgenvollem Gesicht wissen.

»Jim?« Erstaunt sah Kat zu ihm.

Er wusste, was jetzt kommen würde. Amüsiert rieb er sich über den Nacken.

»Wann hast du denn das letzte Mal gegessen, Junge? Ich habe noch einen Riegel in der Handtasche, falls du Hunger hast?«

Jim beugte sich vor und lächelte sie an. »Das ist lieb von Ihnen, Mrs. White, aber Liz kocht hervorragend für uns. Sie ist eine wunderbare Köchin.«

»Ach, tatsächlich?« Mrs. White nahm die Brille ab, die nun an einer Perlenkette vor ihrem ausladenden Busen hin und her schwang. »Wann hat dein Bruder denn genau vor, sie endlich zu heiraten? Das Kind müsste ja jeden Moment kommen.«

Jim unterdrückte ein Stöhnen und richtete sich auf. »Ich kenne Ethans und Liz' Pläne nicht, aber die beiden sind zufrieden, wie es ist. Und Liz trägt ja schon den richtigen Nachnamen, warum also die Eile?« Belustigt zwinkerte er Edna zu und hoffte, ihr mit seinem Spruch den Wind aus den Segeln zu nehmen. Es nervte ihn, dass noch immer über seinen Bruder und Liz getratscht wurde.

»In der Tat, den Nachnamen hat sie schon.« Mit gerümpfter Nase klappte Edna White den Kalender zu und griff nach ihrer Tasche. »Dann einen schönen Feierabend. Ich komme wie üblich übermorgen Vormittag um Punkt acht Uhr. Die Akten der Farmer, die Sie morgen besuchen werden, habe ich Ihnen rausgelegt, Miss Roberts.«

»Danke«, murmelte die Tierärztin und sah Jim prüfend an.

Er wartete, bis sich die Eingangstür geschlossen hatte, und hielt Kat die Tasche hin, die Liz ihm gegeben hatte. »Du solltest vor meiner Schwägerin lieber nicht erwähnen, dass dein Kühlschrank leer ist«, sagte er.

»Was ist das?« Irritiert griff Kat nach der Tüte und sah hinein.

»Mittagessen für die nächsten Tage, ein selbst gebackenes Brot und haufenweise Obst und Gemüse«, zählte Jim auf.

»Sag Liz, sie ist ein Engel.« Mit einem Lächeln, das tief aus ihrem Innern zu kommen schien, eilte Kat zum Behandlungsraum. »Ich bringe die Sachen schnell in meine Wohnung, dann komme ich außen rum zu deinem Wagen. Leg bitte den Riegel um, wenn du die Tür zuziehst.«

»Also, wohin müssen wir?«, fragte Jim.

Kat warf die Seitentür des Pick-ups zu und schnallte sich an. »Zum Bauhof der Gemeinde«, sagte sie.

»Dort gibt es einen Unterstand?«

»Warte es einfach ab«, antwortete sie mit einem Grinsen.

»Na dann.« Jim startete den Wagen und fuhr die Hauptstraße entlang. Der Bauhof lag am Ortsrand in der Nähe des Friedhofs. Sollte er mit Kat reden? Nur über welches Thema? Meist zog er es vor zu schweigen, als sich ausführlich zu unterhalten.

Doch Kat nahm ihm diese Sorge ab. »Wie kann Liz deine Schwägerin sein und den gleichen Nachnamen tragen, wenn sie nicht mit Ethan verheiratet ist?« Nachdenklich kaute sie auf ihrer Unterlippe und dem Piercing herum.

»Wie ich sehe, ist der Klatsch noch nicht bis zu dir durchgedrungen«, brummte er. »Liz war mit Samuel verheiratet und trug sein Kind im Bauch, als er vor etwa fünf Jahren an Krebs starb. Vor knapp einem Jahr haben Ethan und sie sich dann ineinander verliebt, und als die Beziehung bekannt wurde und Liz dann auch noch von Ethan schwanger war, hat nicht jeder hier wohlwollend reagiert.« Betrübt erinnerte er sich an all das, was Liz hatte aushalten müssen. Wie sehr ihn dieser Moralismus hier auf dem Land manchmal störte. Doch auch in der Familie war die Liebe zwischen Liz und Ethan nicht ohne Schwierigkeiten akzeptiert worden. Nein, beinahe wäre der Bennett-Clan an den Reibereien zwischen John und Ethan auseinandergebrochen. Sein ältester Bruder John hatte es lange Zeit nicht akzeptieren können, dass Samuels Witwe sich ausgerechnet in Ethan verliebte. Darum hatte er seinen Bruder, der lange Jahre in Sydney gelebt und endlich wieder den Weg zu ihnen gefunden hatte, hochkant aus dem Haus geworfen. Monatelang war es in Silverwood erdrückend ruhig gewesen, sogar zu ruhig für Jim. Doch am Ende hatten sich seine Brüder zusammengerauft, und inzwischen lebte Ethan glücklich mit Liz und ihrem Sohn auf Silverwood. Und bald schon würde ihr gemeinsames Baby geboren werden.

»Die Leute haben ein Problem damit, dass Liz wieder glücklich ist?« Erstaunt sah Kat ihn an.

»Wer hier anders ist oder sich nicht an die Regeln hält, hat es nicht leicht. Und sich in den Bruder deines verstorbenen Mannes zu verlieben, verstößt für viele hier gegen die Anstandsregeln.« Er blickte aus den Augenwinkeln zu Kat hinüber und bemerkte ihren erstarrten Gesichtsausdruck. Geistesabwesend sah sie nach draußen und schluckte schwer. *Verdammt.* Das war der Grund, warum er nicht gerne viel sprach. Unbedacht hatte er sie vermutlich einmal mehr darauf hingewiesen, dass sie es hier nicht leicht haben würde. »Das war nicht auf dich bezogen«, fügte er hinzu.

»Natürlich nicht.« Flüchtig lächelte sie ihn an. »Aber warum zum Teufel ist Mrs. White zu dir so nett, während sie mir die kalte Schulter zeigt?«

Dröhnend lachte er auf. »Ich bin einer der mutterlosen Bennett-Jungen. So ist das hier schon immer gewesen. Ich habe keine Ahnung, was die älteren Frauen im Ort glauben, was bei uns auf der Farm los ist, aber sie überhäufen uns bei jeder Gelegenheit mit Aufmerksamkeiten. Als wir noch Kinder waren, haben sie uns ständig Süßigkeiten und Essen zugesteckt. Vermutlich haben sie befürchtet, Harry würde uns nichts geben.«

»Du siehst nicht gerade verhungert aus«, sagte Kat, und ihre Augen wanderten an seinem Körper entlang.

»Soll das etwa heißen, dass ich fett bin?« Mit hochgezogenen Augenbrauen sah er zu ihr hinüber.

»Das habe ich nicht gesagt«, beschwichtigte sie.

»Irgendwann wird Mrs. White dir auch einen Riegel anbieten, da bin ich mir sicher. Bis dahin machst du einfach deinen Job. Und denk nicht zu viel darüber nach, was andere von dir halten.«

»Ich gebe für gewöhnlich nichts auf die Meinung anderer.

Solange sie nicht kritisieren, wie ich meinen Job erledige, ist es mir egal.«

Zustimmend nickte Jim. Schon wieder hatte sie ihn dazu gebracht, sich mit ihr zu unterhalten. Wie kam es nur, dass er in Kats Gegenwart so ungewohnt redselig wurde?

Der Wagen bog auf die Landstraße ab, und bald kam der hohe Zaun des Bauhofs in Sicht. Vor dem Tor hielt Jim an, und beide stiegen aus. Kat ging darauf zu und starrte auf die Kette mit dem dicken Schloss. »Warum ist hier abgeschlossen? Im Rathaus haben sie gemeint, es wäre bis abends offen, und wir könnten kommen.« Suchend sah sie sich um.

»Das ist mal wieder typisch. Ich wette, Bob, der hier arbeitet, hat früher Schluss gemacht und sitzt schon im Pub.«

»Und jetzt?« Schulterzuckend sah sie ihn an.

»Dann kommen wir eben ein anderes Mal wieder«, erklärte Jim gelassen.

»Kommt nicht in Frage. Ich habe das Teil schon bezahlt, und es hieß, ich kann es abholen. Also machen wir das auch.« Kat kramte in einer ihrer ausgebeulten Jackentaschen und ließ den Inhalt auf den Boden fallen. »Schauen wir mal, was wir hier haben.« Auf dem staubigen Boden kniend durchforstete sie den Tascheninhalt und griff nach einer Pinzette und einer kleinen Zange. Dann steckte sie die leeren Süßigkeitenpapierchen, verschiedene Münzen und eine Pflasterrolle, die ebenfalls aus ihrer Tasche gefallen waren, wieder ein.

»Was hast du vor?«, fragte Jim.

»Das Schloss öffnen.« Mit der Pinzette machte sie sich an dem groben Metallteil zu schaffen.

Entsetzt sah er sich um. »Und was, wenn das jemand mitbekommt?«

»Dann erklären wir einfach, was los ist«, sie zwinkerte ihm zu. »Außerdem ist hier keine Menschenseele.«

Neugierig beobachtete er, wie sie mit der schmalen Pinzette in das Innere des Schlosses fuhr. »Und du meinst wirklich, das klappt?«

»Das hoffe ich doch. Es ist ein altes Teil und mit etwas Fingerspitzengefühl ...« Ein Klacken war zu hören. »Sollte es klappen.« Triumphierend zog Kat die Kette durch das Gitter des Tors und gab diesem einen Schubs. Quietschend öffnete es sich.

»Ich bin mir nicht sicher, was ich davon halten soll, dass du so etwas kannst«, bemerkte Jim und folgte ihr in das eingezäunte Gelände.

Suchend sah sie sich um und ging mit schnellen Schritten auf einige Paletten zu, auf denen lange Metallstangen und mehrere Rollen weißer Plane lagen. »Da ist es ja.«

»Was soll das sein?«

»Das hier«, aus der anderen Jackentasche zog sie einen zusammengefalteten Zettel heraus.

»Das kann nicht dein Ernst sein.« Perplex betrachtete Jim das Bild von dem alten Partyzelt, das jedes Jahr zum Stadtfest aufgebaut wurde.

»Es wird seinen Zweck erfüllen und ist groß genug. Lass einfach eine Seite offen, dann können die Kühe ohne Probleme reinlaufen«, sagte Kat und zog ächzend eine Stange von der Palette.

»Harry wird mich umbringen, wenn ich das auf der Weide aufbaue.«

»Wenn die Kälber im Matsch absaufen, wird dein Vater wohl auch nicht zufrieden sein, oder?« Mit hochgezogenen Augenbrauen wartete sie auf seine Reaktion.

Wieder sah Jim auf das Bild und stöhnte laut auf. »Es ist besser als nichts«, gab er zu und griff nach mehreren Stangen, um sie auf die Ladefläche zu hieven.

Nachdem sie alles aufgeladen hatten, zog Kat die Kette durch das Gitter, und das Schloss rastete klackend ein. »Dann bekomme ich bitte zweihundert Dollar von dir.« Sie hielt die Hand auf.

Jim kramte in seiner Hosentasche und reichte ihr die Scheine. »Du bist eine ungewöhnliche Frau mit ungewöhnlichen Ideen«, rutschte es ihm heraus.

»Und du ein gewöhnlicher Farmer, der sich schwer damit tut, um die Ecke zu denken.« Glucksend lachte sie und stieg in seinen Wagen.

»Hast du mich eben beleidigt?«, rief Jim und folgte ihr zum Pick-up.

»Habe ich das?« Herausfordernd sah sie ihn an.

»Wie auch immer …«, stammelte er, setzte sich hinter das Lenkrad und startete den Motor. Kat brachte ihn durcheinander. Ob sie es mit Absicht tat oder ob es einfach ihre Persönlichkeit war, konnte er nicht sagen. Schweigend fuhren sie zurück zur Praxis.

»Sag bitte Liz, dass ich mich sehr über das ganze Essen gefreut habe.«

Er nickte Kat zu und beobachtete, wie sie ausstieg und zu ihrer Wohnungstür ging. Seufzend drehte er sich um und sah durch das Fenster der Fahrerkabine auf die Stangen und Planen auf der Ladefläche. »Harry wird mich steinigen«, murmelte er. Aber eine Notlösung war besser als gar keine Lösung.

»Was soll das sein?« Prüfend zupfte John an dem festen weißen Stoff.

Jim ging um den Wagen herum und stützte sich mit den Armen auf der Ladefläche auf. »Erinnerst du dich an das Festzelt vom Stadtfest?«

»Das kann nicht dein Ernst sein.« Johns Augenbrauen zogen sich noch ein wenig mehr zusammen als üblich.

»Anscheinend hat die Gemeinde ein neues gekauft, und Kat hielt es für eine gute Idee, das alte hier für die Kühe zu nehmen«, sagte Jim.

»Die Frau hat sie nicht alle«, kommentierte sein Bruder.

»Aber ich schätze, es wird funktionieren. Solange Harry uns verbietet, bei Richard Smith nach einem Unterstand zu fragen, müssen wir nehmen, was wir kriegen können. Unser Budget reicht nicht, um einen neuen zu kaufen.«

»Fahr den Wagen besser hinter die Scheune, damit Harry das hier nicht sieht. Wir bauen das Teil heute Abend auf, wenn es dunkel ist. Besser, er bekommt es erst mit, wenn es schon steht. Ich gebe den Zwillingen Bescheid, dass wir mit dem Aufbau beginnen, sobald der alte Mann sich für den Abend im Büro vergräbt«, sagte sein Bruder.

»Gut so. Dann kommt das Donnerwetter erst morgen.«

Kopfschüttelnd betrachtete John erneut die Einzelteile des Zeltes und stapfte dann zum Pferdestall.

Jim parkte den Pick-up hinter der Scheune und trat dann in die Küche. Liz saß am Tisch, die Füße auf einen Stuhl hochgelegt. In jeder Hand hielt sie ein Eis und leckte abwechselnd an beiden, während sie in einer Zeitschrift las, die auf ihrem dicken Bauch lag.

Schmunzelnd setzte Jim sich zu ihr. »Gleich zwei?«, fragte er.

Schuldbewusst sah sie ihn an. »Ich konnte mich nicht zwischen Vanille und Schokolade entscheiden.«

»Du isst ja auch für zwei.« Jim horchte, doch im Haus war kein Ton zu hören. »Wo treibt Ollie sich rum?«, erkundigte er sich nach seinem Neffen. Dank des Jungen war es selten still im Haus.

»Quentin hat ihn mit zu den Schafen genommen, um dort mit Fred das Treiben zu üben.« Sie lachte leise. »Sag bitte meinem Sohn nicht, dass ich hier sein Eis aufesse.«

»Von mir erfährt er nichts.« Jim räusperte sich. »Ich soll dir Kats Dank ausrichten. Sie hat sich sehr über das Carepaket gefreut.«

Liz nickte zufrieden. »Ich bin mir sicher, dass sie jetzt am Anfang ziemlich viel mit der Praxis zu tun hat. Ein kleiner Willkommensgruß kann nicht schaden.« Sie leckte weiter am Eis und ließ ihn nicht aus den Augen. »Wie war es denn mit Kat?«

»Da bin ich mir nicht sicher.« Jim rieb sich über das Gesicht und lehnte sich im Stuhl zurück. »Diese Tierärztin hat eine merkwürdige Art und komische Ideen, sage ich dir.«

Liz nickte und vertilgte den Rest des Vanilleeises. »Ich hatte gleich das Gefühl, dass sie Schwung in den Laden bringen wird.«

»Das fürchte ich auch«, murmelte er.

»Etwas Abwechslung ist nichts Schlimmes, Jim.« Liz lachte und wuchtete sich vom Stuhl hoch. »Dann mache ich mich mal daran, das Abendessen vorzubereiten. Sicherlich fällt der Rest von euch hier bald ausgehungert ein.«

»Ich helfe dir.« Er sprang eilig auf und nahm seiner Schwägerin die Eisstiele aus der Hand. »Du solltest es langsam etwas ruhiger angehen lassen, Liz.« Jim deutete auf ihren Bauch.

»Ich habe gerade eine halbe Stunde gelesen und Eis gefuttert, ich übernehme mich sicher nicht.« Kopfschüttelnd fuhr sie sich über die Bluse. »Selbst wenn ich das wollte, zwingt mich diese Melone, langsam zu machen.«

Aus dem Geschirrschrank nahm Jim die Teller und verteilte sie auf dem Tisch. Seit Liz ihm und seinen Brüdern vor Monaten in den Hintern getreten hatte, da sie sich von ihr zu sehr hatten bedienen lassen, waren alle darum bemüht, ihre schwangere Schwägerin zu entlasten. Harry passte inzwischen auf wie ein Schießhund, dass seine Söhne ihren Anteil an der Hausarbeit leisteten und seine Schwiegertochter nicht mehr alleine für alles verantwortlich war, was im Haus anfiel.

Ein lautes Kreischen erklang, und gleich darauf stürmte Ollie mit Fred durch die Seitentür. Strahlend umschlang er die Beine seiner Mutter und rannte dann zu Jim. Dieser wirbelte seinen Neffen durch die Luft und setzte ihn dann auf einem Stuhl ab. Mit roten Wangen strahlte ihn das Kind an. »Quentin hat mir beigebracht zu pfeifen.« Zum Beweis pustete Ollie durch die Lippen, doch mehr als ein Zischen war nicht zu hören.

»Sehr beeindruckend«, betätigte Jim und verkniff sich ein Lachen. Sein Neffe war ein wunderbarer kleiner Wirbelwind und erinnerte ihn jeden Tag an seinen verstorbenen Bruder. Bis auf die blonde Haarfarbe, die Ollie von seiner Mutter hatte, glich der Junge Samuel bis ins kleinste Detail. Erst vor wenigen Wochen hatte Ollie Ethan beim Abendessen das erste Mal Dad genannt. Vermutlich hatte der Kleine keine Ahnung, was er damit bei seinem Ziehvater ausgelöst hatte, doch Jim hatte Ethans feuchte Augen und Liz' gerührten Blick bemerkt. Was auch immer die Leute im Ort über diese Familie sagten, es war alles genau so, wie es sein sollte.

Bis spät in die Nacht hatten die Brüder die Metallstäbe zusammengeschraubt und die einzelnen Planen befestigt. Schon im Scheinwerferlicht hatte das Zelt mehr als fehl am Platz gewirkt. Müde saßen sie abwartend beim Frühstück, während Harry wie jeden Morgen mit seinem Enkel die Eier im Hühnerstall einsammelte.

»Was geht hier vor?« Die Hände in die Hüften gestemmt, sah Liz von einem zum anderen. »So angespannt, wie ihr auf die Tür starrt, ist doch was im Busch.«

»Den Eindruck hatte ich auch schon«, pflichtete Ethan ihr bei.

»Wartet es einfach ab«, knurrte John und griff nach seiner Tasse.

»Was zum Teufel habt ihr euch dabei gedacht?«, dröhnte Harrys Stimme vom Hof in die Küche.

Quietschend rannte Ollie durch die Seitentür und sprang aufgeregt vor Liz auf und ab. »Die Kühe haben ein Schloss bekommen«, rief er begeistert.

»Ein Schloss? Das muss ich mir ansehen!« Neugierig lief Liz langsam hinter ihrem Sohn nach draußen.

»Dann holen wir uns das Donnerwetter lieber gleich ab«, sagte Jim, legte die Zeitung zur Seite und stand auf. Er hatte das Teil nach Silverwood gebracht, und die trächtigen Kühe fielen in seinen Aufgabenbereich. Seine Brüder hatten ihm trotz ihrer Zweifel beim Aufbau geholfen.

»Wir bleiben hier und essen fertig, lasst ihr euch ruhig anschreien«, verkündete Quentin grinsend und schob sich und

River eine weitere Portion Speck auf den Teller. »Schließlich hat Jim sich von der Tierärztin zu dieser Sache überreden lassen, soll er gucken, wie er das ausbadet.«

John warf Jim einen vielsagenden Blick zu und folgte ihm auf den Hof. Rasch hatten sie Liz eingeholt und gingen hinüber zur Weide, an deren Zaun Harry mit aufgebrachtem Gesichtsausdruck stand.

»Was soll das sein?«, brüllte er ihnen entgegen.

»Ein Unterstand – falls es regnet, wenn die Kälber kommen«, erklärte Jim mit ruhiger Stimme.

»Das sieht aus, als ob die Kühe eine verdammte Gartenparty veranstalten würden«, brummte sein Vater und sah auf das gewaltige Zelt, dessen Seitenteile halbrunde Fenster mit aufgedruckten Sprossen zierten.

»Ich finde es eigentlich sehr hübsch. Mal etwas anderes«, sagte Liz und lachte ausgelassen.

»Es sieht aus wie ein Schloss.« Staunend betrachtete sein Neffe das Ungetüm auf der Weide.

»Wenn das einer sieht, werden wir endgültig zum Gespött im Ort«, brummte Harry.

»Seit wann interessiert es dich, was die Leute denken?« John sah seinen Vater an. »Wir hätten auch zu Richard Smith gehen können, aber ich schätze, diese Lösung wird dir lieber sein.«

Erneut wanderte Harrys Blick zum Zelt, dann zu Jim. »Dass du auf so eine Idee kommst, hätte ich nicht angenommen.«

»Es wird funktionieren. Das ist alles, worauf es ankommt.« Abwartend hielt Jim dem Blick seines Vaters stand.

»Ich gehe jetzt frühstücken«, beendete Harry das Gespräch und stapfte zurück zum Haus.

»Das war es also, weshalb Kat dich gestern angerufen hat?« Schmunzelnd sah Liz Jim an.

Er nickte. »Ich komme gleich nach. Wenn ich schon hier bin, kann ich noch rasch nach den Kühen sehen.«

»Du wirst uns vermutlich einholen, so lange wie Liz bis zum Haus braucht«, sagte John mit zuckenden Mundwinkeln und reichte seiner Schwägerin den Arm, damit sie sich einhaken konnte, während Ollie kreischend vorausrannte.

Jim stieg durch die Holzlatten hindurch und ging auf die Kühe zu. Zu viel Trubel am Morgen war etwas, das er nicht schätzte. Ihm gefielen die Ruhe hier draußen, der funkelnde Tau auf den Grashalmen und der frische Wind. Prüfend ging er zwischen den Tieren hindurch und spürte ihr glattes Fell unter seinen Handflächen. Noch deutete nichts auf baldige Geburten hin, und dank Kat musste er sich keine Sorgen mehr um das Wetter machen. Noch versprach der Himmel keinen Regen, auch wenn dieser dringend nötig wäre. Die Risse in der trockenen Erde zeigten, wie überfällig ein anständiger Schauer inzwischen war.

»Jim, Telefon!«, hallte die Stimme seiner Schwägerin vom Haus herüber.

Mit einem Seufzer klopfte er auf den Rücken einer Kuh und eilte zurück.

Liz reichte ihm den Hörer und formte mit dem Mund »Sarah«.

Mit einem Seitenblick zum vollbesetzten Tisch griff Jim danach. »Morgen, Sarah«, sagte er in den Hörer.

»Hi, Jim! Ich dachte, wir könnten nächsten Dienstag essen gehen, bevor du in den Pub musst«, hörte er Sarah flöten.

Angespannt atmete er durch und versuchte, die Grimassen, die Quentin und River ihm zuwarfen, zu ignorieren.

River küsste gespielt verknallt Quentins Wange, und beide lachten sich daraufhin schlapp.

»Das klingt gut. Ich kann um halb sieben kommen«, antwortete Jim knapp.

»Ich freue mich schon. Ist schon wieder viel zu lange her«, sagte Sarah begeistert.

»Ich muss los. Bis dann.« Knallend legte er den Hörer auf. »Habt ihr nichts Besseres zu tun?«, schimpfte er und sah die Zwillinge an.

»Du und Sarah, ihr trefft euch wieder?«, fragte Liz interessiert nach.

»Essen«, erklärte Jim kurz angebunden.

»Wird auch Zeit«, bemerkte Harry.

»Was wird Zeit?« Fragend sah Jim seinen Vater an.

»Dass du dich nach einer Frau umsiehst.«

Unter dem schallenden Gelächter der Brüder setzte Jim sich wieder auf seinen Stuhl. »John ist älter als ich, geh *ihm* damit auf die Nerven.«

»Bei John habe ich alle Hoffnung aufgegeben«, brummte Harry.

»Sarah passt doch zu dir, oder nicht?« Herausfordernd grinste John ihm zu. »Sie ist nett, wäre sicher eine wunderbare Ehefrau, und sie ist ganz begeistert von dir.«

Statt einer Antwort kniff Jim nur die Augen zu schmalen Schlitzen zusammen und griff dann wieder nach der Zeitung. Er würde einen Teufel tun, sein Liebesleben mit seiner Familie zu besprechen. Oder vielmehr dessen Mangel. Ja, Sarah hatte eindeutig Interesse an ihm, aber seit einiger Zeit war nichts mehr zwischen ihnen gelaufen. John hatte recht: Von außen betrachtet passten sie zusammen, doch bei Jim wollte der letzte Funke einfach nicht überspringen. Unauffällig beobachtete er, wie Ethan über Liz' Bauch rieb, während sie seinen Bruder liebevoll anlächelte. War es nicht das, was auch er wollte? Eine Frau an seiner Seite, mit der er Kinder haben und alt werden würde? Die Wahrheit war, dass Jim nicht wusste, was er wollte. Mit einunddreißig Jahren hatte ihn bisher keine Frau so sehr in den Bann gezogen, dass er sich eine gemeinsame Zukunft mit ihr vorstellen konnte. Er sollte Sarah wirklich eine Chance geben, vielleicht war dieses Glück näher, als er dachte.

Kapitel 4

Herrschaftlich thronte das weiß getünchte Haupthaus am Ende der langen Allee. Zu beiden Seiten lagen die beeindruckenden Stallungen und großzügige Weideflächen. Ohne Frage war die High Valley Farm ein Prachtstück, das seinesgleichen suchte. Kat parkte den Pick-up vor dem stattlichen Steingebäude, dessen blaue Fensterläden in der Morgensonne leuchteten. Es war Freitag, und der letzte Arbeitstag ihrer ersten Woche in Firefly Creek führte sie noch einmal zum weitläufigen Anwesen von Richard Smith. Kaum dass sie ausgestiegen war, sah sie den Mann bereits mit schnellen Schritten auf sich zukommen.

»Guten Morgen«, rief Kat ihm entgegen, während sie den großen Kühlbehälter aus dem Auto wuchtete.

»Es sind etwa vierzig brünstige Kühe«, erklärte Richard Smith, ohne sie zu begrüßen.

»Das klingt gut, dann machen wir uns an die Arbeit«, antwortete Kat und drückte ihm den Behälter in die Hände. Dann nahm sie die große Tasche aus dem Wagen, in der die nötigen Gerätschaften lagen.

»Sie sind sicher, dass Sie das können? Der Samen ist von einem erstklassigen Zuchtbullen und, wie Sie wissen, nicht gerade günstig.«

Kat betrachtete den Mann. Trotz des frühen Morgens

glänzten Schweißperlen auf seiner Halbglatze. Dies und sein ansehnlicher Bauchumfang verrieten ihr, dass Richard Smith lieber andere für sich arbeiten ließ, als selbst Hand anzulegen. Aber so wie es hier aussah, konnte er es sich auch leisten.

»Das ist mein Spezialgebiet, wie ich Ihnen bei meinem Besuch mit Doc Harlow erklärt habe«, sagte Kat. »Wo sind die Kühe?«

»Im Hauptstall.« Suchend sah er sich um und winkte einen jungen Mann heran. »Bill, trag das in den Stall und zeig Ms. Roberts die Kühe, die wir gestern von der Herde getrennt haben«, wies Mr. Smith seinen Angestellten an. Dann sah er Kat mit seinen stechenden grauen Augen an. »Ich werde nachkommen und sehen, ob alles klappt.«

»Natürlich.« Kat schluckte den aufsteigenden Ärger hinunter und folgte Bill zu dem riesigen Stall.

Die Kühe waren der Reihe nach angebunden und beäugten sie neugierig. »Kennen die Tiere die Prozedur schon?«, fragte Kat nach.

»Bisher haben wir nur unsere eigenen Zuchtbullen genutzt. Aber da Sie jetzt im Ort sind und diesen Service anbieten, hat sich der Chef entschieden, es mal mit dieser Art der Besamung zu versuchen«, klärte Bill sie auf.

Kat nickte und breitete die Instrumente auf dem Tisch aus, der für sie bereitgestellt worden war. Auch wenn Richard Smith ihr nicht viel zuzutrauen schien, wollte er dennoch auf ihre Fähigkeiten zurückgreifen, um seine Zucht zu verbessern. Der Samen, den er bei ihr bestellt hatte, gehörte zu den teuersten, die auf dem Markt zu haben waren. Kat hatte sich größte Mühe gegeben, den Zuchtbullen zu finden, der ihrer Meinung nach die besten Veranlagungen hatte. Vermutlich verdiente Richard Smith diesen Aufwand nicht, doch darauf kam es nicht an. Kat musste ihre eingestaubte Praxis in Schwung bringen, und wenn der erfolgreichste Züchter der Gegend bei ihr um Besamung seiner Kühe bat, dann war es eine Chance, die sie sich nicht entgehen lassen durfte.

Neugierig inspizierte Bill die Geräte. Kat öffnete den Kühlbehälter und nahm die erste Einheit heraus. »Was passiert nun damit?«, fragte der Angestellte.

»Das werde ich jetzt auf exakt 38,5 Grad erwärmen und einführen.«

Mit geröteten Wangen nickte der junge Bursche und sah zu Boden. Kat unterdrückte ein Lachen und schlüpfte mit dem linken Arm in einen Handschuh, der ihr bis zur Schulter reichte. Dann nahm sie das erwärmte Röhrchen aus dem Gerät und setzte es in eine der Stäbchenpistolen ein. »Und jetzt hältst du den Schwanz der ersten Kuh zur Seite«, wies sie ihn an.

Mit einer ordentlichen Portion Gleitgel auf dem Handschuh drang Kat in den After der Kuh ein.

»Was machst du jetzt?« Mit angewidertem Gesichtsausdruck beobachtete Bill alles, was Kat tat.

»Stell dich nicht so an, das sieht schlimmer aus, als es ist«, sagte Kat und konzentrierte sich auf ihre Finger. »Ich ertaste die Gebärmutter und führe das Stäbchen ein. Durch die dünne Darmwand kann ich genau erkennen, wo es sich befindet.« Vorsichtig schob sie den Stab mit dem Samen in die Kuh. »Jetzt muss das Stäbchen in die Zervix.« Erneut fühlte sie konzentriert nach. »Und dann löse ich die Pistole hier am Ende aus, und der Samen landet dort, wo er hingehört.«

Sie zog den Arm heraus und rollte den Handschuh ab. »Wir haben gerade ein Kälbchen gemacht«, sagte sie lachend, und Bill wirkte schon etwas gelöster.

»Eine Schande, dass der Doc das nicht auch angeboten hat«, hörte Kat Richard Smiths Stimme hinter sich grollen. »Nun sind wir nicht mehr auf unsere eigenen Bullen angewiesen, sondern können neue Blutlinien von außerhalb nutzen und unsere Zucht noch weiter verbessern.«

»Das ist der Sinn der Sache«, antwortete Kat angespannt und nahm ein weiteres Röhrchen aus dem Behälter.

»Jedes Jahr fahren die Farmer hier aus der Gegend zu einem Zuchtevent in Dunham und zeigen dort ihre besten Kälber vor.« Aufgebracht kniff Richard Smith die Augen zusammen. »In den letzten drei Jahren ist Harry Bennett mit seinen Kälbern auf dem ersten Platz gelandet, obwohl meine Zucht hier in der Region die erfolgreichste ist.«

»Dabei kommt es nicht auf die Anzahl der Zuchttiere an, sondern auf das Aussehen und die Entwicklung«, murmelte Kat, während sie das Röhrchen in dem dafür vorgesehenen Gerät erwärmte.

»Glauben Sie, das weiß ich nicht?«, schnauzte er sie an. »Jedenfalls werde ich ihm im nächsten Jahr eine Nasenlänge voraus sein. Der beste seiner Bullen ist nicht ansatzweise so gut wie dieser hier, den Sie ausgewählt haben.« Laut klatschte seine Handfläche auf den Kühlbehälter. »Aber es ist Harrys Problem, wenn er sich das nicht leisten kann.« Grinsend drehte er sich um und stapfte hinaus.

Kat presste die Lippen aufeinander. Dieser Typ war noch unangenehmer, als sie angenommen hatte. Er behandelte sie von oben herab, benutzte sie aber dennoch, um den anderen Farmern eins auszuwischen. Bill schien ihre Gedanken zu erraten und zuckte nur resigniert mit den Schultern. Dieser Mann war um seinen Chef nicht zu beneiden.

Fest umklammerte Kat das Lenkrad, als sie die Allee zurückfuhr. Mit einem »in einigen Monaten werden wir sehen, ob Sie das wirklich können«, hatte Richard Smith sie verabschiedet. Von dem Druck, den Kats Finger vor Ärger auf das Lenkrad ausübten, traten ihre Fingerknöchel weiß hervor. »So ein Arsch«, zischte sie. Und ausgerechnet diesem Smith hatte Kat nun einen Vorsprung in der Fehde verschafft, die offensichtlich zwischen ihm und Harry Bennett herrschte. Prüfend sah sie nach hinten zum Kühlbehälter. Es waren weniger Kühe brünstig gewesen, als Mr. Smith angenommen hatte, und mehrere Röhrchen steckten noch darin. In einer großen Praxis wäre es kein Problem gewesen, diese für das nächste Mal zu lagern, doch der Behälter hielt den Samen nur für wenige Tage kühl genug.

Sie ließ ihren Blick geistesabwesend über die weiten Grasflächen am Rande der Landstraße schweifen, die dringend Regen benötigten. Bald darauf kam eine Abzweigung, und im letzten Moment drückte Kat das Bremspedal durch. Schlitternd kam der alte Wagen zum Stehen. Einen Augenblick lang sah sie unschlüssig auf die schmale Seitenstraße, dann bog sie ab.

Nach einigen Minuten fuhr sie auf die Zufahrt nach Silverwood und entdeckte Jim und John, die in ein Gespräch vertieft vor dem Pferdeauslauf standen. Irritiert sahen beide auf, als sie parkte. Kat stieg aus und trat auf sie zu.

»Willst du dir das Zelt anschauen?«, fragte Jim amüsiert.

»Nein, etwas anderes.«

»Und was?«

»Eure besten ungedeckten Zuchtkühe«, sagte Kat ein wenig außer Atem.

»Wofür?« Misstrauisch musterte John sie.

»Das erkläre ich euch dann.«

»Wir haben auf der oberen Weide eine Herde eineinhalbjähriger Färsen«, überlegte Jim laut.

»Kommen wir da mit meinem Wagen hin?«

»Sicher, aber passen da nicht nur zwei rein?«, fragte Jim mit Blick auf ihren Pick-up.

»Fahrt ihr schon mal vor, ich nehme Buster.« John schwang sich über den Zaun und ging auf sein Pferd zu.

»Na, dann nichts wie hin«, sagte Kat und zupfte Jim ungeduldig am Ärmel.

»Verrätst du mir, was das soll?«, wollte Jim wissen, als er neben ihr einstieg.

»Erst muss ich was überprüfen.«

»Wird das wieder so eine Nummer wie mit dem Zelt?« Skeptisch sah er sie an.

»Dann war Harry also nicht begeistert, nehme ich an?«

»Ganz und gar nicht. Aber er hat eingesehen, dass es eine Notlösung ist und wir keine Alternative haben.«

Jim zeigte ihr den Weg zu der abgelegenen Weidefläche am Rande des Bennett-Anwesens, und kaum waren sie ausgestiegen, beäugte Kat die Kühe fachmännisch. Schweigend stand Jim gegen das Auto gelehnt und beobachtete, wie sie zwischen den Rindern hindurchging. Als Hufgetrappel zu hören war, kehrte Kat zum Wagen zurück.

John sprang in einiger Entfernung ab, und sie erkannte, wie Buster nervös zu ihr und Jim herüberschielte. John ließ ihn stehen und kam auf sie beide zu. »Dann spuck mal aus, was das hier soll«, brummte er.

»Ich habe euch was mitgebracht«, sagte Kat und hievte den schweren Kühlbehälter von der Ladefläche.

»Was ist das?« Jim betrachtete das Teil.

»Das beste Sperma, das momentan zu haben ist.«

Grinsend sah er zu ihr hoch. »Wie bitte?«

»Das ist von einem Zuchtbullen, der mir nach langer Suche als der beste seiner Rasse erschien. Neun Röhrchen sind übrig, wenn ihr sie wollt, gehören sie euch.«

»Übrig?« John sah sie mit schmalen Augen an. »Für wen hast du sie besorgt?«

Mit einem Seufzer verschränkte Kat die Arme vor der Brust. »Ich war eben auf der High Valley Farm.«

»Richard.« Fast spie John den Namen aus.

Jim stellte sich auf und schüttelte den Kopf. »Das geht nicht, Kat, beim besten Willen nicht. Das ist sein ...« Er hielt kurz inne. »Das ist *sein* Zeug.«

»Ich habe alle brünstigen Kühe von Richard Smith besamt, das hier ist übrig. Abfall. Morgen um diese Zeit ist der Kühlakku aufgebraucht, und die Röhrchen sind nicht mehr zu gebrauchen«, fiel sie ihm ins Wort.

»Das ist trotzdem wie stehlen«, sagte John, nahm den Hut ab und fuhr sich durch die dunklen Haare, die in der Sonne des späten Vormittags beinahe schwarz glänzten.

»Das ist Chancengleichheit«, gab Kat zurück. »Richard hat vor mir geprahlt, dass ihr euch das nicht leisten könnt und er Harry im nächsten Jahr bei der Jungtierbeschau schlagen wird.«

John ließ ein Raunen hören und feuerte seinen Hut zu Boden. »Das hat der Mistkerl in den letzten drei Jahren auch nicht geschafft, dieser Angeber sollte sich besser zurückhalten.«

»Dieser Angeber ist euch jetzt eine Nasenlänge voraus und wird es höchstwahrscheinlich dank dieser eingefrorenen Kaulquappen auch schaffen, euch zu schlagen.« Verstanden die beiden nicht, was sie ihnen hier anbot? Jeder Farmer würde dieses Angebot begeistert annehmen, doch den Brüdern musste Kat es geradezu aufdrängen.

»Harry müsste für die weitere Zucht wissen, dass die Kälber einen anderen Vater haben. Wir können ihm das nicht verheimlichen. Aber wenn Richard dafür gezahlt hat, wird sein Stolz es nicht zulassen, das anzunehmen«, sagte Jim.

»Dann sagt ihm, ihr habt von mir Restbestände im Gegenzug dafür bekommen, dass ihr mir demnächst die Praxis streicht, und erwähnt seinen Erzfeind einfach nicht.« Kat nickte zufrieden. »Die muss wirklich gestrichen werden, und ich brauche dringend Hilfe dabei.«

»Was meinst du?« Jim sah seinen Bruder zögernd an.

»Wie viele Kühe hast du auf High Valley besamt?«, erkundigte sich John.

»Einunddreißig. Es gibt noch neun Röhrchen für euch.«

»Also hat Richard dreimal so hohe Chancen, ein Prachtexemplar herauszubekommen«, knurrte John.

»Nur in der Theorie. Die Kühe, die er für die Besamung ausgesucht hat, sind nicht annähernd so gut wie einige, die ich hier entdeckt habe. Dem Mann geht es in erster Linie um Masse. Wenn wir uns hier darauf konzentrieren, die Kühe zu finden, die am besten zu den Erbanlagen des Vaters passen, dann bin ich mir sicher, es wird ein erstklassiger Zuchtbulle für euch herausspringen.«

»Eine neue Blutlinie kann nie schaden«, stimmte John ihr zu und hob seinen Hut vom Boden auf. »Das muss aber unbedingt unter uns bleiben.«

»Es wird nicht rauskommen. Harry spricht garantiert kein Wort mehr als notwendig mit Richard. Keiner von beiden wird erfahren, woher wir das …«, Jim stockte und sah sie an, »woher das Sperma wirklich kommt.«

Amüsiert über Jims Verlegenheit blickte Kat hinüber zu den Rindern. »Dann lasst uns rausfinden, welche brünstig sind, und die besten neun auswählen.« Sie griff in das Ablagefach der Autotür und zog eine Spraydose heraus, die sie John zuwarf. »Du markierst alle, die ich dir zeige, und bringst sie mit Buster nacheinander hierher. Wir beide«, grinsend zwinkerte sie Jim zu, »kümmern uns dann um den Samen und bereiten alles auf der Ladefläche vor.«

»Ja, Ma'am«, brummte John und ging zu seinem Pferd.

»Das ist das zweite Mal in zwei Tagen, dass du mich in Schwierigkeiten bringst«, sagte Jim leise, als er den Kühlbehälter auf die Ladefläche hob.

»Du meinst, dass ich euch helfe«, korrigierte Kat ihn.

»Solange uns keiner erwischt. Wenn Richard das mitbekommt, bricht hier der dritte Weltkrieg los.«

»Was genau ist eigentlich zwischen Harry und Richard los?«, fragte Kat. Es musste doch einen Grund für die Feindseligkeit der beiden Farmer geben.

Jim atmete hörbar aus. »Ich habe keine Ahnung. Keiner hier weiß es. Irgendwas muss vor langer Zeit zwischen Richard und unserem Vater vorgefallen sein. Aber Harry verliert selten viele Worte und lässt sich nicht in die Karten schauen. Wir wissen nur, dass die beiden bei jeder Gelegenheit aneinandergeraten.« Er lachte. »In gewisser Weise zeigt Harry, wenn es um Richard geht, die gleiche Hitzköpfigkeit, die er seinen Söhnen immer vorwirft. Nur dass die beiden sich noch nicht geprügelt haben. Oder zumindest nicht, soweit wir es wissen.«

»Männer«, gab Kat trocken zurück und sortierte die Geräte auf der Ladefläche. »Dann lass uns ein paar Babys machen, Jim Bennett.«

***

Jim musste schmunzeln. Ob Kat ihn mit Absicht mit ihren Bemerkungen reizte oder ob sie mit jedem so umging?

Neugierig beobachtete er, wie die Tierärztin mit John zwischen den Kühen hindurchlief und aufgeregt gestikulierte. Immer wieder betrachteten die beiden eines der Rinder, deuteten auf verschiedene Körperpartien und diskutierten miteinander. Augenscheinlich gab John das ein oder andere Mal nach und vertraute auf Kats Einschätzung, auch wenn sein Bruder sichtlich die Augenbrauen zusammenzog, während er die Rinder markierte. Schließlich brachte John die erste Kuh mit Busters Hilfe zum Wagen, und Jim befestigte sie mit einem Seil an der Stoßstange. Als der Arm der zierlichen Frau in der Kuh verschwand, konnte er erkennen, dass John kurz davor war, einen Spruch loszulassen. Strafend warf Jim seinem Bruder einen warnenden Blick zu, woraufhin John sich daranmachte, die nächste Kuh von der Herde zu trennen. Auf Zehenspitzen, um gut ranzukommen, tastete Kat nach der richtigen Stelle, so wie sie es Jim eben erklärt hatte. Angestrengt runzelte sie ihre Nase und schien konzentriert durch ihn hindurchzusehen. Jim spürte ein Ziehen in der Magengegend. Irgendetwas an diesem Anblick rührte ihn. War es ihre Absicht, sich mit dieser Sache vor seine Familie zu stellen und einen, wie Kat offensichtlich fand, unfairen Vorteil auszugleichen? »Warum machst du das hier?«, rutschte es ihm heraus.

»Auf das Gebiet habe ich mich spezialisiert. Da es diesen

Service hier in der Region bisher nicht gibt, dachte ich mir, das würde sich anbieten«, erklärte Kat und zog den Arm aus der Kuh heraus.

»Ich meine, warum du uns *das* hier«, er zeigte auf den Kühlbehälter, »einfach so zur Verfügung stellst?«

»Ich mag Richard Smith nicht. Er behandelt mich von oben herab, und ich bringe es nicht über mich, so gutes Sperma einfach wegzuwerfen. Warum nicht ein paar Kälbchen für euch daraus zaubern?« Kat rollte den Handschuh ab.

»Und du hoffst sicher, Richard damit eins auszuwischen«, sagte Jim.

»Das ist die Kirsche auf der Sahnetorte.« Fröhlich gluckste Kat und bedeutete ihm, das Tier loszubinden.

Schweigend fuhren sie zurück zum Haus. Alle neun ausgewählten Kühe hatte Kat nacheinander besamt. Jim war sich sicher, dass sie die Zeit, die sie dafür aufgebracht hatte, eigentlich für die Praxis benötigt hätte. Stattdessen hatte sie ihnen einen Gefallen getan, den John und er jetzt zwar Harry beibringen mussten, der aber in jedem Fall ihre Zucht weiter nach vorne brachte.

Als Kat vor dem Wohnhaus parkte, sahen sie, wie sich Ethans Wagen in der Einfahrt näherte.

»Ich bleibe noch kurz, um mich bei Liz für das ganze Essen zu bedanken«, sagte Kat und stieg ebenfalls aus.

Ethan hielt neben ihnen an, lief dann um das Auto herum und half Liz aus dem Sitz hoch. Als Kat die Neuankömmlinge begrüßte, hörte Jim sie fröhlich lachen. Irgendetwas an ihrem Lachen berührte Jim. Es kam tief aus ihrem Inneren und wirkte authentisch und unbeschwert. Und doch war es, als würde Kat eine geheimnisvolle Aura umgeben. Zwar konnte Jim sich die merkwürdigen Schwingungen, die er zu spüren glaubte, nicht erklären, und doch hatte er dieses Gefühl schon bei ihrem ersten Aufeinandertreffen gehabt. Auch heute stieg eine ungute Ahnung in ihm hoch. Kopfschüttelnd rief er sich innerlich zur Ordnung. Vermutlich sah er nur Gespenster.

»Wir haben uns eben das Geburtshaus angesehen, in dem ich diese Melone entbinden werde«, berichtete Liz, als sie auf Kat zuging und sich weit nach vorne beugte, um sie umarmen zu können. Jim bemerkte, wie überrascht Kat über diese Begrüßung war und dass ein gerührtes Lächeln ihre Lippen umspielte. Ja, Liz war ein Schatz, und ganz offensichtlich hatte seine Schwägerin die neue Veterinärin gern.

»Vielen Dank für all das leckere Essen. Jim hat recht: Du bist eine wunderbare Köchin«, erklärte Kat.

»So, hat Jim das gesagt?« Liz lächelte zufrieden. »Was machst du hier, ist ein Tier krank?«

»Kat hat uns einen großen Gefallen getan, auch wenn ich mir nicht sicher bin, was Harry davon denken wird«, klinkte Jim sich in das Gespräch ein.

»Dann solltest du als Dankeschön zum Lunch bleiben. Ich habe einen Eintopf auf dem Herd, und wie ich die anderen kenne, warten schon alle in der Küche.« Liz sah auf ihre Armbanduhr. »Wir haben uns etwas verspätet, jetzt wird es wirklich Zeit fürs Mittagessen.«

»Das muss nicht sein«, wehrte Kat ab.

»Doch, das muss es. Ein Esser mehr fällt gar nicht auf in diesem Haus.« Liz hakte sich bei der Tierärztin unter und zog sie zum Haus.

»Ich habe noch etwas Zeit, bis die Sprechstunde anfängt.

Und um ehrlich zu sein, sterbe ich beinahe vor Hunger«, gab Kat zu.

Jim beobachtete, wie die beiden Frauen auf das Haus zugingen.

»Was für ein Gefallen ist das, von dem du gesprochen hast?« Fragend sah Ethan ihn an.

»Wir müssen Harry gleich beibringen, dass wir uns ungefragt in seine Zucht eingemischt haben.« Jim nahm den Hut vom Kopf und rieb sich mit dem Arm über die Stirn.

»Erst die Sache mit dem Zelt und jetzt das?« Ethan atmete hörbar durch.

»Diese Frau bringt mich wirklich in Schwierigkeiten. Gestern hat Kat das Schloss zum Bauhof geknackt, und heute hat sie Sperma für uns gestohlen«, murmelte Jim.

Ethan versuchte, ein Grinsen zu unterdrücken, was ihm jedoch nicht recht gelang. »Ich nehme an, beides ist nicht für die Ohren unseres Vaters bestimmt?«

Jim nickte und setzte den Hut wieder auf. »Sie meint es gut, aber ihre Art, die Dinge anzugehen, ist …«, er suchte nach dem richtigen Wort.

»Ungewöhnlich?«, schlug sein Bruder vor.

»Alles an dieser Frau ist ungewöhnlich«, sagte Jim.

»Das war Liz für mich auch«. Ethan klopfte ihm auf die Schulter und lief zum Haus.

»Was soll denn das jetzt bedeuten?«, rief Jim ihm hinterher.

»Nur eine Anmerkung«, gab Ethan zurück.

»Die kannst du dir sparen. So ist das nicht.« Mürrisch stapfte Jim hinter ihm her. Dass Ethan blöde Kommentare machte, fehlte ihm gerade noch. Wie kam sein Bruder nur auf die Idee, dass ausgerechnet er an einer Frau wie Kat interessiert sein könnte? Er, der es mochte, wenn alles nach Plan und ohne Aufregung verlief. Der sich bemühte zu vermitteln, wann immer sich seine Brüder in die Haare kriegten oder wenn Harry einen Wutanfall bekam. Diese Frau versprach nichts als Ärger, das spürte Jim deutlich. Und sie war so verdammt lebhaft. Sie redete viel zu schnell, beinahe wie ein Wasserfall, und handelte ganz offensichtlich, ohne darüber nachzudenken. War Kat nicht klar, dass ihr Ruf auf dem Spiel stand, wenn Richard Smith von dieser Sache Wind bekam? Dennoch war es ihr wichtiger, dem Mann eins auszuwischen. Kat Roberts verhieß Probleme, und das war wirklich das Letzte, was er gebrauchen konnte.

In Gedanken vertieft, betrat Jim die Küche, hängte seinen Hut an den Haken und wollte sich an seinem Stammplatz niederlassen. Doch dort saß bereits Kat und löffelte in beeindruckender Geschwindigkeit Suppe aus einem tiefen Teller. Also setzte er sich auf Rivers freien Stuhl und nahm sich etwas aus dem riesigen Topf. River kam an Arbeitstagen nie zum Mittagessen aus der Werkstatt nach Hause, was Jim nur recht war, da die Zwillinge sonst meist Radau veranstalteten und sich beim Essen laut stritten.

Harry tunkte schweigend ein Stück Brot in den Eintopf, blickte jedoch immer wieder mit schmalen Augen zwischen Kat und Jim hin und her. Plötzlich lehnte sein Vater sich zurück und sah ihn an. »Wo wart ihr vorhin? John und du seid plötzlich verschwunden.« Dann deutete er auf Kat. »Und was hat *sie* hier verloren?«

Eigentlich hätte Jim das Gespräch lieber mit Johns Rückendeckung geführt, doch der war vermutlich noch damit beschäftigt, Buster in den Stall zu bringen.

»Ihre Rinder sind beeindruckend, Harry«, hörte er Kat sagen.

»Sind sie das?« Mit zusammengezogenen Augenbrauen betrachtete sein Vater den Gast.

»Ich muss Ihnen etwas gestehen«, fuhr Kat fort.

Jim hielt die Luft an. Auch Ethan legte den Löffel weg und sah angespannt zur Tierärztin. Es war, als würden sie beobachten, wie jemand, der keine Ahnung davon hatte, versuchte, eine Bombe zu entschärfen.

Harry sagte nichts, sondern fixierte weiter die Frau an seinem Tisch.

»Vielleicht hat Doc Harlow Ihnen erzählt, dass ich auf Rinderzucht spezialisiert bin? Jedenfalls habe ich diesen einmaligen Zuchtbullen entdeckt und hatte einige Röhrchen mit Sperma übrig. Ich habe Ihre Söhne überredet, neun Ihrer Färsen damit zu besamen. Es sind die besten Kühe, die ich seit langer Zeit gesehen habe, und in Kombination mit dem Erbmaterial dieses Bullen werden Sie im nächsten Jahr einmalige Kälber bekommen.«

Quentin trat unter dem Tisch gegen sein Schienbein, formte mit den Lippen etwas, das ganz nach »du Idiot« aussah. Jim ignorierte seinen kleinen Bruder, verstand aber dessen Besorgnis. Harry richtete seinen stechenden Blick nun auf Jim, blieb jedoch stumm, was kein gutes Zeichen war. Es wäre Jim lieber gewesen, wenn er einen Wutanfall bekommen und ihnen Vorhaltungen gemacht hätte.

Kat kramte in ihrer Jackentasche und stand auf. Sie ging um den Tisch herum und reichte seinem Vater einen zerknitterten Zettel. »Ist das nicht ein Prachtexemplar? Schauen Sie sich nur seinen Körperbau an. Sehen Sie jetzt, warum Ihre Kühe wie gemacht für diesen Kerl sind?«

Harry betrachtete den Bullen auf dem Foto, las die Daten darunter und strich sich über den grauen Schnurrbart. »Sie verstehen was von Ihrem Handwerk. Das ist einer der besten Zuchtbullen, die ich je gesehen habe. Der Samen muss teuer gewesen sein.« Harry wandte den Blick nicht von dem Bild ab. Sein Vater war beeindruckt, das war nicht zu übersehen.

»Ja, das stimmt. Aber es war kein Geschenk, falls Sie das befürchten. Ihre Jungs werden dafür meine Praxis streichen. Und wenn Ihnen die Kälber gefallen, dann werden Sie in Zukunft vielleicht meine Dienste buchen«, sagte Kat und setzte sich wieder.

»Welche Kühe waren es?« Fragend sah Harry Jim an.

»Wir haben sie markiert, du kannst sie dir jederzeit ansehen.«

»Das nächste Mal fragt ihr vorher«, brummte Harry und griff nach seinem Löffel. »Kat, ich würde Ihnen bei Gelegenheit gerne die Stammbäume meiner Bullen zeigen. Ich plane die nächsten Verpaarungen und möchte Ihre Meinung dazu hören.«

»Wenn Sie mir dafür einen Whisky ausgeben, jederzeit«, gab sie zurück.

»Sie bekommen den guten, nicht das Zeug, das die Jungs in sich reinkippen«, grummelte sein Vater.

Erstaunt tauschten Ethan und Jim Blicke aus. War das tatsächlich alles gewesen? Kein Wutausbruch, keine Vorhaltungen darüber, dass Harry bei solchen Entscheidungen das letzte Wort hatte? Jim beobachtete, wie Kat sich auf eine weitere Portion vom Eintopf stürzte, die Liz ihr aufgetan hatte. Kauend sah Kat zu Jim auf und zwinkerte ihm zu. Diese Frau hatte gerade etwas geschafft, das eigentlich unmöglich war: Sie hatte Harry Bennett um den Finger gewickelt.

Kapitel 5

Erschöpft streckte Kat sich auf dem durchgesessenen Sofa aus. Den Nachmittag über hatte sie in der Praxis gestanden und diverse Hamster, Kaninchen, Hunde und einen Vogel behandelt. Jetzt konnte sie die Müdigkeit nicht mehr ignorieren. Die erste Arbeitswoche war geschafft, und über das Wochenende hatte sie vor, die Schränke im Behandlungsraum weiter auszumisten. Doch heute plante sie nicht, sich noch einmal von der Stelle zu bewegen. Sie griff nach der Fernbedienung und zappte die Programme durch, fand aber keine Sendung, die halbwegs interessant gewesen wäre. Gelangweilt stellte sie den Apparat wieder aus und sah an die Decke, die früher mal weiß gewesen sein musste und sich ungleichmäßig verfärbt hatte. In der Praxis sah es beinahe ebenso schlimm aus. Sie würde Farbe besorgen und die Bennetts einbestellen, um die Räume zu streichen, sobald es möglich war.

Ihre Gedanken wanderten nach Silverwood. Wie gemütlich es gewesen war, dort in derart großer Runde am Tisch zu sitzen. Solch eine Art von Familienleben kannte Kat nicht. Ihr gefielen die Leichtigkeit und der unterschwellige Humor, die in den Gesprächen der Bennetts mitschwangen, und sie hatte sich bei ihnen wohlgefühlt. Es wirkte, als seien alle Teil einer eingeschworenen Gemeinschaft. Auch wenn, wie Kat herausgehört hatte, nicht immer alles reibungslos verlief, so hatte sie doch den Eindruck, dass alle zusammenhielten, wenn es darauf ankam. Sie bemühte sich, das Gefühl der Einsamkeit zu verdrängen, das sich wie schon so oft in ihr breitmachte. Wann hatte sie sich das letzte Mal auf jemanden voll und ganz verlassen können? War das überhaupt jemals der Fall gewesen? Zu ihren Eltern hatte Kat seit Jahren keinen Kontakt mehr, nur mit ihrer Schwester sprach sie hin und wieder. Aber auch Issi hatte Kat lange nicht gesehen. Und nun war sie hier – mitten im Nirgendwo und auf sich alleine gestellt. Hatte eine veraltete Praxis, eine schäbige Wohnung und niemanden zum Reden. Doch sie hatte genug davon, ständig auf der Flucht zu sein, wollte sich endlich irgendwo niederlassen, ein normales Leben führen. Nicht mehr vor *ihm* auf der Flucht zu sein. Und sie wollte sich ein für alle Mal beweisen, dass sie es alleine schaffen konnte. Dass sie nicht darauf angewiesen war, von dem Gebrauch zu machen, was ihr zwar von Geburt an zustand, sich aber dennoch so falsch anfühlte.

Ihr kamen Jims Worte in den Sinn, als er ihr von Liz und der vorschnellen Verurteilung durch die Leute in diesem Ort erzählt hatte. Was würden die Menschen hier von *ihr* denken, wenn sie die Wahrheit erführen? Doch niemand hier kannte Kat. Firefly Creek war ihre Chance auf eine glückliche Zukunft, und Kat hatte vor, diese zu nutzen.

Ein Klopfen ließ Kat hochschrecken. Sie sah an sich hinab. Die alte Jogginghose und das ausgewaschene Shirt waren nicht die Kleidung, in der sie mögliche Kunden empfangen wollte. Sie stand auf und öffnete zögernd die Tür für den Fall, dass es sich um einen Notfall handelte.

»Was macht ihr denn hier?« Erstaunt betrachtete sie die Bennett-Brüder, die mit Farbeimern, Walzen und Pinseln in den Händen vor ihr standen.

»Harry hat sich die Kühe angeschaut, die du besamt hast. Er muss ganz beeindruckt sein von deiner Auswahl, beinahe hätte er gelächelt«, sagte Jim. »Jedenfalls hat er uns direkt den Feierabend gestrichen und uns zu dir beordert. Der Mann bleibt ungern jemandem etwas schuldig.« Ohne darauf zu warten, dass Kat sie hereinbat, drängten sich die Männer an ihr vorbei.

»Das ist ja mal ein Loch«, kommentierte Quentin, als er sich umsah. Aus den Augenwinkeln blickte er zu Kat. »Kann mir echt was Besseres vorstellen, als hier den Freitagabend zu verbringen«, murrte er.

Auch Jim verzog das Gesicht und runzelte die Stirn. »Ich glaube, die Wohnung braucht den Anstrich dringender als die Praxis. Sollen wir nicht besser hier anfangen?«

Seufzend zuckte Kat mit den Schultern. »Das wäre mir recht. Gerade eben habe ich noch darüber nachgedacht, wie ich ausgerechnet hier landen konnte.« Sie machte einen Schritt auf ihn zu, deutete mit dem Kopf zu Quentin und senkte die Stimme. »Ist dein Bruder sauer auf mich?«

Jim seufzte und brachte sein Gesicht näher an ihres heran. Kat bemühte sich, den Geruch seines Shampoos zu ignorieren. »Quentin weiß von der Sache mit Richard und ist davon alles andere als begeistert. Er macht sich Sorgen, was passiert, wenn Harry es mitbekommt.« Er grummelte leise. »Und außerdem wollten er und River heute Abend Mädels ›klarmachen‹. Stattdessen muss er nun streichen und hat deswegen die ganze Fahrt unablässig gemotzt.«

»Na wunderbar.« Kat schob das Kinn vor.

»Der kriegt sich schon wieder ein«, brummte Jim und trat zu seinen Brüdern.

»Ich bin übrigens River«, sagte der junge Kerl, der neben Quentin stand und sie voller Neugier musterte. »Ah, die Lippe«, murmelte er.

Kat reichte ihm die Hand. »Ich habe dich neulich schon in der Werkstatt gesehen. Bei den Geräuschen, die mein Wagen macht, werde ich früher oder später bei dir auftauchen.« Sie musterte ihn. Wieder trug er eine Arbeitshose, in deren Taschen allerhand Schraubenschlüssel steckten, und der schwarzen Schmiere an seinen Händen nach zu urteilen, kam er direkt von der Arbeit. Mit seinen kurz geschorenen Haaren und dem eng anliegenden Shirt, das den Blick auf trainierte Oberarme freigab, stand River seinen Brüdern an Attraktivität in nichts nach. Das freche Grinsen ließ Kat vermuten, dass der Bursche ein kleiner Herzensbrecher war.

»Ruf einfach an, wenn was sein sollte.«

»Hört auf zu quatschen und fangt endlich an, sonst werden wir heute Abend nicht mehr fertig«, sagte John mürrisch und ließ einen der Farbeimer mit einem Knall auf den Boden fallen.

»Er ist nur gereizt, weil Harry jetzt nach *deiner* Meinung für seine Zuchtpläne fragt, und nicht nach seiner«, raunte Jim ihr zu.

»Oha, habe ich da für Ärger gesorgt?«, fragte Kat unsicher nach. Gleich zwei der Brüder schienen ihr in diesem Moment nicht grün zu sein.

»Nicht mehr als sonst. John wird es schon überleben.« Jim reichte ihr eine Rolle Klebeband. »Dann fangen wir mal an.«

In beeindruckender Geschwindigkeit hatten die Brüder die wenigen Möbel in den verwilderten kleinen Garten hinter dem Haus getragen. Gerade als Kat ebenfalls nach einem Pinsel greifen wollte, hatte ihr Handy geklingelt. Warum mussten Notfälle immer genau dann eintreten, wenn sie völlig erledigt war? Kat war zu der trächtigen Hündin geeilt, die Probleme damit hatte, den letzten Welpen zu gebären. Dank des Ultraschalls, den Kat vor Tagen bei der Hündin durchgeführt hatte, wusste die Besitzerin, dass noch ein Welpe fehlte. Als sich nach einer Stunde die Geburt des letzten Babys noch immer nicht ankündigte, hatte sie besorgt bei ihr angerufen.

Nachdem Kat mit ein wenig Stimulation die Geburt hatte beschleunigen und einen weiteren winzigen und verklebten Welpen an die Zitzen seiner Mutter legen können, war sie in den Supermarkt gefahren und mit Bier zur Wohnung zurückgekehrt, um die Stimmung bei den Männern zu heben. Als sie die Sixpacks in der Mitte des Raumes abstellte, sah sie sich erstaunt um. Beinahe die kompletten Wände waren schon strahlend weiß, und auch der muffige Geruch war dem nach frischer Farbe gewichen.

»Jim und River sind nebenan, da sieht es ja ähnlich schlimm aus wie hier«, rief John und steuerte auf das Bier zu.

»Sie sind im Schlafzimmer?« Kat spürte, wie ihr Gesicht heiß wurde. Hektisch stürzte sie in den zweiten Raum. River kam ihr grinsend mit der Matratze im Arm entgegen. »Ich bringe die besser raus, nicht dass noch Farbe drankommt.«

Jim kniete am Boden und war dabei, die Randleisten abzukleben.

»Ich wusste nicht, dass ihr auch hier streichen wollt«, sagte Kat und sah sich suchend um.

»Wenn wir schon mal dabei sind«, murmelte er und richtete sich auf.

Für einen winzigen Augenblick hielt sie die Luft an und starrte auf seinen Oberkörper, der lediglich mit einem eng anliegenden Unterhemd bekleidet war. Nur mit Mühe löste sie ihren Blick von seinen kräftigen Armen.

Jim deutete auf eine Tüte neben der Tür. »Da habe ich alles reingepackt, was rumgelegen hat.« Seine Mundwinkel zuckten verräterisch. »Du bist ganz schön unordentlich.«

Kat unterdrückte ein Stöhnen. Also hatte er ihre dreckige Wäsche eingesammelt, die sie wie immer einfach auf dem Boden neben dem Bett hatte liegen lassen. Auch die Unterwäsche. »Bin ich rot im Gesicht?«, fragte sie und schüttelte den Kopf über sich selbst.

»Wie eine Tomate«, bestätigte Jim amüsiert.

»Oh, mein Gott, ist das peinlich.« Kat glaubte, im Boden versinken zu müssen.

»Ach was. Was meinst du, wie es bei uns aussähe, wenn Liz nicht schimpfend hinter uns herrennen und uns zum Aufräumen anhalten würde?« Wieder zuckten seine Mundwinkel. »Und außerdem sind deine BHs laut River echt geil für eine Tierärztin.« Dröhnend lachte er los.

»Das findest du wohl witzig«, antwortete Kat und wurde immer verlegener.

»Allerdings.« Jim trat vor sie und streckte seine Arme nach oben.

»Was tust du da?« Irritiert versuchte sie, seine plötzliche Nähe zu ignorieren, doch so nah, wie er vor ihr stand, war es kaum möglich.

»Die Deckenlampe abhängen, damit sie keine Farbe abbekommt. Was denn sonst?« Aus der hinteren Hosentasche zog er einen Schraubenzieher und machte sich an der Lampe zu schaffen. »Ich hoffe nur, River hat die Sicherung rausgedreht, wie ich es ihm gesagt habe.«

Kat zwang sich, den Blick von ihm abzuwenden. Dieser Kerl war gut eineinhalb Köpfe größer als sie. Wie es Kat nervte, dass sie immer nach oben sehen musste, wenn sie mit Männern wie ihm sprach. Schon beim ersten Treffen war ihr sein breites Kreuz aufgefallen, doch jetzt, da er im Unterhemd vor ihr stand, war wirklich nicht zu übersehen, wie gut Jim gebaut war. Kat schielte hinüber ins Wohnzimmer, wo die anderen gerade dabei waren, das Klebeband und die Schutzfolien vom Boden zu entfernen. Wieder starrte sie Jim an, der inzwischen scheinbar mühelos die Lampe abnahm. *Hör endlich auf, ihn anzustarren.* »Willst du ein Bier?«, fragte sie bemüht beiläufig.

»Das fragst du ernsthaft?« Er ließ den Arm sinken und musterte sie. »Ist alles in Ordnung? Du wirkst so … ruhig.«

»Ich hole dir eins.« Kat stürzte aus dem Raum, griff nach dem Sixpack und reichte jedem eine Flasche.

»Die Matratze ist echt widerlich.« River kam aus dem Garten herein, wo er das Teil auf dem abgewetzten Sofa abgelegt hatte. »Die hat mehr Flecken als die von Quentin, und das will was heißen.«

»Ach halt die Klappe«, gab sein Zwillingsbruder zurück und boxte ihn heftig gegen den Arm.

Kat gluckste und nickte zustimmend. »Ich weiß, ich brauche dringend eine neue. Eigentlich brauche ich alles neu, wenn ich mich hier so umsehe.«

»Du baust dir etwas auf, da kann man nicht erwarten, dass

alles gleich perfekt ist«, brummte John. »Nur wenige Frauen wären bereit, so eine miese Wohnung für ihren Traum in Kauf zu nehmen. Schätze, das spricht für dich.«

»Soll das etwa ein Kompliment sein?«, fragte Kat nach.

»Denke schon. Ich bin nicht gut in solchen Sachen.«

»Nein, das bist du wirklich nicht. Aber dafür kannst du ausgezeichnet streichen«, gab sie sein misslungenes Kompliment zurück. Gerade als Kat ebenfalls nach einer Farbrolle greifen wollte, klingelte das Handy in ihrer Hosentasche erneut, und sie fluchte innerlich bei der Aussicht, noch einmal wegen eines Notfalls an diesem Abend loszumüssen. Sie ging in den Garten und nahm ab. »Tierarztpraxis Roberts«, meldete sie sich freundlich.

»Kat, ich bin es«, hörte sie die Stimme ihrer Schwester.

»So ein Zufall, Issi, ich habe vorhin noch an dich gedacht. Wie geht es dir?«

»Gut.« Ihre Schwester klang ungewöhnlich angespannt. »*Er* ist raus.«

Kat glaubte ein Rauschen in ihren Ohren zu vernehmen. »Was?«

»Ich habe es heute durch Zufall mitbekommen. Er ist raus«, wiederholte Issi ihre Worte.

»Seit wann?«, fragte Kat fast tonlos.

»Seit ein paar Wochen schon.«

Kats Magen zog sich zusammen. Mit wackeligen Knien lehnte sie sich gegen das Sofa mit der verdreckten Matratze. »Er kann mich nicht finden«, sagte sie mehr zu sich selbst als zu Isabell.

»Ich weiß. Ich dachte dennoch, du solltest es wissen.«

»Danke.« Kat schluckte schwer. »Ich melde mich in ein paar Tagen bei dir. Ich glaube, ich muss das erst verdauen.«

Ohne auf eine Antwort zu warten, legte Kat auf und starrte auf ihre Füße.

»Ist alles in Ordnung?« Jim trat aus der Tür und musterte sie mit gerunzelter Stirn. »Du siehst aus, als hättest du einen Geist gesehen.«

»So was in der Art«, gab sie leise zurück.

»Brauchst du Hilfe?«, fragte er.

Kat schüttelte energisch den Kopf. »Nur etwas Ruhe.«

»Dann machen wir drinnen alles fertig, und du wartest hier.« Er kam einen Schritt auf sie zu und reichte ihr sein halb ausgetrunkenes Bier. »Das hilft vielleicht.«

Kat beobachtete, wie er zurück in ihre Wohnung ging. Vor diesem Tag hatte sie sich seit Jahren gefürchtet. Dass er kommen würde, war ihr immer klar gewesen, dass es sie dennoch so unvermittelt traf, überraschte Kat. »Es wird alles gut. Es ist alles gut«, flüsterte sie vor sich hin und nahm einen großen Schluck aus der Flasche.

Als die Brüder Farbeimer und Materialien aus ihrer Wohnung zum Auto trugen, hatte Kat sich wieder etwas gefangen. Zwar war ihr immer noch übel, aber sie fühlte sich nicht mehr so gelähmt wie direkt nach dem Telefonat. John nickte Kat zu, als er an ihr vorbeiging, und Quentin und River verkündeten lautstark, dass sie jetzt endlich in den Pub verschwänden.

Jim kam auf sie zu und hielt die Tüte mit ihrer dreckigen Kleidung hoch. »Du hast noch keine Waschmaschine, oder?«

»Nein. Noch etwas, das ich anschaffen muss. Aber es gibt ja den Waschsalon die Straße runter«, murmelte Kat.

»Die haben uralte Maschinen, die nur kalt waschen, da wird nichts sauber. Ich nehme es mit zu uns, bei unseren Wäschebergen macht etwas mehr keinen großen Unterschied«, sagte er und lief, ohne abzuwarten, zum Wagen. Kat wollte protestieren, doch ihr fehlte die Energie dazu. Langsam ging sie zurück in den Wohnraum und sah sich um. Alle Möbel standen wieder an ihren angestammten Plätzen, und John hatte Kat mehrfach ermahnt, die Wände erst morgen zu berühren. Erschöpft ließ sie sich auf das Sofa fallen, stand aber rasch wieder auf, um trotz des Farbgeruchs die Fenster zu schließen. Prüfend sah sie durch die Scheibe in die aufziehende Dunkelheit hinaus. Seit dem Anruf war das Gefühl, hier sicher zu sein, wie weggeblasen. Sie musste dringend Vorhänge besorgen.

Trotz ihres Vorsatzes, die Praxis auf Vordermann zu bringen, hatte Kat das Wochenende damit verbracht, die Wohnung aufzuhübschen. Um nicht über die Nachricht ihrer Schwester nachzudenken, war sie über eine Stunde in die nächstgrößere Stadt gefahren und hatte sich dort mit Vorhängen, Teppichen, einer neuen Matratze und anderen Dingen, an denen es in den beiden Räumen gemangelt hatte, eingedeckt. Die Möglichkeit, abends Vorhänge vor die Fenster ziehen zu können, entspannte sie zumindest etwas.

Im Wartezimmer erklang die Türglocke. Kat legte die Spritzen, die sie gerade in die Schubladen räumte, zur Seite und hörte, wie Mrs. White mit jemandem sprach. Prüfend sah sie auf die Uhr, doch es war noch eine halbe Stunde bis zur Montagnachmittagssprechstunde. Rasch stand sie auf und ging hinüber, in der Sorge, ein Notfall könnte auf sie warten. Zu ihrer Überraschung stand dort Liz und strahlte sie an, während neben ihr ein kleiner Junge neugierig die Zeichnung eines Hundeskeletts an der Wand betrachtete.

»Was machst du denn hier?«, begrüßte Kat sie.

»Ich bringe dir was vorbei.« Liz hielt die Tasche hoch, in der Jim Kats dreckige Klamotten mitgenommen hatte.

»Ach, das habe ich ganz vergessen«, sagte sie. Mit einem Seitenblick auf Mrs. White bedeutete sie Liz, ihr ins Behandlungszimmer zu folgen, und schloss die Tür hinter ihnen.

»Das ist Ollie«, erklärte Liz mit Stolz im Blick und legte ihre Hand auf die Schulter des Jungen. »Ich habe ihn eben vom Kindergarten abgeholt.«

»Diese Bennett-Gene sind stark«, witzelte Kat beim Anblick des Jungen, der seinen Onkeln unverkennbar ähnlich sah, allerdings wie Ethan im Gegensatz zu den restlichen Bennetts blonde Haare hatte, und wie sein Ziehvater trug er einen feschen Undercut.

»Nicht nur was das Aussehen angeht«, stöhnte Liz und ermahnte ihren Sohn zur Vorsicht, der neugierig die Spritzen auf der Ablage inspizierte.

»Die sind leer und haben keine Nadeln, du kannst dir gerne eine zum Spielen aussuchen«, sagte Kat zu dem Kind. »Ich würde die größte nehmen, die ist wie eine Wasserpistole, und du kannst deine Onkel damit nass spritzen.«

Begeistert griff der Junge nach einer Spritze und entfernte die Verpackung. Kat nahm von Liz die Tasche entgegen und stellte sie auf den Behandlungstisch. »Es tut mir leid, dass du meinetwegen noch mehr zu tun hattest.« Entschuldigend lächelte sie Liz an.

»Keine Sorge, ich hatte nichts damit zu tun.« Schweratmend nahm ihre Besucherin auf dem Drehstuhl vor dem Laptop Platz und rieb sich den Bauch. »Ich mache schon seit Wochen keine Wäsche mehr. Das haben die Jungs übernommen, damit ich mich etwas schonen kann. Diese dicken Knöchel«, sie deutete auf ihre Füße, »bringen mich um.«

Erstaunt sah Kat auf die ordentlich zusammengelegte Kleidung in der Tüte. »Und wer hat das hier dann gewaschen?«

»Jim.«

Kat riss die Augen auf. »Da war auch Unterwäsche dabei.«

Liz lachte. »Mach dir keine Gedanken, Jim ist nicht pervers oder so. Er ist einfach der liebenswürdigste Kerl, den ich kenne, und hilft, wo immer er kann. Ethan ist sehr mit der Arbeit eingespannt, um alle Aufträge abzuschließen, bis das Baby kommt, da macht Jim auch unsere Wäsche mit.«

»Du hast ein Glück mit deiner Familie, das haben die wenigsten.«

»Es war nicht immer leicht, aber wir haben uns zusammengerauft. Hast du Familie in der Nähe?«, fragte Liz nach.

»Nein, sie wohnen weiter weg. Wie kann ich mich denn bei Jim für den Wäscheservice revanchieren?«, beeilte Kat sich, das Thema zu wechseln.

»Gib ihm ein Bier aus, das wird reichen. Morgen Abend wird er im Pub sein, dienstags gibt es dort Livemusik. Viel mehr kann man hier im Ort nicht unternehmen, daher ist dort meistens viel los. Ein paar der Jungs werden sicher kommen.«

»Livemusik?« Kat schüttelte den Kopf. »Ich kann mir denken, was hier für Musik gespielt wird. Ich glaube nicht, dass das etwas für mich ist.«

Wieder lachte Liz. »Geh hin und schau es dir an. Ich bin mir sicher, es wird dir gefallen.«

»Also gut. Kommst du auch?«

»Ab vier Uhr nachmittags kriegt mich momentan nichts

vom Sofa runter, nicht einmal das.« Beschwerlich stand Liz auf. »Wir fahren jetzt besser, die Praxis öffnet ja gleich.«

»Ich komme dich demnächst besuchen, wenn es dir recht ist?«, schlug Kat vor.

»Du bist immer willkommen. Und wie ich gehört habe, möchte Harry mit dir über seine Zuchttiere sprechen. Seit du da warst, hat er alle Stammbäume rausgesucht und auf dem Büroboden ausgelegt. Der alte Mann hat noch mal richtig Aufwind bekommen.«

Kat gluckste. »Da habe ich ja was angerichtet.«

»Ich habe ihn lange nicht so aufgeregt erlebt. Jeden Tag schaut er sich die neun Kühe an, die du besamt hast, und gibt ihnen eine Extraportion Futter. Wir sind dir alle dankbar. Wenn Harry gute Laune hat, ist das Leben auf Silverwood deutlich angenehmer.«

»Ich hoffe, dein Schwiegervater freut sich auf sein Enkelkind?« Kat deutete auf Liz' dicken Bauch.

»Natürlich, mich umsorgt er noch mehr als die Kühe. Statt Kraftfutter bringt er mir regelmäßig Kekse mit, wenn er in der Stadt ist.« Liz griff nach Ollies Hand und ging durch das Wartezimmer zur Tür. »Auf Wiedersehen, Mrs. White«, rief sie der alten Frau fröhlich zu.

»Ich wünsche Ihnen eine gute Niederkunft«, gab diese mit kritischem Blick zurück. Kaum dass die Tür ins Schloss gefallen war, sah Edna White tadelnd zu Kat. »Unverheiratet und hochschwanger, das hätte es zu meiner Zeit nicht gegeben.«

»Wie gut, dass sich die Zeiten geändert haben«, gab die Tierärztin zurück und trat wieder in den Untersuchungsraum. Sobald sie alleine war, prustete sie los und amüsierte sich über den entsetzten Gesichtsausdruck ihrer Mitarbeiterin. Dann nahm sie die Tüte und brachte sie ins Schlafzimmer. Die Kleidung war perfekt zusammengelegt, viel ordentlicher, als wenn Kat es machte. So wie damals in ihrer Kindheit, als das Hausmädchen sich um die Wäsche gekümmert hatte. Wie stark sich ihr früheres Leben doch von ihrem heutigen unterschied.

***

Im Dämmerlicht parkte Jim den Wagen vor Sarahs Haus. Kaum hatte er den Motor ausgestellt, öffnete sich die Haustür, und sie kam lächelnd auf ihn zu. Wenig motiviert, zwang Jim sich ebenso zu einem Lächeln. Warum hatte er nur zugesagt? Nicht ohne Grund waren seit ihrem letzten Date mehrere Monate vergangen. Etwas hielt ihn davon ab, sich öfter mit Sarah zu treffen. Doch was? Sie war nett, hübsch und immer gut gelaunt. Als sie einstieg, erfüllte ihr Parfüm augenblicklich die Luft. Zur Begrüßung gab sie ihm einen Kuss auf die Wange. »Sollen wir zum Italiener gehen?«, fragte sie.

»Was anderes wird uns nicht übrigbleiben, in Firefly Creek gibt es ja nicht gerade viele Lokale zur Auswahl«, antwortete Jim und schlug den Weg zum Restaurant ein.

»Es kommt ja auch nicht darauf an, *wo* wir essen. Hauptsache, du konntest dich endlich mal wieder von der Farm losreißen.«

Aus den Augenwinkeln beobachtete Jim, wie sie ihre Frisur im Spiegel der Sonnenblende kontrollierte. Sarah hatte ihre blonden Haare kunstvoll hochgesteckt und trug ein knielanges hellblaues Kleid. Er selbst hingegen hatte es nach der Arbeit gerade noch geschafft, unter die Dusche zu springen. Für eine Rasur war keine Zeit mehr geblieben, und wie immer trug er eines seiner karierten Hemden. Doch Sarah schien es nicht zu stören, und sie erzählte ihm fröhlich von ihrem Tag. Mehr als ein Nicken brachte er nicht zustande.

Jim bestellte ein zweites Bier und aß das letzte Stück der Pizza, während seine Begleitung an ihrem Wein nippte. Inzwischen war ihm klar, warum er sich so selten mit Sarah traf. Die Unterhaltung kam nur schwer in Gang, was allerdings größtenteils an ihm lag. Sosehr Sarah sich bemühte, langweilten ihn doch die Themen, über die sie sprach. Geistesabwesend starrte er auf das Bild eines Bullen an der Restaurantwand. Selbst beim Italiener war nicht zu übersehen, dass sie sich in einer Rinderzuchtgegend befanden. Ihm kam Kats Begeisterung in den Sinn, als sie mit dem Kühlbehälter bei ihnen aufgeschlagen war. Man hatte ihr angemerkt, wie sie darauf brannte, die passenden Kühe aus der Herde auszusuchen. Und mit ihrer Aufregung hatte sie ihn angesteckt. So wie vor ein paar Tagen, als sie gemeinsam das Zelt geholt hatten. Wenn sie mit ihm sprach, sprudelten die Worte nur so aus Jim heraus, während er bei Sarah zurückhaltend wie üblich war.

»Du bist so schweigsam wie immer«, kommentierte Sarah.

»Es tut mir leid, ich habe nachgedacht.« Unbehaglich lächelte er ihr zu und leerte sein Bier.

»Bist du nach so vielen Auftritten etwa noch immer aufgeregt?«

»Das lässt sich nicht verstecken«, bestätigte er ihre Vermutung, um von seinen eigentlichen Gedanken abzulenken. »Triffst du dich im Pub mit jemandem? Du weißt ja, ich werde nachher keine Zeit haben.«

»Meine Freundinnen kommen, alle hören dich gerne.« Ihre Hand glitt über den Tisch und legte sich auf seine.

»Sarah.« Jim atmete tief durch und sah sie ernst an. »Ich bin im Moment nicht auf der Suche. Ich möchte nicht, dass du dir falsche Hoffnungen machst.«

Zögernd zog sie die Hand zurück. »Wir werden beide nicht jünger, Jim. Ich kann nicht ewig abwarten, ob du irgendwann doch was Ernstes möchtest.« Sie wandte getroffen den Blick ab.

»Das erwarte ich nicht von dir. Es steht dir frei, dich anderweitig umzusehen.«

Die Art, wie Sarah die Augen zusammenkniff, zeigte Jim, dass er das Falsche gesagt hatte.

»Dann weiß ich endlich, woran ich bin.« Sie griff nach ihrer Handtasche und gab dem Kellner ein Zeichen. »Der ganze Ort wartet doch darauf, dass wir endlich offiziell zusammenkommen. Und warum?« Fragend sah sie ihn an, wartete jedoch nicht auf eine Antwort. »Weil wir zusammenpassen und das jeder sehen kann. Jeder bis auf dich.«

Seufzend griff Jim nach dem Geldbeutel und legte ein paar Scheine auf den Tisch. Es stimmte. Selbst seine Familie ging davon aus, dass es nur eine Frage der Zeit wäre, bis er mit Sarah zusammenkommen würde. Doch er konnte das nicht. Jetzt noch weniger als früher. Trotzdem war es nicht seine Absicht gewesen, sie zu kränken. »Lass uns fahren und ein anderes Mal darüber sprechen«, schlug er vor.

Auf der Fahrt zum Pub schwiegen beide, und Jim war heilfroh, als sie endlich in der gut gefüllten Bar ankamen. Ohne sich zu verabschieden, eilte Sarah an den Tisch ihrer Freundinnen, während Jim sich auf einen freien Stuhl bei seinen Brüdern fallen ließ.

»Sarah sieht nicht begeistert aus. Ist wohl nicht gut gelaufen?«, fragte Ethan.

»Nein, das kann man nicht sagen.« Suchend sah Jim sich nach der Bedienung um. Bis zu seinem Auftritt musste er den richtigen Pegel erreichen, gerade genug, um seine Zurückhaltung zu überwinden, aber dennoch nicht betrunken von der Bühne zu fallen, wie es schon das ein oder andere Mal vorgekommen war. Conny, die hier beinahe jeden Tag bediente, stellte ihm wie üblich ungefragt einen doppelten Whisky auf den Tisch und klopfte ihm aufmunternd auf die Schulter.

»Fällt euch auf, dass wir seit langer Zeit endlich mal wieder vollzählig sind?«, rief Quentin begeistert in die Runde. »Alle Bennett-Brüder im Pub, das gab es schon ewig nicht mehr.«

Es stimmte, sogar John hatte sich breitschlagen lassen zu kommen.

»Da das hier vermutlich mein letzter Pubbesuch ist, ehe das Baby kommt, gehen die Getränke heute auf mich«, sagte Ethan. Seine Nervosität wurde mit jedem Tag, den der errechnete Geburtstermin näherrückte, größer.

»Na dann.« River bestellte bei Conny eine neue Runde.

Jim stürzte den Whisky hinunter und griff direkt im Anschluss nach einem Bier.

»Jetzt sag schon, was passiert ist. So wie du becherst, war doch was«, hakte Ethan nach.

»Sarah will eine Beziehung und ich nicht«, brummte Jim gereizt.

»Und warum nicht?«

»Ich kann es nicht genau sagen. Aber irgendwas fehlt da.«

Ethan nickte verständnisvoll. »Dann hör auf dein Bauchgefühl.«

»Ihr eiert schon seit Jahren umeinander herum, wenn du sie nicht willst, dann geh auch nicht mehr mit ihr aus«, knurrte John.

»Ihr habt ja recht. Das habe ich ihr heute auch versucht zu sagen. Aber ich schätze, ich habe mich nicht wirklich gut dabei angestellt.«

»Ein Wunder, dass du überhaupt mit ihr gesprochen hast. Ich habe schon seit langem den Verdacht, dass ihr einfach dasitzt und euch anschweigt«, kommentierte River. Das ausgelassene Gelächter seiner Brüder schallte durch den Raum, und sie zogen die neugierigen Blicke einiger Gäste auf sich.

»Jaja, wer den Schaden hat … Eigentlich redet sie ununterbrochen, und ich nicke regelmäßig«, beschrieb Jim ihre Verabredungen.

»Das wird nichts mehr, Jim, lass es gut sein«, bestärkte Ethan ihn in seinem Vorsatz, die Sache zu beenden.

»Okay, ich würde sagen, der Pegel stimmt«. Jim leerte sein Bier in einem großen Zug und stand auf. Dann sah er seine Brüder streng an. »Und ruft nicht wieder ständig Songwünsche nach vorne«, ermahnte er sie.

»Kannst du etwa noch immer keine Texte von den Spice Girls?« Nur zu gerne machte sich Quentin einen Spaß daraus, Lieder der Girl Band zu verlangen.

»Noch so ein Spruch und du kannst morgen die Ställe ausmisten«, blaffte Jim, ehe er in Richtung Bühne davonging.

Kapitel 6

Obwohl er es genoss, den Abend mit seinen Brüdern zu verbringen, wanderten Ethans Gedanken ständig zu Liz. Die letzten Wochen der Schwangerschaft zogen sich auch für ihn wie Kaugummi. Ständig befand er sich in einem Wechselbad der Gefühle, schwankte zwischen Vorfreude und Angst, und nachts schlief er unruhig und lag oft wach. Auch wenn er endlich eingesehen hatte, dass er nichts für den Tod seiner Mutter bei seiner Geburt konnte, so fühlte es sich doch an, als ob er Liz in eine ähnliche Gefahr gebracht hatte. Natürlich erahnte sie seine Gedanken und hatte ihm von Ollies unkomplizierter Entbindung berichtet, doch auch das half nicht gegen die dunkle Vorahnung, die ihn verfolgte. Obwohl sein Handy stumm geblieben war, zog er es heraus, um zu kontrollieren, ob Liz sich nicht doch gemeldet hatte.

»Es ist alles in Ordnung. Was meinst du, weshalb ich hier bin? Du weißt, ich mag Menschenansammlungen nicht, aber Liz hat mich gebeten, dich auf andere Gedanken zu bringen. Also pack das Teil weg und versuch zumindest, etwas Spaß zu haben.« Auffordernd nickte John ihm zu.

»Ich werde mich erst entspannen, wenn dieses Kind geboren wurde und alles gut verlaufen ist.«

»Ich kann mir vorstellen, was du durchmachst. Aber es

hilft niemandem, wenn du dich verrückt machst. Und erst recht nicht Liz.«

John hatte recht. Liz brauchte Zuversicht, um die Geburt entspannt anzugehen, und keinen Mann, der sich Horrorszenarien ausmalte.

Unter dem Gejohle der Gäste stieg Jim auf die Bühne, machte mit der Hand eine abwehrende Geste, da ihm wie üblich die Aufmerksamkeit unangenehm war, und zupfte die ersten Töne auf der Gitarre. Ethan sah zu Sarah hinüber, die mit verschränkten Armen einige Tische weiter saß und auf die Bühne starrte. Wie schade es war, dass sein Bruder sich nicht für diese Frau erwärmen konnte. Zu Jim hatte Ethan immer die engste Bindung gehabt, und er ahnte, dass sein Bruder sich tief in seinem Innern nach der großen Liebe sehnte. Jim war nicht hitzköpfig wie die Zwillinge, die sich ständig in neue Liebesabenteuer stürzten, und auch nicht so abgeklärt wie John, der vermutlich als ewiger Junggeselle enden würde. Nein, Jim brauchte eine Frau, und Sarah schien geradezu ideal zu sein.

»Jetzt schau dir das an«, murmelte John und deutete mit dem Kopf zum Eingang.

Ethan brauchte einen Moment, um die Frau zu erkennen, die den Pub eben betreten hatte. Hätten die dunkelroten Haare sie nicht verraten, wäre er nicht darauf gekommen, dass dies tatsächlich Kat war.

»Scheiße, die Tierärztin ist echt heiß«, sagte River eine Spur zu laut, was dazu führte, dass sich jetzt auch die Männer vom Nachbartisch nach ihr umdrehten.

Suchend sah Kat sich um und wirkte etwas verloren, weshalb Ethan die Hand hob, um sie auf sich aufmerksam zu machen.

»Was tust du da?«, knurrte John genervt.

»Sie kennt außer uns doch kaum jemanden.«

»Sie wird uns die Ohren vollquatschen«, sagte John und rollte mit den Augen.

»Und wenn schon. Das gehört sich so.«

Kat entdeckte ihn und kam unsicher auf den Tisch der Brüder zu. Ethan zog den Stuhl, auf dem eben noch Jim gesessen hatte, etwas zurück, und sie nahm Platz.

»Danke, ich war kurz davor, wieder zu gehen«, sagte Kat leise. »Hier ist mehr los, als ich angenommen habe.«

»Das liegt an der guten Musik. Dienstags ist es hier gerappelt voll.«

Kat horchte einen Moment auf den Gesang. »Gar nicht übel, ich hatte etwas anderes erwartet.«

»Dreh dich um«, forderte Ethan sie auf.

»Warum?« Verwirrt sah sie ihn an.

»Vertrau mir. Dreh dich um«, wiederholte er. Da Kat mit dem Rücken zur Bühne saß, war er sich sicher, dass sie nicht wusste, wer dort sang.

Gespannt wandte sie den Kopf zur Bühne und sah gleich darauf mit großen Augen zu ihm zurück. »Der Ruhige singt?« Als müsste sie sich vergewissern, sah sie ein weiteres Mal zu Jim.

»Vielleicht wird es Zeit für einen besseren Spitznamen?«, schlug Ethan vor. »Ich bin mit meinem übrigens ganz zufrieden, habe schon schlimmere Bezeichnungen gehört«, sagte er schmunzelnd.

Kat schlug sich die Hände vors Gesicht. »Jim hat dir davon erzählt?«

»Er hat es mir gleich brühwarm unter die Nase gerieben.«

»Ich bin am Verhungern. Gibt es hier was Gutes?«, versuchte die Tierärztin mit roten Wangen das Thema zu wechseln.

»Die Chicken Wings sind spitze, aber an deiner Stelle würde ich sie direkt an der Bar bestellen, dienstags ist die Bedienung total überlastet«, riet Ethan ihr.

»Dann werde ich mich mal durch die Menge kämpfen. Wir sehen uns sicher später noch.«

Ethan beobachtete, wie Kat geschickt zwischen den Tischen und Stühlen hindurchschlüpfte und kurz darauf ihre Bestellung aufgab. Immer wieder blickte sie zu Jim – etwas zu lange, wie er fand. Er betrachtete seinen Bruder und erwischte genau den Moment, an dem Jim Kat an der Bar entdeckte. Für einen winzigen Augenblick stockte sein Gesang. *So ist das also.* Schmunzelnd lehnte Ethan sich im Stuhl zurück und beobachtete seinen Bruder, der plötzlich angespannt wirkte. Als das Lied zu Ende war, zögerte Jim, bevor er erneut in die Saiten griff.

»Was soll denn das? Den Song hat er noch nie gespielt«, wunderte sich River.

Die Melodie kam Ethan bekannt vor, aber er kam nicht darauf, welches Lied es war. Erst als Jim zu singen begann, erkannte er den Song.

»*Hold my Girl*? Hat das was mit Sarah zu tun?«, überlegte Quentin laut.

»Nein, er singt es für jemand anderen«, sagte Ethan grinsend.

»Und für wen?«, wollte sein Bruder wissen.

»Frag ihn doch, wenn du es wissen willst.« Ethan ahnte, dass Quentin sich das nicht trauen würde. Doch der Songtext ließ ihn schlucken. Seit Ethan den Vertrag für den Doc und Kat ausgearbeitet hatte, wusste er etwas, über das er mit keinem sprechen durfte. Es war Kats Privatsache, und Ethan hatte es nicht einmal gegenüber dem alten Tierarzt erwähnt. Die Kopie von Kats Geburtsurkunde war ihm direkt ins Auge gefallen, dann die knappe Notiz, die sie ihm dazu geschrieben hatte. Wenn Jim wirklich dieses Lied für Kat sang, dann war Ethans ursprüngliches Gefühl, dass mehr hinter der Sache steckte, als sie ihn damals hatte glauben lassen, richtig. Dann hatte Jim eine Ahnung, auch wenn Ethan nicht wusste, woher.

***

Jims tiefe, raue Stimme war zum Niederknien. Beinahe war es, als berühre sie etwas tief in ihr. Kat konnte ihre Augen nicht von dem Mann abwenden, dem sie solch einen Auftritt niemals zugetraut hätte. Als Jims Blick ihren traf, schluckte sie und sah in eine andere Richtung. Dann hatte er ein neues Lied angestimmt, und nach der ersten Zeile glaubte Kat, augenblicklich aus dem Pub stürzen zu müssen. Doch ihre Beine bewegten sich nicht. Es war, als würde ihr Körper ihr nicht gehorchen, und so hielt sie sich am Tresen fest und starrte Jim fassungslos an.

I've been waiting for you
To come around and tell me the truth
About everything that you're going through
My girl, you've got nothing to lose

Nein, das konnte nicht sein. Es war Zufall, dass Jim ausgerechnet dieses Lied sang, und hatte nichts mit ihr zu tun. Zumindest versuchte sie, sich das einzureden. Er wusste es nicht. Niemand hier wusste es. Das war nur dieser verdammte George-Ezra-Song, den sie schon so oft im Radio gehört hatte. Doch dieses Mal bekam sie davon eine Gänsehaut.

Kat ignorierte das Essen, das die Bedienung vor sie stellte. In dem Moment, als Jim die letzten Töne spielte, sah er sie an, und sein Blick verriet ihr, dass er sehr wohl für sie gesungen hatte. Nur für Kat und nicht für die anderen Menschen, die begeistert Beifall klatschten und ihm Songwünsche zuriefen. Lachend sah Jim schließlich von ihr weg und sprach ins Mikrophon. »Wirklich Leute, schon wieder John Denver? Jede verdammte Woche das Gleiche.« Kopfschüttelnd zupfte er die ersten Töne von *Take me Home, Country Roads*.

Jim hatte erkannt, dass bei ihr etwas nicht stimmte. Und er hatte es ihr auf eine Art mitgeteilt, dass es ihr unter die Haut ging. Kat ließ ihren Blick schweifen und entdeckte einige Meter von der Bühne entfernt ein Klavier an der Wand. Wie ferngesteuert ging sie darauf zu und fuhr mit den Fingerspitzen über die verstaubten Tasten. Einige Leute sahen sie irritiert an, doch Kat ignorierte sie und betrachtete Jim von der Seite, wie er einen ihm offensichtlich verhassten Song zum Besten gab. Kat zog den Hocker unter dem Klavier hervor, suchte die richtige Position und stimmte in die Melodie mit ein. Ein leises Raunen ging durch die Zuschauermenge, dann war begeistertes Pfeifen zu hören. Wie oft hatte sie dieses Lied für ihren Vater gespielt? Und doch war es eine Ewigkeit her. Mit Leichtigkeit fanden ihre Finger nach der mehrjährigen Pause die Tasten. Kat hatte vergessen, wie gut es sich anfühlte, Klavier zu spielen. Mühelos bewegten ihre Finger sich beinahe von alleine, und trotzdem traute sie sich während des Lieds nicht, sich zu Jim umzudrehen. Ob es für ihn in Ordnung war, dass sie das hier tat? Würde er die Antwort, die sie ihm damit gab, ohne Worte verstehen? Kat war ihm dankbar, denn durch seine aufmerksame Art hatte er scheinbar etwas erkannt, das allen anderen entging, doch sie würde auch mit Jim nicht offen reden können. Aber eines war offensichtlich: Sie hatte einen Freund gefunden.

Der Applaus und die Aufmerksamkeit waren ihr unangenehm, doch sie schaffte es, nach dem Song ohne roten Kopf aufzustehen.

»Das war die wunderbare Kat Roberts, die, wie wir eben hören konnten, nicht nur ein Händchen für Tiere, sondern auch fürs Klavier hat«, schallte Jims Stimme durch den Raum. Peinlich berührt verbeugte sie sich hastig. Endlich überwand Kat sich, zu ihm zu sehen. Jim stellte die Gitarre ab und bedeutete ihr, ihm zum Tresen zu folgen.

»Wer hätte das gedacht? Du spielst Klavier.« Er setzte sich auf einen Barhocker, und die Bedienung schob ihm unaufgefordert ein randvolles Glas Whisky hin.

»Klavier und Geige. Das war meiner Mutter wichtig«, sagte Kat.

»Tatsächlich? Das hört sich anstrengend an.« Er leerte das Glas zur Hälfte.

»Nicht so anstrengend wie Ballett und Französisch.« Kat presste die Lippen aufeinander und versuchte, die aufkeimende Erinnerung an ihre Kindheit zu unterdrücken.

»Du siehst wunderschön aus«, rutschte es ihm heraus, und er zupfte an einer ihrer Haarsträhnen.

»Bist du betrunken?« Erst jetzt fiel ihr sein gläserner Blick auf.

»Das bin ich immer, wenn ich auf die Bühne gehe. Es

kommt auf die richtige Menge an. Zu wenig und ich bringe keinen Ton raus, zu viel und ich habe einen Filmriss.«

»Und beides ist schon vorgekommen?«, fragte Kat amüsiert nach.

»Mehr als einmal.« Mit der Hand zeigte er auf den Teller. »Sind das deine Wings?«

»Greif zu, ich schaffe sicher nicht alle.«

Lächelnd sah sie dabei zu, wie er immer wieder am Hühnchen vorbeigriff. Alkohol war also die Erklärung für diesen Persönlichkeitswechsel.

»Jim?«

Kat erblickte neben sich eine blonde Frau, die ihn wütend anfunkelte.

»Hi, Sarah«, antwortete Jim und kaute weiter.

»Jetzt habe ich verstanden, was los ist. Deine Erklärungsversuche kannst du dir also sparen.« Mit einem frostigen Blick zu Kat rauschte sie davon.

»Was war das denn?« Erschrocken sah Kat ihn an, während Jim sich mit der Hand durch die Haare fuhr.

»Ich glaube, ich habe heute ein Date gehabt, das nicht wirklich gut gelaufen ist.«

»Du hast eine Freundin?« Hatte sie sich mit dem Lied doch geirrt?

»Nein. Sie ist nicht meine Freundin.« Jim machte eine Pause und schien nach der richtigen Erklärung zu suchen. »Ich nehme an, sie möchte mehr, und ich habe ihr heute gesagt, dass ich das nicht sehe.«

»Und jetzt hat sie ein falsches Bild von dir und mir? Das tut mir leid.« Ihr war nicht wohl dabei, irgendwie zwischen Jim und diese Sarah geraten zu sein.

»Alle glauben, wir würden zusammenpassen, und vielleicht haben sie auch recht. Aber für mich fühlt es sich nicht so an. Obwohl ich froh wäre, wenn es zwischen uns funken würde. Eine liebe Frau, ein entspanntes Leben. Passt das nicht zu mir?« Fragend sah er sie an. Wie warm seine dunkelbraunen Augen in diesem Moment wirkten. Kat betrachtete den Dreitagebart, der sein kantiges Gesicht bedeckte und ihm einen rauen Charme verlieh.

Sie schloss die Augen. »Ich weiß es nicht, Jim, ich kann dir nicht sagen, wie man den richtigen Partner findet.« Nein, sie konnte ihm nur sagen, wie man den falschen fand und sein eh schon schwieriges Leben ins Chaos stürzte. »Liz meinte, ich solle dich fürs Wäschewaschen auf ein Bier einladen, aber ich glaube, du hast für heute genug.«

»Ich fürchte auch. Und jetzt muss ich wieder rauf und bekomme hoffentlich bessere Wünsche genannt als diesen Denver-Mist.« Schwankend stand Jim auf und stapfte zur Bühne.

Kat war für einen Moment unschlüssig, was sie tun sollte. Dann griff sie nach ihrem Teller und bahnte sich einen Weg zwischen den Tischen hindurch zu den restlichen Bennetts.

Quentin und River sprangen auf und applaudierten ihr mit übertriebener Begeisterung.

»Setzt euch hin und hört mit dem Quatsch auf«, rief sie den beiden zu und setzte sich.

»Schätze, jetzt kennt dich jeder im Ort«, kommentierte Ethan ihre musikalische Einlage.

Immer wieder traten Leute an den Tisch und steckten River Geldscheine zu. Und jedes Mal notierte er sich etwas in einem kleinen Heft. Kat versuchte zu erkennen, was er aufschrieb, doch da er ihr gegenüber saß, war die Schrift auf dem Kopf. »Dealst du etwa?«, fragte sie amüsiert.

River klappte das Heftchen zu und steckte es in die Brusttasche seines Hemdes. »Wetten«, erklärte er.

»Und worauf wettet man hier draußen? Rugby?«

»Auf das Geschlecht von Ethans Kind.« Belustigt zwinkerte River ihr zu.

Kat sah ihn ungläubig an. »Und da machen auch Leute außerhalb der Familie mit?«

»Natürlich. Es ist allgemein bekannt, dass bei uns seit drei Generationen nur Jungen geboren wurden. Ich hatte bisher keine Wette, die besser lief«, sagte River.

»Und dich stört das nicht?« Fragend sah sie zu Ethan, doch der zuckte nur mit den Schultern.

»Dann zehn Dollar auf Mädchen.« Sie kramte einen Schein aus ihrer Hosentasche.

»Jim kippt gleich von der Bühne, wie es aussieht. Nehme an, er hat es wieder übertrieben.« John lachte dumpf auf.

»Wer von euch fährt eigentlich zurück?« Mit hochgezogenen Augenbrauen zählte Kat die Gläser auf dem Tisch.

»Der, der noch am besten geradeaus laufen kann«, sagte River.

»Eigentlich ich, aber ich muss zugeben, dass ich etwas angespannt wegen der Geburt bin und auch schon zu viel intus habe«, bemerkte Ethan zerknirscht.

Kat schüttelte den Kopf. »Kommt nicht in Frage. Ich fahre euch, und den Wagen könnt ihr morgen bei der Praxis abholen. Wäre ja noch schöner, wenn es gleich alle von euch auf einmal erwischt, weil ihr die Karre vor einen Baum setzt.«

Obwohl John von der Idee nicht begeistert war, hatte er letztlich dennoch den Autoschlüssel an Kat rausgerückt. Zusammen mit Ethan stützte er Jim, der noch immer sang, auf dem Weg zum Parkplatz. Stöhnend bugsierten sie ihn auf den Beifahrersitz und zwängten sich dann mit Quentin und River auf die hintere Sitzreihe. Die Tür ging erst zu, als Quentin sich unter lautem Protest bei seinem Zwillingsbruder auf den Schoß setzte.

»Das hier ist schlimmer als jeder Kindergarten«, fuhr Kat die Streithähne hinter sich an. Die letzten beiden Stunden waren unterhaltsam gewesen, doch mit steigendem Alkoholpegel waren die Sprüche derber und die Sticheleien unter den Brüdern fieser geworden. Trotz allem hatte Kat sich lange nicht mehr so gut amüsiert. Von der Seite sah sie Jim an, der mit geschlossenen Augen den Kopf gegen die Scheibe lehnte. Lächelnd betrachtete sie den großen Mann, der in diesem Moment beinahe niedlich wirkte.

Nach zwei Pinkelpausen für Ethan und River hielt Kat auf dem Parkplatz vor dem Wohnhaus an. Fluchend schob River Quentin von sich hinunter, und Ethan und John stolperten hinaus.

»Aufwachen.« Kat rüttelte an Jims Arm, und er öffnete verwirrt die Augen. »Du bist zu Hause, bitte aussteigen.«

»Alles klar.« Mühsam schnallte er sich ab, dann lehnte er sich zu ihr hinüber und drückte, ehe sie reagieren konnte, seine Lippen auf ihre. Verblüfft hielt Kat den Atem an und spürte, wie er sich etwas von ihr löste, um sie gleich darauf noch einmal zu küssen. Dieses Mal berührte er sie nur leicht, setzte sich dann auf und öffnete die Tür. »Schlafen Sie gut, Ms. Roberts«, rief Jim so laut, dass nun vermutlich auch Harry Bennett mitbekommen hatte, dass seine Söhne zurück waren. Kopfschüttelnd beobachtete Kat, wie John Jim am Arm packte und beide schwankend auf das Haus zusteuerten.

Langsam fuhr Kat zurück zur Landstraße. Die plötzliche Ruhe war unangenehm, und so stellte Kat das Radio an. Natürlich war ein Country-Sender eingestellt, es war ja auch Johns Auto. Jim hatte sie geküsst. Ohne Ankündigung und ohne dass sie ihm Interesse signalisiert hatte. Sicherlich lag es am Alkohol, zumindest hoffte sie es, immerhin hatte er ihr zuvor keine Avancen gemacht. Wie lange kannte sie ihn? Knapp eineinhalb Wochen? Und schon jetzt fürchtete sie, dass ihre Freundschaft durch diesen Kuss einen Knacks bekommen könnte. *Freundschaft.* Wie viel Wert doch in diesem Wort lag. Tatsächlich fühlte sie sich nach so kurzer Zeit bereits freundschaftlich verbunden mit Liz und Jim, und auch der Rest der Familie lag ihr am Herzen. Sogar Quentin war heute entspannter gewesen und hatte ihr wohl vergeben, dass sie ihm neulich den Feierabend versaut hatte. Die uneingeschränkte Offenherzigkeit, mit der Kat von ihnen aufgenommen wurde, war ungewohnt und schön. Doch nun hatte dieser Idiot sie geküsst und das, obwohl sie unterschiedlicher nicht hätten sein können. Gut, vielleicht war Jim doch nicht ganz so ruhig, wie sie angenommen hatte, aber hatte er selbst nicht im Pub davon gesprochen, dass diese andere Frau so perfekt zu ihm passte? Und dennoch hatte er stattdessen Kat geküsst. Eine Frau, über die er kaum etwas wusste und die, wie er zu ahnen schien, Geheimnisse hatte. Dunkle Geheimnisse, die jemand wie Jim nicht verstehen würde. Er kam von hier, war auf Silverwood aufgewachsen und hatte sein ganzes Leben im Schoß seiner Familie verbracht. Einer wie Jim wäre unfähig, das Chaos zu verstehen, das Kat mit viel Aufwand hinter sich gelassen hatte. Nein, sie würde nicht auf den Kuss eingehen, es nicht ansprechen, sondern stattdessen einfach ignorieren. Mit etwas Glück würde sich das Thema von selbst erledigen.

Mit den Fingerspitzen fuhr Kat sich geistesabwesend über die Lippen. Jims Bartstoppeln hatten sie gekitzelt, und sie bekam die Erinnerung daran nicht aus dem Kopf, wie zärtlich die Berührung seiner Lippen beim zweiten Mal gewesen war. »Reiß dich zusammen«, flüsterte sie sich selbst zu.

Kapitel 7

Laut und unerbittlich schallte der Pfiff bis in die obere Etage des Hauses. Jim rollte sich stöhnend auf die Seite und sah blinzelnd auf die Uhr. Er hatte verschlafen, und Harrys Signal war eindeutig: Es half nichts, er musste aufstehen. Als Jim sich aufsetzte, dröhnte es in seinem Kopf. Ganz offensichtlich hatte er den richtigen Alkoholpegel um Längen überschritten. Aus den Zimmern der Zwillinge nebenan war ein Rumpeln zu hören. Immerhin war er nicht der Einzige, der gleich die strafenden Blicke von Harry auf sich ziehen würde. Mit wackeligen Beinen stolperte er zum Schrank, nahm sich frische Kleidung heraus und eilte zur Dusche, ehe Quentin oder River ihm zuvorkommen konnten.

Trotz der Dusche fühlte er sich beim Hinuntergehen noch immer, als würde sich alles um ihn drehen. Mit zusammengekniffenen Augen betrat er die Küche und sackte auf seinem Stuhl zusammen. Unaufgefordert reichte Liz ihm eine Kopfschmerztablette und ein Glas Wasser.

»Mein Schädel platzt gleich«, murmelte Jim matt und schluckte die Tablette hinunter.

Auch John und Ethan waren bleich und tranken schweigend ihren Kaffee, während die Zwillinge laut lachend in die Küche kamen und sich augenblicklich vom Rührei nahmen.

»Wieso geht es euch so gut?« Ethan warf seinen jüngeren

Brüdern einen genervten Blick zu. »Ihr habt genau so viel getrunken wie wir, und während wir uns wie ausgekotzt fühlen, schaufelt ihr euch Eier rein?«

»Ihr seid schon alt, das ist der Unterschied«, sagte Quentin mit vollem Mund.

Jim griff nach der Kaffeekanne und schenkte sich ein. Mehr würde er in diesem Zustand nicht runterbekommen. »Meint ihr, Harry hat ein Einsehen und lässt uns heute weniger schuften?«

»Du kennst ihn doch. Gerade weil wir es übertrieben haben, wird er uns mit Arbeit überhäufen«, sagte John mit heiserer Stimme vorher.

»Immerhin hängen wir alle mit drin, da verteilt sich sein Ärger«, überlegte Jim laut.

»Das mag stimmen, aber wir haben nicht annähernd so über die Stränge geschlagen wie du.« Quentin lachte amüsiert auf und schob sich die Eier in den Mund.

»Was meinst du?« Irritiert musterte Jim seinen Bruder.

»Woran erinnerst du dich noch von gestern Abend?« Fragend sah Ethan ihn an.

Jim dachte nach und rieb sich über das Gesicht. Er musste sich dringend rasieren, aber angesichts seiner zittrigen Hände hatte er es lieber sein lassen. »Ich war mit Sarah essen, was nicht sehr gut gelaufen ist. Danach waren wir im Pub. Alles wie immer.« Die verschwommene Erinnerung an gewellte rote Haare, ein atemberaubendes schwarzes Top und eine viel zu gut sitzende enge Jeans erwähnte er nicht.

»Und danach? Wie sind wir nach Hause gekommen?«, fragte Ethan weiter.

Genervt stöhnte Jim auf. »Ah, verstehe. Ich habe mal wieder einen Filmriss und bin damit schlimmer als ihr.«

»Darauf wollte ich nicht hinaus«, sagte Ethan und verschränkte schmunzelnd die Arme vor der Brust.

»Spuck es endlich aus«, fuhr Jim ihn an.

»Du hast die Tierärztin geküsst«, platzte River heraus.

»Ich habe *was*?« Entsetzt sprang Jim auf und funkelte seinen jüngsten Bruder an. »Sag, dass das ein Scherz ist.«

»Ist es nicht«, bestätigte Quentin.

Bestürzt sah Jim zu Ethan, doch der nickte nur zustimmend.

»Jim hat Kat geküsst? So richtig?«, hörte er Liz fragen und dann kichern.

»Er hat sich auf sie geworfen, ihr einen dicken Schmatzer aufgedrückt und ist dann grölend aus dem Auto gestiegen. Es war echt witzig«, erzählte River.

»So eine verdammte Scheiße.« Fluchend trat Jim gegen das Tischbein, und der Kaffee in den Tassen schwappte bedrohlich an den Rand.

»Allerdings«, stimmte John ihm zu. »Wir haben hier keinen anderen Veterinär. Wenn sie deinetwegen nicht mehr kommt, dann haben wir ein Problem.«

Drohend hob Jim eine Hand, und John presste seine Lippen aufeinander.

»Du kannst doch mit ihr reden, bestimmt wird sie da nicht zu viel reininterpretieren.« Ermutigend spürte er Liz' Hand auf seiner Schulter. »Es sei denn, da ist mehr?«

»Da ist nichts«, brummte Jim und setzte sich wieder.

»Ich bringe dich und John gleich nach dem Frühstück in den Ort, eure Autos stehen ja noch dort. Dann kannst du Johns Schlüssel bei Kat abholen und sehen, wie sie drauf ist«, schlug Ethan vor.

Jim nickte nur mit düsterer Miene und starrte in den

dampfenden Kaffee. Noch nie hatte er eine Frau geküsst, ohne sich danach daran zu erinnern. Oder ohne auf ein eindeutiges Zeichen von ihr zu warten. Nicht zu wissen, was genau vorgefallen war, fühlte sich beschissen an. Und er hatte keine Ahnung, wie Kat auf seinen Besuch reagieren würde. *Verdammt.* Er kannte sie doch kaum.

»Jetzt schau nicht so, als ob Kat dir gleich den Kopf abreißen wird«, sagte Ethan und boxte ihn gegen den Oberarm.

Jim sah weiter aus dem Fenster auf das endlose flache Land, das an ihm vorbeizog, und versuchte, sich die richtigen Worte für eine Entschuldigung zurechtzulegen. »Wieso habe ich das gemacht?«, gab er kopfschüttelnd zurück.

»An was von gestern Abend kannst du dich sonst noch erinnern? War da noch was, das«, Ethan machte eine Pause, »nennen wir es mal ungewöhnlich, war?«

»Wovon redest du jetzt wieder?« Wie es Jim nervte, dass seine Erinnerung ihm nach zu viel Alkohol diese Streiche spielte.

»Ich glaube, du hast für sie gesungen.« Ethan grinste.

»Für Kat? Bist du sicher?«

»Ich denke schon. Zumindest hast du immer wieder zu ihr hingesehen.«

»Und was habe ich gesungen? Etwa irgendeine triefende Schnulze?« Jim schloss die Augen und lehnte den Kopf gegen die Scheibe. Das durfte alles nicht wahr sein.

»Hold my Girl«, klärte sein Bruder ihn auf.

Leise flüsterte Jim den Text des Songs vor sich hin und kniff die Augen zusammen. Wenn er ausgerechnet dieses Lied gesungen hatte, dann war es tatsächlich für Kat bestimmt gewesen.

»Auch wenn du dich nicht daran erinnern kannst, warum glaubst du, hast du ausgerechnet dieses Lied gewählt?«, fragte Ethan.

»Da war so eine Situation letzte Woche. Kat hat einen Anruf bekommen und wirkte danach verstört. Ich hatte den Eindruck, dass da irgendwas nicht stimmt.« Jim überlegte. »Es ist doch komisch, dass eine gut ausgebildete Veterinärin, der alle Möglichkeiten offenstehen, ausgerechnet hier in die Pampa rauszieht. Findest du nicht?«

Sein Bruder runzelte die Stirn. »Jeder von uns hat seine Vergangenheit. Du wolltest sie offensichtlich damit auffordern, dir ihre Geheimnisse zu verraten. Warum willst du das unbedingt wissen?«

»Das will ich nicht. Vermutlich war es einfach so ein Gefühl, dass es ihr guttun könnte, darüber zu sprechen. Hätte ich nicht zu viel getrunken, wäre ich nie auf diese dämliche Idee gekommen.«

»Dann lass es gut sein. Wenn sie dir davon erzählen will, wird sie es tun. Sie hat dich danach auf dem Klavier begleitet. Weißt du wenigstens das noch?«

Jim schloss die Augen. Bilder von Kats flinken Händen, die über die Tasten zu schweben schienen, tauchten bruchstückartig vor seinem geistigen Auge auf. »Ja, da war was. Sie ist voller Überraschungen«, sagte er mit einem Lächeln.

»Könnt ihr endlich die Klappe halten, Mädels? Mein Schädel dröhnt«, knurrte John von der Rückbank.

»Guten Morgen, Mrs. White.« Jim stapfte auf die alte Frau zu. »Ist sie da?«

»Nebenan. In einer halben Stunde beginnt die Sprechstunde. Ich melde dich an.« Sie drückte auf den Knopf und beugte sich zur Sprechanlage hinunter. »Miss Roberts, Mr. Bennett ist hier«, rief sie zu laut hinein.

»Welcher ist es?«, schallte es zurück.

»Jim«, klärte Mrs. White ihre Chefin auf. Einige Sekunden lang war nichts zu hören, und er befürchtete schon, unverrichteter Dinge wieder gehen zu müssen.

»Er soll bitte nach hinten ins Büro kommen.«

Erleichtert atmete Jim auf und trat durch den Behandlungsraum in den schmalen Flur, von wo aus er Kat sah, die in dem winzigen Zimmer am Schreibtisch saß. »Störe ich?« Unsicher ging er auf sie zu.

»Nein. Ich schreibe nur Rechnungen. Das mag ich am wenigsten an diesem Job.« Sie stand auf und sah ihn nur flüchtig an. »Ich dachte, John würde den Schlüssel holen.«

»Ich wollte mit dir reden«, setzte Jim an und überwand sich, ihr in die Augen zu blicken.

»Worüber?« Ihre Stimme klang spitz, und es war klar, dass sie ahnte, worum es ging.

»Mir wurde berichtet, ich hätte dich gestern Abend geküsst«, zwang er sich zu sagen.

Überrascht sah Kat ihn an. »Es wurde dir berichtet?«

»Das ist echt peinlich, aber ich kann mich an nichts mehr erinnern.«

Ein Grinsen zuckte über ihre Lippen. »Davon hast du mir gestern Abend schon erzählt, und du warst dir sicher, die richtige Menge getrunken zu haben.«

»Ich habe mich wohl verzählt.« Jim musterte sie verlegen. »Wir haben uns also unterhalten? Worüber?«

»Nichts Wichtiges.«

Er nickte. »Also wie gesagt, tut mir leid, dass ich dich geküsst habe.«

»Mach dir keine Gedanken.«

Jim wandte sich ab, um zu gehen, blieb dann aber stehen. »Nur aus Neugierde, wie war der Kuss?« In dem Moment, in dem er die Frage gestellt hatte, hätte er sich am liebsten selbst dafür geohrfeigt. Warum machte er nicht einfach, dass er wegkam?

Kat lachte glucksend auf. »Kurz und feucht. Und ziemlich überraschend.«

Jim seufzte gespielt und steckte die Hände in die Hosentaschen. »Also nicht meine beste Performance. Eigentlich kann ich das besser«, verteidigte er seine Ehre.

»Da bin ich mir sicher«, flüsterte Kat, machte einen Schritt auf ihn zu und sah zu ihm nach oben.

»Was machst du?«, brummte er, während er ihren Geruch einatmete, der irgendwie viel zu gut roch.

»Ich weiß es wirklich nicht.« Einen Augenblick legte sie die Stirn an seine Brust und bewegte sich nicht. »Aber ich konnte nicht richtig schlafen. Mir geht so viel durch den Kopf, und du beruhigst mich auf eine merkwürdige Art.«

»Das kann ich von dir nicht gerade sagen«, antwortete Jim und senkte seinen Kopf ein wenig, um den Duft ihrer Haare in sich aufzusaugen.

»Riechst du etwa an mir?« Kat sah ihn an und zog die Nase kraus.

»Kann schon sein.« Schuldbewusst lächelte er ihr zu. »Das ist bestimmt der Restalkohol.«

»Ich muss jetzt die Rechnungen fertig machen.« Sie trat einen Schritt zurück und sah mit geröteten Wangen auf den Boden.

»Du hast damit angefangen, Kat«, murmelte er und machte auf dem Absatz kehrt.

Geistesabwesend stellte Jim sich neben Ethan, der an seinen Wagen gelehnt auf dem Parkplatz wartete, und kniff die Augen zusammen.

»Wie ist es gelaufen?«

»Ich habe keine Ahnung. Es war eigenartig.«

»Eigenartig gut?«

»Eher verwirrend. Anscheinend wirke ich beruhigend auf Kat.«

»Wo ist mein Schlüssel?«, rief John von der Rückbank durch das geöffnete Fenster und streckte ungeduldig die Hand aus.

Jim rieb sich über den Nacken. »Verdammt. Ich habe nicht nach dem Schlüssel gefragt«, stellte er matt fest. »Ich muss noch mal rein.«

***

Kat starrte die Rechnungen an, ohne wahrzunehmen, was darauf stand. Die Ellbogen auf dem Schreibtisch abgestützt, vergrub sie ihr Gesicht in den Handflächen. Was hatte sie sich nur gedacht? Sie hatte sich aus einem Impuls heraus bei Jim angelehnt. Vermutlich lag es an der Einsamkeit, die sie tief in sich spürte, und der beunruhigenden Nachricht, die sie umtrieb. Plötzlich hatte sie sich nach Nähe gesehnt, als Jim groß und breit wie ein Bär vor ihr stand und sie mit seinem gutmütigen Blick ansah. Während sie sich an ihn lehnte und seinen gleichmäßigen Atemzügen lauschte, war zum ersten Mal seit Tagen Ruhe in ihre Gedanken eingekehrt. Aber es war ein Fehler gewesen, und sie hatte Jim verärgert. Als Kat bemerkt hatte, wie sehr auch er diesen Augenblick genoss, war Panik in ihr aufgestiegen. Mit einem Mal war das, was sie eben noch beruhigt hatte, kaum auszuhalten gewesen. Jim war seit langer Zeit die erste Person, die Kat als so etwas wie einen Freund bezeichnen würde. So lange war sie abgehauen, immer wieder von einem Ort zum nächsten gezogen, beinahe so, als wäre sie auf der Flucht. Und in gewissem Sinne war sie das auch. Die Sorge, dass Jim ernsthaftes Interesse an ihr haben könnte, hatte Kat fluchtartig von ihm wegtreten lassen. Jetzt war er unübersehbar irritiert. So wie sie.

Kat griff nach dem Handy und suchte die Nummer ihrer Schwester heraus. Längst hätte sie sich wie versprochen melden sollen. Ein kurzes Gespräch mit Issi würde sie hoffentlich aufheitern, bevor der erste Patient kam.

»Kat, na endlich«, hörte sie Isabells vorwurfsvolle Stimme und drückte auf die Lautsprechertaste, um nebenher die Rechnungen weiterzusortieren.

»Entschuldige, ich hatte viel zu tun.«

»Das ist eine Ausrede, und das weißt du genau«.

Kat seufzte. »Du hast recht. Aber ich musste erst verdauen, was du mir gesagt hast.«

»Ich mache mir Sorgen«, flüsterte ihre Schwester.

»Das musst du nicht. Ich bin weit weg. Und mir geht es hier gut.«

»Fühlst du dich wohl?«

»Das wird langsam. Die Arbeit macht mir Spaß.« Kat überlegte, wie sie unauffällig das Thema wechseln konnte. »Was machen meine beiden Nichten?«

»Sie treiben mich in den Wahnsinn. Zanken sich ununterbrochen, und ständig heult eine von beiden. Hätte ich besser mal Jungs bekommen.« Issi lachte.

»Hier gibt es eine Familie mit fünf Söhnen. Alle inzwischen erwachsen, aber ich glaube, der Vater hat es mit ihnen noch immer nicht leicht. Er hat sie wohl alleine aufgezogen, habe ich herausgehört. Kannst du dir das vorstellen?«

»Der Mann muss Nerven wie Drahtseile haben«, antwortete Issi belustigt. »Fünf Söhne. Ist da einer dabei, der dir gefällt?«, hakte sie mit neugierigem Ton nach.

Kat musste schmunzeln. Natürlich schaffte ihre Schwester es, sie aufzumuntern. Allerdings war Kat sich nicht sicher, ob sie über Jim reden wollte. »Die sehen allesamt verdammt gut aus, sage ich dir. Einer besser als der andere.«

»Du hast meine Frage nicht beantwortet«, ließ Issi nicht locker.

»Einer von ihnen hat mich geküsst. Aber er war betrunken und hat es nicht so gemeint.«

»Und wenn doch?« Die Aufregung war Issi anzuhören. »Es wird wirklich Zeit, dass du dich endlich wieder auf jemanden einlässt. Jeder verbrennt sich mal die Finger, das gehört zum Leben.«

»Aber nicht so sehr wie ich«, sagte Kat und spürte, wie sich ihre Brust erneut zusammenzuziehen drohte.

»Erzähl mir von ihm.«

Kat stöhnte theatralisch auf und sah auf das Handy, das vor ihr lag. Wie schön es wäre, Isabell jetzt hier zu haben. Über Jim wollte sie dennoch nicht weiter mit ihr sprechen. »Mach dir keine Hoffnungen, was den angeht, er passt nicht zu mir. Ich fürchte, ich würde mich mit ihm zu Tode langweilen.«

»Du bist unverbesserlich«, tadelte ihre Schwester sie. »Ein solcher Mann wäre für dich vermutlich genau das Richtige. Einer, der dich erdet.«

»Ich muss los, die Sprechstunde fängt gleich an«, beendete Kat das Gespräch und legte auf. Gedankenversunken griff sie nach den fertigen Rechnungen, die Mrs. White verschicken sollte. Kat stand eilig auf und wollte losgehen, als ihr vor Schreck die Briefe aus der Hand fielen.

Gegen den Türrahmen gelehnt stand Jim und sah sie ausdruckslos an. »Ich habe den Autoschlüssel vergessen.«

Hektisch angelte Kat den Schlüssel vom Regal und warf ihn Jim zu. Betreten sah sie ihn an. »Ich nehme an, du hast das gerade gehört?«

»Nicht mit Absicht.« Jim wandte sich um und wollte gehen.

»Warte!« Kat machte ein paar Schritte auf ihn zu.

Mit hochgezogenen Augenbrauen starrte er sie abwartend an.

»Was ich da gesagt habe, das war nicht so …«

»Jetzt weiß ich immerhin, was du von mir denkst.« Er trat einen Schritt von ihr weg.

Kat presste die Lippen aufeinander. »Das war nicht so gemeint.«

»Spielt keine Rolle«, antwortete Jim knapp.

»Ich möchte mich nicht mit dir streiten«, versuchte sie, ihn zu besänftigen.

»Ich streite mich selten und ganz sicher nicht mit dir. Dafür bin ich zu langweilig«, gab er etwas zu laut zurück und stapfte davon.

»Verflucht«, zischte Kat und bückte sich, um die Rechnungen aufzusammeln. Das hatte sie gründlich vermasselt. So viel zu ihrem ersten Freund in Firefly Creek.

***

»Zu Tode langweilen«, murmelte Jim und starrte mit zusammengezogenen Augenbrauen auf die Straße. Offensichtlich war sein Kuss wirklich keine Glanzleistung gewesen. Er hatte nicht unbedingt erwartet, dass Kat nun hin und weg von ihm wäre. Doch dass sie ihn am Telefon derart herabwürdigte, kränkte seinen Stolz. Und dabei hatte er gehofft, sie würde keine große Sache aus dem Kuss machen, sondern ihn als das ansehen, was er gewesen war: eine Dummheit, die er längst bereute. Jim bog auf die Zufahrt nach Silverwood ein und parkte kurze Zeit später vor dem Wohnhaus.

Ethan, der vorausgefahren war, lehnte an seinem Auto und beobachtete, wie Jim mit finsterer Miene ausstieg. »Was ist passiert?«, rief er und kam auf ihn zu. Missmutig warf Jim die Tür zu. »Ich bin ein Langweiler, der ganz offensichtlich nicht küssen kann«, brachte er hervor.

»Autsch!« Ethan verzog das Gesicht und klopfte ihm mitfühlend auf die Schulter.

»Die Frau ist eh zu verrückt für mich, keine Ahnung, warum ich sie überhaupt geküsst habe.« Jim presste die Zähne aufeinander. Wenn er sich wenigstens an den Kuss erinnern könnte, aber so hatte er noch nicht einmal eine Ahnung, ob Kats Lippen diesen Ärger überhaupt wert waren.

»Also hast du kein Interesse an ihr?«, fragte Ethan.

»Ganz sicher nicht«, antwortete Jim etwas zu schnell.

»Dann kann es dir ja egal sein, was sie von dir denkt.« Ethan sah auf die Uhr. »Ich habe gleich ein geschäftliches Telefonat.« Er verschwand im Haus, und Jim verschränkte die Arme. Erst der Ärger mit Sarah und jetzt auch noch mit Kat.

»Langweilig?«, hörte er Quentins Stimme von der Hausecke. Sein Bruder kam, mit dem Motorradhelm unter dem Arm, auf ihn zu. »Hat Kat das echt gesagt?«

Jim atmete tief ein. Wenn Quentin Bescheid wusste, würde es nicht lange dauern, bis auch River von der Sache Wind bekam. Und da die beiden nie ihre Klappe halten konnten, war Liz sicherlich noch vor dem Abendessen im Bilde. Und dann würde seine Schwägerin ihn mit Mitleid überhäufen und im schlimmsten Fall sogar mit Kat darüber reden. »Lauschen gehört sich nicht«, brummte er.

»Ich hab nicht gelauscht. Außerdem kann man in diesem Haus eh nichts geheim halten.« Quentin wirkte ungewöhnlich angespannt. »Es reicht schon, dass wir vor Harry verheimlichen müssen, woher der Samen für seine Kühe wirklich stammt.« Er schüttelte den Kopf, und seine Locken begannen zu wippen.

»Hast du ein Problem damit, dass John und ich diese Entscheidung getroffen haben?«, fragte Jim ihn ohne Umschweife. Dass es seinen Bruder geärgert hatte, war nicht zu übersehen gewesen, doch eigentlich war Jim davon ausgegangen, dass er sich schnell wieder einkriegen würde.

»Ihr habt mich übergangen«, platzte es aus Quentin heraus.

Jim zog die Augenbrauen hoch. »Für die Rinder sind John und ich verantwortlich, für die Schafe du. In deine Zucht hätten wir uns nicht eingemischt, ohne mit dir zu sprechen.«

Die Antwort schien seinem Bruder nicht zu gefallen. Quentin richtete sich zu seiner vollen Größe auf. Auch wenn Jim die Zwillinge noch immer als die überdrehten Halbstarken von früher wahrnahm, so waren sie doch inzwischen schon Mitte zwanzig und längst zu Männern herangereift. Und genau wie Jim selbst leistete Quentin bereits sein ganzes Leben harte Arbeit auf Silverwood.

»Wenn Harry sich wegen der Sache mit Richard anlegt, dann wird das für uns alle Folgen haben.«

»Er wird es nicht mitbekommen, wenn alle ihren Mund halten«, wies Jim ihn zurecht.

Quentin umfasste den Helm fester. »Warum hast du dabei mitgemacht?« Grimmig sah er ihn an. »Ging es wirklich nur darum, einen tollen Zuchtbullen zu bekommen, oder um Kat?«

Jim kniff die Augen zusammen. Wie gerne hätte er Quentin an den Kopf geworfen, dass er es nur für Silverwoods Zukunft getan hatte. Doch es stimmte nicht. Er hatte sich von Kat bequatschen lassen, und vermutlich hatten John und er nur mitgemacht, weil sie so verflucht begeistert von ihrer Idee gewesen war. »Leg dich nicht mit mir an. Nicht heute!« Ohne ein weiteres Wort stapfte er an seinem Bruder vorbei, und noch bevor er die Seitentür erreicht hatte, hörte er schon den Motor von Quentins Bike aufheulen.

Als er ins Haus kam, empfing ihn Liz mit einem bedauernden Lächeln, was nur bedeuten konnte, dass sie längst Bescheid wusste. Quentin hatte recht: Hier gab es einfach keine Privatsphäre, dafür lebten in diesem Haus eindeutig zu viele Personen. Während Liz ihm die Schulter tätschelte, atmete er tief durch. »Ich muss die Weiden kontrollieren«, murmelte Jim und griff nach seinem Hut. Zum Glück war die Farm groß genug, um wenigstens für einige Zeit den anderen Familienmitgliedern aus dem Weg zu gehen. Er musste dringend seine Gedanken ordnen.

Kapitel 8

Eine weitere anstrengende Woche lag hinter ihr, und Kat hoffte auf ein entspanntes Wochenende. Seit dem Streit mit Jim schlief sie noch schlechter als üblich. Wann immer sie die Augen schloss, spukten die Worte durch ihren Kopf, die sie über Jim gesagt und die er durch einen blöden Zufall mit angehört hatte. Missmutig spielte sie mit den Zähnen an ihrem Piercing herum, wischte den Untersuchungstisch ab und entsorgte die benutzten Tupfer. Über mangelnde Arbeit konnte sie sich wirklich nicht beklagen. Die Sprechstunde war jeden Tag gut besucht, meistens war es nötig, länger zu arbeiten, so wie heute. Ihre Füße schmerzten, und der Geruch von Hunden haftete an ihrer Haut. Sobald sie hier aufgeräumt hatte, würde sie ausgiebig duschen und vor dem Fernseher zu Abend essen. Immerhin hatte sie es geschafft, Ordnung in den Behandlungsraum zu bringen. Medikamente, Spritzen und Geräte lagen jetzt dort, wo es Sinn ergab. Allerdings fehlte ihr dringend weitere Unterstützung. Einmal hatte sie Mrs. White gebeten, ihr mit einem verängstigten Hund zu helfen, der sich standhaft gegen die Untersuchung wehrte, doch die alte Dame erklärte rigoros, dass dies nicht zu ihren Aufgaben gehörte. Bald würde Kat die ersten Operationen durchführen, und alleine wäre das ein Albtraum. Sie musste sich unbedingt nach einer Tierarzthelferin umsehen.

»Ich gehe jetzt.« Mrs. White streckte den Kopf zur Tür herein und blickte missbilligend auf das Chaos und den verdreckten Boden. »Mr. Bennett hat eben angerufen, er erwartet Sie um acht auf Silverwood.«

»Was?« Verdutzt sah Kat die alte Dame an. »Hat Jim gesagt, was er will?«

»Harry Bennett, nicht Jim. Ich bin davon ausgegangen, dass Sie wüssten, worum es geht.«

»Vermutlich um seine Zucht«, überlegte Kat laut. »Können Sie Harry anrufen und das verschieben? Ich bin wirklich müde heute.«

»Harry Bennett will mit Ihnen seine Zucht besprechen?« Die Augen der alten Frau weiteten sich überrascht. »Tun Sie sich selbst einen Gefallen und gehen Sie hin. Er wird sicherlich ein gutes Wort bei den anderen Farmern für Sie einlegen. Soweit ich höre, sind noch nicht alle von Ihnen überzeugt.« Mit einem Knall warf sie die Tür zu, und Kat hörte, wie sie aus der Praxis stöckelte.

Also sprach man im Ort über Kat, und natürlich war Mrs. White darüber bestens informiert. Es half nichts – wenn Harry sie einbestellte, hatte Kat zu erscheinen. Obwohl das bedeutete, dass sie Jim begegnen würde. Kat nahm den Besen und kehrte die Tierhaare auf dem Boden zusammen. Über eine Woche war seit dem Telefonat mit Isabell vergangen, und bisher hatte sie Jim nicht wiedergesehen. Einige Male war Kat auf dem Weg zu anderen Farmen an der Abzweigung zu Silverwood vorbeigefahren, hatte allerdings nicht den Mut aufgebracht, hinzufahren und noch einmal mit ihm zu sprechen. Hätte sie das nicht sofort tun sollen? Sicherlich half es nicht, abzutauchen und Jim aus dem Weg zu gehen. Dafür, dass sie ihn erst so kurze Zeit kannte, machte es ihr erstaunlich viel aus, dass sie ihn verärgert hatte. Wohl oder übel musste sie sich eingestehen, dass sie Jim wirklich mochte, auch wenn ihr nicht klar war, warum eigentlich. War es diese gutmütige Ausstrahlung? Die amüsierten Blicke, mit denen er sie bei ihren wenigen Begegnungen bedacht hatte? Und dann hatte der Kerl auch noch ihre Wäsche gewaschen – und was tat sie ihm im Gegenzug? Sie beleidigte ihn. Kat biss sich auf die Unterlippe und spielte gedankenversunken mit dem Ring darin. Reichte eine Entschuldigung aus, um ihre gedankenlose Bemerkung vergessen zu machen?

Geduscht und in frischer Kleidung setzte Kat sich ins Auto, konnte jedoch den Anblick des prächtigen Sonnenuntergangs über dem schier endlosen Weideland nicht genießen. Sie fragte sich nervös, wie Jim auf sie reagieren würde. Sicherlich wusste er bereits, dass Kat kommen würde.

Als sie das Auto auf dem Parkplatz vor dem Wohnhaus abstellte, sah sie sich suchend um, konnte jedoch keinen der Bennetts sehen. Mit schnellen Schritten ging sie am Haus vorbei und öffnete die Fliegentür.

»Kat! Das ist ja nett.« Liz kam ihr entgegen und strahlte sie an. »Was machst du denn hier?«

»Dein Schwiegervater hat mich einbestellt, und hier bin ich.«

»Wirklich? Er hat nichts davon gesagt. Harry ist im Büro. Geh einfach den Flur entlang. Es ist die erste Tür auf der linken Seite«, erklärte sie.

Kat nickte und trat in den Korridor. Beeindruckt betrachtete sie die gewundene alte Holztreppe, die nach oben führte. Die abgenutzten Stufen verrieten, dass dies noch die originale Treppe sein musste. Wie alt mochte dieses Haus sein? Vielleicht achtzig Jahre? An der Wand standen unzählige Arbeitsstiefel, und auf einer schmalen Ablage lagen einige Autoschlüssel. Wie es wohl war, in einem Haus mit so vielen Menschen zu leben? Sicherlich war man hier niemals einsam. Langsam ging sie auf die Bürotür zu und klopfte zaghaft. Sie hörte Schritte, und dann öffnete sich die Tür. »Kat, wunderbar, ich war mir nicht sicher, ob Sie kommen.« Wieder drückte Harry fest ihre Hand.

»Einer Einladung von Ihnen kann ich nicht widerstehen«, antwortete Kat mit einem Lächeln und sah sich staunend in dem Raum um. Schwere dunkle Regale ragten vor den Wänden auf, und weiter hinten stand ein antik anmutender gewaltiger Schreibtisch, auf dem eine Eisenfigur in der Form eines Bullen thronte. Kat trat darauf zu und fuhr mit den Fingerspitzen über das lebensecht ausgearbeitete Tier.

»Ein Erbstück der Familie«, erklärte Harry mit stolzem Unterton.

»Er ist wunderschön«, sagte Kat. »Und diese Bilder erst.« Staunend betrachtete sie die Pferde und Rinder auf den Ölgemälden.

»Stört es Sie, wenn ich rauche?« Harry kramte in der Schreibtischschublade und zog ein Kästchen mit Zigarren hervor.

»Nicht, wenn ich auch eine bekomme.«

Überrascht sah er sie für einen Moment an, dann reichte er ihr eine Zigarre. »Sie sind eine ungewöhnliche Frau«, brummte er.

»Darf ich das als Kompliment auffassen?« Kat sah ihm fest in die wachen Augen, die die gleiche Farbe hatten wie die seiner Söhne. Nur Ethan hatte blaue Augen, und Kat überlegte einen Moment, ob er diese wohl von seiner Mutter geerbt hatte.

»Ich mache keine Komplimente«, sagte Harry und warf ihr das Feuerzeug zu.

Kat gluckste und sah sich erneut um. Sie entdeckte einen Ledersessel und setzte sich ungefragt. »Was kann ich denn für Sie tun?« Interessiert beobachtete sie, wie Harry den Rauch aus der Nase ausstieß, während er einen Stapel Papiere vom Schreibtisch nahm.

»Ich muss den Bestand meiner Bullen reduzieren. Diese Aufgabe schiebe ich immer vor mir her, um nicht doch noch einen Fehler zu machen. Das bedeutet aber auch, dass ich momentan einige Mäuler mehr stopfe als nötig. Ich habe meine Favoriten, doch ich würde gerne Ihre Meinung hören.« Er reichte Kat die Unterlagen und lehnte sich abwartend gegen den Schreibtisch.

Kat zündete ihre Zigarre an und zog kräftig, um den Tabak gleichmäßig zum Glühen zu bringen. Ein aromatischer Geschmack breitete sich in ihrem Mund aus.

»Das ist die Marke, die mein Vater raucht«, sagte sie, ohne nachzudenken.

»Tatsächlich?« Harry beobachtete sie, während er die Zigarre erneut zum Mund führte.

»Ich habe mir immer welche stibitzt, aber ich bin sicher, er hat es natürlich bemerkt.« Amüsiert über die alte Erinnerung lächelte sie geistesabwesend.

»Ihre Eltern müssen stolz auf Sie sein, dass Sie in diesem Alter bereits Ihre eigene Praxis haben«, hörte sie seine Worte wie aus der Ferne.

Zu schnell kam sie wieder in der Wirklichkeit an. »Meine Eltern haben sich etwas anderes für mich vorgestellt. Also nein, sie sind ganz sicher nicht stolz auf mich.« Kat schluckte. »Hatten Sie mir nicht einen Whisky versprochen?«

Harry richtete sich auf und öffnete eine Schreibtischtür. Er nahm eine Flasche heraus und von der Ablage an der Wand zwei Gläser. Großzügig schenkte er ein und reichte Kat eins davon. »Ich weiß nichts über die Umstände, und sie gehen mich auch nichts an, aber lassen Sie sich von einem Vater sagen, dass Eltern immer stolz auf ihre Kinder sind. Manchmal zeigen sie es nur nicht.« Er machte eine Pause und trank einen Schluck. »Das hat fast mein Verhältnis zu Ethan zerstört«, setzte er hinzu.

Kat nickte. Sicherlich verlief in einer derart großen Familie nicht immer alles reibungslos. »Dann sehen wir mal.« Neugierig nahm sie das erste Blatt, auf dem das Foto eines Zuchtbullen angeheftet war, unter dem die Daten und der Stammbaum notiert waren.

Kat reichte Harry vier Blätter. »Diese Bullen hier würde ich behalten. Die anderen sind ebenfalls gut, aber nicht so gut wie diese. Und wenn ich richtig liege in meiner Einschätzung, sollten Sie im nächsten Jahr mindestens einen guten Jungbullen von den besamten Kühen bekommen.«

Harry blätterte ihre Auswahl durch und nickte anerkennend. »Das sind genau die, die ich vorhatte zu behalten. Sie haben ein gutes Auge.«

»Ich hatte eine gute Ausbildung.« Kat stellte das leere Glas zur Seite und legte den Rest der Zigarre in den Aschenbecher. »Darf ich Ihr Bad benutzen, ehe ich gehe?«

»Wir haben nur eins, das ist ein altes Haus«, murmelte Harry entschuldigend. »Die Treppe hoch und die erste Tür auf der rechten Seite.«

»Dieses Haus ist wunderbar. Es strahlt etwas aus, das ich nicht in Worte fassen kann.«

»Das wird der Wahnsinn sein, den meine Söhne hier verbreiten.« Harry ließ ein donnerndes Lachen hören.

»Gute Nacht.« Kat schloss die Tür hinter sich und lief die Stufen nach oben. Einige quietschten laut. Als sie den breiten Gang erreichte, sah sie sich um. Zu beiden Seiten lagen mehrere Zimmer, vermutlich schliefen hier die Brüder. Einige Türen waren angelehnt, doch sie widerstand dem Wunsch hineinzusehen. Was war das nur, das sie hier magisch anzuziehen schien? Rasch griff sie nach der Klinke der Badezimmertür.

***

Mit der Hand wischte Jim über den Spiegel, um die Feuchtigkeit zu entfernen, die die lange Dusche dort hinterlassen hatte. Den ganzen Tag waren John und er damit beschäftigt gewesen, einen neuen Zaun zu bauen, und jetzt schien jeder Muskel seines Körpers zu schmerzen. Die schweren Balken zu schleppen und zuzusägen war eine undankbare Aufgabe, aber sie musste erledigt werden. Und sie lenkte ihn ab. Von den Gedanken, die ihm immer wieder durch den Kopf schossen. Kats Worte hatten ihn mehr getroffen, als er sich eingestehen wollte. Todlangweilig hatte sie ihn genannt. Er presste die Zähne aufeinander und trug den Schaum auf. In gleichmäßigen Zügen fuhr er mit dem Rasiermesser über die Stoppeln. Als sich unerwartet die Tür öffnete, zuckte er vor Schmerz zusammen. »Verdammt, hier ist besetzt«, blaffte er, ohne sich umzusehen. Etwas Blut quoll hervor, vermischte sich mit dem Schaum.

»Dann schließ halt ab«, hörte er eine unerwartete Stimme.

»Was tust du denn hier?« Erstaunt sah er zu Kat, die in der Tür stand.

»Dein Vater hat mich gebeten, die Zuchtbullen zu bewerten«, sagte Kat und blickte verlegen zur Seite.

Jim sah an sich hinunter, um sicherzugehen, dass das Handtuch, welches er sich um die Hüfte gewickelt hatte, auch bedeckte, was es sollte. »Hat Harry das?« Es störte ihn, dass Kat in seinem Zuhause war. Jim beugte sich zum Waschbecken hinunter und wusch den restlichen Schaum von seinem Kinn.

»Denkst du etwa, ich erfinde einen Vorwand, um herzukommen?«, fragte sie scharf.

Jim richtete sich auf und griff nach dem Toilettenpapier, um sich ein kleines Stück auf die Stelle zu kleben, an der er sich eben geschnitten hatte. »Ich kenne dich nicht, Kat. Woher soll ich das wissen?« Überrascht, wie deutlich sein Ärger zu hören war, sah er erneut zu ihr. »Und du kennst *mich* nicht.«

»Du bist nachtragend«, hielt sie ihm vor, und er konnte erkennen, wie ihr Blick über seinen Körper wanderte. Mit größter Mühe unterdrückte Jim das Verlangen, sie ebenfalls anzustarren. Wie sie da stand, in der engen Jeans und der braunen Lederjacke, mit diesen Haarsträhnen, die widerspenstig aus dem unordentlichen Dutt fielen, und einem nervösen Zucken in den Augen. Mit der Hand wischte er das Waschbecken sauber, um sich abzulenken. »Du hast mich langweilig genannt«, knurrte er vorwurfsvoll.

»Ich wollte mit meiner Schwester nicht über dich reden. Nicht nachdem wir gerade davor …« Sie brach mitten im Satz ab. Dann stemmte sie die Hände in die Hüften. »Ich habe das gesagt, damit sie nicht weiter nachfragt. Und außerdem hast du dich selbst als ruhig bezeichnet.«

»Ich habe nie gesagt, dass ich langweilig bin.« Gereizt machte er einen Schritt auf sie zu.

Frech blickte sie ihn an, und wieder zog sie die Nase kraus, als wollte sie sich jeden Moment erneut verteidigen.

»Muss ich dir das erst beweisen?« Jim kam ein Stück näher auf sie zu. »Was muss ich dafür tun? Soll ich dich packen, auf den Boden werfen und gleich hier zwischen Badewanne und Waschbecken nehmen? Ist das dann nicht langweilig? Ist es das, was du von einem Mann willst?«

Er konnte sehen, wie sie die Luft anhielt und ihre Augen sich weiteten. »Du musst nicht so reden«, flüsterte sie.

»Was wäre denn langweilig? Was passt deiner Meinung nach zu mir? Dich an der Hand zu nehmen, dich in mein Zimmer zu führen und jeden Zentimeter deines Körpers zu küssen, bis du es nicht mehr aushalten kannst und um mehr bettelst?«

»Du bist ein Arsch«, platzte es aus ihr heraus. Aufgebracht hielt sie die Luft erneut an.

Jim schmunzelte zufrieden. »Doch nicht so ruhig, oder?« Es war ihm gelungen, diese selbstsichere Frau aus dem Konzept zu bringen, und es bereitete ihm ein höllisches Vergnügen. Und sie verdiente es. Was er gesagt hatte, war als Spaß gemeint gewesen, und doch kribbelte es in seinem Körper bei dem Gedanken, das zu tun, was er eben ausgesprochen hatte. Fand er Kat tatsächlich anziehend? Einen Augenblick lang blieb sein Blick auf ihrem Mund haften. Wenn er noch einmal die Gelegenheit bekommen sollte, diese Lippen zu küssen, dann wäre es ganz sicher nicht schnell und unaufregend. Dann würde er dafür sorgen, dass Kat schwindlig wurde und sie in den höchsten Tönen von ihm schwärmte.

Kat ließ den rechten Arm vorschnellen und verpasste ihm einen Schlag gegen die Schulter. »Bist du jetzt fertig?«

»Ja.« Irritiert schnupperte er in ihre Richtung. »Hast du geraucht?«

»Eine von Harrys Zigarren«, sagte sie beiläufig, und er konnte sehen, wie sie Mühe hatte, ihren Blick von seinem Oberkörper abzuwenden. *Dir gefällt, was du siehst.* Amüsiert richtete er sich auf und verschränkte die Arme vor der Brust. »Mein Vater hat dir eine von seinen Zigarren gegeben?«

»Warum nicht?«

»Weil er das nicht tut. Er verschließt sie mit dem guten Whisky in seinem Schreibtisch, damit wir nicht rankönnen. Ich habe nur einmal erlebt, dass er welche ausgegeben hat, und das war der Tag, an dem Ollie geboren wurde.«

»Schätze, er mag mich.« Breit grinste Kat ihn an.

»Du hast ein Talent dafür, die Bennetts um den Finger zu wickeln«, bestätigte Jim lachend. Wieder zog sie ihre Nase kraus, und das Verlangen, sie zu packen und an sich ranzuziehen, überwältigte ihn beinahe. »Da drüben ist mein Zimmer.« Er zeigte auf die gegenüberliegende Tür. »Ich gehe jetzt dort hinein, bevor ich mich vergesse und dich erneut küsse«, brummte er. Dann stapfte er an ihr vorbei und warf die Zimmertür hinter sich zu.

Reglos blieb Jim in der Mitte des Raums stehen. Hatte er das eben wirklich gesagt? Wieder hatte Kat ihn so weit gebracht, dass er seine Gedanken unverblümt aussprach. Was wollte sie von ihm? Anfangs hatte er angenommen, sie sei einfach auf der Suche nach Anschluss, doch da waren diese Blicke, die sie ihm zuwarf, wenn sie sich unbeobachtet glaubte. Aber sie hatte ihm keinen Anlass gegeben zu glauben, dass sie an ihm interessiert sei. Bis sie sich in der Praxis plötzlich an ihn geschmiegt hatte. Das war der Moment gewesen, in dem er sich für einen kleinen Augenblick in ihrem Duft verloren hatte. Und seitdem ging ihm dieser Geruch nicht aus dem Kopf. Kat war nichts für ihn, das wusste Jim. Kat bedeutete nur Ärger, und sie war auf dem besten Weg, sein entspanntes Leben zu ruinieren. Doch sie war auch so unwahrscheinlich niedlich. So klein und zart, was im klaren Gegensatz zu ihrer übersprudelnden Persönlichkeit stand. Und sie sah verflucht gut aus, da hatten die Zwillinge zweifelsohne recht. Nie hatte er eine Frau wie Kat getroffen.

Jim hörte, wie die Zimmertür leise geöffnet wurde. Als er sich umdrehte, stand Kat hinter ihm. »Das ist ein Fehler«, flüsterte sie und zog die Jacke aus.

»Ich mache in der Regel keine Fehler.« Jim ging auf sie zu, griff hinter sie und löste das Haargummi aus ihren Haaren. »Aber ich will verdammt nochmal an dir riechen, und alles andere ist mir gerade egal.«

»Das Langweilige, von dem du eben geredet hast. Meinst du, das könntest du tun?« Mit einem zaghaften Lächeln auf den Lippen zog sie sich den dünnen Pulli über den Kopf und stand im BH vor ihm. Auf dem Bauch hatte sie eine Tätowierung, die Jim interessiert musterte: eine Rose, die sich um ein Messer rankte und auf Kats zierlichem Körper merkwürdig fehl am Platz wirkte.

»Dass ich jeden Zentimeter deines Körpers küsse?«, fragte er nach und spürte Erregung in sich aufsteigen. Egal wie falsch das hier war, nichts würde ihn davon abhalten, diesen Moment zu genießen.

Kat nickte. Dann fuhr sie mit der Hand über seinen Oberkörper, bis hinab zum Bauchnabel. »Du siehst verdammt gut aus, Bennett«, hauchte sie.

»Ich dachte, das tun wir Bennetts alle?« Rau lachte er.

»Dieser hier gefällt mir am besten«, flüsterte Kat und legte das Gesicht an seine Brust. »Und du verwirrst mich.«

Jim schloss die Augen und strich mit einer Hand durch ihre Haare, während er mit der anderen ihren Rücken streichelte. Er würde morgen über das alles hier nachdenken. Nicht jetzt. Jetzt wollte er Kat nur spüren. Er beugte sich zu ihr und fand ihre Lippen. Zaghaft umspielte ihre Zunge seine. »Hat er dir etwa auch von dem guten Whisky gegeben?«, murmelte Jim.

»Das schmeckst du?«

»Eine ganz charmante Mischung von Zigarren und Whisky. Was bist du nur für eine komische Frau?« Amüsiert schob er sie zu seinem Bett und legte sich über sie, bedacht darauf, das meiste Gewicht mit seinen Armen abzufangen.

»Schätze, ich bin eine, mit der du nicht gerechnet hast.« Sie lachte glucksend.

»Das trifft es wohl ganz gut.« Einen Augenblick lang sah er sie nur an, wie sie unter ihm lag, die Haare wild um ihr wunderschönes Gesicht ausgebreitet. Genoss, wie ihre Fingerspitzen über seine Haut glitten. Schließlich wanderte eine ihrer Hände unter das Handtuch. »Wenn du da dran gehst, dann wird es nichts damit, dass ich jeden Zentimeter von dir küsse«, flüsterte Jim ihr zu.

»Du hast keine Ahnung, wie lange ich nicht mehr mit einem Mann geschlafen habe. Ich fürchte, das könnte ich jetzt auch gar nicht aushalten.«

Jim grinste und griff nach unten, öffnete hastig ihre Hose

und wälzte sich auf die Seite, damit Kat sie ausziehen konnte. Dann wanderte seine Hand ihr Bein hinauf und erreichte ihren schwarzen Slip. Stürmisch küsste er sie, während seine Finger sich den Weg unter ihre Unterwäsche bahnten und in die verführerische Wärme eintauchten. Stöhnend drückte sie den Hinterkopf in die Matratze und riss sein Handtuch weg. Das war der Himmel. Das war der verdammte Himmel.

***

»Jetzt bin ich echt gespannt, wie er sie hier rausschaffen will, ohne dass wir etwas mitbekommen«, rief Quentin, als er mit Fred vom Hof in die Küche kam.

Harry sah von der Zeitung auf und betrachtete den amüsierten Gesichtsausdruck seines Sohnes. »Wer will wen hier rausschaffen?«

»Kats Auto steht auf dem Hof«, sagte Quentin mit einem breiten Grinsen und füllte Freds Futter in die Schüssel.

Die Tierärztin war noch im Haus? Harry legte irritiert die Zeitung zur Seite. Quentin war hier, Ethan und Liz saßen ebenfalls dämlich grinsend mit Ollie am Tisch. Also waren John, Jim und River noch auf ihren Zimmern.

»Los, spuck aus, was du denkst«, forderte Ethan ihn auf. Offensichtlich hatte er Harrys Gedankengang erraten, und Liz lachte, während sie sich über den dicken Bauch rieb.

»Das geht mich nichts an. Und euch auch nicht«, brummte Harry und griff nach dem Kaffee. Natürlich trieb ihn die Frage um, in welchem Zimmer Kat war, wenn sie tatsächlich die Nacht hier verbracht hatte. Von ihrer Art und ihrem Aussehen her passte sie eher zu Rivers Eroberungen. Der schleppte hier ebenso wie sein Zwillingsbruder regelmäßig irgendwelche Mädchen an. Aber Kat war nicht irgendeine und River eigentlich zu jung für die Tierärztin. Grübelnd fuhr er sich über den Nacken. Also blieben noch John und Jim. Aber keine der beiden Vorstellungen ergab Sinn. War John nicht, ohne es zu wissen, eigentlich schon sein ganzes Leben in Erin verliebt? Warum der Junge es bisher nicht geschafft hatte, sich die Frau von der Nachbarfarm zu angeln, war Harry ein Rätsel. Aber Jim konnte es auch nicht sein. Das passte nicht. Überhaupt nicht.

»Morgen.« John stapfte in die Küche, griff nach einer Tasse und ließ sich auf seinen Stuhl fallen. Ohne ein weiteres Wort zu sagen, schaufelte er sich Rührei auf den Teller. »Was starrst du mich so an?« Misstrauisch sah er Harry an.

Harry schüttelte den Kopf und nahm einen weiteren Schluck.

»Er versucht rauszufinden, wer die Nacht mit der Tierärztin verbracht hat«, klärte Quentin John auf und setzte sich ebenfalls.

»Kat ist hier? Ernsthaft?« Heiser lachte John auf und schüttelte den Kopf. »Das hätte ich nicht erwartet.«

John war aus dem Rennen. Also noch Jim und River. Welcher seiner Söhne hatte sich in Schwierigkeiten gebracht? Kat imponierte ihm, das musste Harry anerkennen. Aber sie erinnerte ihn auch an eine Person, die er sich bemühte zu vergessen. Kat strahlte Unabhängigkeit aus und traute sich was. Doch sie wirkte auch wie jemand, der gerne über das Ziel hinausschoss. Noch immer wusste Harry nicht genau, wie es wirklich dazu gekommen war, dass sie seine Rinder besamt hatte. Irgendetwas an dieser Geschichte stimmte nicht. Etwas an Kat stimmte nicht.

Gähnend schlurfte River in die Küche und setzte sich wortlos. Harry ließ die Tasse auf den Tisch knallen und stand auf. *Verdammt, Jim. Das passt nicht.* Er trat an die Küchenzeile und sah auf den Hof hinaus. Was machte er sich überhaupt Gedanken? Jim war nicht er, und Kat war nicht Maggie. Selbst wenn er gestern Abend ihretwegen immer wieder an die Mutter der Zwillinge hatte denken müssen.

Auf der Treppe waren Schritte zu hören, und als Harry sich umsah, starrten alle gespannt zum Flur. Kurz darauf fiel die Eingangstür, die nur selten genutzt wurde, ins Schloss.

»Sie ist clever«, sagte Quentin und beförderte die Gabel in seinen Mund.

»Wer?« Fragend sah River ihn an.

»Kat hat bei Jim übernachtet«, klärte Quentin seinen Zwillingsbruder auf.

»Jim hat echt die Tierärztin klargemacht?« Anerkennend nickte River.

»Haltet euch da raus, das geht euch nichts an.« Harry wartete ab, bis er sicher war, dass Kats Auto vom Hof gefahren war, dann trat er in den Flur und pfiff laut.

»Kannst du ihm nicht noch eine Stunde Ruhe gönnen? Schätze, er hat nicht viel Schlaf bekommen«, witzelte Ethan, woraufhin Liz ihm tadelnd einen Stoß versetzte.

Oben rumpelte es, und kurz darauf eilte Jim die Treppe hinunter, während er sich hektisch das Hemd zuknöpfte. Mit zerzausten Haaren und einem entschuldigenden Grinsen sah er Harry an und trat in die Küche, wo er von Applaus und Pfiffen begrüßt wurde. Dann schnauzte Jim alle an, die Klappe zu halten. Harry schüttelte den Kopf und ging zum Büro. Er konnte nur hoffen, dass das alles gut ausging. Sie hatten hier nur die eine Tierärztin, und, egal was mit ihr nicht stimmte, er mochte Kat merkwürdigerweise. Und Harry mochte selten fremde Leute.

***

Ein gellender Pfiff ließ Jim aufschrecken. Sofort tauchten Bilder der letzten Nacht vor seinem geistigen Auge auf. Kats helle Haut und seine dunkel gebräunten Hände auf ihr. Er richtete sich benommen auf und fuhr über die leere Stelle neben sich, auf der sie gelegen hatte. Die Matratze war warm, Kat konnte noch nicht lange weg sein. Sie hatte tatsächlich hier übernachtet.

Jim stand auf und zog seine Jeans über, dann griff er sich ein frisches Hemd aus dem Schrank und stürzte aus dem Raum. Ob die anderen etwas mitbekommen hatten? Unten an der Treppe stand Harry und sah ihn mit einem merkwürdigen Blick an, den er nicht deuten konnte. Die zusammengekniffenen Augen seines Vaters folgten ihm auf dem Weg in die Küche, wo er vom Rest der Familie mit Johlen empfangen wurde.

»Ach haltet die Klappe«, blaffte er seine Brüder an und setzte sich.

»Nimm dir eine Extraportion, ich schätze, du hast Hunger.« Mit geröteten Wangen saß Liz ihm gegenüber.

»Nicht du auch noch«, brummte er.

»Ich nehme an, ihr färbt langsam, aber sicher auf mich ab«, verteidigte sich Liz.

»Ist das jetzt was Ernstes?«, wollte Ethan wissen.

»Keine Ahnung.« Mehr sagte Jim nicht dazu und lud sich den Teller voll.

»Sie ist vorne raus, es war ihr wohl zu peinlich, uns zu begegnen«, sagte Quentin mit einem breiten Grinsen.

Jim ignorierte ihn und biss ins Brot. Warum hatte Kat ihn nicht geweckt? Vermutlich wollte sie ihm aus dem Weg gehen. Und auch Jim hatte keine Ahnung, was er über die Sache denken sollte. Er hatte nicht nachgedacht, ob es wirklich gut war, was er da tat. Da war einfach nur dieses Verlangen gewesen, Kat zu spüren.

»Auch wenn du wenig Schlaf hattest, der Zaun wartet auf uns«, erinnerte John ihn an seine Pflichten und stand auf. »Ich fange an, die Bretter aufzuladen.« Sein Bruder nahm seinen Hut und stapfte hinaus.

Jim trug einen der schweren Balken nach dem anderen zum Pick-up. Schon jetzt stand ihm der Schweiß auf der Stirn, und dabei arbeiteten sie erst seit einer halben Stunde.

»Hast du dir das gut überlegt?«, hörte er Harry hinter sich. Mit den Händen in den Hosentaschen stand sein Vater da und musterte ihn so wie vorhin im Flur.

Es überraschte Jim, dass sein Vater ihn offen auf Kat ansprach. »Natürlich nicht. Es ist einfach passiert.« Wenn sowieso schon jeder im Haus davon wusste, dann gab es keinen Grund, ein Geheimnis daraus zu machen.

»Und jetzt?«, fragte Harry nach.

»Keine Ahnung. Das werde ich wohl rausfinden, sobald ich sie wiedersehe.«

Sein Vater nickte und lehnte sich gegen die Ladefläche des Wagens. »Und was ist mit Sarah? Ich dachte, das mit euch würde was werden.«

»Dachtest du das?« Jim rollte die Ärmel seines Hemdes

hoch. »Ich habe es versucht, aber der Funke will einfach nicht überspringen«, antwortete er wahrheitsgetreu.

»Pass einfach auf, dass Kat keinen Buschbrand entfacht«, brummte sein Vater und suchte mit seinen beinahe schwarzen Augen Jims Gesicht nach einer Regung ab.

Erstaunt zog dieser die Augenbrauen hoch. »Seit wann interessieren dich diese Dinge?«

»Seit vor ein paar Monaten beinahe unsere Familie an der Sache mit Liz und Ethan zerbrochen wäre. Damals habe ich nichts mitbekommen, und ihr habt euch allesamt in den Schlamassel geritten«, fuhr sein Vater ihn an.

Jim stützte sich mit den Händen auf dem aufgeladenen Holz ab. »Pass auf, Harry, ich werde unsere Tierärztin nicht verjagen, falls das deine Sorge ist.«

»Erinnert sie dich nicht auch an Maggie?«, entfuhr es seinem Vater. Ohne auf eine Antwort zu warten, stapfte Harry zurück zum Haus.

»Was zum Teufel war das denn?« Fragend sah Jim sich nach John um, der einige der Bretter abmaß.

»Ich halte mich da raus«, knurrte dieser gereizt.

»Ich konnte nicht einmal selbst darüber nachdenken und muss ihm schon Rede und Antwort stehen.« Mit der Hand schlug er auf die Balken. »Und was soll der Mist mit Maggie?« Es sah die Mutter von Quentin und River vor sich. Als sie damals als Kindermädchen ins Haus kam, war er etwa drei Jahre und Ethan wenige Monate alt gewesen. An seine eigene Mutter hatte Jim nur bruchstückhafte Erinnerungen, aber Maggie, die einige Jahre lang quasi ihren Platz eingenommen hatte, sah er auch nach all der Zeit noch vor sich, als wäre sie erst gestern für immer verschwunden.

»Vermutlich sieht er Parallelen zwischen ihr und Kat. Ganz unrecht hat er ja nicht.« John sah ihn fest an.

»Maggie war ein Hippie, den es auf eine Farm verschlagen hatte. Das war etwas anderes. Kat ist«, Jim kniff die Augen zusammen, »was auch immer Kat ist.«

»Sie ist ebenso lebhaft wie Maggie, beide sind Freigeister. Und jetzt vergleicht Harry deine Situation mit seiner damals. Er und Maggie, das konnte niemals gut gehen. Wären die Zwillinge nicht geboren worden, hätte sie sich sicherlich schon früher aus dem Staub gemacht.« Krachend warf John ein Brett zur Seite.

»Also bist du auch der Meinung, dass das mit Kat ein Fehler war?«

»Ach verdammt, Jim.« Gereizt funkelte sein Bruder ihn an. »Ich sage doch, ich halte mich da raus. Ich habe meine Lektion gelernt. Ich werde mir keine Gedanken um dich und dein Liebesleben machen. Du weißt, was ich von Beziehungen halte. Rede mit Ethan, wenn du eine Schulter zum Ausheulen brauchst.«

»Du bist ein Arsch«, schleuderte Jim ihm entgegen.

»Das kann ich nicht ändern.« Energisch drückte John ihm einen Balken in die Hände.

Das versprach ein langer Tag zu werden. Aber vielleicht war es ganz gut, so hatte er noch etwas Zeit, ehe er sich der Realität stellen musste.

***

Was hast du getan? Während sie das Lenkrad umklammerte, fuhr Kat zurück in die Stadt. Die Landschaft flog an ihr vorbei, ohne dass sie darauf achtete. Geistesabwesend war ihr Blick auf die staubige Straße gerichtet. Nachdem Jim gestern Abend in seinem Zimmer verschwunden war, hatte sie einige Minuten hadernd im Flur gestanden. Ihn beinahe nackt zu sehen, seine Worte zu hören, mit denen er sie mehr herausgefordert hatte, als sie es ihm zugetraut hätte, war verwirrend gewesen. Sein Frust über das mitgehörte Telefonat war noch größer, als sie angenommen hatte, Jim war überraschend emotional und ungehalten gewesen. Und dann dieser Vorschlag mit den Küssen. Bis zu dem Moment, in dem sie den Raum betrat, war sie sich nicht sicher gewesen, ob er nur einen Scherz gemacht hatte. Doch als sie sich die Jacke auszog, war sein Blick unmissverständlich. Was hatte sie nur dazu gebracht, Jims Schlafzimmer zu betreten? Kat hatte einfach nicht widerstehen können. Wann war sie das letzte Mal mit einem Mann auf diese Art zusammen gewesen? Es war Jahre her. Etliche Jahre. Und dafür gab es einen guten Grund. Einen, den Jim nicht kannte. Kat schluckte und bog auf den Parkplatz der Praxis ein. Jim hatte keine Ahnung von dem Geheimnis, das sie tagtäglich mit sich herumtrug. Von den Fehlern der Vergangenheit, die sich in Kats Seele und auf ihrer Haut eingeschrieben hatten. Lange Zeit hatte sie das alles erfolgreich unterdrückt, doch seit Isabells Anruf waren die Schatten wieder an die Oberfläche gekommen. Und auch wenn Jim sich nicht mehr an den Abend in der Bar erinnern konnte, schien er zu ahnen, dass da etwas war, das sie verbarg. Sein Lied hatte es deutlich gezeigt.

Kat stieg aus und stürzte zum Eingang ihrer Wohnung. Noch immer roch ihr Gesicht nach seinem Rasierschaum, und bei jeder Bewegung umspielte Jims Geruch ihren Körper. Sie zog sich hektisch aus und stieg unter die Dusche. Und wie hatte es nur passieren können, dass sie neben ihm eingeschlafen war, statt sich, wie sie es sich vorgenommen hatte, nachts aus dem Haus zu schleichen? Zweimal hatten sie miteinander geschlafen – zuerst stürmisch, dann erneut langsamer. Jim hatte getan, was er ihr vorgeschlagen hatte: jeden Zentimeter ihres Körpers geküsst. Seine rauen Hände hatten ihre Brüste umfasst, mit einer Sanftheit, die sie überraschte und willenlos machte. Grob rieb Kat das Shampoo in ihre Haare und glaubte vor Anspannung gleich zu platzen. *Ich kenne dich nicht, Kat.* Diese Worte hatte Jim ihr im Bad hingeschmettert. Und er hatte recht. Wenn er sie kennen würde, hätte dieser Mann, den sie als so unglaublich gutherzig und warm erlebt hatte, sie nie in sein Zimmer gelassen. Jim Bennett war kein Mann für sie, das wusste Kat genau. Und dennoch hatte sie ihn in den wilden Strudel hineingezogen, der ihr Leben war. Ihr blieb nur zu hoffen, dass auch Jim klar war, wie falsch sie füreinander waren.

Der Tag war wie im Nebel an ihr vorübergezogen. Die Stunden in der Praxis waren in Kats Erinnerung eine diffuse Aneinanderreihung von Spritzen, Untersuchungen und Gesprächen mit den Besitzern ihrer Patienten. Jetzt saß sie auf dem Sofa und starrte auf den Fernseher. Die Dokumentation über Löwen flimmerte, ohne dass sie wirklich hinsah, über den Bildschirm. Ein Klopfen ließ Kat zusammenzucken. *Jim.* Er musste es sein. Wer sonst würde sie an diesem Ort besuchen, an dem sie kaum jemanden kannte? Kraftlos stand Kat auf und öffnete die Tür. Mit einem Blick, den sie nicht recht deuten konnte, sah er sie an. »Darf ich reinkommen?«

Kat nickte und trat zur Seite.

Prüfend wanderte Jims Blick durch das Zimmer. »Hier hat

sich einiges verändert. Ist fast schon wohnlich«, stellte er fest.

»Warum bist du hier?«, fragte sie eine Spur zu schroff, und ihr Ton ließ erkennen, wie unangenehm ihr sein Auftauchen war. Und auch Jim musste es gehört haben.

»Ich glaube, wir sollten reden.« Seufzend setzte er sich auf das Sofa und blickte sie an. »Oder nicht?«

Wieder nickte sie und ließ sich neben ihm nieder.

»Es war schön. Schätze, das sollte ich als Erstes sagen«, murmelte er.

Kat schloss die Augen und versuchte, sich zu konzentrieren. Nicht auf die Hände zu sehen, die sie letzte Nacht gestreichelt hatten. »Das war es. Aber das ändert nichts daran, dass es keine gute Idee war«, erwiderte sie leise.

Jim rieb sich über das Gesicht. »Das habe ich mir schon fast gedacht. Aber vielleicht können wir noch mal ein paar Schritte zurückgehen. Uns besser kennenlernen. In den Pub ausgehen und was trinken.«

Kat fühlte, wie sie in sich zusammensackte. Wollte Jim versuchen, eine Beziehung mit ihr aufzubauen? Wie sollte sie ihm schonend beibringen, dass sie ihn nicht als Liebhaber oder gar mehr in ihr Leben lassen konnte, ohne ihm den wahren Grund dafür zu verraten? Dass sie ihn aber dennoch als Freund mehr brauchte, als er ahnte? »Ich glaube nicht, dass das funktioniert. Wir sind so unterschiedlich. Trotzdem mag ich es, zu euch rauszufahren, mit dir zu reden. Verstehst du das?« Unsicher wartete sie auf seine Reaktion.

»Wir sind unterschiedlich, aber gestern Nacht hat das ganz gut harmoniert. Oder bist du da anderer Meinung?« Seine Miene zeigte, dass er verletzt war.

»Bitte sprich nicht über letzte Nacht«, bat sie ihn, um zu

verhindern, dass ihr all die Bilder, die sie mühsam verdrängt hatte, wieder in den Sinn kamen.

»Ich verstehe.« Er stand auf und steckte die Hände in die Hosentaschen. »Es ist nie passiert.«

»So habe ich das nicht gemeint«, sagte Kat beschwichtigend. »Können wir nicht einfach wieder ganz normal miteinander umgehen?«

»Als Freunde?« Heftig schüttelte er den Kopf.

Ja, genau das wollte und brauchte Kat. »Du bist mein Freund, Jim«, murmelte sie.

»Ich habe vier Brüder und haufenweise Kumpels. Ich brauche keinen weiteren Freund, Kat. Auch wenn es vielleicht etwas zu schnell gegangen ist, dachte ich wirklich, du würdest uns eine Möglichkeit geben herauszufinden, ob mehr dahintersteckt. Aber du willst es nicht, und das werde ich akzeptieren. Erspar mir bitte diesen Mist mit der Freundschaft. So machen Sechzehnjährige Schluss, aber wir sind erwachsen. Sag einfach klar und deutlich, dass du mich nicht willst, und dann werde ich mich von dir fernhalten.« Seine Stimme war laut und fest, beinahe schon kalt.

Kat schluckte. Also war das die einzige Möglichkeit, um vergessen zu machen, was zwischen ihnen passiert war – um ihn davon abzuhalten, sich in sie zu verlieben. Das durfte Jim auf keinen Fall, dafür war er zu anständig. Sobald er erkennen würde, was für ein Mensch Kat war, würde er sie dafür hassen, dass sie ihn in ihr kaputtes Leben hineingezogen hatte. Das konnte sie nicht zulassen. Hatte Liz ihr nicht gesagt, Jim sei der liebenswürdigste Mann, den sie kannte? Der Ruhige, der gerne half, wo er konnte, der ein entspanntes, glückliches Leben führen wollte? Kat dagegen verfolgten schwarze Wolken, wo immer sie hinging. Nein, das mit ihnen ging nicht. Nicht wenn ihr etwas an Jim lag. »Ich will dich nicht«, flüsterte sie und betrachtete die Flecken auf dem Teppich.

»Wenigstens bist du ehrlich.«

Kat sah nicht auf, als er hinausging und die Tür hinter sich zuwarf. Jetzt war sie wieder alleine. Alleine am Ende der Welt an einem abgelegenen Ort, wo sie versuchte, sich eine Zukunft aufzubauen. Und schon wieder hatte sie Schaden angerichtet.

Kapitel 9

Dreihunderteinundzwanzig Schafe hatte Kat schon geimpft, und die an der Wolle haftende Fettschicht machte ihre Arme unangenehm klebrig. Das Zeug war auch mit Unmengen von Seife kaum abzukriegen, und Kat erinnerte sich einmal mehr an den Trick, den die Schafscherer nutzten, um ihre Arme davor zu schützen. Doch sich selbst auf die Arme zu pinkeln war als Frau nicht nur unmöglich, es war selbst für Kat, die täglich mit Blut und anderen Körperflüssigkeiten zu tun hatte, schlicht zu eklig. Stattdessen würde sie sich später mit Kernseife abschrubben müssen, um den Gestank wieder loszuwerden.

»Dann sind wir für heute fertig«, sagte Richard Smith unfreundlich.

»Das sind wir.« Kat packte ihre Sachen ein und sah aus den Augenwinkeln eine Bewegung auf dem weitläufigen Hof des Anwesens. Sie kniff die Augen zusammen und betrachtete den Gang des Hundes, der auf sie zukam. »Er zieht die Hinterbeine nach«, murmelte sie und kniete sich hin, um den Hund näher zu sich heranzulocken.

»Der läuft schon lange so. Machen Sie sich keine Gedanken«, antwortete der Farmer sichtlich genervt.

Als das Tier sie endlich erreichte, tastete Kat Beine und Hüfte ab. Vorsichtig bewegte sie ein Bein nach dem anderen, woraufhin der Hund laut aufheulte. Konzentriert fuhren ihre Finger über den unteren Rücken. Dann stellte sie sich auf. »Ich tippe auf Arthrose, und die Hüfte scheint einen Schaden zu haben. Kommen Sie unbedingt schnell mit ihm in die Sprechstunde«, sagte sie.

»Das werde ich sicher nicht.« Richard Smith verschränkte die Arme vor der Brust. »Rusty ist ein Arbeitshund, und er macht seinen Job schon lange nicht mehr gut.«

»Weil er Schmerzen hat«, stieß Kat hervor und hatte Mühe, ruhig zu bleiben.

»Ich werde kein Geld in ein Tier investieren, das mir nichts mehr nützt. Er ist schon sieben Jahre alt. Entweder er kommt damit zurecht, oder es gibt einen neuen Hund. So läuft das hier auf dem Land«, belehrte er sie und starrte sie ungehalten an.

»Nein, so läuft das bei *Ihnen*«, zischte Kat.

»Schicken Sie mir die Rechnung für die Impfungen.« Smith machte auf dem Absatz kehrt und stapfte zum Wohnhaus.

Aufgebracht sammelte Kat die Verpackungen der Impfampullen zusammen und stopfte alles in ihre Tasche. Dieser Mann war ein Ekel. Mitleidig sah sie Rusty an und lief zu ihrem Wagen. Hinter sich hörte sie das Klimpern des Halsbands, und als sie sich umdrehte, folgte Rusty ihr mit ungelenken Schritten. Kat sah sich um. Von Smith oder seinen Angestellten war nichts zu sehen. Schnell öffnete sie die Autotür, bückte sich und hob den Hund unter dem Bauch an. Rusty leckte ihr über das Gesicht und wedelte ausgelassen. »Du kommst mit mir mit«, erklärte Kat dem Tier und setzte es auf dem Beifahrersitz ab.

Ihr Verdacht hatte sich leider bewahrheitet. Sorgenvoll betrachtete Kat das Röntgenbild. Rusty hatte eine deutlich erkennbare Arthrose und, wie vermutet, war die Hüfte ebenfalls beeinträchtigt. Mit viel Glück konnten Medikamente seinen Zustand verbessern, vermutlich würde er über kurz oder lang eine Hüftoperation benötigen. Und das, so hatte er klargemacht, würde Richard Smith niemals bezahlen. Während sie auf der Unterlippe kaute, kramte Kat in den Schubladen und zog eine Spritze mit Entzündungshemmer und Schmerzmittel auf. Rusty ließ sich die Spritze geben, ohne mit der Wimper zu zucken. Kat betrachtete den Hund. »Was machen wir jetzt mit dir? Wenn ich dich zurückbringe, wird er nicht zulassen, dass ich dich weiter behandle.« Energisch pfefferte sie die Spritze in den Müllbehälter. »Du bleibst bei mir. Wenn er dich nicht will, dann hängst du eben ab jetzt hier rum«, sagte sie laut.

Der Australian Shepherd mit dem rot-weiß gescheckten Fell folgte ihr in den Wohnraum hinüber. Kat breitete eine Decke neben dem Sofa aus, und als sei es das Selbstverständlichste der Welt, rollte Rusty sich dort zusammen. Nur der wachsame Blick seiner unterschiedlich gefärbten Augen folgte ihr durch den Raum. »Hier wohnen wir«, sprach sie beruhigend auf den Hund ein. »Es ist nicht so luxuriös wie dein bisheriges Zuhause, aber ich nehme an, das wird dir nichts ausmachen. Wenn du lieb bist, darfst du tagsüber mit in die Praxis, ansonsten musst du hier warten.«

Sein Blick folgte ihr zum Kühlschrank. Kat kramte ein Stück Wurst heraus und warf es ihm hin. »Ich kann einen Mitbewohner gut gebrauchen, wie sieht es mit dir aus?«

Rusty schnappte nach dem Leckerbissen, der neben seinem Kopf gelandet war, und verschlang ihn in einem Happen.

Kat setzte sich aufs Sofa. Über eine Woche war es her, dass Jim verärgert abgedampft war. Seitdem hatte sie nichts mehr von ihm gehört. Und vermutlich würde es auch so bleiben. Er fehlte ihr, auch wenn sie es ungern zugab. Eine Nacht hatte genügt, um ihre Freundschaft zu zerstören. Auch Liz und die anderen Bennetts hatte Kat nicht mehr gesehen, sicherlich standen sie hinter Jim und mieden Kat von nun an. Warum nur traf sie das so sehr? Sie kannte diese Menschen kaum, und dennoch hatte sie jeden von ihnen vom ersten Augenblick an in ihr Herz geschlossen. Während sie alleine in ihrer Wohnung saß, herrschte auf Silverwood der übliche Trubel. Dort war keiner je alleine, immer war jemand zum Reden und Scherzen da. Selbst Harry hatte einen Charme, dem Kat sich nicht entziehen konnte. Die wenigen Male, die sie auf der Farm gewesen war, hatten ihr einen Einblick in ein Leben gegeben, wie sie es nicht kannte.

Ein tiefes Schnarchen riss Kat aus ihren Gedanken. Kopfschüttelnd sah sie auf den schlafenden Rusty. Sie würde diesen Hund retten und ihm eine zweite Chance geben. So wie das alles hier auch eine zweite Chance für sie war.

***

Gelangweilt saß Jim auf dem Sessel im Wohnzimmer. Liz ruhte sich, den Kopf auf die Armlehne gestützt, auf dem Sofa aus, während Ethan ihr die geschwollenen Füße massierte. Alle Arbeiten des Tages waren längst erledigt, und im Gegensatz zu sonst gelang es Jim nicht, sich auf ein Buch oder die Zeitung zu konzentrieren. Immer wieder sah er im Geiste Kats Gesicht vor sich. Ethan lachte leise, als Liz während der Massage eine Art Schnurren von sich gab, und auch Jim musste schmunzeln. Diese Schwangerschaft setzte seiner Schwägerin mehr zu als die mit Ollie damals, zumindest hatte Jim diesen Eindruck, und das gefiel ihm nicht. Auch wenn er sich nicht mit Schwangerschaften auskannte, kam ihm Liz übermäßig geschafft vor. »Deine geschwollenen Fesseln sind beeindruckend«, scherzte er.

»Ich bin kein Pferd, Jim«, antwortete Liz lachend. »Und wie geht es dir?« Die Stirn in Falten gelegt, sah sie ihn an.

Neugierig schielte Ethan zu ihm hinüber.

Natürlich wusste Jim, auf was – oder besser auf wen – Liz anspielte. »Ich bin mir nicht sicher. Einigermaßen gut, nehme ich an.«

»Hast du Kat noch mal gesehen?«

Er schüttelte den Kopf. Es hatte keinen Sinn, erneut mit Kat zu sprechen. »Sie hat klar gesagt, dass sie mich nicht will. Und dabei wollte ich nur, dass wir uns besser kennenlernen. Um zu sehen, ob da doch etwas sein könnte.« Obwohl er sich sicher gewesen war, dass Kat nicht zu ihm passte, hatten sich seine Gefühle nach der gemeinsamen Nacht schlagartig geändert. Plötzlich hatte Jim den Wunsch verspürt, diese Frau näher kennenzulernen. Er hatte geglaubt, vielleicht vorschnell geurteilt zu haben, und war nach der Arbeit zu ihr gefahren. Doch Kat schien nicht so zu empfinden wie er. Nicht einmal auf einen Drink wollte sie sich von Jim einladen lassen, stattdessen wollte sie so tun, als ob die Stunden in seinem Bett nie geschehen waren. Jim bemühte sich, seinen Frust hinunterzuschlucken.

»Und wenn es nicht stimmt, was sie gesagt hat?«, fragte Liz.

Ethan nickte heftig und bohrte seinen Daumen in Liz' Fußsohle.

»Kat hat es so gemeint, da bin ich mir sicher«, gab Jim grimmig zurück.

»Aber sie hat die Nacht hier verbracht …«

Er dachte nur ungern daran zurück. »So ist das nun mal. Mit Sarah war es auch nicht anders. Nur weil wir miteinander geschlafen haben, waren wir trotz allem nicht zusammen. Weil ich es letztlich doch nicht wollte. Und jetzt ist es Kat, die diese Entscheidung getroffen hat.«

»Und trotzdem bist du ihr böse«, sagte Liz. Es war keine Frage, sondern eine Feststellung.

»Ja, ich schätze, das bin ich. Vielleicht ist es gekränkter Stolz«, überlegte Jim.

»Oder du empfindest wirklich etwas für Kat.«

Bevor Jim über ihre Worte nachdenken konnte, sprang die Tür auf, und John stapfte ins Zimmer. »Deine Tierärztin hat sich mächtig in die Scheiße geritten«, brummte er mit einem Blick auf Jim.

»Was ist los?« Besorgt rappelte Liz sich auf.

»Ich habe eben Ted, den Vorarbeiter von der High Valley Farm, getroffen, und er hat mir erzählt, dass Kat Richards Hund gestohlen hat.«

»Sie hat *was*?« Jim stand ruckartig auf.

»Keine Ahnung, was genau dahintersteckt, aber anscheinend tobt Richard.«

»Meinst du, das hat sie wirklich getan?«, fragte Ethan zweifelnd.

»Kat war da, irgendwie waren sie und Richard sich uneinig, als es um den Hund ging, und seit sie weggefahren ist, ist das Vieh verschwunden.« John zuckte mit den Schultern.

Stöhnend rieb Jim sich über den Dreitagebart. »Das klingt ganz nach Kat.«

»Wenn Richard das überall rumerzählt – und das wird er –, ist sie bei den Farmern unten durch«, sprach John aus, was Jim ebenfalls durch den Kopf ging. »Richard hat genug Geld, um einen Veterinär von weiter weg zu bezahlen, und wenn die anderen sich ihm anschließen, kann Kat die Praxis dichtmachen.«

»Fahr zu ihr, Jim, vielleicht kannst du die Sache klären.« Liz legte ihm die Hand auf den Arm.

»Kat will mich nicht sehen«, brummte er gereizt.

»Jetzt spring über deinen Schatten und steig ins Auto. Tu es für mich, ich mag sie wirklich«, bat seine Schwägerin.

»Das ist unfair, Liz.« Jim stapfte aus dem Zimmer und griff nach den Autoschlüsseln. Er hatte es doch von Anfang an gewusst: Diese Frau bedeutete Ärger. Und trotzdem konnte er nicht aufhören, an Kat zu denken.

Ungeduldig hämmerte er erneut an die Tür. Endlich waren Schritte zu hören, und als Kat öffnete, sah sie ihn überrascht an.

Ohne etwas zu sagen, trat er ein und entdeckte den Hund auf einer Decke neben dem Sofa. »Es stimmt also. Du hast ihn tatsächlich mitgenommen.«

»Woher weißt du davon?« Kat wich seinem Blick aus.

»Es spricht sich schon rum. Und wenn du den Hund nicht schnellstens zurückbringst und dich entschuldigst, wird es deinen Ruf hier zerstören.«

»Ich habe noch keinen Ruf«, antwortete Kat trotzig und beugte sich hinunter, um den Hund zu streicheln.

»Dann wirst du einen haben, und zwar keinen guten.« Jim bemühte sich, nicht laut zu werden. »Richard ist einer deiner wichtigsten Kunden, was hast du dir nur gedacht?«

»Rusty ist krank, und er weigert sich, ihn behandeln zu lassen. Der Hund interessiert ihn nicht. Was ist also dabei, wenn ich ihm dieses Problem abnehme?«

Jim stemmte die Hände in die Hüften. »Du hast Richard kein Problem abgenommen, du hast seinen Hund gestohlen. Hör auf, dir die Wahrheit zurechtzubiegen, wie es dir grad passt. Seit du hier bist, hast du ein Schloss geknackt, Sperma geklaut und jetzt einen Hund entführt. Wenn du so weitermachst, wirst du dir kräftig die Finger verbrennen.« *Und mein Leben durcheinandergebracht*, fügte er in Gedanken hinzu.

Kat richtete sich auf und funkelte ihn wild an. »Ich brauche niemanden, der mir Vorschriften macht. Alles, was ich mache, tue ich mit guter Absicht. Ich bin Tierärztin und werde nicht zuschauen, wenn ein Tier leidet.«

Es war hoffnungslos. »Du bist ein Sturkopf«, platzte es aus Jim heraus.

»Und du ein Langweiler, der sich immer an alle Regeln hält.« Kaum hatte sie es ausgesprochen, sah sie ihn erschrocken an und legte sich eine Hand auf den Mund. »Das war nicht so gemeint«, sagte sie leise und schüttelte den Kopf.

»Doch, das ist es, was du denkst, und ich bin froh, dass du es endlich zugibst. Vermutlich hast du dich in meinem Bett zu Tode gelangweilt und willst uns deshalb keine Chance geben. Aber das ist in Ordnung. Eine Verrückte wie dich könnte ich auf Dauer nicht aushalten.« Wutentbrannt stapfte er hinaus.

»Verdammt.« Jim schlug auf das Lenkrad seines Wagens. Seine Gefühle waren mit ihm durchgegangen, und statt vernünftig mit Kat zu reden, hatte er es nur geschafft, dass sie noch fester auf ihrem Standpunkt beharrte. Aber das war ihr

Problem, nichts seins. *Langweiler.* Grimmig biss er die Zähne aufeinander. Das war ein Tiefschlag der feinsten Sorte gewesen. Vermutlich war er nicht nur ein schlechter Küsser, sondern auch ein unfähiger Liebhaber.

Mit finsteren Gedanken fuhr er in die Abenddämmerung hinein. Jim war durch mit ihr, ein für alle Mal. Kat Roberts war eine unbeherrschte, impulsive Frau, die ihm nichts als Scherereien brachte und ihn zusätzlich an seiner Männlichkeit zweifeln ließ. Bisher hatte er angenommen, in diesem Bereich durchaus talentiert zu sein, doch vielleicht war Kat einfach die erste Frau, die aussprach, dass er eine Niete im Bett war. Und doch war sie unter seinen Berührungen erbebt. Jim wusste nicht mehr, was er denken sollte.

Als die Abzweigung zu Silverwood in Sicht kam, verringerte er das Tempo und hielt an. Frustriert starrte er auf seine Hände. Kat rannte ins Verderben und war dabei, alles zu verlieren, was sie sich gerade erst aufbaute. Sie wusste nicht, wie hinterhältig Richard sein konnte und welchen Einfluss er in Firefly Creek hatte. Wenn der Mann es auf Kat abgesehen hatte, würde er ihr schwer zusetzen. Auch wenn Kat Jim verletzt hatte, konnte er nicht zulassen, dass sie in ihr Verderben lief. Er musste versuchen, Kat aus dem Schlamassel zu holen, den sie sich eingebrockt hatte. Sie hatte nicht die geringste Ahnung, wie nachtragend die Leute hier draußen waren. Jim legte den ersten Gang ein und gab Gas.

Mit einem unguten Gefühl fuhr er auf Richard Smiths Land. Nie zuvor hatte er einen Fuß auf diese Farm gesetzt. Es war wie ein ungeschriebenes Gesetz: Für die Bennetts war High Valley tabu.

Jim betrachtete beeindruckt die großen Stallungen und hielt vor dem imposanten Wohnhaus an. Die Gartenanlage daneben glich einem kleinen Park. Dieser Mistkerl stellte gerne seinen Reichtum zur Schau, das war nicht zu übersehen. Es kostete Jim Überwindung, auszusteigen und die Steinstufen zum Eingang hinaufzugehen. Er drückte die Klingel und verschränkte die Arme.

»Ein Bennett auf meinem Land?« Grinsend sah Richard ihn an. »Ist die Hölle zugefroren?«

»Ich muss mit Ihnen reden«, erklärte Jim ohne Umschweife.

»Da bin ich ja mal gespannt.« Richard verschränkte ebenfalls die Arme und richtete sich zu seiner vollen Größe auf, beinahe schien es, als würde seine Brust anschwellen. Dennoch war er mehr als einen halben Kopf kleiner als Jim.

»Die Sache mit Ihrem Hund …«, setzte Jim an.

Augenblicklich nahm Richards Gesicht einen rosaroten Farbton an. »Dieses durchtriebene Luder hat keine Ahnung, mit wem sie sich da anlegt«, blaffte er.

»Ich weiß«, bemühte Jim sich, ihn zu beschwichtigen. »Ms. Roberts übt ihren Beruf mit Leidenschaft aus, und ich denke, sie ist einfach übers Ziel hinausgeschossen. Sie wissen doch inzwischen genau, dass Kat mehr als kompetent ist und den Farmern hier dabei helfen kann, ihre Zucht weiterzuentwickeln.« Zum Glück wusste Jim, dass Kat Richards Kühe besamt hatte.

»Das mag stimmen, aber das hier ist mein Land, und hier wird gemacht, was ich sage«, donnerte Richard, und eine Speichelfontäne ergoss sich auf Jims Hemd.

Kein Wunder, dass Harry diesen Mann verachtete. Richard war ein arrogantes Großmaul. »Da gebe ich Ihnen völlig recht. Dennoch möchte ich wissen, ob wir nicht eine Lösung für das Problem finden können?«, setzte Jim erneut an.

»Eine Lösung?« Mit hochgezogenen Augenbrauen fixierte ihn der Mann.

»Kann ich Ihnen den Hund vielleicht abkaufen? Nennen Sie mir einen Preis«, schlug Jim vor.

»Es geht mir nicht ums Geld, davon habe ich genug.« Zufrieden deutete Richard auf sein Anwesen. »Es geht hier ums Prinzip. Was sich gehört und was nicht.«

»Was wollen Sie?«, fragte Jim. Die Unterhaltung drohte ins Leere zu laufen.

Richard überlegte einen Moment, dann überzog ein gehässiges Grinsen seine Lippen. »Dein Bruder züchtet doch Schafe, und, soweit ich weiß, sind die gar nicht schlecht.«

Jim schwante Böses. »Und?«, fragte er nach.

»Frisches Blut für die Zucht ist immer gut. Du bringst mir zwanzig Schafe, und ich vergesse die Sache.«

Hatte er richtig gehört? Fassungslos sah Jim den Mann an. »Das ist ein kranker Hund, der vermutlich nicht mehr arbeiten kann. Der ist keine zwanzig Schafe wert, und das wissen Sie genau.«

»Natürlich ist er das nicht. Aber du kaufst mir nicht den Hund ab, du erkaufst dir mein Schweigen. Damit ich niemandem erzähle, was passiert ist.«

Jim hatte keine Wahl. Richard genoss es zu sehr, ihn in der Hand zu haben. »Abgemacht. Aber Sie erwähnen es im Gegenzug niemandem gegenüber. Niemals.« Jim ging einige Schritte auf dem Weg zurück und wandte sich noch einmal zum Farmer um. »Die Schafe bringe ich morgen früh vorbei.«

»Sag deinem Vater, dass er im nächsten Jahr bei der Jungrinderschau keine Chance hat. Ich habe meine Kühe von einem der besten Zuchtbullen des Landes besamen lassen«, rief Richard ihm höhnisch lachend hinterher.

»Nicht nur du«, brummelte Jim vor sich hin und ging zum Auto. Erleichtert stieg er ein. Nun musste er nur noch Quentin beibringen, dass er zwanzig seiner Schafe an diesen Kotzbrocken abgeben sollte. Und das ausgerechnet jetzt, nachdem er kürzlich mit ihm aneinandergeraten war. Und natürlich durfte Harry unter keinen Umständen etwas davon erfahren.

»Kommt überhaupt nicht in Frage!« Quentin schüttelte energisch den Kopf und schraubte weiter am Motorrad herum.

»Kat hat echt den Hund von Richard gestohlen?«, fragte River nach und lachte auf. Mit einer Hand bedeutete er seinem Zwillingsbruder, eine Schraube an der Motorabdeckung nachzuziehen. Wie so häufig an den Abenden hockten seine Brüder inmitten von Ersatzteilen und mehreren unfertigen Bikes im hinteren Bereich der Scheune. Harry bekam regelmäßig Wutausbrüche wegen des Chaos, das seine jüngsten Söhne hier veranstalteten, und doch nahmen die beiden nach und nach immer mehr Raum in der Scheune in Beschlag.

»Bitte«, brachte Jim heraus.

»Hat sie dich nicht abserviert?« Quentin schielte ihn aus den Augenwinkeln an.

»Das geht dich nichts an.« Warum zum Teufel musste er seinem kleinen Bruder hier Rede und Antwort stehen? *Weil du zwanzig Schafe von ihm brauchst.* Jim lehnte sich missmutig gegen die Wand.

»Sie hat ihn ganz klar abserviert«, flüsterte River Quentin zu, und beide grinsten dämlich.

»Gut, dann eben nicht.« Jim richtete sich auf und ging ein paar Schritte. »Dir ist aber schon klar, dass du dann vermutlich bald keine Veterinärin mehr für deine Schafe hast? Und wir nicht für die Rinder. Wenn Kat die Praxis dichtmachen muss, dann fehlt uns ein Tierarzt, um unsere Bioaufzucht regelmäßig zu kontrollieren und die nötigen Unterlagen auszufüllen. Silverwood geht pleite, und Harry kommt vor Kummer um.«

»Ach verflucht, Jim.« Quentin warf den Schraubenschlüssel in seine Richtung. Schlitternd rutschte er an Jims Fuß vorbei. »Zwanzig Schafe?«, fragte sein Bruder nach.

Jim unterdrückte ein Grinsen und nickte.

»Damit mischst du dich in meine Zucht ein, das weißt du schon? Erinnerst du dich noch an unser Gespräch zu dem Thema?«, murrte sein Bruder.

»Hör zu, ich sehe inzwischen ein, dass wir dich damals hätten miteinbeziehen sollen. Du hast hier ebenso viel zu sagen wie John und ich«, bemühte Jim sich, die Wogen zu glätten.

»Dann schuldest du mir aber was.«

»Ich?« Jim zog die Augenbrauen hoch. »Ich habe letztes Jahr dieses Mädchen an der Tür abgewimmelt, während du mit einer anderen auf deinem Zimmer warst«, hielt er dagegen.

»Da hat er recht«, stimmte River zu.

»Ich wollte eh das Motorrad testen«, grummelte Quentin und griff nach zwei Helmen. Er trat auf Jim zu und drückte ihm einen davon in die Hand. »Spring auf, großer Bruder.«

»Ich bin doch nicht lebensmüde.« Jim warf River den Helm zu. »Ihr nehmt die Bikes, und ich sehe zu, dass ich einen Hänger auf die Weide bringe, ohne dass Harry es bemerkt. Dann laden wir die Schafe ein, und morgen früh fahre ich sie nach High Valley.«

Quentin pfiff nach Fred, stieg auf, und gleich darauf hüpfte der Hund auf seinen Schoß. Stotternd startete der Motor, und auch River machte sich bereit. Irgendwann würden sich die zwei Chaoten mit ihren Bikes noch den Hals brechen, da war Jim sich sicher.

Natürlich hatte John von der Sache Wind bekommen und hockte nun missmutig neben ihm im Auto, während die Zwillinge sie auf dem Wirtschaftsweg zur Weide in eine Staubwolke hüllten. Fluchend drosselte Jim das Tempo und wartete ab, bis er wieder freie Sicht hatte.

»Frauen bringen nichts als Scherereien«, knurrte John.

»Du musst es mir nicht noch unter die Nase reiben.« Jim ließ den Wagen an und schüttelte den Kopf über die Situation, in die Kat ihn gebracht hatte. Schon wieder mussten sie etwas vor Harry verheimlichen, und Jim konnte nur hoffen, dass sein Vater davon nichts mitbekommen würde. Noch dazu zog er seine Brüder in die Sache mit rein.

John sah ihn an. »Hast du nichts aus Harrys Frauengeschichten gelernt?«

»Jetzt mach mal halblang, mich hat keine Frau mit zweijährigen Zwillingen und einem Stall voll älterer Kinder sitzen gelassen.«

»Es war nicht nur Maggies Schuld«, brummte John und zog sich den Hut tiefer in die Stirn. Offensichtlich hatte er Sorge, Jim könne in seinem Gesicht lesen, was er doch längst wusste: dass John Maggie als Ersatzmutter mehr akzeptiert hatte als jeder andere von ihnen. Irgendwie war es ihr gelungen, den Panzer zu durchdringen, den sich der älteste Sohn nach dem Tod der Mutter zugelegt hatte. John und Samuel waren als Einzige alt genug gewesen, um sich an alle Ereignisse in ihrer Familie zu erinnern: Charlottes Tod bei Ethans Geburt, Maggies Verschwinden und dann noch das Auftauchen von Fiona, ihrem innig geliebten Kindermädchen. Doch auch Fiona war nach einigen Jahren gegangen. Allerdings wusste keiner von ihnen warum, da Harry nie ein Wort darüber verloren hatte. Dass Maggie auf der Farm unglücklich gewesen war, stellte hingegen kein Geheimnis dar. Im Gegensatz zu John hatte Jim nur vage Erinnerungen an seine leibliche Mutter. Hin und wieder glaubte er, ihr Lächeln in seinen Träumen zu sehen, doch vielleicht spielte sein Verstand ihm auch einen Streich, und er phantasierte sich das alles nur zusammen. »Es ist aber auch keine Lösung, Frauen komplett aus seinem Leben zu verbannen«, sagte er.

»Nur die Liebe.« Brummte John. »Die macht alles kompliziert. Erin ist seit damals, als unsere Eltern uns das erste Mal zusammen in einen Laufstall gesteckt haben, meine engste Freundin. Aber ich würde den Teufel tun, das zu versauen, indem ich ihr an die Wäsche gehe.«

»Sie ist deine *einzige* Freundin, John. Du hast Glück, dass sie es mit dir aushält, auch wenn ich nicht weiß, wie Erin das schafft.« Jim lachte leise auf und schüttelte den Kopf. »Kat meinte auch so etwas in der Art, dass sie eine Freundschaft mit mir möchte«, erzählte er.

»Und was hast du gesagt?« Johns Interesse war ungewöhnlich. Eigentlich wollte er mit derlei Dingen nichts zu tun haben. Jim verbuchte es als gutes Zeichen. Vielleicht wurde sein Bruder endlich etwas umgänglicher.

»Dass ich genug Brüder und Freunde habe«, murmelte Jim.

»Das war nicht gerade nett«, befand John.

Jim fuhr durch das Tor, das Quentin geöffnet hatte, und parkte auf der Weide, während die Zwillinge auf den Motorrädern zusammen mit Fred einen Teil der Schafe von der Herde wegzutreiben versuchten. »Was hätte ich denn sagen sollen?«, grummelte er. »Ich bin ihr ja schon an die Wäsche gegangen – so kann das mit einer Freundschaft nichts werden.«

John lachte heiser. »Das war wirklich eine saublöde Idee von dir.«

»Das war keine Idee, das ist einfach so passiert.« Er sah seinen Bruder an. »Du willst mir doch nicht erzählen, dass du mit keiner Frau was am Laufen hast, nur weil du überzeugt bist, dass die Liebe Unglück bringt?« Hin und wieder war es vorgekommen, dass John nachts nicht nach Silverwood zurückgekehrt war, doch bisher hatte es keiner gewagt, ihn darauf anzusprechen. Allerdings waren sie sich alle darin einig, dass er diese Nächte ganz sicher nicht bei Erin auf Elderberry verbrachte.

»Man muss sich einfach vorher darüber verständigen, dass beide nichts Ernstes möchten. Wenn das geklärt ist, gibt es hinterher keine bösen Überraschungen«, sagte sein Bruder. »Das hast du schon bei Sarah vermasselt und jetzt genauso bei Kat.«

»Das sind zwei völlig verschiedene Fälle. Sarah wollte mehr als ich, Kat hingegen will offensichtlich vergessen, was zwischen uns war.«

»Und doch sind wir hier und verladen gleich zwanzig unserer Schafe für eine Frau, die von Anfang an viel zu verrückt für dich war.« John grinste.

»Wir sollten im Übrigen Quentin etwas mehr in unsere

Entscheidungen miteinbeziehen, er mault ziemlich rum, weil er von der Sache mit der Besamung erst im Nachhinein erfahren hat.«

»Kaum sprießt sein erstes Barthaar, schon will er bei den Großen mitspielen.« John brummelte amüsiert.

Tatsächlich hatte Quentin sich bisher im Gegensatz zu seinen Brüdern kaum rasieren müssen und deshalb allerhand Sprüche zu hören bekommen. Aber so war das in dieser Familie: Man machte Scherze übereinander. Vermutlich war es einfach die Bennett'sche Art, Gefühle zu zeigen. Kein Wunder, dass sie waren, wie sie waren. Harry brachte nur selten ein Lob über die Lippen, ein Nicken von ihm galt schon als Liebesbekundung auf Silverwood. »Er ist jetzt einer der Großen, wir haben es nur nicht bemerkt«, sagte Jim und deutete auf Quentin, der gekonnt zwischen den Schafen hindurchfuhr. »Er macht sich richtig gut als Farmer, und es ärgert mich wirklich, dass ich ihm wegen Kats dämlicher Aktion zwanzig seiner Schafe wegnehmen muss.«

»Also gut«, brummte John. »Wir beziehen ihn von jetzt an mehr mit ein. Aber letztlich spielt es meist eh keine Rolle, was wir entscheiden, am Ende wird doch gemacht, was Harry will.« Die Falten seiner Stirn wurden tiefer, und seine Augenbrauen zogen sich grimmig zusammen.

»Irgendwann übernimmst du Silverwood«, versuchte Jim, ihn aufzubauen. Auch ihm ging es immer mehr gegen den Strich, dass Harry die Verantwortung einfach nicht an die nächste Generation abgeben wollte. Dabei waren sie es, die den Laden am Laufen hielten, und doch traute ihnen der alte Herr noch immer nicht genug zu, um sich aus dem Tagesgeschäft zurückzuziehen. John scharrte inzwischen unüberhörbar mit den Hufen. Niemand hatte Zweifel daran, dass die Verantwortung für Silverwood in seine Hände gehörte. Egal wie schwierig sein älterer Bruder sein konnte, er lebte für dieses Land, und niemand schuftete mehr als er.

»Erst wenn Harry tot umfällt, keinen Tag eher!«, knurrte John und stieg aus.

Jim folgte ihm und öffnete den Anhänger. Bellend trieb Fred die aufgescheuchten Schafe zur Rampe, und John und Jim sicherten die Seiten, damit sie nicht entwischten. Lautlos zählte er nach und warf die Klappe wieder zu. Mit einem hochgestreckten Daumen ließ er die Zwillinge wissen, dass sie die nötigen Schafe zusammen hatten, und die beiden bretterten mit kreischenden Motoren davon.

»Kannst du mir morgen früh Rückendeckung geben, damit Harry nicht mitbekommt, dass ich nach High Valley fahre?«, fragte Jim widerwillig.

»Ich sag ihm, Erin braucht deine Hilfe. Harry wird sicher nicht weiter nachfragen.«

Jim nickte und löste die Anhängerkupplung, dann stiegen sie ein.

»War's das jetzt mit der Tierärztin und du hältst dich endgültig fern von ihr?«, wollte John wissen.

»Ich habe meine Lektion gelernt.« Nein, noch einmal würde er sich von Kat nicht sagen lassen, dass er sie langweilte.

Kapitel 10

Schon einen Tag später wirkte Rusty wie ausgewechselt. Zwar hinkte der Hund weiterhin, doch er streunte ausgelassen durch Kats Wohnung und die Praxisräume. Mrs. White beäugte den Hund mit Missfallen, aber Kat erklärte, dass ein eigener Hund, der entspannt im Wartezimmer schlief, die anderen Hunde beruhigen würde. Rustys Decke lag weit genug von der alten Dame entfernt, und er schien sich auf Anhieb in der neuen Umgebung einzuleben. Kat hatte letzte Nacht lange wach gelegen und immer wieder an Jim gedacht. Sie bereute die verletzenden Worte, die sie ausgesprochen hatte, aber immerhin konnte sie sich jetzt sicher sein, dass Jim sich nichts erhoffte, was sie ihm nicht geben konnte. Und trotzdem schmerzte der Gedanke an die Enttäuschung, die sie ihm zugefügt hatte. Und er fehlte ihr. Sosehr sie sich auch bemühte, sie konnte die gemeinsame Nacht einfach nicht vergessen. Immer wieder schienen Bilder von Jims kräftigen Armen vor ihrem inneren Auge auf, die sich um sie legten. Wie geborgen sie sich bei ihm gefühlt hatte. Sie brauchte keinen Mann, der sie beschützte, natürlich nicht. Aber es war schön gewesen, sich bei Jim fallen zu lassen. Für eine Nacht hatte Kat nicht das Gefühl gehabt, kämpfen zu müssen. So wie sonst viel zu oft.

Doch Kat hatte andere Probleme, um die sie sich kümmern musste. Zwar standen inzwischen zwei neue Laptops in der Praxis, und Mrs. White gab tatsächlich ihr Bestes, um sich einzuarbeiten und die Patientenakten zu digitalisieren, jedoch waren weitere Anschaffungen dringend nötig, für die das Geld fehlte. Den Kredit zu erhöhen, mit dem sie die Praxis gekauft hatte, stand nicht zur Diskussion. Mehr Schulden wollte Kat auf keinen Fall machen. Ratlos saß sie vor den Rechnungen am Schreibtisch und ging die Zahlen immer wieder durch. Die Einnahmen waren zufriedenstellend und in etwa so, wie erwartet. Aber bislang deckten sie lediglich die Unkosten der Praxis und ihren Grundbedarf. Der Transporter, den sie sich gerne zulegen wollte, um darin Kühlbehälter und alle Geräte unterzubringen, die zur Besamung gebraucht wurden, war weiterhin unerschwinglich für sie. Mit so einem Wagen und einer richtigen Kühllagerung in der Praxis könnte Kat ihr Angebot für die Zucht ausbauen und Besamungen für Rinder und Pferde im großen Stil anbieten. Es gab einen Markt dafür, da war Kat sich sicher. Aber ihr fehlte das nötige Geld. Und dabei war sie eigentlich reich, doch dieses Geld anzurühren war keine Option. Niemals würde sie auch nur einen Dollar davon ausgeben. Kat gab auf und legte die Unterlagen zur Seite. Nach einem langen Tag in der Praxis stand ihr nicht der Sinn danach, über solche Dinge nachzudenken, zumal ihre Gedanken immer wieder um Jim kreisten. Gedankenverloren ging sie ins Wartezimmer, um die Eingangstür für die Nacht abzuschließen. Bald würde es dunkel werden, und ihr Magen verlangte umgehend nach Nahrung. Gerade als sie den Schlüssel ins Schloss stecken wollte, klingelte das Telefon auf dem Tresen. *Nicht noch ein Notfall um diese Zeit.* Sie lief hinüber und nahm ab.

»Kat, Gott sei Dank. Hier ist Liz.« Sie klang angespannt.

»Was ist los?«

»Fred hat sich in Busters Auslauf geschlichen und einen Tritt von ihm abbekommen.« Liz' Stimme zitterte. »Ich glaube, es sieht nicht gut aus. Sie sind mit ihm unterwegs zu dir.«

Seufzend schloss Kat die Augen. »Wo hat Buster ihn getroffen?«

»Vermutlich hinten, jedenfalls stimmt was mit seinem Hinterbein nicht.«

»Ich warte hier, bis Quentin da ist. Das wird schon wieder.«

»Danke.« Liz machte eine Pause. »Und lass dich mal wieder blicken.«

Kat legte auf und rannte ins Behandlungszimmer. Wenn es tatsächlich so schlimm war, würde der Hund eine Narkose brauchen. Sie kramte hektisch eine Spritze aus der Schublade und zog das Betäubungsmittel auf. Kat blickte auf die Uhr und lehnte sich an den Metalltisch. Endlich erklang die Türglocke. Eilig drehte sie sich um und suchte Stethoskop und Handschuhe heraus, während sie Schritte im Wartezimmer hörte. »Bringt Fred direkt rein«, rief sie.

Als Kat sich umdrehte, rutschte ihr das Stethoskop aus der Hand. Augenblicklich blieb ihr die Luft weg. Sie taumelte einen Schritt zurück und stieß gegen den Schrank.

»Lange nicht gesehen, Kat«, hörte sie die Stimme, die sie aus ihrer Erinnerung zu verbannen versucht hatte.

Er ging auf sie zu und zog sich den offenen Motorradhelm vom Kopf. Dann stieß er einen anerkennenden Pfiff aus, während er sich umsah. »Du hast es tatsächlich zu was gebracht, wie ich sehe.«

»Was willst du hier, Lenny?«, brachte Kat nur mit Mühe heraus.

»Dich wiedersehen«, sagte er grinsend und fuhr mit der Hand über ihre Wange.

»Fass mich nicht an«, fauchte Kat.

»Schon gut.« Er machte einen Schritt zurück. »Ich habe auch nicht erwartet, dass du mich begeistert empfängst. Aber deshalb bin ich auch nicht hier.«

Endlich bekam Kat wieder etwas Luft. Mühsam straffte sie die Schultern und sah ihn mit festem Blick an. Sie reichte ihm nicht einmal bis zum Hals. In der ärmellosen schwarzen Weste, die einen Blick auf seine Tätowierungen an den breiten Armen freigab, und den schweren Biker-Stiefeln wirkte er einschüchternd. »Weshalb dann?« Sie bemühte sich, selbstsicher zu klingen, auch wenn sie sich alles andere als das fühlte.

»Du schuldest mir was, und das kann ich jetzt gebrauchen«, sagte er. Mit einem boshaften Grinsen auf den Lippen verschränkte Lenny die Arme vor der Brust.

»Ich schulde dir gar nichts. Du glaubst nicht, wie schwer es war, mich aus dem Schlamassel zu befreien, in den du mich reingezogen hast«, spie Kat aus, und ihre Stimme drohte sich zu überschlagen. »Wie verdammt nochmal hast du mich überhaupt gefunden?«

»Das hochbegabte kleine Mädchen hat tatsächlich gedacht, dass ich sie nicht finde, wenn sie ihren Namen wechselt.« Dröhnend lachte er auf. »Du hättest nicht den Mädchennamen deiner Mutter wählen sollen, Kat. Dafür bist du doch eigentlich zu clever.«

Kats Gedanken rasten. So oft war sie umgezogen, hatte sich schließlich hier mitten im Nirgendwo niedergelassen – und doch stand Lenny jetzt vor ihr. Einfach so. »Verschwinde!«, schrie sie ihn an.

»Das werde ich, sobald ich habe, was ich will.«

»Und was genau willst du?«

Sein Grinsen wurde breiter, und sein Blick war stechend. »Geld, mein Schatz.«

»Schau dich hier um, hier gibt es nichts zu holen. Ich habe Schulden und kann mir noch nicht einmal neue Operationswerkzeuge leisten.«

»Du weißt, von welchem Geld ich spreche«, blaffte er sie an.

Natürlich. Lenny wusste alles über sie. Und er wusste von dem Treuhandfonds. »Da komme ich nicht ran«, sagte Kat patzig. »Dank dir ist das vorbei.«

»Dann finde einen Weg.«

»Das kannst du vergessen. Meinst du, ich würde in einer Bruchbude leben, wenn das so einfach wäre? Ich müsste meinen Vater darum bitten, und das geht nicht, wie du dir sicher vorstellen kannst.« Jetzt war sie es, die auflachte. »Du hast dir umsonst die Mühe gemacht, mich zu finden.«

»Das habe ich nicht.« Lenny packte sie am Unterarm. »Es ist mir egal, wie du es anstellst, aber du wirst es besorgen. Ich habe dich damals nicht verraten, noch ist es nicht zu spät dazu.« Drohend drückte er fester zu. Kat japste und atmete seinen Geruch ein, eine widerwärtige Mischung aus Rasierwasser und dem Mief seiner Lederweste.

»Das war *dein* Werk, ich wusste nicht einmal, was du vorhattest.« Flehend sah sie ihn an. »Geh einfach und komm nie wieder. Der alten Zeiten wegen«, versuchte sie, ihn zu beschwichtigen.

»Komm mir nicht so. Nicht ein Mal hast du mich besucht. Ich bin dir scheißegal gewesen. Du hast einfach noch mal neu angefangen, während ich acht Jahre abgesessen habe.«

»Das hast du dir selbst zuzuschreiben«, flüsterte sie hilflos.

Erneut bimmelte die Glocke über der Eingangstür, und Kat zuckte zusammen.

»Kein Wort«, zischte er und ließ sie los.

»Kat?«, hörte sie Jims Stimme, und gleich darauf kam er durch die offene Tür herein. Irritiert starrte er erst Lenny, dann sie an. »Was ist hier los?«

»Ich habe die nette Dame nur nach dem Weg gefragt. Ich bin seit Tagen unterwegs und habe mich hier draußen hoffnungslos verfahren«, sagte Lenny und lächelte dabei süßlich.

»Kannst du bitte kurz vorne warten? Ich sehe mir Fred gleich an.« Kat bemühte sich, normal zu klingen.

»Quentin trägt ihn rein«, antwortete Jim und sah erneut zu Lenny. »Beeil dich.« Dann ging er in den Warteraum zurück.

»Ich komme wieder und das nicht alleine«, flüsterte Lenny ihr zu. »Ich bekomme, was mir zusteht, und wenn ich dafür diese Praxis hier auseinandernehmen muss.«

»Ich komme nicht an das Geld ran«, sagte Kat leise.

»Ich bin mir sicher, dein Vater wird gerne bezahlen, wenn seine Tochter plötzlich verschwindet.« Wieder griff Lenny nach ihrem Arm. »Ich denke, wir verstehen uns?«

***

Jim öffnete seinem Bruder die Eingangstür. Als Quentin den verletzten Hund hineintrug und direkt in den Untersuchungsraum gehen wollte, hielt er ihn zurück. »Da ist so ein Kerl drin. Anscheinend erklärt Kat ihm den Weg.« Es konnte nicht sein, dass die Frau, die einen Hund stahl, um ihn zu behandeln, jetzt einen anderen warten ließ, um einem Fremden zu erklären, wo er sich befand.

»Ernsthaft?« Quentin stöhnte und setzte sich mit Fred auf dem Schoß auf einen der Stühle.

»Irgendwas stimmt da nicht«, murmelte Jim vor sich hin.

»Was meinst du?«

»Mit dem Typen stimmt was nicht.« Jim wusste nicht, was es war, aber etwas störte ihn. Frustriert rieb er sich über das Gesicht. Was war es nur? »Das Tattoo«, stellte er nachdenklich fest.

»Was für ein Tattoo? Ich habe keine Ahnung, wovon du da redest, aber Fred muss dringend zu Kat.«

»Der Kerl hat am Arm das gleiche Tattoo, wie Kat an …«, Jim brach ab.

Quentin grinste trotz der ernsten Lage. »Sag schon, wo genau hat Kat ein Tattoo?«

Jim hob die Hand, um ihn zum Schweigen zu bringen. »Das kann doch kein Zufall sein«, überlegte er laut. Mit schnellen Schritten ging er auf das Behandlungszimmer zu und trat durch die Tür. »Was zum Teufel geht hier vor?«, brüllte er, als er sah, wie der Kerl Kat am Arm gepackt hielt.

Grinsend ließ der Mann sie los. »Beruhig dich, Farmer, ich besuche nur meine Frau.«

Jim war wie versteinert. Sein Blick suchte den von Kat, doch sie sah zu Boden. »Frau?«, fragte er entgeistert.

»Natürlich.« Demonstrativ legte der Mann den Arm um sie, und sie zuckte zusammen.

»Fass sie nicht an«, stieß er hervor und schaffte es endlich, sich zu bewegen. Er trat auf beide zu und sah Kat eindringlich an.

»Es stimmt«, flüsterte sie und presste ihre Lippen aufeinander.

»Sag nicht, dass du mit diesem Landei vögelst?«, rief der Kerl und lachte auf. Dann wandte er sich an Jim. »Ich kann dich verstehen. Katherine Beaufort ist einzigartig, und wir hatten sehr viel Spaß miteinander.« Grinsend sah er auf Kat hinab. »Ich habe doch recht?«

Kat sagte nichts, doch ihre Wimpern flatterten.

»Wer zum Teufel ist Katherine Beaufort?«, wollte Jim wissen und war sich nicht sicher, ob er die Antwort hören wollte.

»Die Frau, mit der du schläfst.« Der Typ tätschelte ihm die Schulter und ging gelassen zur Tür. »Wir sehen uns, Kat«, rief er spöttisch, und kurz darauf hörte Jim, wie die Eingangstür zufiel.

»Jim …«, setzte Kat an, doch er fiel ihr ins Wort. »Kümmer dich endlich um den Hund«, sagte er mit gepresster Stimme und stapfte ins Wartezimmer zurück.

***

Kat hatte alles um sich herum ausgeblendet und Fred geröntgt, ihm ein Schmerzmittel verpasst und eine feste Bandage angelegt. Als sie ihn endlich in einen der kleinen Käfige zur stationären Behandlung im hinteren Raum eingeschlossen hatte, sackte sie auf dem Boden davor zusammen. Mit aller Kraft hatte sie ihre Hände während der Untersuchung davon abgehalten zu zittern, doch jetzt schüttelte es ihren ganzen Körper. Die Vergangenheit hatte sie eingeholt. Lenny hatte sie gefunden. Doch sie konnte sich nicht gehenlassen. Vorne im Wartezimmer saßen Quentin und Jim und warteten auf Neuigkeiten zu ihrem Hund. *Jim.* Was sollte sie nur tun, was sollte sie ihm sagen? Sie dachte an seinen Blick, als Lenny sie seine Frau genannt hatte. Er war kaum zu ertragen gewesen. Fassungslosigkeit, Unglaube und tiefe Enttäuschung spiegelten sich darin wieder. Doch es machte keinen Sinn, sich hier hinten zu verstecken. Sie musste sich Jim stellen und aushalten, was auch immer er sagen würde. Mühsam rappelte sie sich auf und wischte sich die Tränen aus dem Gesicht. Ihre Augen brannten. Wie ein kleines Mädchen heulte sie hier rum. So wie damals. Bis sie endlich gehandelt hatte.

Mit unsicheren Schritten trat sie auf die beiden Männer zu. Mit festem Blick schaute sie Quentin an, um nicht zu Jim sehen zu müssen. »Freds rechter Hinterlauf ist gebrochen. Zum Glück ist es ein gerader Bruch. Ich habe das Bein geschient, und er wird einige Tage zur Beobachtung hierbleiben müssen. Danach kann er nach Hause, aber du musst ihn die nächsten Wochen an der Leine halten. Er darf auf keinen Fall rennen, bis der Bruch vollständig verheilt ist«, erklärte sie.

Quentin nickte ihr dankbar zu. »Ich dachte schon, er muss eingeschläfert werden. Ich hätte nicht gewusst, wie ich das Ollie erklären soll. Ich danke dir.«

»Geh schon mal vor in die Bar und trink was. Ich komme dann nach, wenn ich hier fertig bin«, sagte Jim mit bebender Stimme zu seinem Bruder.

Ohne etwas zu entgegnen, sprang Quentin auf und verschwand nach draußen.

Kat hielt die Luft an und wagte weiterhin nicht, ihn anzusehen. Jim stand auf und stapfte an ihr vorbei. Mit aufeinandergepressten Lippen folgte sie ihm in ihre Wohnung.

Er stand vor dem Fenster und sah in die Dunkelheit hinaus. »Du bist also verheiratet«, stellte er tonlos fest.

»Ja.« Es hatte keinen Sinn, es zu leugnen. Wieder zitterten ihre Hände, und sie setzte sich aufs Sofa. Rusty, der daneben lag, ließ seinen Kopf auf Kats Füße sinken.

»Warum hast du mir das nicht gesagt?«, fragte Jim.

»Ich habe Lenny acht Jahre lang nicht gesehen«, sagte Kat matt. »Ich hatte gehofft, ihn nie wiederzusehen.«

»Aber das hast du heute.« Jim trat vom Fenster weg und setzte sich an den kleinen Tisch, der vor der Küchenzeile stand.

Kat brachte kein weiteres Wort heraus. Um das Zittern ihrer Hände zu verbergen, schob sie diese unter ihre Beine.

»Schau mich an«, forderte Jim sie auf. Zaghaft folgte sie seiner Aufforderung. Sein Blick, der sonst so warm und beruhigend war, wirkte nun leer. Mit hängenden Schultern saß er auf dem Klappstuhl und betrachtete sie. »Du hast jetzt die Möglichkeit, mir alles zu erzählen. Wenn du das nicht willst, dann gehe ich und werde dich nie wieder darauf ansprechen. Die Sache mit uns hat sich schon letzte Woche erledigt. Aber wenn da etwas ist, das du endlich loswerden willst, ist das hier der richtige Augenblick.«

Mühsam schluckte Kat. »Das weiß niemand außerhalb meiner Familie«, sagte sie leise.

»Fang doch bei deiner Familie an. Offensichtlich ist dein Name nicht Roberts, sondern Beaufort. Wer zum Teufel ist Katherine Beaufort?«, wiederholte Jim die Frage, die er Lenny gestellt hatte, und hoffte offensichtlich auf eine ausführlichere Erklärung.

Kat sackte in sich zusammen und ließ den Kopf hängen. »Katherine Beaufort ist die zweitgeborene Tochter von

Charles Beaufort, einem angesehenen Arzt, dessen Familie seit zwei Generationen die besten Krankenhäuser des Landes gehören.« Es war, als würde eine Last von ihr abfallen. So lange hatte sie nun schon verleugnet, wer sie war. Aber das war erst der Anfang ihrer Geschichte. »Du weißt es nicht mehr, aber damals in der Bar habe ich dir ein klein wenig von meiner Kindheit erzählt.« Mit einem traurigen Lächeln sah sie Jim an und dachte an den Abend zurück. »Du wolltest von mir wissen, warum ich so gut Klavier spielen kann. Also habe ich dir erzählt, wie wichtig meiner Mutter eine, wie sie es nannte, vortreffliche Ausbildung war. Klavier, Geige, Ballett. Der übliche Standard in den Kreisen, in denen ich aufgewachsen bin.«

Jim sah sie nur an und sagte nichts. Abwartend lehnte er sich im Stuhl zurück.

»Ich sollte natürlich Ärztin werden, daran gab es nie einen Zweifel. Meine ältere Schwester Issi hat alle Wünsche meiner Eltern erfüllt.« Mit einem warmen Gefühl sah Kat Issi vor sich. »Sie ist nicht nur wunderschön, gebildet und gut verheiratet, sie ist auch Dermatologin und hat zwei bezaubernde Töchter. Aber auch meine Nichten habe ich schon sehr lange Zeit nicht mehr gesehen.«

»Ich glaube, ich brauche was zu trinken. Hast du was da?« Jim stand auf, öffnete den Kühlschrank und nahm eine Bierflasche heraus. Dann setzte er sich wieder. »Und weiter?«

Kat überlegte, wie sie beschreiben sollte, wie es dazu gekommen war, dass alles so fürchterlich schiefgelaufen war. »Ich glaube, du kannst dir vorstellen, dass ich nie besonders gut in meine Familie reingepasst habe. Je älter ich wurde, desto schwieriger war das Verhältnis zu meinen Eltern. Es war, als lebte ich in einem goldenen Käfig, und ich habe alles getan, um mich von meiner Familie abzugrenzen. Ich bin von mehreren Privatschulen geflogen, habe mich anders gekleidet, und irgendwann bin ich in den falschen Freundeskreis geraten.«

»Und das konntest du mir nicht sagen?« Jim setzte die Flasche an und nahm einen Schluck. »Ist das nicht die übliche Geschichte? Ein privilegiertes Kind, das rebelliert?«

Kat lachte trocken auf. »Das war doch erst die Einleitung.«

Kapitel 11

Jim streckte die Beine unter dem klapprigen Blechtisch aus und stellte die Bierflasche ab. Dass Kat sich endlich öffnete, überraschte ihn. Doch sie tat es nicht freiwillig. Wäre dieser Kerl vorhin nicht aufgetaucht, hätte Jim vermutlich nie erfahren, wer sie wirklich war. Er biss die Zähne zusammen und verdrängte den Moment, als er es erfahren hatte. *Meine Frau.* Kat war verheiratet. Und das mit einem Mann, der aussah wie ein zwielichtiger Biker. Kein Wunder, dass sie Jim nicht wollte, wenn dieser Kerl Kats Männergeschmack entsprach.

»Dann habe ich Lenny kennengelernt«, fuhr Kat fort. Jim betrachtete sie, wie sie die Beine anzog, die Arme darum schlang und geistesabwesend auf den Boden sah. Ihr zierlicher Körper wirkte auf der großen zerschlissenen Couch noch schmaler als sonst. Sein Blick glitt über Kats Gesicht hinunter zu ihren Knien, die ihre kleinen weichen Brüste versteckten, die ihn in ihrer gemeinsamen Nacht fast um den Verstand gebracht hatten. Bei dem Gedanken daran, dass dieser Typ Kat ebenfalls auf diese Art berührt hatte, spürte Jim Übelkeit in sich aufsteigen.

»Lenny hat mir damals imponiert. Er war einige Jahre älter als ich, so unglaublich cool, und ich schätze, er hatte leichtes Spiel, mich um den Finger zu wickeln. Natürlich hat es meinen Eltern nicht gepasst, dass ich mich mit ihm getroffen habe, aber das hat es für mich nur noch reizvoller gemacht. Die wenigen Freunde, die ich davor hatte, erschienen mir im Vergleich zu ihm wie Waschlappen.«

Jim griff nach dem Bier. Er war nicht sicher, ob er es aushalten konnte, Kat weiter zuzuhören. Doch er wollte es versuchen, auch wenn es ihn Überwindung kostete, nicht einfach aus dem Raum zu stürmen.

»Ich habe dann zum Glück doch noch einen recht guten Schulabschluss hinbekommen.« Beschämt sah Kat ihn an. »Vermutlich soll man so etwas nicht über sich selbst sagen, aber ich lerne unheimlich leicht, und so habe ich meinen Abschluss trotz der Ablenkung nicht vermasselt.«

»Das überrascht mich nicht«, sagte Jim leise. »Dass du sehr klug bist, ist offensichtlich.«

Ein Lächeln umspielte ihre Mundwinkel, dann sah sie zur Decke und zog die Nase hoch. »Na jedenfalls stand für meine Eltern fest, dass ich Medizin studieren würde, und es flatterten auch Zusagen von Universitäten ins Haus. Aber etwas in mir hat sich dagegen gesträubt. Ich wollte nie Ärztin werden. Vermutlich schon einfach aus Prinzip nicht, weil meine Eltern es waren. Und weil ich nicht werden wollte wie sie. Bei uns daheim war immer alles sehr steif, ganz anders als bei euch auf Silverwood. Der Gedanke, auf die Weise zu leben, war für mich unvorstellbar. Und trotzdem haben mich die Gespräche über Operationen und Behandlungstechniken immer fasziniert. Schon in der Grundschule hatte ich die Fachbücher meines Vaters durchgeblättert und ihn öfter im Krankenhaus besucht.« Sie machte eine Pause. »Meine Eltern hatten zu diesem Zeitpunkt schon ziemlich die Nase voll von meinen Eskapaden, und Isabell war bereits seit einigen

Jahren an der Uni. Da war nur noch ich zu Hause, die sich ständig nachts rausschlich, mit den falschen Leuten abhing und Gras rauchte. Bei einem Streit hat mein Vater mir ein Ultimatum gesetzt: Entweder ich studiere, oder ich brauche mich nicht mehr blicken zu lassen.« Mit einem traurigen Lächeln sah Kat wieder zu ihm. »Mir ist heute klar, dass er das nur in der Hitze des Gesprächs sagte, aber für mich war es die Möglichkeit, mich zu befreien. Ich habe in dieser Nacht meine Sachen gepackt und bin abgehauen. Zu Lenny.«

Jim versuchte sich, die Kat von damals vorzustellen. Was er vor sich sah, war eine Rotzgöre mit gefärbten Haaren.

»Jedenfalls bin ich bei ihm eingezogen«, fuhr sie fort. »In seine kleine Wohnung, ein Drecksloch in einer miesen Gegend. Ständig kamen irgendwelche Leute vorbei, und nach einigen Tagen habe ich begriffen, dass Lenny dealte. Nicht mit Gras, sondern mit richtig harten Sachen. Und weil ich kein Geld hatte, nötigte er mich, ihm zu helfen. Ein paarmal wurde ich festgenommen, aber zum Glück konnten sie mir nie etwas nachweisen. Mein Vater hat das natürlich mitbekommen und mich gebeten, wieder daheim einzuziehen, aber dazu war ich zu diesem Zeitpunkt nicht bereit. Dann entdeckte ich, dass ich schwanger war.« Zitternd schlang Kat die Arme um ihren Oberkörper, und Jim konnte sehen, dass sie schwer schluckte. Er wollte etwas sagen, doch was? Stattdessen blieb er still sitzen und wartete, bis sie sich wieder gefangen hatte.

»Lenny ist ausgeflippt. Er wollte kein Kind, und ich war damals erst achtzehn. Und trotzdem mochte ich den Gedanken daran, einen kleinen Menschen für mich zu haben.« Wieder zuckte ein Lächeln über ihre Lippen, ehe ihre Gesichtszüge hart wurden. »Er drohte mir, mich rauszuwerfen, wenn ich es nicht abtreibe. Schwanger zu meinen Eltern nach Hause zu kommen war auch keine Option. Dachte ich damals zumindest. Also habe ich es …« Kats Stimme brach.

»Du warst jung«, flüsterte Jim. Kats Schmerz war nicht zu übersehen, und er musste sich zurückhalten, um nicht aufzustehen und sie in seine Arme zu schließen. Doch Kat hatte unmissverständlich klargemacht, dass sie ihn nicht wollte. Also blieb er sitzen.

Kat nickte und wischte sich mit dem Handrücken die Tränen von der Wange. »Danach ging es richtig bergab. Lenny hat nicht mehr nur gedealt, sondern mit einigen Freunden Einbrüche organisiert und Hehlerware verkauft. Irgendwann wollte er bei meinen Eltern einbrechen, aber das konnte ich nicht zulassen. Stattdessen habe ich mich bereit erklärt, ebenfalls mitzumachen.«

Deswegen hatte sie also mühelos das Schloss geknackt. Kopfschüttelnd seufzte Jim. Kat hatte gedealt, ein Kind abgetrieben und war letztlich zur Diebin geworden. Sein erstes Gefühl hatte ihn nicht getäuscht: Kat versprach nicht nur Ärger, Kat war der Ärger in Person.

»Das ging dann eine ganze Weile so, und als ich zwanzig war, hat Lenny mir einen Antrag gemacht. Ich war zu naiv, um zu durchschauen, worauf er es wirklich abgesehen hatte, und dachte, es wäre so etwas wie der erste Schritt zu einer eigenen Familie.«

»Warte.« Jim richtete sich auf und stützte die Ellenbogen auf dem Tisch ab. »Worauf hatte Lenny es abgesehen?«

»Er hatte von meinem Treuhandfonds gehört, auf den ich an meinem einundzwanzigsten Geburtstag Zugriff erhalten sollte.« Sie schlug die Augen nieder. »Und ich habe es nicht wahrhaben wollen.«

»Du hast an die Liebe geglaubt«, brummte Jim.

»Ich war einfach blind. Von da an wurde es richtig schlimm. Plötzlich hat er mich behandelt, als sei ich sein Eigentum. Er bestimmte, was ich machen durfte und was nicht. Wieder habe ich mich so eingesperrt gefühlt, wie damals bei meinen Eltern. Allerdings hatten sie das Beste für mich gewollt, im Gegensatz zu Lenny. Nach und nach wurde mir endlich klar, weshalb er mich so abschirmte. Er wollte verhindern, dass ich wieder in mein eigentliches Leben zurückfinde, denn dann hätte er keine Aussicht auf das Vermögen gehabt. Und er brauchte Geld, um seine Schulden bei irgendwelchen Drogenhändlern abzubezahlen. Kurz vor meinem einundzwanzigsten Geburtstag müssen die wirklich Druck auf ihn ausgeübt haben, denn er bat mich, ihn und seine Freunde in die Stadt zu fahren. Ich sollte im Auto warten, während sie in ein Juweliergeschäft gingen. Mir kam die Sache gleich komisch vor, vor allem weil sie mit Rucksäcken aus dem Auto stiegen. Aber was er vorhatte, war zu verrückt, als dass ich es hätte vorhersehen können. Erst als ich Polizeisirenen hörte und die drei aus dem Geschäft stürzen sah, begriff ich, was vorgefallen war. Ich sah, wie Lenny eine Pistole unter seine Jacke schob und sie dann auf mich zukamen. Im Rückspiegel konnte ich schon das Blaulicht erkennen.« Kat bedeckte ihr Gesicht mit den Händen und atmete tief ein.

Jim hielt die Luft an. Kat hatte offensichtlich wirklich ein Talent dafür, in Schwierigkeiten zu geraten. Angespannt verschränkte er die Arme vor der Brust. »Und was ist dann passiert?«

»Ich habe Gas gegeben. Ich bin einfach losgefahren. Als ich mich noch einmal umdrehte, sah ich Lenny wütend in meine Richtung gestikulieren, und dann wurden sie auch schon von den Polizeiautos eingekreist. Ich bin einfach immer weitergefahren, ohne darauf zu achten, wohin. Und endlich war mir klar, dass ich für ihn nur eine Art Investition war und nicht die Frau, die er liebte. Ich bin mir sicher, er hätte alles darangesetzt, mein Geld zu bekommen, und wäre dann auf Nimmerwiedersehen verschwunden. In einem anderen Stadtteil habe ich das Auto abgestellt und bin mit dem Bus zu meiner Schwester in ihre WG gefahren. Da habe ich Issi endlich alles erzählt. Sie bat mich, es meinen Eltern zu beichten und von vorne anzufangen. Und ich wollte ja von vorne anfangen – aber nicht als Versagerin und Kriminelle zurückkehren. Also habe ich das gemacht, was Lenny vermutlich selbst vorhatte: Ich habe mir ein neues Leben aufgebaut. Issi gab mir ihr Auto, und ich habe fast ein halbes Jahr darin gelebt, in einer anderen Stadt, und nebenher gejobbt. Dann habe ich meinen Nachnamen geändert und den Mädchennamen meiner Mutter angenommen. Als ich etwas zusammengespart hatte, bewarb ich mich für ein Tiermedizinstudium und bekam die Zusage. Ich hatte einen Kompromiss gefunden. Es war Medizin, was mich schon immer interessiert hatte, aber ich würde kein Nobelarzt in einer schicken Arztpraxis werden. Fürs Studium bin ich ans andere Ende des Kontinents gereist, denn auch wenn Lenny inzwischen im Knast saß, musste ich Abstand zwischen uns bringen. Ich habe mir jahrelang den Arsch aufgerissen, um mit Nebenjobs die Studiendarlehen abzubezahlen. Danach habe ich in verschiedenen Praxen Erfahrungen gesammelt und landete letztlich hier.«

Jim fuhr sich durch die Haare. Dann trank er die Flasche in einem Zug leer. Das war schlimmer, als er erwartet hatte. Viel schlimmer. Aber etwas hatte sie ihm noch nicht erklärt. »Jetzt hat er dich also gefunden. Was will er von dir?«

Kat setzte sich auf und sah ihn niedergeschlagen an. »Er will das Geld aus meinem Fonds. In seinen Augen bin ich schuld daran, dass er acht Jahre im Knast saß. Meinetwegen ist ihm die Beute damals entgangen, und deshalb will er eine Wiedergutmachung.« Sie schüttelte den Kopf. »Und er hat etwas gegen mich in der Hand«, sagte sie tonlos.

»Was?« Wie konnte da noch mehr sein nach dieser Geschichte?

»Der Juwelier hatte vor seinem Geschäft Überwachungskameras, das habe ich später aus Zeitungsartikeln erfahren. Das Auto, mit dem ich Lenny und die anderen hingefahren habe, war deutlich zu erkennen und auch, wie sie dort ausstiegen. Man suchte nach dem vierten Komplizen, aber die Aufnahmen waren zu ungenau, um mich identifizieren zu können. Ich schätze, sie haben nicht einmal gesehen, dass eine Frau am Steuer saß.« Hilflos hob sie die Hände. »Ich hatte doch keine Ahnung, was er vorhatte. Monatelang hatte ich Albträume, dass er mich ans Messer liefern würde. Und dann ist es mir wie Schuppen von den Augen gefallen: Auch wenn er noch so wütend auf mich war, nützte ich ihm in Freiheit mehr. Er wusste, dass ich das Geld aus dem Fonds nicht abheben wollte, weil meine Eltern es mitbekommen hätten. Also musste er einfach nur abwarten, bis er wieder rauskam, und dann nach mir suchen. Heute hat er mir gedroht auszupacken, falls ich ihm das Geld nicht besorge.«

Mit einem quietschenden Geräusch stieß Jim den Stuhl zurück und ging mit schweren Schritten im Raum auf und ab. »Das ist doch Wahnsinn nach so langer Zeit. Er hat ja nicht mal Beweise dafür.«

»Natürlich nicht. Aber es würde bekannt werden, und er spekuliert vermutlich darauf, dass ich mein neues Leben schützen will und mir deshalb sein Schweigen erkaufen werde.«

»Aber das wirst du nicht tun«, gab Jim laut zurück.

»Nein. Deshalb hat er einen zweiten Plan, falls ich mich weigere«, flüsterte sie. Bleich saß sie da, und wieder zitterten ihre Hände.

Jim blieb vor ihr stehen und starrte sie an. »Was für einen Plan?«

Kat wich seinem Blick aus. »Das geht dich doch alles gar nichts an, Jim. Fahr einfach nach Hause. Ich werde das irgendwie regeln.«

Er schnaubte. »Sicher nicht.« Dann kniete er sich vor sie und hob mit der Hand Kats Kinn an und zwang sie, ihn anzusehen. »Was für einen Plan?«, wiederholte er ernst.

»Mich zu entführen und so das Geld von meinem Vater zu erpressen.« Auf einmal lag eine große Traurigkeit in Kats Augen, und sie blickte ihn resigniert an.

»Scheiße, Kat, gib ihm das verdammte Geld einfach und leb dein Leben hier weiter. Das ist es nicht wert.« Angst machte sich in ihm breit. Angst um diese Frau, die ihn in den Wahnsinn trieb und die er dennoch nicht ihrem Schicksal überlassen konnte.

»Auf keinen Fall.« Kat sprang auf und sah ihn wild an. »Ich werde dieses Geld niemals anrühren!«, schrie sie.

»Auch wenn dein Leben davon abhängt? Alles, was du dir aufgebaut hast? Warum nicht?« Am liebsten wollte er Kat an den Schultern packen und schütteln, bis sie zur Vernunft kam.

»Weil jede Auszahlung aus dem Fonds über den Schreibtisch meines Vaters geht. Er kann es zwar nicht verhindern, da mein Großvater das Vermögen für Issi und mich angelegt hat, aber er würde es mitbekommen. Und das will ich nicht. Ich möchte nicht wie eine Versagerin das Geld meiner Familie abgreifen. Ich will es alleine schaffen, und das werde ich auch.«

»Du bist zu stolz, das ist alles. Wie kannst du nur so ein verdammter Sturkopf sein? Und wie soll es deiner Meinung nach weitergehen?«

Sie zuckte mit den Schultern. »Das weiß ich noch nicht. Er hat gesagt, er wird wiederkommen, um das Geld abzuholen, und ganz sicher wird er das auch tun.« Die Angst, die sich zuvor in ihrem Gesicht abgezeichnet hatte, war verschwunden. An ihrer Stelle loderten jetzt Wut und Kampfgeist in Kats Blick, und das beunruhigte Jim noch viel mehr.

»Du musst hier weg. So schnell wie möglich«, sagte er. »Bitte geh einfach.«

»Das werde ich nicht. Das hier ist meine Praxis und mein Leben, und ich werde es verteidigen.«

Es war zwecklos. Auch wenn er bis eben nicht einmal Kats richtigen Namen gekannt hatte, konnte er ihre Reaktionen inzwischen gut einschätzen. Sie würde nicht nachgeben. Niemals. »Ich gehe zu Quentin in die Bar«, sagte er mit gepresster Stimme und stapfte zur Tür. »Schließ wenigstens hinter mir zu.«

***

Mit angezogenen Beinen lehnte Kat am Kopfteil ihres Betts. Rusty lag zusammengerollt auf dem Fußboden und schnarchte laut. Immer wieder glaubte sie, den Moment zu durchleben, als Lenny plötzlich vor ihr gestanden hatte. Dieser Mann war ihr vor vielen Jahren so vertraut gewesen, doch jetzt stieß er sie einfach nur ab. Mit seinen stechenden Augen, den kurz geschorenen Haaren und seiner breiten Gestalt hatte er sie erneut zum kleinen Mädchen werden lassen. Zu dem Mädchen von damals. Doch das war Kat nicht mehr. Sie hatte sich durchgekämpft und das hier als ihr neues Leben ausgewählt. Und nun brachte Lenny alles in Gefahr, brachte sie in Gefahr. Kat hatte keine Ahnung, was sie tun sollte, wenn er wieder auftauchte. Wenn sich nicht alles in ihr dagegen sträuben würde, könnte sie versuchen, ihn zu bezirzen, doch vermutlich hätte sie damit keinen Erfolg. Und sie würde es auch nicht über sich bringen. Nicht, nachdem sie mit Jim zusammen gewesen war. Dieser war wütend abgerauscht, weil sie seine Ratschläge nicht hatte annehmen wollen. Doch das konnte sie einfach nicht. Abzuhauen kam nicht in Frage, ebenso wenig wie das Geld zu beschaffen. So lange schon hatte sie keinen Kontakt mehr zu ihren Eltern, jetzt auf einmal das Geld einzufordern, auch wenn es ihr zustand, brachte sie nicht über sich. Und die Praxis und ihr neues Leben hier aufzugeben war ebenfalls keine Option. Kat hatte es satt, davonzulaufen und andauernd über die Schulter zu sehen. Firefly Creek gefiel ihr mit jedem Tag mehr. Hatte sie nicht früher als Kind von so einem Ort geträumt? Von einem einfachen Leben, umgeben von herzlichen Menschen, die ebenso gerne lachten wie sie selbst. Wo niemand Französisch sprach und es keine Ballettschulen gab. Nein, das hier war jetzt ihr Zuhause, und nichts würde sie von hier wegbringen.

Auf einmal stieg das Gefühl von Einsamkeit in ihr hoch. Natürlich vermisste sie es, eine Familie zu haben, egal was damals vorgefallen war, doch wenigstens sprach Issi nach wie vor mit ihr. Und Kat war sich sicher, dass ihre Schwester ihren Eltern von ihr erzählte. Vermutlich wussten sie inzwischen, dass sie Tierärztin war, aber über die Sache mit Lenny hatte Issi wahrscheinlich geschwiegen. Ihrer Schwester war klar, welche Details sie weitergeben durfte und welche nicht. Und immer wieder hatte Issi den Versuch unternommen, Kat davon zu überzeugen, sich endlich wieder bei ihren Eltern zu melden. Doch Kat war nicht dazu in der Lage gewesen. Wie sollte sie ihrer Mutter und ihrem Vater unter die Augen treten, wenn sie nicht bereit war, die Fehler von damals zuzugeben? Ihnen von Lenny und dem Überfall zu erzählen? Nein, ehe sie unehrlich sein musste, wollte sie lieber keinen Kontakt.

Doch jetzt hatte sie Jim alles erzählt. Die komplette Wahrheit mit all ihren unschönen Einzelheiten. Nicht einmal Issi wusste von der Abtreibung und davon, wie mies Lenny sie tatsächlich behandelt hatte. Nie hätte sie es vor ihrer Schwester eingestehen können. Aber sie hatte es Jim gesagt. Und dann war er gegangen. Kat konnte es ihm nicht verübeln, nach dem, was sie Jim bei ihrem letzten Aufeinandertreffen an den Kopf geworfen hatte.

Ein Klopfen an der Eingangstür ließ Kat zusammenzucken. Wieder klopfte es. Was sollte sie tun, wenn das Lenny war? Ihm musste klar sein, dass sie das Geld so schnell nicht beschaffen konnte. Starr vor Angst saß sie da.

»Kat, ich bin es, mach auf«, hörte sie Jims Stimme dumpf durch das Holz.

Erleichtert atmete Kat auf und erhob sich. Sie trug nur ein altes zerknittertes T-Shirt und eine unspektakuläre schwarze Unterhose, aber auch das war jetzt egal. Kat war sich sicher, dass Jim sich seine Meinung über sie längst gebildet hatte. Und diese war sicherlich nicht sehr vorteilhaft.

Sie schloss auf und ließ ihn herein. Er nahm seinen Hut ab und warf ihn auf die Lehne des Sofas. Dann sah Jim sie an. »Also es läuft jetzt so, dass ich hierbleiben werde, bis die Sache vorbei ist«, sagte er mit tiefer Stimme.

»Du kannst nicht hierbleiben, und das ist auch nicht dein Problem«, protestierte Kat. Sie wollte ihre Ruhe haben, sich in ihrem Bett verkriechen und mit niemandem reden. Erst recht nicht mit Jim.

Ärgerlich zog er seine Augenbrauen zusammen. »Es spielt keine Rolle, was du sagst, ich werde auf deinem Sofa schlafen und mich auch tagsüber hier aufhalten, bis das geregelt ist. Quentin gibt den anderen Bescheid, dass ich ein paar Tage Urlaub nehme.« Er trat auf sie zu und beugte sich zu ihr herunter. »Du kannst ja versuchen, mich rauszutragen. Es ist mir völlig egal, ob es dir passt oder nicht, aber es läuft so, wie ich es sage. Und wenn alles vorbei ist, sind wir fertig miteinander.« Mit schweren Schritten ging er zum Sofa, zog die Zeitung heraus, die zusammengerollt in der hinteren Tasche seiner Jeans gesteckt hatte, und setzte sich. Ohne Kat weiter zu beachten, begann er zu lesen.

Mit weichen Knien ging Kat ins Schlafzimmer und schloss die Tür. *Wenn alles vorbei ist, sind wir fertig miteinander.* Sie konnte es ihm nicht verübeln.

Kapitel 12

Im Morgengrauen schreckte Kat hoch. Kalter Schweiß stand auf ihrer Stirn. Hatte sie nicht eben Lennys Stimme gehört? Doch das wenige Licht, das durch den Vorhang fiel, erhellte ein leeres Zimmer. Nur Rusty und sie waren hier. Sie kletterte ungelenk aus dem Bett und kramte eine Hose und einen Pulli aus dem Schrank. Der Hund musste dringend raus, und auch nach Fred sollte sie sehen. Leise öffnete Kat die Tür und schlich ins Wohnzimmer. In Jeans und mit freiem Oberkörper lag Jim bäuchlings auf dem Sofa. Sein Kopf war in ihre Richtung geneigt, und für einen Augenblick betrachtete sie sein entspanntes Gesicht. Als sie Jim vor wenigen Wochen kennengelernt hatte, war er ausgeglichen und herzlich gewesen. Doch dann hatten sie sich gestritten, und er war zusehends ernster geworden. Und nun hatte Kat ihn auch noch in ihr Chaos hineingezogen. Ausgerechnet den Mann, der einfach nur ein ruhiges Dasein auf seiner Farm führen wollte. Sarah wäre die bessere Wahl für Jim gewesen. Vermutlich würde er das bald feststellen und Kat tatsächlich aus seinem Leben streichen, so wie er es gestern angekündigt hatte. Ihr Blick huschte über Jims Rücken und seine Arme. Unter der Haut, die noch die Restbräune des vergangenen Sommers hatte, zeichneten sich die Muskeln ab. Jim war ebenso groß und kräftig gebaut wie Lenny, und doch strahlte er Schutz und

Wärme aus, während ihr Mann sie nur noch einschüchterte. *Ihr Mann.* Wie falsch das klang und wie falsch es auch war. Noch immer trug sie die Tätowierung, zu der Lenny sie nach der Hochzeit überredet hatte, wie einen Stempel, mit dem er seinen Besitz markiert hatte, auf ihrer Haut. Kat klopfte an ihr Hosenbein, um Rusty zu signalisieren, dass er ihr folgen sollte, und drehte so leise wie möglich den Schlüssel um.

»Wo willst du hin?«, vernahm sie Jims schlaftrunkene Stimme.

»Rusty muss raus, ich gehe nur ein Stück die Straße runter bis zur Wiese«, antwortete Kat, ohne sich zu ihm umzudrehen.

»Warte kurz, ich komme mit.« Sie hörte, wie er gähnte und sich aufrappelte.

»Es wird schon hell. Um diese Zeit wird mir nichts passieren«, sagte sie und schlüpfte aus der Tür.

Hungrig stürmte Rusty wieder in die Wohnung und bellte sie auffordernd an. Während Kat sein Futter ins Schälchen füllte, kam Jim mit nassen Haaren aus dem Bad. »Ich hoffe, es ist in Ordnung, dass ich hier dusche«, brummte er und zog das Hemd über, das auf der Sofalehne lag. Er knöpfte es zu und setzte sich an den Tisch. »Quentin wird mir nachher frische Kleidung vorbeibringen, und wie ich vermute, wird auch eine Tasche mit Essen von Liz dabei sein. Du wirst also keine Umstände meinetwegen haben.«

»Du machst keine Umstände«, murmelte Kat und stellte die Kaffeemaschine an.

»Ich habe deinen Rasierer benutzt, es war dringend nötig, und ich glaube nicht, dass Quentin daran denkt, mir meinen einzupacken.«

Kat gluckste, während sie die erste Tasse einlaufen ließ. »Dir ist schon klar, an welchen Stellen ich mich damit rasiere?«

»Also nichts, womit ich nicht schon Kontakt gehabt hätte«, brummte er und griff mit einem grimmigen Gesichtsausdruck nach der Tasse, die Kat ihm reichte.

Sie wechselte eilig das Thema. »Wenn ich nachher in der Praxis bin, was willst du dann mit dir anfangen?«

»Mich hier im Hintergrund halten, nehme ich an.«

»Das wird sicher langweilig.«

Jim zuckte mit den Schultern und nahm sich eine Banane aus dem Obstkorb, der auf dem Tisch stand.

»Im Schlafzimmer steht ein Karton mit Fachbüchern. Einige sind über Rinder und Pferdezucht. Vielleicht kannst du dir damit etwas Zeit vertreiben.«

Jim nickte nur und schwieg. Das konnte ja heiter werden die nächsten Tage. Und noch immer hatte sie keine Ahnung, was sie tun sollte, wenn Lenny zurückkam.

***

Jim schlurfte zur Wohnungstür und schob den Vorhang, der das kleine Fenster darin verdeckte, etwas zur Seite. Er öffnete. »Was machst du denn hier, ich dachte Quentin würde mir die Sachen bringen?«

Ethan streckte ihm eine Tasche entgegen und kam herein. Interessiert sah er sich um. »Im Luxus lebt Kat hier nicht gerade«, stellte er trocken fest.

»Nein, dagegen ist Silverwood ein Schloss.« Jim warf die Tasche aufs Sofa und sah Ethan abwartend an.

»Quentin hat uns alles berichtet und uns deine Anweisungen ausgerichtet. Das geht klar, alle sind einverstanden.«

»Und Harry?«

»Der weiß nichts und hat auch nicht weiter nachgefragt, was du hier treibst.« Ethan sah ihn unsicher an. »Ich muss dir da was sagen.«

»Ich habe noch nicht verdaut, was ich gestern alles erfahren habe, also hoffe ich, es ist nichts Schlimmes?«

»Nein, das ist es nicht. Aber ich hatte so eine Ahnung, was Kat angeht.«

Jim zog die Augenbrauen hoch. »Du wusstest es?«

»Natürlich nicht das ganze Ausmaß«, sagte Ethan beschwichtigend. »Aber sie musste mir damals ihre Unterlagen für den Vertrag schicken, und für die Eintragung ins Grundbuch hatte ich Kat um eine Kopie ihrer Geburtsurkunde gebeten.«

Jetzt verstand Jim. »Du hast ihren echten Namen gesehen.«

»Ja. Und ich hatte keinen Zweifel daran, dass sie zu *diesen* Beauforts gehört.«

»Der Name hat dir was gesagt?«

»Natürlich. Sie besitzen einige Krankenhäuser, unter anderem in Sydney und Adelaide, und mehrere Stiftungen. Ich habe mal einen Artikel über ihren Vater und seine Arbeit gelesen.« Ethan lachte auf. »Du hast dir eine Frau aus den oberen Kreisen ausgesucht.«

»Wir sind nicht zusammen und das werden wir auch nie sein. Die Nacht auf Silverwood war nur ein Ausrutscher«, brummte Jim gereizt.

»Es geht mich auch nichts an. Ich wollte dir nur sagen, dass ich geahnt habe, dass Kat sich vor etwas versteckt. Allerdings glaubte ich eher, dass es sich dabei um ihre Abstammung handelt. Du weißt, dass es mir ähnlich ergangen ist. Ich konnte auch lange nicht akzeptieren, wer ich bin, und habe meine Familie verleugnet.«

»Und warum hast du es mir nicht gesagt?«, fragte Jim.

»Weil das vertrauliche Unterlagen waren. Trotzdem war ich kurz davor, als du diesen Song für sie gesungen hast. Aber ich durfte es dir nicht sagen, und ich dachte auch, Kat würde es dir früher oder später selbst erzählen, wenn sie dazu bereit ist.« Ethan legte ihm eine Hand auf die Schulter. »Mach dir keine Gedanken. Es ist gekommen, wie es kommen musste.«

»Was meinst du, wie lange du hierbleiben wirst?«

Jim stöhnte auf. »So lange, bis dieses Schwein wieder hier auftaucht.«

Ethan nickte und reichte ihm eine Stofftasche, die er in der anderen Hand gehalten hatte. »Das ist von Liz. Du wirst zumindest nicht verhungern.«

Schmunzelnd nahm Jim die Tasche entgegen. »Wie geht es meiner Schwägerin?« Der errechnete Geburtstermin rückte täglich näher, und langsam steckte Ethan ihn mit seiner Nervosität an.

»Sie hat Senkwehen und verbringt die meiste Zeit auf dem Sofa. Und Ollie schnitzt ein Schwert für sein Geschwisterchen«, sagte Ethan.

»Gib Bescheid, wenn sich was tut.«

»Du auch.« Ethan nickte ihm zu und ging hinaus.

Den ganzen Tag rumzusitzen war ungewohnt und noch langweiliger, als Jim angenommen hatte. Er hatte in den Büchern gelesen und nach Fred gesehen. Immerhin dem Hund schien es einigermaßen gut zu gehen, und Rusty lag die meiste Zeit mit der Nase an den Gitterstäben vor Freds Käfig. Anscheinend hatten sich die beiden gleich angefreundet. Einmal war Jim ins Wartezimmer gegangen, um sich einige der Zeitschriften, die dort lagen, auszuleihen, und Mrs. White war fast die Brille von der Nase gerutscht, als sie sah, wie er aus Kats Wohnräumen kam. Perplex hatte sie ihn angestarrt und sogar vergessen, neugierige Fragen zu stellen. Durch die Verbindungstür zur Praxis, die Jim stets angelehnt ließ, um mitzubekommen, falls etwas passierte, hörte er Kat mit den Kunden sprechen und immer wieder hin und her laufen.

In der Mittagspause hatten sie Suppe von Liz aufgewärmt und schweigend gegessen. Immerhin standen für den Nachmittag keine Farmbesuche an, denn auch dorthin wäre Jim ihr nachgefahren, was sicherlich Fragen bei den Farmern aufgeworfen hätte. Er durfte Kat keine Minute aus den Augen lassen. Aber sein Gefühl sagte ihm, dass dieser Kerl abends oder nachts auftauchen würde. So wie beim letzten Mal.

Erneut sah Jim auf die Uhr, die Sprechstunde war schon seit einer halben Stunde vorbei, und er hörte, wie Kat das Behandlungszimmer aufräumte. Als sie endlich den Wohnraum betrat, war ihr Hemd voller Haare, und bei dem Geruch, der sie umgab, verzog Jim das Gesicht.

»Katzenurin«, murmelte sie und verschwand im Bad. Bald darauf war das Rauschen der Dusche zu hören. Was sollte er nur den ganzen Abend hier mit ihr machen? Er hatte keine Lust darauf, sich mit Kat zu unterhalten. Kat wäre es ihm schuldig gewesen, zumindest zu erwähnen, dass sie verheiratet war, ehe sie mit ihm geschlafen hatte. Doch was wäre dann gewesen? Hätte er sie abgewiesen? Wenn er ehrlich war, konnte er die Frage nicht beantworten. Gut möglich, dass es ihn abgeschreckt hätte. Und obwohl die Situation dadurch jetzt zwar leichter für ihn wäre, hätte er doch nicht diese eine Nacht mit Kat erlebt. Und dieser Gedanke behagte ihm überhaupt nicht.

Wenige Minuten später kam sie in Tanktop und Leggins aus dem Bad. Jim erkannte auf den ersten Blick, dass sie darunter keinen BH trug, während sie an ihm vorbei ins Schlafzimmer ging. Seufzend legte er die Hände in den Nacken und lehnte sich auf dem Sofa zurück. Die ganze Situation war einfach nur grotesk. Und Kat hatte ihn hineingeritten.

»Bestellst du uns Pizza?«, rief sie ihm zu.

»Ist gut.« Jim zog das Handy aus der Hosentasche und suchte die Nummer der einzigen Pizzeria des Ortes heraus.

Kat eilte an ihm vorbei und nahm zwei Flaschen Bier aus dem Kühlschrank. Sie setzte sich mit einigem Abstand zu ihm aufs Sofa und reichte ihm eine. »Am besten schauen wir einen Film, dann müssen wir nicht miteinander reden«, sagte sie, ohne ihn anzusehen.

Immerhin hatte sie sich einen Pulli übergezogen.

***

Kat sah in den Rückspiegel und schnaufte. Jims Pick-up klebte förmlich an ihrer Stoßstange. Drei Tage lang hing Jim inzwischen schon in ihrer Wohnung herum und trieb sie langsam, aber sicher in den Wahnsinn. Eigentlich hatte sie gehofft, dass die heutige Visite, die sie einmal im Monat am Samstagvormittag auf den Farmen abhielt, ihr etwas Freiraum von ihm verschaffen würde. Doch stattdessen war Jim wortlos in sein Auto gestiegen und ihr gefolgt. Bei jedem

Farmer hatte er am Eingang zum Grundstück geparkt und auf sie gewartet. Zum Glück hatte niemand seine Anwesenheit bemerkt, sie hätte nicht gewusst, wie sie diese hätte erklären sollen.

Wieder blickte sie in den Rückspiegel und hatte auf einmal das Gefühl, ihre Brust würde sich zuschnüren. Die Vorstellung, das restliche Wochenende mit Jim in der Wohnung zu hocken, erschien unerträglich. Auf einmal riss Kat das Steuer herum, und der Wagen rumpelte auf den Parkplatz vor dem Ortseingang. Sie hörte, wie Jim eine Vollbremsung machte und sein Pick-up ins Schlingern geriet, ehe er neben ihr anhielt. Kat sprang vom Sitz und warf die Tür zu. Sie ging über den heruntergekommenen Parkplatz zu einer Bank. Tief atmete sie ein und versuchte, sich zu beruhigen.

»Was soll der Mist?«, rief Jim und stapfte auf sie zu.

»Ich brauche nur etwas Luft zum Atmen«, murmelte Kat und hob eine Hand hoch, um ihm zu bedeuten, nicht näher zu kommen. Stand sie kurz vor eine Panikattacke? Fühlte sich das so an? Sie konzentrierte sich auf ihre Atmung und sog die kühle Luft in ihre Lungen.

»Ich hätte in dich reinfahren können«, brummte Jim.

Schon wieder ein Vorwurf. Sie machte wohl alles falsch. Wut kam in ihr hoch. Plötzlich hatte Kat das dringende Bedürfnis, sich abzureagieren. Mit Wucht stieß sie den Fuß gegen die altersschwache Bank.

»Hör sofort auf damit«, rief Jim und kam einen Schritt auf sie zu.

»Lass mich in Frieden«, schrie Kat und trat erneut zu.

»Das ist Liz' Bank!« Jim sah sie grimmig an.

»Was?« Kat schüttelte den Kopf. Wovon zum Teufel sprach er nur?

Jim seufzte, ging an ihr vorüber und fuhr mit der Handfläche über das spröde Holz. Dann setzte er sich. »Hier hat Samuel damals Liz den Antrag gemacht«, sagte er.

»Das wusste ich nicht.« Kat schluckte und sackte, so weit entfernt von ihm wie möglich, ebenfalls auf die Bank.

»Sie glaubt, wir wissen nichts davon, aber hin und wieder kommt Liz hierher. Ich habe keine Ahnung, ob sie dann an Samuel denkt oder ob sie es einfach macht, weil wir ihr so auf den Keks gehen. Auf jeden Fall bedeutet ihr dieser Ort sehr viel.« Jim klopfte mit den Knöcheln auf das ausgeblichene Holz. »Verrate es ihr nicht, aber John streicht das Teil einmal im Jahr mit Lasur, damit es noch ein wenig länger hält. Liz glaubt, ihre Ausflüge hierher wären ihr Geheimnis, aber in so einer großen Familie kann man auf Dauer nichts geheim halten.«

»Müsst ihr alle so verdammt liebenswert sein?«, zischte Kat. Sie wollte sauer auf Jim sein, weil er ihr die Luft zum Atmen nahm. Weil er einfach so entschieden hatte, sich bei ihr einzunisten, egal was sie davon hielt.

»Warum bist du so wütend?«, fragte er ruhig.

»Ich glaube, ich drehe langsam durch«, murmelte Kat. Prüfend legte sie einen Finger auf ihr Handgelenk. »Mein Puls rast.«

Jim nickte. »Dreh dich um«, forderte er sie auf, setzte sich verkehrt herum auf die Bank und stützte seine Arme auf die Lehne.

Ihr fehlte die Kraft zu protestieren. Also tat sie es ihm gleich. Hinter der Bank fiel das Gelände ein wenig ab. Kniehohes vertrocknetes Gras überwucherte alles, und einige Meter weiter erkannte sie einen Bach.

»Das ist der Firefly Creek«, murmelte Jim.

»Das habe ich mir schon gedacht«, antwortete Kat patziger als beabsichtigt.

»Im November kann man hier die Glühwürmchen beobachten. Tausende kleiner Funken, die durch die Dämmerung tanzen«, fuhr er fort.

»Also gibt es hier wirklich Glühwürmchen?«

»Was dachtest du, warum der Ort so heißt?«

»Weil es nett klingt?«

Jim schmunzelte. »Es gibt sie wirklich.«

Kat lächelte bei dem Gedanken daran, wie wunderbar dieses Treiben aussehen musste.

»Was macht der Puls?«, fragte Jim und blickte sie aus den Augenwinkeln an.

Kat tastete danach. »Etwas besser.«

Jim nickte und deutete auf den Bach. »Nach diesem Ort ist River benannt.«

»Spielst du auf das Gespräch bei unserem ersten Treffen an? Du meintest doch, die Geschichte erzählst du mir vielleicht irgendwann mal«, erinnerte Kat sich.

»Ich glaube, heute ist ein guter Tag dafür.«

Kat wagte es, ihn für einen kurzen Moment anzusehen. Die warmen Augen wirkten entspannter als in den vergangenen Tagen.

Jim räusperte sich. »Harry hat sich lange Zeit nach dem Tod unserer Mutter in Maggie verliebt.« Er stützte den Kopf auf eine Hand. »Maggie war unser Kindermädchen und hat eine ganze Weile auf Silverwood gelebt. Wir wissen nicht, wann genau das mit Harry und ihr begann, aber das geht uns auch nichts an.« Er schmunzelte, und Kat hing an seinen Lippen. Jims Stimme löste die Anspannung, die sich in ihr aufgebaut hatte.

»Irgendwann sind sie hier im Frühjahr spazieren gegangen, weil Maggie die Glühwürmchen sehen wollte. Und weil Harry auch mal jung war und, wie er später sagte, ›Diese Käfer, die aus dem Arsch leuchten, verdammt romantisch sind‹, hat es die beiden wohl überkommen. Und so wurden die Zwillinge an diesem Ufer gezeugt.«

Kat musste einfach lachen. Nur schwer konnte sie sich den knurrigen Harry vorstellen, wie er Hand in Hand mit einer Frau am Bach entlangschlenderte. »Und dann?«

Jim zuckte mit den Schultern. »Einige Wochen später war klar, dass dieser Ausflug Folgen hatte. Harry meinte einmal, als wir längst erwachsen waren, er sei zur Sicherheit nie wieder an diesen Ort gekommen. Sechs Söhne waren ihm vermutlich mindestens vier zu viel. Ich kann es ihm nicht verübeln, er hatte es nicht leicht mit uns.« Jim lachte auf.

»Und die Zwillinge wissen von dieser Sache?«

Jim nickte. »Heute bringen die beiden selbst Mädchen hierher. Anscheinend hat man nirgends bessere Chancen auf einen Kuss als am Firefly Creek.«

»Ich würde es gerne sehen«, flüsterte Kat und sah verträumt auf das langsam fließende Wasser. Hohe Bäume ragten am Ufer auf und breiteten ein Blätterdach darüber aus.

»Wie Quentin und River Mädchen küssen?« Jim grinste sie an.

»Die Käfer, die aus dem Arsch leuchten«, gab Kat lachend zurück.

»Dann komm im November hierher, wenn Frühling ist.« Jim tätschelte das Holz und stand auf. »Lass uns zur Wohnung fahren«, brummte er.

Kat nickte. Auch wenn sich die Situation zwischen ihnen

nicht geändert hatte, fühlte sie sich nun doch ein wenig ruhiger. Irgendwie würden sie das Wochenende schon überstehen.

Kat schreckte aus dem Schlaf hoch. Sie spürte Hände an ihren Schultern und sah einen Schatten über sich. Panisch wollte sie schreien, doch eine Hand legte sich auf ihren Mund. Dann nahm sie den Geruch von Jims Duschgel wahr und entspannte sich augenblicklich. War er zu ihr gekommen, um zu ihr ins Bett zu steigen? Beinahe glaubte Kat, seine Körperwärme auf ihrer Haut zu spüren. Für einen Augenblick genoss sie die Nähe. Dann beugte Jim sich zu ihrem Ohr hinunter. »Bleib ganz still. Draußen sind mehrere Personen.« Langsam nahm er die Hand von ihrem Mund.

Hektisch setzte sie sich auf und krallte eine Hand in seinen Arm. »Ich habe nichts gehört. Woher weißt du das?«

»Vor einer Viertelstunde sind einige Motorräder zweimal am Haus vorbeigefahren. Das ist um diese Zeit mehr als ungewöhnlich. Also habe ich den Gehweg im Blick behalten und gesehen, wie sie sich angeschlichen haben.«

In diesem Moment hörte Kat ein Knacken vor ihrem Fenster, als wäre jemand auf einen alten Zweig getreten. Rusty knurrte, woraufhin Jim ihn am Halsband nahm und ins Badezimmer sperrte. Das Herz schlug Kat bis zum Hals, als sie im Dunkeln den Boden nach einer Hose abtastete. Sie folgte Jim ins Wohnzimmer. »Was sollen wir jetzt machen?«, fragte sie leise.

»Unterstützung ist unterwegs«, flüsterte er ihr zu. »Am besten wir schließen die Verbindungstür ab und gehen in die Praxis.«

Kat huschte auf Zehenspitzen hinter ihm her und drückte sich im Behandlungsraum an die Wand. Erneut ertönte ein Knacken, doch dieses Mal lauter. Dann hörte sie Schritte in ihren Wohnräumen und leise Stimmen. Lenny und wer auch immer an seiner Seite dabei war hatten die Wohnungstür aufgebrochen. Kat hielt den Atem an und starrte in die Dunkelheit. Einzig das Licht des Mondes erhellte den Raum ein klein wenig und ließ sie die Umrisse der Einrichtung erkennen.

»Geh ins Büro und schließ hinter dir ab«, raunte Jim ihr zu.

»Nur wenn du mitkommst«, flüsterte Kat und griff nach seinem Arm.

»Du machst jetzt, was ich dir sage. Einmal hörst du bitte auf jemand anderen, Kat.« Er schüttelte ihre Hand ab und schob sie zum Flur. Ihre nackten Füße machten bei jedem Schritt auf dem kalten Fliesenboden ein schmatzendes Geräusch. Endlich hatte sie sich zum Büro vorgetastet und drehte den Schlüssel. Angespannt legte sie das Ohr an die Holztür und lauschte. Die Minuten verstrichen langsam wie Stunden, und nichts tat sich. Beinahe schon glaubte Kat, Lenny wäre wieder verschwunden. Doch dann klirrte Glas, und das Glöckchen im Wartezimmer bimmelte in seinem unpassend fröhlichen Ton. Kat tastete sich zu dem schmalen Schränkchen vor, das an der hinteren Wand stand. Bemüht, so wenig Krach wie möglich zu machen, schob sie es mit aller Kraft vor die Tür und lauschte dann wieder.

Plötzlich zuckte sie zusammen. Sie hörte Gebrüll, und dann rumpelte es hinter der Wand, im Behandlungszimmer. Ein Körper musste dagegen geprallt sein. Glas zerbrach auf den Fliesen, und immer wieder waren Schläge und lautes Stöhnen zu hören. Dann wurde die Klinke zum Büro hinuntergedrückt, und anschließend klopfte es an die Tür. »Kat, Schätzchen, komm raus.«

Von Panik ergriffen hielt sie den Atem an. *Lenny.* Hilflos legte sie sich die Hände auf den Mund.

»Wir haben deinen Farmer. Tu ihm einen Gefallen und komm raus. Ich glaube, er hält nicht mehr lange durch«, rief er triumphierend.

»Bleib, wo du bist«, schallte Jims Stimme durch die Praxis. Gleich darauf war ein Keuchen zu hören.

»Lass die Finger von ihm«, rief Kat.

»Das liegt ganz bei dir.« Höhnisch dröhnte Lennys Lachen durch die Dunkelheit.

»Kat, verdammt, lass die Tür zu. Nur noch ein paar Minuten«, hörte sie Jim schreien.

»Er will es nicht anders«, sagte Lenny auf der anderen Seite der Tür, und seine Schritte entfernten sich.

Sie werden ihn umbringen. Kat kniff die Augen zusammen und fuhr sich durch die Haare. Und wenn sie mit Jim fertig waren, würden sie die Tür zum Büro aufbrechen. Das kleine Fenster unter der Decke war zu schmal, um hindurchzuschlüpfen und Hilfe zu holen. Sie saß in der Falle. Erneut polterte es nebenan, und wieder schlug etwas Schweres gegen die Wand. Kat stemmte sich gegen den Schrank, schob ihn zur Seite und drehte den Schlüssel im Schloss. Leise schlich sie zum offenen Durchgang in den Behandlungsraum und wurde im ersten Moment von Licht der Lampe über dem Metalltisch geblendet. Blinzelnd versuchte Kat etwas zu erkennen. Dann sah sie, wie Jim mit dem Rücken gegen den Tisch prallte. Schmerzhaft verzog er sein Gesicht, Blut lief aus einer aufgeplatzten Augenbraue herunter, er stieß sich vom Tisch ab und warf sich gegen einen Mann. Zwei weitere verpassten ihm Schläge in die Seiten, während Lenny an der Wand gegenüber lehnte und sie angrinste. »Da ist meine Frau ja«, verkündete er.

Beide Männer, die seitlich von Jim standen, packten diesen an den Armen und drehten ihn um. Mit Entsetzen im Blick sah er Kat an. »Ich habe dir doch gesagt, du sollst drinbleiben«, presste er hervor.

»Damit sie dich zu Brei schlagen?«, sagte Kat und blickte Lenny kalt an.

»Du magst ihn«, stellte Lenny grinsend fest.

»Mehr als dich auf jeden Fall.«

»Frech wie eh und je. Du hast dich nicht geändert, Kat.«

Kat lachte bitter auf und schüttelte den Kopf. Vermutlich war sie kurz davor, verrückt zu werden. Oder aber es lag an dem Adrenalin, das durch ihre Adern jagte. »Du hast keine Ahnung, wie sehr ich mich geändert habe«, sagte sie bestimmt. Mit einem Mal waren ihre Angst und Unsicherheit verflogen. Dieser Mann hatte es damals nicht geschafft, sie zu zerstören, und er würde es auch jetzt nicht schaffen, egal was er vorhatte.

»Wo ist das Geld?«, fragte Lenny gereizt.

»Dort, wo es hingehört«. Kat sah ihn starr an. »Im Fonds und du wirst es nie in die Finger bekommen.«

Lenny seufzte und schüttelte den Kopf. »Dann eben Plan B.« Er gab dem Mann, auf den Jim sich eben gestürzt hatte, ein Zeichen. Dieser kam auf Kat zu und packte sie am Handgelenk.

»Lass sie los, oder ich breche dir alle Knochen«, brüllte Jim und versuchte, sich aus den Griffen der anderen beiden Kerle zu befreien. Kat stieg der stechende Atem des Mannes, der sie festhielt, in die Nase. Er sah widerlich aus mit seinen schleimig zurückgegelten Haaren, und sein Grinsen entblößte schiefe Zähne.

»Im Knast lernt man viele Leute kennen«, bemerkte Lenny. »Und sie helfen mir gerne bei der Umsetzung meines Vorhabens.«

»Das wird dir nichts nützen.« Finster funkelte Kat ihn an.

»Du wusstest, dass ich dich mitnehmen werde, als du die Tür geöffnet hast, oder?«

»Natürlich«, murmelte Kat. Aber besser er nahm sie mit, als dass Jim mit seiner Gesundheit für ihre Sünden bezahlte.

»Du bist verrückt, Kat«, flüsterte Jim und schüttelte den Kopf. »Aber du wirst sicher nicht mit ihm weggehen.« Er drehte sich mit einem Schrei zur Seite. Die unerwartete Bewegung brachte seine Angreifer ins Stolpern. Jim nutzte die Gelegenheit, um sich zu befreien, und warf sich auf Lenny. Kat versuchte, ihren Arm loszureißen, doch der Griff von Lennys Kumpel war gnadenlos fest. Lenny und Jim verkeilten sich ineinander und bewegten sich wankend auf sie zu. Im letzten Moment zog ihr Aufpasser Kat zur Seite, bevor die Kämpfenden im Flur zu Boden gingen. Nun lag Jim über Lenny, stemmte sich mit einer Hand hoch und schlug mit der anderen auf dessen Gesicht ein. Immer und immer wieder hörte sie den dumpfen Ton seiner Faust, die auf Lennys Kopf traf. Doch schon wurde Jim von den anderen beiden Kerlen gepackt und zurück in den Behandlungsraum geschleift, während Lenny benommen liegen blieb. Nervös klammerte sich Kat mit der freien Hand an die Schrankzeile, an der sie lehnte.

Es war beinahe unmöglich, in dem Durcheinander zu erkennen, wer wen traf, doch sie beobachtete fassungslos, wie Jim immer wieder auf seine beiden Angreifer einschlug, egal wie oft sie ihn erwischten. Sein Blick war aggressiv und sprühte nur so vor Wut, während das Blut auf seinen nackten Oberkörper tropfte. Fluchend rappelte Lenny sich auf und stürzte sich ebenfalls auf ihn. Kat sah, wie er Jim in den Rücken trat und dieser in sich zusammensackte. *Die Nieren.* Tränen stiegen ihr in die Augen. Mit einer Hand stützte Jim sich am Boden ab und schnappte nach Luft. Dann wurde er erneut von den beiden Männern gepackt und mit dem Rücken an die Wand gegenüber von ihr gedrückt. Lenny wischte sich über die Wange und drehte sich zu ihr um. »Er wollte es nicht anders, Kat.« Mit der Hand packte er Jim am Hinterkopf und zog seinen Kopf nach unten. Gleichzeitig stieß er mit dem Knie gegen sein Gesicht. Wie ein nasser Sack brach Jim auf dem Boden zusammen.

»Hör auf«, flehte Kat Lenny an. »Hör auf, und du kriegst, was immer du haben willst.«

»Sieh an. *Das* ist also deine Schwachstelle.« Amüsiert kam er auf sie zu und blieb direkt vor ihr stehen. Kat konnte den Schweiß riechen, der seinen Hals hinunterlief. »Wenn ich gewusst hätte, dass ich mir nur diesen Farmer vornehmen muss, um zu bekommen, was ich will, hättest du uns allen einige Mühe erspart.«

»Ich komme mit dir mit. Aber lass Jim in Ruhe. In Ordnung?« Sie sah ihn an und lächelte gequält. »Wir sind immerhin verheiratet.«

Lennys Gesicht verfinsterte sich augenblicklich. »Davon habe ich in den ganzen Jahren nichts gemerkt. Kein Anruf, kein Brief und keine ehelichen Besuche im Gefängnis«, zählte er auf. Dann ging er wieder zu Jim hinüber. »Weil du mir solche Schwierigkeiten gemacht hast, habe ich nicht vor, gnädig zu sein.« Er baute sich neben Jim auf, der weiterhin am Boden lag und stöhnte.

»Tu das nicht«, flehte Kat, doch Lennys breites Grinsen sagte ihr, dass es umsonst war.

Jim hob den Kopf und sah sie an. Sie lächelte ihm traurig zu und schüttelte entschuldigend den Kopf. Als Lenny den Fuß anhob, schrie Kat auf, schloss die Augen und klammerte sich erneut an der Ablage fest. In ihren Ohren begann es zu rauschen, und ihre Knie wurden weich.

Kapitel 13

Durch einen Tränenschleier starrte Kat Lenny an und griff hinter ihrem Rücken mit der Hand in eine der Schubladen. Suchend tastete sie sich durch die Medikamentenschachteln. Es musste doch etwas da sein, das sie benutzen konnte. Eine Schere oder etwas anderes. *Irgendwas.* Ihre Hand stieß auf einen länglichen Gegenstand aus Plastik. Zielstrebig löste sie mit der Hand die Kappe ab und zog ihn heraus. Kat sah nach links zu ihrem Bewacher, der laut über Jim lachte. Gezielt stieß sie die Spritze, die sie vor Tagen für Fred vorbereitet und dann nicht gebraucht hatte, in seinen Oberarm. Mit einem Aufschrei ließ er Kat los und zog sich die Spritze aus dem Arm. »Du Miststück«, brüllte er und stützte sich auf der Arbeitsplatte ab.

»Gleich hast du einen Mann weniger«, sagte Kat und blickte Lenny kalt an.

»Wir sind noch immer zu dritt, und du bist eine halbe Portion«, antwortete er gelassen, während der Kerl neben ihr in sich zusammensackte und mühsam versuchte, wieder auf die Beine zu kommen.

»Aber wir nicht«, knurrte eine Stimme aus dem Flur. Kat nutze Lennys Überraschung aus und rannte zum Durchgang, wo sie gegen John prallte. Mit festem Griff zog er sie zu sich heran, dann fiel sein Blick auf Jim. »Was haben sie getan?«, murmelte er fassungslos und schob Kat hinter sich, wo Ethan stand und nach ihrer Hand griff. Zitternd betrachtete sie Jim, der reglos auf dem Boden lag, dann sah sie, wie John mit schweren Schritten auf die drei Männer zuging, die über seinem Bruder standen.

»Schau mich an.« Ethan umfasste ihren Kopf und drehte ihr Gesicht in seine Richtung. »Es wird alles gut. Wir regeln das. Geh in deine Wohnung und bleib dort.« Dann ließ er sie los und folgte John ins Behandlungszimmer. Wie erstarrt blieb Kat im Flur stehen und sah wie durch einen Nebel Gestalten, die sich aufeinanderstürzten. Durch die Tür des Wartezimmers stürmten auf einmal Quentin und River herein, und alles, was Kat wahrnahm, war ein wildes Durcheinander aus Fäusten und Gebrüll. Irgendjemand hatte Jim gepackt und ihn unter den Metalltisch gezerrt, damit niemand auf ihn trat. Mit einem Schmerz, wie sie ihn nie zuvor empfunden hatte, betrachtete sie sein Gesicht, oder vielmehr das, was davon noch zu erkennen war. Sie nahm nicht wahr, wie viel Zeit verging. Waren es nur Sekunden oder Minuten? Ein markerschütternder Pfiff ertönte direkt neben ihr und klang in ihren Ohren nach. Kat drehte sich um und sah in Harrys wache Augen. Mit einer Schrotflinte in der Hand stand er neben ihr. Wortlos deutete sie auf Jim, und Harrys Blick folgte ihrer Hand.

»Wenn jemand sich hier auch nur einen Zentimeter bewegt, schieße ich ihm eine Ladung Schrot in den Arsch«, donnerte der alte Mann.

Plötzlich herrschte Stille. Kats Blick wanderte über die Männer. Lenny lehnte mit blutiger Lippe an der Wand und hielt sich die Seite. Direkt neben ihm stand John und rieb sich die Faust. River stieg von einem der Typen herunter, der auf dem Boden lag, und Quentin und Ethan ließen den dritten los, der daraufhin das Gleichgewicht verlor und fluchend gegen den Schrank taumelte. Alle starrten Harry an.

»Was habt ihr mit meinem Sohn gemacht?«, knurrte dieser und sah zu Jim. Kat stürzte zwischen den Männern hindurch und sank vor Jim auf die Knie. Sie legte die Hand an seinen Hals und tastete nach dem Puls. »Er lebt noch«, stellte sie fest und fuhr mit zitternder Hand über seine Haare.

»Natürlich tu ich das noch«, murmelte Jim matt.

»Oh, Gott sei Dank.« Einen Augenblick legte sie ihren Kopf an seine Schulter.

»Was machst du hier?«, hörte sie John gereizt fragen.

»Wenn meine Söhne sich alle gleichzeitig aus dem Haus schleichen und einer sich schon seit Tagen nicht mehr blicken lässt, dann kann was nicht stimmen. Es war klar, dass es irgendwas mit Kat zu tun haben muss, also bin ich euch gefolgt.«

»Wir hatten das hier gut im Griff«, sagte River patzig.

»Was bringt es, wenn Kat die ganze Praxis voller Männer hat, die sich am Ende nicht mehr auf den Beinen halten können?« Harry stieg über den Kerl, dem sie das Narkosemittel gespritzt hatte, und beugte sich zu Jim hinunter. »Geht's einigermaßen?«

»Ging nie besser«, keuchte Jim und rollte sich zur Seite. »Nur mein Kopf dröhnt wie verrückt.«

»Bleib liegen, du hast sicher eine Gehirnerschütterung«, wies Kat ihn an.

»Ich könnte nicht mal aufstehen, wenn mein Leben davon abhinge«, murmelte Jim und versuchte ein Lachen, das gleich darauf in einen Hustenanfall überging.

»Was ist hier überhaupt los?«, wollte Harry wissen.

»Lass uns das machen.« Ethan sah seinen Vater bittend an.

»Sie haben einen Plan«, flüsterte Jim.

Harry knickte den Lauf der Schrotflinte, um sie zu sichern, und verschränkte dann abwartend die Arme. Kat saß weiterhin neben Jim unter dem Tisch und sah gebannt auf die Bennett-Brüder.

»Also«, begann Ethan und machte einen Schritt auf Lenny zu. »Du bist Lenny, habe ich recht?«

Lenny nickte und funkelte ihn an.

»Und du willst Kat erpressen«, fuhr Ethan fort.

Die anderen wussten es? Ein Schauer lief ihr über den Rücken.

»Sie war an einem Raubüberfall beteiligt«, spie Lenny aus. »Das wird ihren Ruf richtig ruinieren. Es sei denn, sie gibt mir, was ich möchte. Und ich werde es auf alle Fälle bekommen. Wenn vier Mann nicht reichen, komme ich das nächste Mal mit zehn wieder.«

Harry stieß leicht mit dem Fuß gegen Kats Bein und sah sie fragend an. »Ein Raubüberfall?«, raunte er.

Kat lächelte entschuldigend.

»Also steht das Wort eines Ex-Knackis gegen das einer Tierärztin, deren Praxis ihr Helden vor laufender Überwachungskamera ausrauben wolltet?« Ein Lächeln umspielte Ethans Lippen.

Sie sah, wie Lennys Grinsen entgleiste. Suchend blickte er sich um.

»Die ist klein, du Schlaumeier, ich habe sie an einer Stelle installiert, die du sicher nicht entdecken wirst«, sagte Quentin.

»Wie viele Jahre gibt es wohl, wenn man auf Bewährung

ist und eine Tierarztpraxis nach verschreibungspflichtigen Medikamenten durchsucht?«, fragte Ethan. »Denn genau das habt ihr hier nach Aussage von Kat und Jim gewollt. Du bist doch ein ehemaliger Dealer, oder nicht, Lenny?«

»Das war eine miese Falle.« Wütend starrte Lenny Kat an.

Sie versuchte, ihre Gedanken zu ordnen und Ethans Worten zu folgen. Ganz offensichtlich wussten alle in diesem Raum, was sie in der Vergangenheit getan hatte. Und trotzdem waren sie zu ihrer Verteidigung aufgetaucht. Sie sah zu Jim, der sie erschöpft anblickte. »Danke«, formten ihre Lippen lautlos.

»In Ordnung«, hörte sie Lenny sagen. »Wir verschwinden hier und kommen nicht mehr wieder. Ich geh nicht noch mal in den Knast!« Er bedeutete den beiden anderen Männern, den Bewusstlosen aufzuheben.

»Einen Moment noch«, rief Ethan und zog etwas aus der hinteren Hosentasche. Er faltete mehrere Blätter auseinander und reichte sie Lenny zusammen mit einem Kugelschreiber.

»Was ist das?«, blaffte dieser ihn an.

»Der Antrag für eure Scheidung. Unterschreib an den markierten Stellen und trag deine Adresse ein. Und wenn sie nicht stimmen sollte, dann geht das Video von diesem Abend umgehend an die Polizei.«

Lenny stieß murmelnd Verwünschungen aus, griff nach den Blättern und hielt sie zum Schreiben gegen die Wand. Hektisch kratzte der Stift über das Papier. Mit finsterem Blick gab er es Ethan zurück. »Das war die Schlampe alles nicht wert.« Grimmig stapfte er hinaus.

Die anderen beiden nahmen den Bewusstlosen an den Armen und schleiften ihn ins Wartezimmer. Kat stand auf und lief ihnen hinterher. »Er hat Glück, es war nur eine Narkose für einen Hund und nicht für einen Bullen. In spätestens einer Viertelstunde sollte er wieder zu sich kommen. Achtet so lange darauf, dass er sich nicht an seiner Zunge verschluckt.« Die Kerle nickten widerwillig und zerrten ihren Freund durch die Eingangstür.

Kat ging zurück zu den anderen. Harry und John stützten Jim, dessen Gesicht von Blut überströmt war. »Legt ihn in mein Bett, dann sehe ich mir das an«, sagte sie und versuchte, ihre Atmung unter Kontrolle zu bringen.

»In Ordnung.« Harry warf ihr einen Blick zu, den sie nicht zu deuten wusste. Sicherlich war er entsetzt und abgestoßen von ihr.

»Was ihr hier für mich gemacht habt …«, Kat schüttelte den Kopf.

Ethan trat auf sie zu und streckte ihr die Papiere entgegen. Zum ersten Mal sah sie ihn mit zerzausten Haaren, und sein Hemd war an einer Stelle zerrissen. Auch in seinem Gesicht kündigte sich schon jetzt mindestens ein Veilchen an. »So ist das hier auf dem Land. Wir halten zusammen. Ich habe eine Weile gebraucht, um das zu verstehen, aber ich hoffe, bei dir geht es schneller. Wenn du willst, dann brauchst du das hier nur noch zu unterschreiben und wegzuschicken. Wenn es so weit ist, dass es vors Familiengericht geht, sagst du mir Bescheid. Dann suchen wir dir einen guten Anwalt.«

Kat schluckte und brachte kein Wort heraus. Stattdessen warf sie sich in Ethans Arme.

»Bekommen wir auch eine Umarmung?«, hörte sie River belustigt fragen.

»Natürlich, ihr bekommt alle eine.« Lachend ging sie auf ihn zu und legte die Arme um ihn. Er zuckte zusammen.

»Schätze, deine Rippen haben was abgekriegt«, sagte Kat.

»Kein Problem, ich bin Quentins Schläge gewohnt. Wer hätte gedacht, dass Farmer heftiger zuschlagen als Exknackis?«

Kat grinste ihn an und sah zu Quentin. »Du kannst übrigens deinen Hund mitnehmen.«

***

Harry stand an die Küchenzeile gelehnt und betrachtete seine Söhne. Einer sah schlimmer aus als der andere, und sogar der verflixte Hund trug eine Bandage am Hinterbein. Liz ging von einem zum nächsten, sprühte ihnen Desinfektionsspray auf die Wunden und verteilte Tüten mit Tiefkühlgemüse für die zahlreichen Blutergüsse. So etwas hatte Harry in all den Jahren mit dem Haufen Chaoten, die er großgezogen hatte, nicht erlebt. Heute hatten sich seine Jungs selbst übertroffen. Auf der Rückfahrt war Ethan bei ihm mitgefahren und hatte ihm die ganze Geschichte erzählt. Wie Jim Quentin beauftragt hatte, die anderen einzuweihen, und mehrere Tage Kats Schatten gewesen war. Als er Lenny und seine Kumpels entdeckt hatte, verständigte Jim die anderen, und alle fuhren gemeinsam zur Praxis. Dass die Sache mit den Scheidungspapieren und der Bluff mit der Überwachungskamera auf Ethans Mist gewachsen war, stand außer Frage. Sie hatten alle zusammengearbeitet und einen Plan entworfen, um Kat aus ihrer misslichen Lage zu befreien. Allerdings hatte Jim mehr abbekommen als geplant. Kopfschüttelnd sah Harry seinen Sohn in Gedanken vor sich, wie er ihn in Kats Bett zurückgelassen hatte. Das eine Auge war zugeschwollen, die Augenbraue und die Lippe waren aufgeplatzt. Als Kat seinen

Oberkörper abgetastet hatte, war Jim bei jeder Berührung zusammengezuckt. Es war Harry nicht leichtgefallen, Jim dort zurückzulassen, doch als Medizinerin konnte Kat ihm vermutlich besser helfen als sie alle hier auf Silverwood. Sie hatten darauf verzichtet, einen Arzt zu rufen, um unangenehme Nachfragen zu vermeiden. Doch Kat hatte versichert, Jim im Auge zu behalten und notfalls doch den Arzt zu rufen. So wie Harry seinen Sohn kannte, würde er schnell wieder auf den Beinen sein. Nur was weiter mit Jim und Kat passieren würde, vermochte Harry nicht abzusehen.

Seine Intuition hatte ihn nicht getrogen. Allerdings hatte Kat mehr Ärger verursacht als erwartet. Ihre Besorgnis, nein ihre spürbare Angst um Jim stimmte ihn jedoch milde. Was auch immer zwischen den beiden ablief, es war intensiv. Doch das war die Sache zwischen Maggie und ihm ebenfalls gewesen.

»Dieses Kind wird in ein Irrenhaus geboren«, schimpfte Liz, und Harry schmunzelte. So schnell es ihr Bauch gestattete, verarztete seine Schwiegertochter die Jungs.

»Und du bist kein Stück besser als die anderen. Was wäre passiert, wenn das Kind heute Nacht gekommen wäre?«, hielt sie Ethan vor.

»Ich habe darauf gesetzt, dass es nicht passiert. Und im Notfall hast du einen Schwiegervater mit viel Erfahrung«, antwortete er.

»Soll das Baby euch alle als Erstes mit Veilchen sehen?« Kopfschüttelnd fasste Liz River unter das Kinn und tupfte sein Gesicht ab.

»Was hätten wir denn machen sollen?«, brummte John. »Kat hat knietief im Mist gesteckt und kam da nicht alleine raus.«

»Ist ja gut. Aber weiht mich doch das nächste Mal ein, damit ich vorbereitet bin.«

»Du hättest dir nur Sorgen gemacht, und das ist in deinem Zustand sicher nicht gut«, verteidigte Ethan ihre Aktion.

»Sorgen mache ich mir jetzt auch.« Liz ließ den Tupfer sinken. »Wie geht es Kat?«

»Ich denke, ganz gut. Sie war sichtlich erleichtert, auch wenn sie verwirrt wirkte.« Ethan griff nach ihrer Hand. »Was machen die Senkwehen?«

»Sie kommen und gehen. Das hatte ich bei Ollie damals über eine Woche lang. Es dauert bestimmt noch eine Weile.« Lächelnd fuhr Liz sich über den Bauch. »Bitte lass es ein Mädchen sein.« Sie ließ ihr helles Lachen hören, und auch Harry konnte sich ein Grinsen nicht verkneifen.

Schlurfend ging er zu seinem Büro, schloss den Schreibtisch auf und nahm den teuren Whisky heraus. Dann stapfte er zurück in die Küche und stellte ihn mit einem Knall auf den Tisch. »Jeder trinkt ein Glas und dann ab ins Bett.«

***

Ein durchdringendes Geräusch weckte Jim auf. Er brauchte einen Moment, um sich zu orientieren. Jeder einzelne Körperteil schien zu schmerzen, und sein Schädel drohte zu platzen. Er sah auf seinen Arm und entdeckte eine Infusion, die an der Deckenlampe befestigt war. Langsam rappelte er sich auf und unterdrückte ein Fluchen, als er von Schwindel und Schmerzen überwältigt wurde. Neben dem Bett lag Rusty und schnarchte schlimmer als ein alter Mann.

»Kat?« Sein Ruf ging in einen Hustenanfall über.

Schnelle Schritte näherten sich aus dem Wohnraum. Kat

streckte den Kopf durch die halb offene Tür und musterte ihn besorgt. »Wie geht es dir?«

»Ging schon mal besser.«

Sie kam hinein und kontrollierte die Infusion.

»Was ist das?«

»Etwas Flüssigkeit und ein Schmerzmittel«, sagte Kat.

»Du gibst mir Medizin für Tiere?«

Sie entwirrte lachend den Schlauch, der zu seinem Arm führte. »Das ist eine Kochsalzlösung, die auch für Menschen verwendet wird, ebenso wie das Schmerzmittel.«

»Wie spät ist es?« Er sah auf seine Uhr, doch das Zifferblatt war zerbrochen, und die Zeiger bewegten sich nicht.

»Halb elf Uhr morgens. Du hast lange geschlafen.«

»Müsstest du nicht arbeiten?«

Kat zog das Kissen unter seinem Rücken hervor und platzierte es am Kopfteil des Bettes, damit er sich anlehnen konnte. »Hast du eine Ahnung, wie es in der Praxis aussieht? Ich habe sie für zwei Tage geschlossen und räume schon den ganzen Morgen über auf.«

»Das tut mir leid.« Er lehnte sich vorsichtig zurück.

Mit hochgezogenen Augenbrauen sah sie ihn an. »Warum tut dir das leid? Du und deine Familie habt mir mein Leben zurückgegeben.« Sie hielt inne. »Zumindest einen Teil davon.«

»Vielleicht klärt sich die Sache mit deinen Eltern auch noch.« Matt lächelte er ihr zu.

»Nein, das ist vorbei. Ich kann dort nicht nach all den Jahren wieder auftauchen. Ich habe sie enttäuscht und bin eine Schande für sie. So ist es besser.«

Jim schluckte. Es war Kats Entscheidung. Er hatte ihr bei der Sache mit Lenny geholfen, und der Rest war ihr Problem. Lennys Stoß mit dem Knie hätte böse enden können, das war Jim bewusst. Er hatte Kat zur Seite stehen wollen, aber jetzt war es an der Zeit, dass er das durchzog, was er sich vorgenommen hatte. »Kann ich nach Hause?«, fragte er ausdruckslos.

Kat schlug die Augen nieder und nickte. »Ich fahre dich.«

Sie entfernte geübt die Infusion und half ihm aufzustehen. Vorsichtig zog sie ihm das Hemd an und knöpfte einen Knopf nach dem anderen zu. Jim sah auf sie hinab und atmete ihren Duft ein letztes Mal ein. Nachdem sie den vorletzten Knopf geschlossen hatte, lächelte sie ihm zu und legte seinen Arm um ihre Schulter, um ihn zu stützen. Der Weg bis zum Auto erschien ihm endlos weit. Bei jeder Bewegung schmerzten seine Rippen. Kat erklärte ihm, dass vermutlich mehrere angebrochen waren, und die Stelle, wo er den Schlag auf die Niere kassiert hatte, brannte höllisch. Mit schmerzverzerrtem Gesicht setzte Jim sich auf den Beifahrersitz ihres Wagens.

Dann fuhr sie ihn schweigend nach Silverwood. Aus den Augenwinkeln betrachtete er ihr angespanntes Gesicht. »Ich habe den anderen nur das erzählt, was nötig war. Dass du gedealt hast und auch die Abtreibung habe ich natürlich nicht erwähnt.«

Sie nickte und sah weiter auf die Straße.

»Warum bist du aus dem Büro gekommen?« Die Frage trieb ihn um. Der Plan hatte vorgesehen, dass sie sich dort verschanzte, bis die anderen eingetroffen wären und die Sache sich erledigt hätte.

»Sie haben dich verprügelt.«

»*Wir* haben uns geprügelt«, verbesserte Jim sie. »Lenny hätte dich beinahe mitgenommen, und wer weiß was mit dir gemacht.« Die Vorstellung brachte sein Blut erneut zum Kochen.

»Lieber das, als dass du für meine Vergangenheit bezahlst.«

»Ich halte was aus. Die restliche Zeit hätte ich schon irgendwie rumbekommen«, brummte Jim missmutig. Er hätte wissen müssen, dass Kat sich nicht an Anweisungen hielt. Doch wenigstens in dieser Situation hätte sie es tun sollen.

Sie sah ihn kurz an und dann wieder auf die Straße. »Das hätte ich nie von dir erwartet.«

»Was?«

»Dass du so verrückt sein könntest, es mit vier Männern gleichzeitig aufzunehmen. Du bist doch der *Ruhige.*«

Jim lachte heiser auf. »Ich habe dir doch gesagt, stille Wasser sind tief. Meine Zündschnur ist einfach etwas länger als die meiner Brüder. Trotzdem bedeutet das nicht, dass ich ein Langweiler bin, wie du glaubst.«

Kat biss sich auf die Unterlippe. »Nein, das bist du ganz sicher nicht. Und so habe ich es damals auch nicht gemeint.«

»Ist schon gut. Ich denke, wir haben alles geklärt.«

»Also ist es jetzt vorbei?«

Irritiert sah Jim sie an. »Was genau?«

Kat seufzte. »Ich weiß auch nicht. Das mit uns. Du willst keinen weiteren Freund, das hast du gesagt. Und du hast gesagt, wir wären nach der Sache miteinander fertig. Also willst du keine Freundschaft und auch nichts, was darüber hinausgeht, oder?«

Jim strich über den schmerzenden Bluterguss an seinem Auge. »Kat, wir passen nicht zusammen. Ich kann so viel Stress auf Dauer nicht aushalten. Ich will einfach entspannt leben, und du bist so …«

»So was?« Erwartungsvoll linste sie zu ihm hinüber.

»So anders. Ich kann es nicht beschreiben.«

»Ich verstehe.« Sie schluckte und bog auf die Einfahrt zu Silverwood ab. »Ich danke dir jedenfalls für deine Hilfe. Für alles, was du für mich gemacht hast.«

Als Jim dem Haus näher kam, sah er schon John und seinen Vater davorstehen, um ihn im Empfang zu nehmen. Irgendwas tauchte verschwommen in seiner Erinnerung auf. Er versuchte, es zu fassen zu bekommen. Wie er nach der Begegnung mit Lennys Knie auf dem Boden gelegen hatte. Wie aus weiter Ferne hatte er Stimmen gehört, aufgebrachte Stimmen. Als der Wagen anhielt, öffnete John die Tür und half ihm hinaus. Harry griff nach Jims anderem Arm und führte ihn zum Haus. Was verdammt nochmal hatte Lenny da gesagt? »Wartet kurz«, murmelte Jim und blieb stehen. Mit gerunzelter Stirn sah er zu Kat, die ihn vom Auto aus beobachtete. *Das ist also deine Schwachstelle*, hallte Lennys Stimme in seinem Kopf wider. »Verdammt«, flüsterte Jim und humpelte auf die Küchentür zu.

Kapitel 14

Mit einem mulmigen Gefühl im Magen fuhr Kat zur High Valley Farm. Drei Tage waren seit Lennys Auftauchen vergangen, und die Praxis hatte inzwischen wieder geöffnet. Mrs. White hatte ihr mitgeteilt, dass Richard Smith sie sehen wollte, da eine seiner Stuten gefohlt hatte und das Kleine schwächelte. Vielleicht war es aber auch nur ein Vorwand, um sie wegen Rusty zur Rede zu stellen. Kat musste die Sache dringend klären. Inzwischen sah sie ein, dass sie überstürzt und kopflos gehandelt hatte. Den Pick-up parkte sie vor dem beeindruckenden Wohnhaus und sah sich suchend um. Mit etwas Glück würde einer der Angestellten sie zu dem Fohlen bringen, und sie konnte Richard Smith so noch eine Weile aus dem Weg gehen. Doch das Glück war wieder einmal nicht auf ihrer Seite. Mit energischen Schritten kam der Farmer auf sie zu.

»Immerhin sind Sie pünktlich«, sagte er unfreundlich.

Kat atmete tief durch und versuchte, ihre Abneigung nicht zu zeigen. »Mr. Smith, ich muss mich bei Ihnen entschuldigen. Rusty einfach mitzunehmen war nicht in Ordnung. Aber vielleicht freut es Sie zu hören, dass es ihm besser geht. Wenn Sie möchten, bin ich gerne bereit, ihn weiterhin kostenlos zu behandeln.« Sie zwang sich, auch den letzten Satz auszusprechen. »Falls Sie ihn wiederhaben möchten.«

Schallend lachte er los.

Irritiert betrachtete Kat sein aufgedunsenes Gesicht. »Sie haben mir einen Gefallen getan. Ich bin nicht nur den Köter los, stattdessen hat es sich auch noch gelohnt. Machen Sie mit Rusty, was Sie wollen. Nur ziehen Sie so eine Nummer nicht noch einmal ab.«

»Es hat sich gelohnt?« Was genau meinte er?

»Zwanzig Schafe hat mir Jim Bennett für das Vieh gegeben und damit ich schweige. Einen besseren Tausch hätte ich wohl kaum machen können.« Selbstzufrieden baute er sich vor ihr auf.

Kat sah zur Seite, sie konnte seinen Anblick kaum ertragen. Jim hatte diesem Mann zwanzig Schafe überlassen, damit er ihr keine Probleme machte?

»Schauen Sie jetzt nach dem Fohlen, es ist in der ersten Box links«, riss er sie aus ihren Gedanken und machte auf dem Absatz kehrt.

Mit zusammengezogenen Augenbrauen saß sie hinter dem Lenkrad und fuhr die Landstraße entlang. Das Fohlen hatte eine Infusion zur Stärkung bekommen und würde vermutlich durchkommen. Doch das war es nicht, was Kat beschäftigte. Jim war also tatsächlich zu Richard Smith gefahren, nachdem sie sich in ihrer Wohnung wegen Rusty in die Haare gekriegt hatten. Ungern dachte sie an die Worte zurück, die ihr herausgerutscht waren. Und obwohl Harry ihnen kategorisch untersagt hatte, irgendwelche Geschäfte mit Smith zu machen, war Jim hingefahren, um ihr aus der Patsche zu helfen. Seit sie ihn vor Tagen zurück nach Silverwood gefahren hatte, waren sie sich nicht mehr über den Weg gelaufen. Kat brachte es nicht über sich, auf der Farm vorbeizuschauen. Jim hatte ihr klar und deutlich gesagt, dass er mit ihr nach der Sache mit Lenny durch war. Wieder sah sie vor sich, wie die Kumpels ihres Mannes ihn an den Armen festhielten. Jim, der auf die Knie gesackt und kurz davor gewesen war, ohnmächtig zu werden. Sein Gesicht und sein Oberkörper waren mit Blut und Schrammen bedeckt. In diesem Moment war ihr alles egal gewesen, Kat war bereit, Lenny zu geben, was immer er wollte. Doch er hatte nach Jims Kopf gegriffen und ihm sein Knie ins Gesicht gerammt.

Kat fuhr an den Straßenrand und hielt an. Das Brennen in ihren Augen verschleierte ihr die Sicht. Jim hatte sich Lenny und seinen Begleitern ausgeliefert, um sie zu beschützen, bis seine Brüder auftauchen würden. *Kat, verdammt, lass die Tür zu. Nur noch ein paar Minuten*, hatte er ihr zugerufen, und sie war sich sicher, er hatte gewusst, dass er nicht viel länger würde durchhalten können. Vier gegen einen. Und doch hatte Jim es durchgezogen. Für sie. Erneut spürte sie die Angst, die sie in jenem Moment empfunden hatte. Auf einmal war ihre Furcht vor Lenny völlig verblasst, sie verspürte nur noch Angst um Jim. Plötzlich war ihr völlig gleichgültig gewesen, was mit ihr selbst geschehen würde, alles, an das sie denken konnte, war Jim. Seine warmen Augen, sein gutmütiger Charakter, das Schmunzeln, mit dem er sie am Anfang angesehen hatte – einfach alles, das ihn ausmachte. Es hatte keinen Sinn, es weiter zu verleugnen: Sie liebte diesen Mann. Fassungslos starrte Kat auf die Straße. »Ich liebe Jim Bennett«, sprach sie leise aus, was immer mehr zur Gewissheit wurde.

Sie drehte den Schlüssel mit zitternden Fingern um und startete den Motor. Das spielte keine Rolle, es war vorbei. Niemals würde Jim von ihren Gefühlen erfahren. Wie merkwürdig es war, nach so langer Zeit wieder Liebe zu empfinden. Zugleich schön und schmerzhaft. Jim hatte sie aus ihrem Winterschlaf geholt, der schon eine Ewigkeit andauerte. Alles, was Kat tun konnte, war, seinen Einsatz für sie zu ehren, indem sie sich weiter auf ihr neues Leben konzentrierte. Wenn sie Jim schon nicht zeigen durfte, was sie für ihn empfand, dann musste sie zumindest die zweite Chance hier in Firefly Creek nutzen, zu der er ihr verholfen hatte.

Das Holzbrett, das Kat anstelle der zerbrochenen Glasscheibe an der Eingangstür befestigt hatte, war die einzige sichtbare Spur, die an diese schreckliche Nacht erinnerte. Kat trat ins Wartezimmer, und Mrs. White sah zu ihr auf. »In Ihrer Wohnung ist Besuch für Sie«, sagte sie und blickte dann wieder auf den Laptop.

Kat schnappte nach Luft. War Jim doch noch einmal gekommen? »Wer ist es?«, fragte sie mit bebender Stimme nach.

»Liz Bennett. Sie wollte hier auf Sie warten, aber es war ihr anzusehen, wie unwohl sie sich augenblicklich fühlt. Deshalb habe ich ihr vorgeschlagen, in Ihre Wohnung zu gehen, damit sie es etwas komfortabler hat.«

Natürlich war Jim nicht gekommen. *Er hat die Nase voll von dir.* Kat zwang sich zu einem Lächeln. »Das war umsichtig von Ihnen.« Sie ging durch den Durchgang zu ihrer Wohnung.

Ausgestreckt lag Liz auf dem Sofa und blätterte in einer Zeitschrift. Als sie Kat entdeckte, zeichnete sich Freude auf ihrem Gesicht ab, und sie stemmte sich hoch. »Ich hoffe, es ist in Ordnung, dass ich einfach in deine Wohnung gegangen bin?«

»Aber klar.« Kat setzte sich neben sie. »Was machst du hier? Ist es nicht zu anstrengend, mit dieser Kugel noch durch die Gegend zu fahren?« Sie deutete auf den enormen Bauch, den die kleine Frau vor sich hertrug.

»Ich war bei der Hebamme und dachte, ich schaue auf dem Rückweg bei dir vorbei. Sag nur Ethan nicht, dass ich hier war.« Liz ließ ein glockenhelles Lachen hören. »Er macht sich total verrückt und will mich am liebsten gar nichts mehr machen lassen.«

»Ethan ist ein guter Mann«, sagte Kat.

»Nicht nur Ethan.« Liz warf ihr einen vielsagenden Blick zu.

Es war offensichtlich, auf wen sie anspielte. »Wie geht es den anderen?«, lenkte Kat vom Thema ab.

»Mach dir keine Gedanken, die haut so schnell nichts um. Ich glaube beinahe, dass sie ihre Blutergüsse mit Stolz tragen.« Liz machte eine Pause. »Jim erholt sich langsam. Er wollte tatsächlich schon wieder arbeiten«, erzählte sie mit missmutiger Miene.

Kat drehte sich ihr zu. »Er hat eine Gehirnerschütterung und, wie ich vermute, angeknackste Rippen. Er muss sich schonen und sollte auf keinen Fall schwer heben.«

»Ich weiß.« Beruhigend legte Liz eine Hand auf Kats. »Ich passe wie ein Schießhund auf ihn auf und zwinge ihn, mir auf dem Sofa Gesellschaft zu leisten.«

»Das ist gut«, sagte Kat erleichtert.

»Jim zieht ein Gesicht wie sieben Tage Regenwetter und spricht kaum ein Wort«, murmelte Liz.

Kat senkte den Kopf. »Er ist enttäuscht und verletzt.«

»Ja, das ist er.« Liz nickte.

»Ich habe ihn in meine Probleme hineingezogen. Und das,

obwohl er so harmoniebedürftig ist. Ich fürchte, ich bin wie eine Bombe in sein Leben eingeschlagen.«

Liz kicherte und drückte ihre Hand erneut. »Ja, das bist du. Aber weißt du, ich glaube, vorher war es Jim doch manchmal etwas langweilig. Deshalb hat er sich auch in all der Zeit nicht richtig auf Sarah eingelassen. Ich nehme an, es hat ihm etwas der Pepp gefehlt. Nur eben nicht ganz so viel Aufregung, wie du verursacht hast.«

»Ich schätze, ich habe es versaut«, flüsterte Kat.

»Das war nicht als Vorwurf gemeint. Ich möchte nur, dass du Jim verstehst und es ihm nicht übelnimmst, wenn er sich zurückzieht. Ich glaube, er ist einfach überfordert.«

»Überfordert von mir?« Ein Grinsen zog sich über Kats Gesicht. »Ich kann es ihm nicht verdenken.«

»Ich hoffe, wir kriegen dich trotzdem noch ab und an zu Gesicht?« Liz strich Kat eine Strähne aus der Stirn. Beinahe hatte die Geste etwas Mütterliches, und die Fürsorge tat gut.

»Solange ihr Tiere habt, werde ich selbstverständlich zu euch kommen.« Kat lächelte Liz traurig an. Dann sah sie auf ihren Bauch. »Wie fühlt sich das an?«, fragte sie leise.

Liz nahm Kats Hand und legte sie auf ihren Oberbauch. »Es strampelt gerade. Kannst du das fühlen?«

Fasziniert spürte Kat kleine Stupser gegen ihre Handfläche. »Das ist ein Wunder«, hauchte sie. »Was sagt die Hebamme? Ist alles in Ordnung?«

»Das Köpfchen sitzt fest im Becken. Langsam wird es Zeit, dass dieses Wunder rauskommt. Der errechnete Geburtstermin ist in ein paar Tagen.«

»Darf ich dich besuchen, wenn das Baby da ist?« Kat zog ihre Hand weg und legte sie in den Schoß.

»Ich wäre enttäuscht, wenn du es nicht tun würdest.« Mit

diesen Worten stand Liz schwerfällig auf. »Ich muss los und Ollie vom Kindergarten abholen.«

»Pass gut auf Jim auf«, sagte Kat.

»Das werde ich.« Liz schenkte ihr ein warmes Lächeln und watschelte aus dem Raum.

***

Frustriert schleuderte Jim die Zeitung neben sich.

»Was ist los?«, fuhr Harry ihn an, der soeben für eine kurze Verschnaufpause von der Arbeit in die Küche gekommen war. Da Jim nicht mitanpacken konnte, übernahm sein Vater seine Aufgaben.

»Ich werde hier noch wahnsinnig. Das Rumsitzen macht mich verrückt«, murrte Jim.

»Das ist es nicht, was dich umtreibt«, sagte Harry ruhig.

»Was denn sonst? Ich sterbe vor Langeweile, und Liz zwingt mich, diese dämlichen *Wir-kaufen-ein-Haus-Sendungen* mit ihr anzuschauen.«

Harrys wache Augen verengten sich zu Schlitzen. »Was dich verrückt macht, hat rote Haare.«

Ertappt warf Jim ihm einen finsteren Blick zu. »Was weißt du schon.«

Harry lachte dröhnend und zog den Stuhl neben Jim zurück, um sich zu setzen. »Hast du die Frauen in meinem Leben etwa vergessen?«

Jim presste die Lippen aufeinander. »Wie könnte ich, sie waren auch ein Teil unseres Lebens.«

Harry nickte. »Ich hatte dich gewarnt.«

»Kat ist nicht Maggie.«

»Nein, das ist sie nicht. Ich habe auch nur gesagt, dass

sie mich an Maggie erinnert, mit ihrer Unabhängigkeit, ihrer Energie. Das war es, was mich damals an Maggie fasziniert hat. Sie war anders als die Frauen im Ort und anders als deine Mutter. Ich wollte keine Frau, die ich mit Charlotte vergleichen würde, also habe ich mich in ein Abenteuer mit einer Frau gestürzt, die das Gegenteil von ihr war.«

»Maggie war einmalig.« Auch wenn es lange zurücklag und er noch ein Kind gewesen war, sah er sie doch vor seinem geistigen Auge mit einer Staffelei im Garten stehen und Ölbilder malen. Nirgends im Haus hingen Fotos von der Frau, die einige Jahre zur Familie gehört und die Zwillinge geboren hatte, doch ihre Zeichnungen prangten als letzte Erinnerung in Harrys Büro.

»Maggie war hier nicht glücklich. Das Landleben hat sie gelangweilt, und ich habe es nicht erkannt. Und ich fürchte, dass es mit Kat ebenso laufen könnte. Sie ist nicht freiwillig hierhergezogen, sie hat sich versteckt. Jetzt ist die Bedrohung weg und Kat über kurz oder lang vielleicht auch.«

Sein Vater sprach aus, was auch Jim befürchtete. »Ich bin mir inzwischen fast sicher, dass sie etwas für mich empfindet.«

Harry seufzte und strich sich über den grauen Schnauzbart. »Das war nicht zu übersehen an diesem Abend. Sie hat mit so einer Hingabe das Blut von deinem Körper abgetupft, und in ihren Augen war zu erkennen, wie nahe ihr das alles ging.«

Harrys Offenheit überraschte Jim. Noch nie hatten sie über solche Dinge gesprochen.

»Und was ist mit dir?«, fragte sein Vater.

Stöhnend fuhr sich Jim über die schmerzenden Rippen und versuchte, eine halbwegs gemütliche Position auf dem

Stuhl zu finden. »Ich will Kat nie wiedersehen«, brach es aus ihm heraus.

»Das wirst du aber zwangsläufig, solange sie noch in Firefly Creek bleibt.«

»Ich weiß.« Mürrisch kratzte er mit dem Daumennagel über die Furchen in dem großen alten Esstisch. »Aber ich werde mich von Kat fernhalten. Sie treibt mich in den Wahnsinn.«

»Ich dachte, das würde die Langeweile tun«, gab sein Vater amüsiert zurück.

»Machst du dich über mich lustig?«, fuhr Jim ihn an.

»Jim.« Harry beugte sich zu ihm vor, und er konnte den Geruch von Zigarren riechen. »Ich sage nicht, dass es mit ihr so wie mit Maggie enden muss. Ich möchte nur, dass du das klärst. Wenn du Kat willst, dann finde raus, ob sie wirklich hierherpasst oder ob es nur der letzte Ausweg für sie war.« Sein Dad richtete sich wieder auf. »Ich fände es schade, wenn sie gehen würde. Sie ist eine erstklassige Tierärztin, und sie hat was.«

»Sie hat was?« Fragend sah Jim zu seinem Vater.

»Ich mag sie wohl«, brummte Harry. »Das Mädel strahlt etwas Einzigartiges aus.«

»Zum Glück bist du zu alt für sie«, stellte Jim trocken fest.

»Das bin ich allerdings.« Harry stand auf und griff nach seinem Hut. »Aber du nicht.«

Jim beobachtete, wie sein Vater Liz, die gerade zurückkam, die Tür aufhielt und dann nach draußen stapfte, wo Ollie begeistert die Beine seines Großvaters umklammerte und dann mit ihm zur Scheune lief.

Liz ging zur Spüle, um sich ein Glas Wasser zu holen.

»Harry mag Kat«, brummte Jim ihr zu.

Liz verzog das Gesicht zu einem Grinsen. »Natürlich mag er sie. Er hat sie in seine Männerhöhle gelassen.«

Jim stieß Luft aus und zuckte mit den Schultern. »Was hat die Hebamme gesagt?«

»Es ist alles in Ordnung.« Liz stellte das Glas weg und sah ihn auffordernd an. »Unsere Sendung beginnt gleich, lass uns schon mal losgehen, so lahm wie wir beide momentan sind.«

»Können wir nicht was anderes schauen?« Flehend hob Jim die Hände.

»Keine Chance.« Lachend setzte Liz sich in Bewegung und griff nach seinem Arm.

Langsam wanderten Jims Finger über ihren Bauch. Genüsslich reckte Kat das Kinn in die Höhe, als sie von ihrem Bauchnabel weiter nach unten rutschten. Er spürte den glatten Stoff ihres Höschens unter den Fingerspitzen und begann, sie mit kreisenden Bewegungen zu verwöhnen. Durch den Stoff war ihre Feuchtigkeit zu spüren, was ihn nur noch mehr erregte.

Schweißgebadet schreckte Jim hoch. Dunkelheit umgab ihn, und kein Laut war zu hören. Matt ließ er sich wieder ins Kissen sinken und fuhr sich über das Gesicht. Nun verfolgte sie ihn schon in seinen Träumen. Missmutig drückte er auf die Beule in der Mitte seiner Decke. Wie ein Sechzehnjähriger lag er hier mit einem Ständer und das nur, weil sie durch seine Gedanken spukte. »Kat, ich hasse dich«, brummte er und drehte sich zur Seite. Diese Frau hatte sein Leben auf den Kopf gestellt. Plötzlich schien alles aus dem Gleichgewicht zu sein – allem voran er selbst. Nicht nur sein Körper schmerzte bei jeder Bewegung, auch sein Geist war alles andere als ausgeglichen. Er konnte nicht arbeiten und verbrachte seine Tage damit, herumzuhocken und darüber nachzugrübeln, warum zum Teufel er Kat in sein Bett gelassen hatte. Und doch gelang es ihm nicht, sie aus seinen Gedanken und Träumen zu vertreiben. Vielleicht hatte Harry recht und Kat würde so schnell wieder verschwinden, wie sie hier aufgetaucht war. Aus den Augen, aus dem Sinn. Vermutlich wäre es das Beste für ihn.

Er wartete frustriert darauf, dass er wieder einschlief, doch nichts geschah. Mühsam drehte er sich weiter auf die Seite und stemmte sich langsam mit den Armen in eine aufrechte Position. Jede seiner Bewegungen erinnerte ihn an Kat und das, was vorgefallen war. Jim stand vorsichtig auf und nahm sein Hemd vom Bettende. Als er die Treppe nach unten humpelte, hörte er Geräusche aus dem Wohnzimmer. Irritiert schob Jim die Tür auf und entdeckte Liz auf dem Sofa. Während er sich die Seite hielt, ging er zu ihr hinüber und setzte sich neben sie. »Es ist mitten in der Nacht, was machst du hier?«

»Das Baby tritt wie verrückt, und ich kann so einfach nicht schlafen.« Mit erschöpftem Gesicht sah sie zum Fernseher. »Ich wollte Ethan nicht wecken und dachte, ich warte einfach hier, bis es sich beruhigt hat.«

Selbst durch das T-Shirt waren die Bewegungen in Liz' Bauch zu erkennen. Jim streckte seine Hand aus und legte sie darauf ab. Immer wieder spürte er Tritte gegen seine Handflächen. Sein neuer Neffe würde ein kräftiger Kerl werden, so wie er seiner Mutter jetzt schon zusetzte.

»Und was ist mit dir?« Neugierig sah Liz ihn an.

»Schlecht geträumt«, brummte er.

Wissend nickte seine Schwägerin. »Ich war heute bei ihr.«

»Bei Kat?« Mit zusammengekniffenen Augen sah er sie an. »Warum das?«

»Ich wollte sehen, wie es ihr geht.«

Er nickte nur.

»Weißt du, dass sie Gefühle für dich hat?«

Ein Stöhnen entfuhr ihm. »Hat sie dir das etwa gesagt?«

»Das musste sie nicht.« Ein Lächeln umspielte Liz' Mund.

»Ja. Ich weiß es. Seit dem Abend der Prügelei.« Matt lehnte er sich in einer gemütlichen Position zurück. »Sie hat Lenny angefleht, mich in Ruhe zu lassen, und ihm angeboten, mit ihm mitzugehen, wenn er es macht. Ich stand zu dem Zeitpunkt schon ziemlich neben mir. Aber ich habe es gehört. Und Lenny ebenfalls.«

Schockiert schlug Liz sich die Hand vor den Mund. »Und dann?«

»Dann habe ich nur noch Lennys Fuß auf mich zukommen sehen.«

»Du meine Güte. Du hast wirklich Glück gehabt, ist dir das klar?« Betrübt lehnte Liz ihren Kopf an seine Schulter.

»Ja.« Noch immer konnte er nicht fassen, dass Kat bereit gewesen war, mit diesem widerlichen Kerl einfach mitzugehen. Weil sie in Jim verliebt war? Eine andere Erklärung fiel ihm nicht ein. Und das machte alles noch viel komplizierter, als es ohnehin schon war.

»Und jetzt?«, flüsterte Liz.

»Nichts und jetzt. Wir sitzen einfach hier und warten, bis sich dein Untermieter beruhigt hat.« Wieder drückte etwas gegen seine Handfläche.

Kapitel 15

Kat sah sich neugierig um. Die Elderberry Ranch hatte sie bisher nicht besucht. Bei ihrer Vorstellungsrunde mit dem Doc war dafür keine Zeit mehr geblieben. Das kleine Farmhaus war niedlich, und die lange überdachte Holzterrasse davor wirkte einladend. Sanft schwang eine Bank, die mit Ketten an dem Blechdach befestigt war, im Wind hin und her. Wie ein kleines Idyll lag das Haus am Rande der sanften Hügel, über die sich die Weiden erstreckten, die an Silverwood grenzen mussten. Sie sah in die Richtung, in der sie das Land der Bennetts vermutete, und kaute auf ihrem Piercing herum. Prüfend blickte Kat zum Himmel. Der Regen würde endlich kommen, sie konnte es schon den ganzen Tag riechen.

»Du musst Kat sein.« Eine Frau kam mit schnellen Schritten auf sie zu und streckte ihr die Hand entgegen. Kat griff danach und betrachtete sie unauffällig. Die Arbeitsstiefel, die dreckige Hose und die Lederhandschuhe, die sie in ihren Gürtel gesteckt hatte, verrieten Kat, dass sie hier vor einer Farmerin stand, die mit anpackte.

»Ich bin Erin. Schön, dass wir uns endlich kennlernen. So viel, wie ich über dich gehört habe, glaube ich beinahe, dich zu kennen«, sagte sie belustigt. Bei jeder Bewegung wippten die dunklen Locken, die unter Erins Hut hervorlugten, fröhlich um ihr Gesicht.

Kat schluckte. »Du hast von mir gehört?« Hatte sich im Ort herumgesprochen, was sich in der Praxis abgespielt hatte?

»John hat mir erzählt, wie gut du mit Buster zurechtgekommen bist«, sagte Erin.

»Ach so.« Erleichtert nickte Kat.

»Und dass du der Grund bist, warum die Bennetts aussehen, als wären sie allesamt gegen eine Wand gerannt.«

Kat hielt die Luft an. »Du weißt davon?«

Breit grinste Erin sie an. »John und ich sind seit unserer Kindheit befreundet, und den Rest vom Haufen kenne ich ebenfalls gut.«

Kat spürte, wie ihr Gesicht heiß wurde.

Erin schien es zu bemerken, und ihr Lachen erstarb. »Ich bin direkt. Entschuldige, das ist einfach meine Art. John hat nur gemeint, du hättest Probleme gehabt und dass diese nun gelöst seien. Irgendwie musste er sein ramponiertes Gesicht ja erklären.« Aufmunternd zwinkerte Erin ihr zu.

Kat atmete aus. Anscheinend war diese Frau ganz nach ihrem Geschmack. Endlich eine, die aussprach, was ihr auf der Zunge lag. »Du hast eine trächtige Stute, die ich mir anschauen soll?«, fragte Kat.

»Jup.« Erin stiefelte in Richtung des Stalls, und Kat folgte ihr. »Die Stute hat vor zwei Jahren ein Fohlen verloren. Ich glaube, es ist alles in Ordnung, aber ich dachte, du könntest zur Sicherheit einen Blick drauf werfen. Es sind noch zwei Monate bis zur Geburt, und das ist genau der Zeitpunkt, zu dem es beim letzten Mal schiefgegangen ist.« Erin öffnete die schwere Holztür, und Kat trat in den luftigen Stall. Genüsslich sog sie den Geruch nach Heu und Pferd ein. »Das hier ist Star.« Erin deutete auf eine Box, und Kat linste durch die Gitterstäbe.

»Du züchtest Araber?«, entfuhr es ihr überrascht.

»Ich versuche es zumindest.«

Andächtig betrachtete Kat das zierliche Pferd. Neugierig drehten sich die Ohren der Stute in ihre Richtung. »Sie ist wunderschön«, sagte Kat lächelnd.

»Das ist sie.«

»Aber warum gerade Araber hier draußen in dieser Gegend?«

»Weil das sonst keiner macht, schätze ich. Was will ich mit Männern wie Richard Smith konkurrieren, die mehr Mittel haben als ich? Das hier«, Erin deutete auf die Stute, »ist etwas Besonderes, für Liebhaber.«

»Das gefällt mir«, gab Kat zurück. Erins Ansatz war clever, und diese Stute eine wahrhaftige Schönheit.

»Es ist nur jedes Mal schwierig, einen geeigneten Deckhengst zu finden. Mit Star musste ich eine halbe Weltreise machen, um sie decken zu lassen.«

Kat lächelte, beseelt von dem Anblick, der sich ihr bot. Wie gut ihr die Arbeit mit den Tieren in Momenten wie diesen tat. Sie lenkte Kat wenigstens etwas von ihrem Gefühlschaos ab. »Von jetzt an nicht mehr«, sagte sie.

»Was meinst du?« Erin sah sie neugierig an.

»Ich kann deine Stuten besamen und dir eine lange Liste von Hengsten vorlegen, aus der du dir den aussuchst, der am besten zu deinen Tieren passt.« Sie machte eine Pause, und jetzt war sie es, die Erin zuzwinkerte. »Und ich kenne einen Züchter, der im Northern Territory unter anderem Araber züchtet. Ich habe dort einige Monate gearbeitet, um Erfahrungen zu sammeln. Ich bitte ihn, mir Bilder seiner Hengste zu mailen, und dann können wir beim nächsten Mal den Samen bei ihm bestellen.«

Sprachlos sah Erin sie an.

»Jetzt schau nicht so«, lachte Kat.

»Weißt du, wie viel einfacher du mein Leben gerade gemacht hast?« Begeistert klatschte Erin in die Hände, und die Stute zuckte nervös zusammen.

»Für gewöhnlich mache ich die Leben der anderen komplizierter, das ist mal eine nette Abwechslung.« Kat schmunzelte. »Kann ich Star jetzt untersuchen?«

Erin öffnete den Riegel und schob die Rolltür auf. »Ich bitte darum.«

»Alles so, wie es sein sollte«, sagte Kat und sah, wie Erin erleichtert aufatmete.

»Magst du noch was trinken oder musst du direkt weiter?«

»Ich habe heute keine Termine mehr«, antwortete Kat. Der Gedanke, bald wieder in ihrer muffigen kleinen Wohnung zu hocken und in Gedanken immer wieder diesen verfluchten Abend zu durchleben, war alles andere als verlockend. Und schon jetzt war Kat sich sicher, dass sie sich gut mit Erin verstehen würde. Die Tatsache, dass Erin es schaffte, mit dem mürrischen John befreundet zu sein, machte Kat zusätzlich neugierig, diese Frau kennenzulernen.

Wenige Minuten später saßen sie mit einem Bier auf der gemütlichen Hängebank und betrachteten die Pferde, die Erin eben in den Auslauf gegenüber dem Haus gelassen hatte.

»Ich könnte deinen Stuten ewig zuschauen«, murmelte Kat.

»So geht es mir auch.«

Inzwischen hatte Kat erfahren, dass Erin die Farm nur mit ihren Eltern zusammen betrieb. »Und was ist, wenn du mal

Hilfe brauchst?« Sicherlich konnten sie und ihr Vater hier nicht alles stemmen, was anfiel.

»Dann habe ich Hilfe.« Erin legte die Hand über die Augen und deutete auf eine Staubwolke am Ende des Weges, der zum Haus führte. »Und da kommt die Hilfe gerade«, verkündete sie, und ihre Mundwinkel verzogen sich zu einem Grinsen.

Kat folgte ihrem Blick und erkannte Johns roten Pickup. Schnell näherte der Wagen sich und kam vor ihnen zum Stehen. Kat sah durch die Windschutzscheibe und zuckte zusammen. Auf dem Beifahrersitz saß Jim.

»Ich gehe besser.« Sie stand hektisch auf.

»Jetzt schon? Bleib doch noch etwas«, forderte Erin sie auf und hielt sie am Arm zurück.

Zögernd setzte Kat sich wieder und beobachtete, wie John ausstieg und mit einem Satz auf die Terrasse sprang. In seinem Gesicht zeichneten sich noch deutlich die Spuren des Abends vor über einer Woche ab. John nickte ihnen beiden zu, nahm Erin die Bierflasche aus der Hand und trank einen großen Schluck.

»Du hast es aber nötig«, kommentierte Erin lachend.

»War ein langer Tag«, brummte John und lehnte sich gegen einen der Balken, die das Vordach stützten.

Kats Blick wanderte zu Jim, der mit langsamen Schritten auf die Terrasse zukam. Beim Anblick seines Gesichts stockte ihr der Atem. Seine Haut war bläulich grün verfärbt und sein Gang immer noch schief. Jim musste weiterhin Schmerzen haben, das war nicht zu übersehen. Immerhin sah die Stelle an seiner Augenbraue, die Kat an dem Abend getaped hatte, so aus, als ob sie gut verheilte. Eine Narbe würde Jim aber vermutlich dennoch zurückbehalten. Kat spürte seinen

Blick auf sich ruhen, als er es endlich die Stufen nach oben geschafft hatte.

»Hallo, Kat«, sagte er ausdruckslos.

»Wie geht es dir?« Besorgnis schwang in ihrer Stimme mit.

»Besser. Wird alles wieder.«

Eine unangenehme Stille breitete sich aus. »Was wollt ihr hier?«, fragte Erin.

»Nur mal hallo sagen. Jim dreht langsam durch im Haus, kann aber noch nicht wirklich was unternehmen. Also habe ich ihn ins Auto geschafft und hergebracht. Wir spekulieren auf ein Bier.« Abwartend sah John Erin an, die augenblicklich aufstand und im Haus verschwand.

»John«, begann Kat, »ich konnte mich an dem Abend nicht für deinen Einsatz bedanken. Danke.«

»Kein Problem.« Er sah zu seinem Bruder. »Wir haben ja zum Glück nicht alle so viel eingesteckt wie Jim.«

Unsicher suchte Kat Jims Blick. »Ich war auf der High Valley Farm und habe erfahren, was du gemacht hast«, sagte sie leise.

Jim schloss für einen Moment die Augen und setzte sich dann vorsichtig auf einen der Stühle, die auf der Terrasse standen. »Das war kein Ding. Vergiss es einfach«, antwortete er abweisend.

»Würde ich so nicht sagen. Quentin war ganz schön sauer, dass er zwanzig seiner Schafe abgeben musste«, brummte John.

»Und trotzdem hat auch er mir geholfen?«, fragte Kat leise.

»Wir halten zusammen, wenn's drauf ankommt.« John schielte zur Tür, doch noch tauchte Erin nicht auf.

Kat nickte. Jim wollte sie nicht sehen, das war offensichtlich. Hastig stand sie auf und eilte die Stufen hinunter.

»Warte«, hörte sie Jim rufen.

Als sie sich umsah, rappelte er sich auf und folgte ihr mit wankendem Gang. »Können wir uns kurz unterhalten?« Jim deutete auf den Pferdestall.

Kat nickte und ging voraus durch den großzügigen Stall. An der Rückseite lagen einige Heuballen aufeinandergestapelt. »Setzt dich besser hin«, forderte sie ihn auf.

Langsam ließ er sich auf einen Ballen fallen und lehnte den Rücken gegen die Holzwand. Mit einem merkwürdigen Blick sah Jim sie an. »Wie sind deine Pläne?«

»Welche Pläne?« Sie setzte sich neben ihn und wandte den Blick ab.

»Nachdem dieser Teil deines Lebens endlich abgehakt ist, dachte ich, du würdest vielleicht die Sache mit deinen Eltern angehen.«

»Du hast darüber nachgedacht?« Überrascht sah sie ihn an.

Jim lachte trocken. »Nicht freiwillig, aber ich habe gerade wenig zu tun.«

Kat nickte. »Ich habe dir ja schon gesagt, dass das nicht zur Diskussion steht. Es ist zu viel Zeit vergangen und zu viel passiert.«

»Du läufst noch immer weg«, stellte Jim mit kalter Stimme fest.

»Das tue ich nicht. Aber das lässt sich nicht mal eben ändern«, verteidigte Kat sich.

»Du hast nichts dazugelernt!« Jim schüttelte den Kopf und starrte sie an.

»Doch, ich habe was gelernt.« Mühsam schluckte Kat und sah in seine dunklen Augen. Die Haare fielen ihm in die Stirn, und sie widerstand dem Bedürfnis, sie zur Seite zu streichen. Nervös rutschte sie an ihn heran und legte den Kopf auf seine Schulter. Wie gut es sich anfühlte, Jim neben sich zu haben. Sie hatte sich geschworen, ihm aus dem Weg zu gehen, doch jetzt brachte sie die Kraft dafür nicht auf.

»Kat …«, seufzte Jim.

Sie sah zu ihm auf und fuhr mit der Hand über die grüne Verfärbung an seiner Wange. »Du fehlst mir«, flüsterte sie und beugte sich vor. Betrachtete seinen Mund, der so nah war, dass sie nicht anders konnte. Kaum spürbar drückte sie ihre Lippen auf seine. Jims Körper spannte sich an. Noch erwiderte er den Kuss nicht. Kat schloss die Augen, küsste ihn ein weiteres Mal sanft und atmete seinen Geruch ein. Ein Brummen entwich Jims Brust. Wie gut er roch. Und wie sehr sie diese Lippen vermisst hatte. Kat rutschte auf seinen Schoß und schmiegte sich an ihn. Das Letzte, was sie tun sollte, war Jim zu küssen. Aber seit wann tat sie, was sie tun sollte? Zärtlich bedeckte sie sein Gesicht mit Küssen. Liebkoste die Stellen, die daran erinnerten, was er für sie getan hatte. »Ich hatte solche Angst um dich«, flüsterte sie ihm ins Ohr.

Jim griff nach ihrer dunkelgrünen Bluse und riss die Druckknöpfe auf. Seine Hände umfassten ihren BH und kneteten ihre Brüste. Es war so gut, ihn zu spüren. Sie brauchte diesen Kerl mehr, als ihr lieb war. Als Kat sich mit einer Hand an seinem Oberkörper abstützte, zuckte Jim zusammen. »Entschuldigung«, flüsterte sie. Sie musste vorsichtiger sein, um seine Rippen zu schonen. Jim umfasste ihren Nacken und presste seinen Mund fest auf ihren. Endlich spürte sie sein Verlangen wie in jener Nacht. Forsch öffnete seine Zunge ihre Lippen und umspielte die ihre. Leise stöhnte er auf und drückte sich an sie. Kat löste sich von ihm und betrachtete sein Gesicht. Für einen Moment genoss sie den Anblick, wie er vor ihr saß und sie mit glasigen Augen ansah. Dieser Mann war nicht mit ihr durch. Das waren leere Worte gewesen, vermutlich aus Ärger und Enttäuschung geäußert. Mit beiden Händen fuhr sie durch seine Haare, vergrub ihr Gesicht an seinem Hals und sog seinen Geruch tief in sich ein. »Ich liebe dich«, entfuhr es ihr leise, bevor ihr bewusst wurde, was sie da sagte. Fest legten sich Jims Hände um ihre Handgelenke, dann schoben seine kräftigen Arme sie von ihm runter.

***

Mit glühenden Wangen und fragendem Blick stand Kat vor ihm. Jim sprang auf und bereute es sofort, das Stechen in seiner Seite mahnte ihn, sich langsamer zu bewegen.

»Was …?« Mehr brachte sie nicht heraus.

»Das geht nicht«, sagte Jim.

Wie vom Donner gerührt stand Kat da und sah ihn mit aufgerissenen Augen an. Endlich löste sie sich aus ihrer Starre, presste die Lippen aufeinander und drehte sich um.

Jim stieß einen Fluch aus und griff nach ihrem Arm. »Warte«, bat er.

Tränen rannen über Kats Wangen, und die Röte war aus ihrem Gesicht verschwunden. Bleich wich sie seinem Blick aus und schüttelte seine Hand ab.

»Du darfst mich nicht lieben«, flüsterte er.

»Das habe ich mir nicht ausgesucht«, fuhr sie ihn an. »Ich hatte mir vorgenommen, es dir nie zu sagen, aber es ist mir einfach rausgerutscht.«

»Das hier hätte nicht passieren dürfen«, murmelte er und fuhr sich verzweifelt über den Nacken.

»Du konntest mit mir schlafen, mich aber nicht lieben«, zischte Kat. »So ist es doch, oder?«

Jim hatte es schon in der Vergangenheit geschafft, diese beiden Dinge voneinander zu trennen, doch Kat konnte es offensichtlich nicht. Und er hatte geahnt, was sie für ihn empfand. Doch als er Kats zärtliche Küsse, ihren Körper auf seinem spürte, war er ihr willenlos verfallen. Bis ihn ihre Worte wieder unsanft in die Realität zurückholten.

Kat starrte ihn noch immer an. »Nicht mal eine Antwort, Jim?«

Alles, was er zustande brachte, war, den Kopf zu schütteln.

»Sag es«, forderte sie ihn mit funkelndem Blick auf. »Sag mir, dass du mich nicht liebst, damit ich ohne dich weitermachen kann.«

»Ich liebe dich nicht«, brummte er.

Kat biss sich auf die Unterlippe und nickte. »In Ordnung.« Sie ging einige Schritte und drehte sich dann um. »Ich kann nicht glauben, dass du der erste Mann bist, mit dem ich nach Lenny geschlafen habe. Ich hatte mir immer vorgestellt, irgendwann den Richtigen zu finden, doch keiner war gut genug. Keiner hat es bis in meine Hose geschafft. Du schon. Und dabei bist du auch einfach nur ein Arschloch.«

Ihre Worte trafen ihn wie Fausthiebe. Langsam drang das, was sie gesagt hatte, zu ihm durch. Jim hatte angenommen, dass sie mit ihrer offenen und ungezwungenen Art auch in diesem Bereich nicht zurückhaltend war. Doch er hatte sie falsch eingeschätzt. Wenn es stimmte, was Kat sagte, dann war es über acht Jahre her, seit sie mit einem Mann zusammen gewesen war. Und er war nicht fähig gewesen, sich zu beherrschen, obwohl ihm bewusst war, dass er mehr für sie war als nur ein Freund. Nein, er war noch nicht einmal das, denn er hatte ihr Freundschaftsangebot ausgeschlagen. »Es tut mir leid«, beteuerte er.

»Scheiß drauf«, gab Kat zurück und stürzte aus der Scheune.

Jim bemühte sich, ihr zu folgen, doch sein Körper bremste ihn aus. Als er endlich die Tür erreichte, sah er, wie sie auf ihr Auto zuging.

»Kat, deine Bluse ist offen!«, hörte er John amüsiert rufen.

»Halt die Klappe«, brüllte Kat zurück, stieg ein und wendete den Wagen. So schnell es ging, humpelte Jim zum Parkplatz, doch Kat fuhr an ihm vorbei und hüllte ihn in eine Staubwolke.

»Hast du keinen hochbekommen oder warum rauscht sie hier so wütend ab?«, rief John ihm zu.

»Halt dich da raus«, knurrte Jim und ging zum Haus.

»Was ist denn passiert?«, fragte Erin erschrocken und sah dem Auto hinterher.

»Kat hat mir ihre Liebe gestanden«, erklärte Jim noch immer fassungslos.

»Und warum rauscht sie dann wie eine Furie hier ab?« Mit zusammengekniffenen Augen musterte Erin ihn.

»Weil ich nicht das Gleiche empfinde.« Erschöpft setzte er sich auf die Holzstufen.

»Liebe bringt nichts als Ärger«, brummte John. »Es kann nur schiefgehen.«

Allmählich glaubte Jim, dass John mit seiner Weigerung, sich jemals zu verlieben, gar nicht so falsch lag. Es wurde immer nur schlimmer anstatt besser.

»Ihr seid solche Idioten.« Wutentbrannt stand Erin auf. »Du«, sie zeigte auf Jim, »gehst ihr an die Wäsche, obwohl sie dir nichts bedeutet, und du«, sie drehte sich zu John, »du bist einfach manchmal ein richtiger Arsch.«

»Ich habe nicht gesagt, dass sie mir nichts bedeutet. Oder sieht mein Gesicht etwa so aus, als ob sie mir egal wäre?«, herrschte Jim sie an.

»Aber du liebst sie nicht, also behalte deine Finger bei dir und tu einer Frau so was nicht an.« Erin stiefelte zur Haustür und blickte sich noch mal um. »Haut hier ab, Bennetts, für heute reicht's.« Krachend fiel die Tür hinter ihr ins Schloss.

»Sie ist halt doch eine Frau«, sagte John gelassen und stellte seine Flasche weg. Dann stand er auf und nahm Jim beim Arm, um ihm die Stufen hinunterzuhelfen. »War es das jetzt endgültig mit deinem Chaos?«

»Ich schätze schon. Nach der Sache wird Kat mich hassen, und vermutlich ist das auch gut so.« Jim stieg in den Wagen ein und betrachtete Johns entspannten Gesichtsausdruck, als sie nach Silverwood zurückfuhren. Das Leben war wohl leichter, wenn man sich um die Liebe keine Gedanken machen musste. Oder darum, irgendwann eine Frau zu finden, mit der man sein Leben teilen wollte. Und was hatte *er* getan? Kat erst an sich herangelassen und sie dann von sich weggestoßen. Jim hatte ihre Gefühle mit Füßen getreten, und dafür gab es keine Entschuldigung.

»Du hast Besuch.« Johns Worte ließen ihn aufsehen.

Jims Blick fiel auf den Parkplatz von Silverwood, dem sie sich näherten. Dort stieg gerade Sarah aus ihrem Kleinwagen. »Bitte nicht«, flehte Jim erschöpft.

»Was bin ich froh, dass ich nicht in deiner Haut stecke«, sagte sein Bruder mit einem Grinsen.

»Kannst du mir nicht helfen? Nur dieses eine Mal? Sag Sarah, ich müsste mich hinlegen, oder etwas in der Art.«

»Machst du Witze? Nur dieses eine Mal? Ich habe mich für die Rothaarige geprügelt, schon vergessen?«

»Dann schulde ich dir auch was«, hielt Jim dagegen.

»Das tust du sowieso schon«, brummte John und parkte neben Sarahs Wagen.

»Irgendwann kommt der Tag, an dem du auch in so einer Situation steckst, und dann lehne ich mich zurück und sehe grinsend zu.«

»Das glaube ich nicht. Aber zumindest für heute bin ich derjenige, der zusieht und froh ist, dass das alles nicht sein Problem ist.« Amüsiert stieg John aus und grüßte Sarah, dann stapfte er zum Haus.

»Es stimmt also.« Aufgebracht stürmte Sarah auf Jim zu und begutachtete sein Gesicht. »Das sieht ja schrecklich aus.«

»Warum bist du hier?«, fragte er und atmete tief durch.

»Im Ort heißt es, irgendwas sei bei euch vorgefallen und dass ihr alle übel zugerichtet wurdet. Aber das…«, fassungslos deutete sie auf sein Gesicht und schüttelte sprachlos den Kopf.

»Es ist halb so wild, Sarah. In ein paar Tagen sieht man kaum noch was.«

Sie betrachtete seine Augenbraue. »Das wird sicher eine Narbe geben«, sagte sie. »Was ist denn nur passiert?«

Ja, ihm würde eine Narbe bleiben, und bei jedem Blick in den Spiegel würde sie ihn an Kat erinnern. Aber damit musste er wohl oder übel leben. »Das kann ich dir nicht sagen, es ist etwas Persönliches.«

»Und mit mir kannst du darüber nicht sprechen?« Enttäuscht sah sie ihn an.

»Du willst es nicht wissen, glaub mir.«

»Das passt doch alles nicht zu dir.« Sarah zuckte mit den Schultern. »Erst redest du so komisch bei unserem Date, dann besäufst du dich im Pub, und jetzt siehst du so aus. Was ist nur los mit dir im Moment?«

Jim stöhnte und lehnte sich gegen das Auto. »Es ist alles durcheinander.«

»Und du magst Durcheinander nicht«, sagte sie mitfühlend.

Sarah hatte recht. Dieses Chaos, das Wechselbad der Gefühle und das ganze Drama um Kat waren nicht das, was zu ihm passte. »Ich bin einfach nur müde«, sagte Jim.

»Treffen wir uns mal wieder? Ganz entspannt. Es könnte dir guttun.«

Jim rieb sich über das Gesicht. Vielleicht war es falsch gewesen, sich von ihr zurückzuziehen. Sarah versprach Ruhe und eine entspannte Beziehung. Aber er wollte ehrlich sein, zumindest so ehrlich, wie es ging. »Ich habe mit einer anderen Frau geschlafen«, brummte er. Dass er Kat eben noch geküsst hatte, behielt er für sich.

Für einen Moment verengten sich Sarahs Augen. »Wer war es?«

»Das spielt keine Rolle.«

Sie nickte. »War es was Ernstes?«

»Nein.«

»Und ist es vorbei?«

»Das ist es.«

»Wir waren nicht zusammen«, stellte sie fest. »Wir hatten keine Abmachung getroffen.«

»Was soll das bedeuten?«, fragte Jim nach.

»Dass ich es dir nicht vorwerfe.«

»Bist du sicher?« Ungläubig sah er sie an. Sollte es ein Zeichen sein, dass Sarah ausgerechnet jetzt hier auftauchte?

»Meinst du, wir können Dienstag zusammen in den Pub gehen? Ich hole dich ab und fahre dich auch wieder zurück. Es ist mir unangenehm, wenn wir uns hier treffen. Dein Vater jagt mir eine Heidenangst ein, und außerdem ist hier einfach zu viel los.«

»Und im Pub ist es ruhiger?« Zweifelnd sah er sie an.

»Dort interessiert sich zumindest niemand für uns.«

Jim dachte nach. Es war Samstag. Bis Dienstag würde es ihm sicherlich etwas besser gehen. Je schneller er die Sache mit Kat hinter sich ließ, desto besser. »Aber singen kann ich nicht.«

»Das wird auch keiner erwarten. Dann hole ich dich ab.« Sie gab ihm einen Kuss auf die Wange und stieg ins Auto.

Jim sah ihr nach, während sich ihr Wagen langsam entfernte. Sich wieder mit Sarah zu treffen war entweder die beste oder aber die beschissenste Idee überhaupt. Dicke Regentropfen kamen auf dem Boden auf und hinterließen im Staub nasse Abdrücke. Es regnete endlich. Die Weiden hatten es bitter nötig. War auch das ein Zeichen dafür, dass nun alles wieder besser wurde?

Als er auf den Seiteneingang zuging, bemerkte Jim, wie Liz aus der Tür sah. »Was wollte Sarah?«, fragte sie ungewohnt missmutig nach und zog die Augenbrauen zusammen.

»Sie möchte sich mit mir treffen.« Jim wollte sich an Liz vorbei ins Haus drücken, doch sie stellte sich ihm in den Weg.

»Und was ist mit Kat?«

»Nichts ist mit Kat, das weißt du doch«, brummte er grimmig.

»Nur weil du das sagst, ist es noch lange nicht wahr.« Liz

stemmte die Hände in die Hüften, und für einen Moment fürchtete Jim, dass sie mit ihrem riesigen Bauch gleich vornüberfallen würde.

»Es *ist* aber wahr.« Nur weil seine Schwägerin Kat offensichtlich in ihr hormonüberflutetes Herz geschlossen hatte, hielt sie ihm jetzt einen Vortrag?

»Du bist doch nicht der Typ, der zwischen zwei Frauen hin und her springt«, tadelte Liz. »Weiß Sarah überhaupt, dass es da noch eine andere gibt?«

»Ich springe nicht«, brachte Jim heraus. Nein, er stolperte höchstens von einer Misere in die nächste. »Du kennst mich, ich bin kein unehrlicher Typ. Ich habe Sarah gesagt, was vorgefallen ist, und sie möchte sich dennoch mit mir treffen.«

Liz schien nach den richtigen Worten zu suchen. Sie war nicht zufrieden mit seiner Antwort, das war unschwer zu erkennen. »Das ist doch Blödsinn«, rief sie aus und schüttelte den Kopf.

»Siehst du, dir fehlen selbst die Argumente. Und bis vor kurzem wart ihr alle noch ganz scharf darauf, mich mit Sarah zu verkuppeln. Was hat sich plötzlich geändert?«

»Alles, Jim.« Seufzend trat sie zur Seite, um ihn ins Haus zu lassen.

»Kommt jetzt nicht wieder deine Lieblingssendung?«, erkundigte er sich und bot ihr versöhnlich den Arm an.

Liz lächelte und griff danach. »Es regnet«, stellte sie fest.

»Habe ich schon bemerkt. Jetzt wird alles wieder so, wie es sein sollte.«

»Meinst du den Regen?«, fragte sie nach.

»Nein.«

***

Kaum, dass sie in ihre Wohnung gestürzt war, zog Kat sich hektisch aus. Sie musste Jims Geruch loswerden, der an ihrer Haut haftete. Vielleicht bildete sie es sich auch nur ein, aber sie wollte sichergehen. Rusty begrüßte sie bellend, doch Kat hatte keine Augen für ihn. Sie stellte sich unter die Dusche, um die letzten Spuren von Jim abzuwaschen. Wohlig heiß lief es über ihre Haare und ihr Gesicht. Ihr war schlecht, und sie hatte einen bitteren Geschmack im Mund, als sie sich an Jims kalten Blick erinnerte, mit dem er sie von sich heruntergeschoben hatte. Verletzt hatte sie vor ihm gestanden, während ihm die Reue über das, was zwischen ihnen passiert war, ins Gesicht geschrieben stand. Kat griff nach der Seife und begann, ihren Körper zu schrubben. Jeder Millimeter musste gereinigt werden, um die Erinnerung an Jim loszuwerden. Auf ihrer Haut breiteten sich bereits rote Flecken aus. Sie hatte wieder mit dem falschen Mann geschlafen. Sich erneut in den Falschen verliebt. Nur dass er sie diesmal nicht in den Abgrund riss wie damals Lenny, dieses Mal war sie der Abgrund, und Jim hatte sich dagegen entschieden hineinzuspringen. Es war vorbei. Es war nichts mehr da, was Kat ihm geben konnte, um ihn davon zu überzeugen, es dennoch mit ihr zu versuchen. Er kannte sie inzwischen besser als sonst jemand. All ihre Geheimnisse und ihre Zweifel. Jim wusste, dass sie in Gedanken noch immer vor ihrer Vergangenheit davonlief, und das konnte er nicht ertragen. Er konnte *sie* nicht ertragen.

Endlich fühlte sich alles sauber an. Zumindest auf ihrem Körper gab es nun keine Erinnerung mehr an Jim. Kat wickelte sich in ein Handtuch und ein zweites um ihre Haare. Langsam ging sie ins Schlafzimmer und kroch unter die Bettdecke. Rusty sprang zu ihr hinauf, und sie hatte nicht die Kraft, ihn des Bettes zu verweisen. Rustys weiches Fell kuschelte sich an ihre Schulter, und kurz darauf schnarchte er in ihr Ohr. »Jetzt gibt es nur noch dich und mich«, flüsterte sie dem Hund zu und schloss die Augen. Durch ihren Kopf schwirrte eine Melodie, trüb und dunkel, wie ihre Stimmung. Der Regen, der auf das Blechdach des Hauses tropfte, schien den Rhythmus vorzugeben. Jim hatte sie gefragt, ob sie sich mit ihren Eltern aussöhnen würde. Doch so leicht, wie er es sich vorstellte, war das alles nicht. Ihre Familie war nicht wie die Bennetts. Und er wusste nicht, wie belastend es war, wenn man nicht in die eigene Familie passte. Wäre es möglich, die Zeit zurückzudrehen, würde sie einiges anders machen. Sie vermisste ihre Eltern, egal wie lange sie schon ohne sie zurechtkam. Auch wenn ihre Kindheit nicht immer einfach gewesen war, so hatten ihre Eltern doch nur das Beste für sie gewollt. Oder das, was sie dafür hielten. Die Furcht, sich selbst verleugnen zu müssen, hielt Kat davon ab, sich zu melden und ein Gespräch zu suchen. Was, wenn der Preis für eine Versöhnung wäre, dass sie sich in dieser ihr so fremden Welt unterordnen und ein Leben führen müsste, das ihr nicht guttun würde? Oder aber, wenn ihre Eltern kein Interesse daran hätten, sich wieder anzunähern? Kat war sich nicht sicher, ob sie das ertragen könnte. Lieber wollte sie es auf sich beruhen lassen. Harry war zwar völlig anders als ihr Vater, und doch erinnerte er Kat an ihn. Diese allwissende Aura, die Harry umgab, gefiel ihr. Im Gegensatz zu ihrem Vater schien Harry Bennett seine Kinder so annehmen zu können, wie sie waren. Mit stoischer Ruhe ertrug er das Haus voller Söhne. Auch wenn der Mann sich Mühe gab, es nicht zu zeigen, war sie sich sicher, dass er das Leben auf Silverwood genau so liebte, wie es war.

Laut und chaotisch und voller Menschen. Ob Harry sie dafür hasste, was Jim geschehen war? Nur ungern hatte er in dieser Nacht seinen Sohn bei ihr zurückgelassen. Kat glaubte, ihr Kopf müsse zerspringen. Ein Sturm der Gefühle tobte in ihrer Brust. Mühsam versuchte sie, sich auf die Melodie zu konzentrieren, die sie in ihren Gedanken hörte, und schloss die Augen.

Kapitel 16

Kat hatte den kompletten Sonntag im Bett und auf der Couch verbracht und nichts als Chips und Junkfood in sich hineingestopft. Nun war die Montagmorgensprechstunde endlich überstanden, und noch immer fiel der Regen in dicken Tropfen herab. Das Wetter passte zu ihrer Laune. Kat griff nach dem Regenschirm und ging durch das Wartezimmer. »Ich gehe was essen«, rief sie Mrs. White zu, die sich schon den ganzen Morgen über die – ihrer Meinung nach unnötige – Digitalisierung der Akten beschwerte. Und das, obwohl Kat ihr dafür Überstunden bezahlte.

Eigentlich hätte sie den Regenschirm nicht wirklich benötigt. Entlang der Hauptstraße schirmten die Vordächer der Häuser und Geschäfte beinahe durchgängig den breiten Gehweg ab. Nur an den Kreuzungen musste sie die wenigen Schritte bis zur nächsten Überdachung rennen. Firefly Creek war kaum wiederzuerkennen. Im trüben Licht schien die Schönheit des Örtchens wie weggewischt. Beinahe armselig wirkten die kleinen Häuser plötzlich im Dauerregen. Bildete sie sich das alles nur ein? Wollte ihr Verstand sie überzeugen, dass es dieser Ort nicht wert war, für eine Zukunft hier zu kämpfen? Oder hatte sie zuvor alles durch den Schleier des aufregenden Neuanfangs gesehen?

Auf halbem Weg zur Bäckerei lief Kat am Pub vorüber.

Durch die offene Tür drang der verführerische Duft von Chicken Wings und Pommes. Warum eigentlich nicht? An einem feuchtkalten Tag wie diesem war es doch genau das Richtige. Kat trat ein und sah sich in dem etwas schummrigen großen Raum um. Nur wenige Farmer saßen an den Tischen, und zwei Frauen, die im Rathaus arbeiteten, hatten am Tresen Platz genommen. Kat entschied, sich etwas abseits niederzulassen, und beobachtete, wie Conny, die Bedienung, auf sie zukam. Mit ihrem offenen Lachen, der beeindruckenden Oberweite und dem ein oder anderen Extrapfund, das sich an ihrem Körper befand, strahlte Conny eine beruhigende Freundlichkeit aus.

»Hallo, Tierärztin«, begrüßte sie Kat. »Was darf ich dir bringen?«

»Eine riesige Portion Wings und Pommes«, sagte Kat erwartungsvoll.

»Wo willst du das alles hinstecken, Mädchen?« Belustigt sah die Serviererin an Kat herab.

»Das schaffe ich schon, keine Sorge.« Ihr Blick wanderte an Conny vorbei zu dem Klavier, das weit hinten neben der Bühne stand. Erneut dudelte die gleiche Melodie durch ihren Kopf. Sie hatte sich seit Samstag als Ohrwurm festgesetzt und trieb Kat langsam, aber sicher in den Wahnsinn. Vielleicht war die einzige Möglichkeit, sich davon zu befreien, sie auf dem Klavier zu spielen, so wie sie es früher in ihrer Jugend getan hatte. Es war nicht das erste Mal, dass Kats Kopf passend zu ihrer Stimmung eine Melodie komponierte. »Meinst du, ich kann am Klavier spielen, solange ich warte?«, erkundigte sich Kat.

Connys Lächeln wurde noch ein wenig breiter. »Natürlich. Du hast damals ganz wunderbar gespielt, und ich bin sicher, die anderen Gäste freuen sich über eine kleine Darbietung.

Die anderen Gäste waren Kat egal. Sie wollte einfach nur diese Töne aus ihren Gedanken verbannen. Schnell schlüpfte sie zwischen den Tischen hindurch und setzte sich auf den weich gepolsterten Hocker. Kats Hände suchten nach den richtigen Tasten, die dem tiefen Klang der Melodie in ihren Ohren entsprachen. Wieder erstaunte sie die Leichtigkeit, mit der sie zum Klavierspiel zurückfand. Als hätte sie nie aufgehört zu üben, flogen ihre Finger nur so über die Tasten. Kat spielte und lauschte gleichzeitig. Ja, das war die richtige Melodie, genau diese Töne gingen ihr seit Tagen durch den Kopf. Gleich mehrere Male wiederholte sie die Tonfolge, in der Hoffnung, dass die erwünschte Wirkung eintrat. Als Kat schließlich aufstand, um zu ihrem Tisch zurückzugehen, klatschten die wenigen Leute in dem Raum verhalten und widmeten sich dann wieder ihrem Essen. Conny holte sie mit einem mehr als gut gefüllten Teller ein und stellte ihn vor Kat auf die Tischplatte. »Du spielst so schön. Aber auch so traurig.«

»Es passt zu meiner momentanen Verfassung«, sagte Kat und schob sich eine Fritte in den Mund.

»Ich möchte unbedingt wissen, wie es sich anhört, wenn du gut gelaunt bist. Komm gerne jederzeit vorbei, wenn dir danach ist. Livemusik belebt das Geschäft.« Aufmunternd zwinkerte Conny ihr zu und rauschte dann davon, um eine neue Bestellung aufzunehmen.

Kat hatte am Ende tatsächlich den ganzen fettigen Essensberg verdrückt und glaubte, bereits eine kleine Wölbung unter ihrem Shirt zu erkennen. Gerade als sie durch die Pubtür schritt, kam ihr River entgegen. Beinahe wären sie gegeneinandergeprallt. Mit seinem typischen Grinsen musterte er Kat. »Wings?«, fragte er amüsiert.

»Woher weißt du das?«

»Du hast noch etwas Dipp an deiner Lippe.« Wie selbstverständlich hob er die rechte Hand, die von der handwerklichen Arbeit voller Schwielen war, und fuhr ihr über den Mund. Um sein Auge war ein gelber Schatten zu erkennen, der sich bis zum Jochbein zog und zusammen mit der kleinen Schorfkruste an seiner Lippe die letzte Erinnerung an die Schlägerei darstellte.

»Danke«, murmelte Kat.

»Sonst lecken dich nachher in der Praxis noch die Hunde ab«, scherzte River ausgelassen.

»Kannst du Quentin bitte sagen, dass ich übermorgen zu euch rauskomme um nach Fred zu sehen?« Kat konnte es nicht länger aufschieben, das Bein des Hundes zu kontrollieren. Auch wenn sich alles in ihr dagegen sträubte, nach Silverwood zu fahren.

»Natürlich.«

»Wir sehen uns«, sagte Kat knapp und schob sich an ihm vorbei.

»Geht's dir auch gut?«, rief River ihr nach.

Kat blieb stehen und drehte sich um. Der Regen lief über ihr Gesicht und in den Kragen des Parkas hinein.

»Alles bestens,« murmelte sie.

»Wollte nur sichergehen.« Er nickte ihr zu und verschwand im Pub.

Mussten die Bennetts alle so verflucht liebenswürdig sein? Selbst dieser Strolch hatte ein Herz aus Gold hinter dem breiten Grinsen und seinem coolen Aussehen. Und auch River hatte ihr zur Seite gestanden, und Kat wusste nicht, wie sie diese Schuld jemals begleichen sollte. Sie trat unter das Vordach und machte sich auf den Rückweg zur Praxis. Sie musste durchhalten, auch wenn sie einfach nur zurück ins Bett wollte.

Auch am nächsten Tag hatte sie in der Mittagspause den Pub aufgesucht und sich an das Klavier gesetzt. Die Melodie war zu Kats Verdruss noch immer nicht aus ihrem Kopf verschwunden. Conny hatte sie überschwänglich eingeladen, am Abend erneut vorbeizukommen, und sogar einen Drink aufs Haus angeboten. »Du spielst so traurig, vielleicht heitert es dich etwas auf«, waren ihre Worte. Da Jim sicherlich noch immer außer Gefecht war, befürchtete Kat nicht, ihm dort über den Weg zu laufen. Ein Abend im Pub versprach etwas Ablenkung, und langsam ertrug sie die Einsamkeit in ihrer Wohnung nicht mehr.

Kat zupfte ihr Shirt zurecht und zog sich die Schuhe an, während Rusty aufgeregt um sie herumhüpfte. »Wir waren schon laufen, leg dich hin«, forderte sie ihren Mitbewohner auf, den sie inzwischen liebgewonnen hatte. Rusty gehorchte und rollte sich neben dem Sofa auf der Decke zusammen. »Ich bin bald wieder hier«, rief Kat dem Hund zu und ging hinaus.

Noch immer regnete es in Strömen. Auf der Straße hatten sich weitflächige Pfützen gebildet, und die Luft war schwer und feucht. Mit schnellen Schritten lief Kat die paar hundert Meter bis zum Pub. Als sie eintrat, schlug ihr warme Luft entgegen, die nach Essen roch. Beinahe jeder Tisch war besetzt, und wie beim letzten Mal überraschte es sie, wie viel hier los war. Für eine Kleinstadt brummte der Laden geradezu. Kat schlängelte sich an den Menschen und Tischen vorbei, die

Augen fest auf die Theke gerichtet, hinter der Conny stand und eifrig Getränke einschenkte.

»Hallo, Tierärztin«, begrüßte Conny sie strahlend. »Also, was möchtest du trinken?«

Kat setzte sich auf einen der Barhocker. »Whisky.«

»Bist du sicher?« Ungläubig sah Conny sie an und deutete auf den Barkeeper, der ebenso beschäftigt war wie sie selbst. »Dan kann dir auch einen Cocktail mixen«, schlug Conny vor.

»Einfach Whisky«, wiederholte Kat. »Gerne einen doppelten.«

»Natürlich, Süße.« Conny griff nach der Flasche und schenkte ihr großzügig ein. Dann schob sie ihr das Glas über die Theke zu. »Du hast nicht zufällig Lust, heute Abend ein paar Lieder zu spielen?«, fragte sie hoffnungsvoll.

Kat winkte erschrocken ab. »Dafür ist mir zu viel los. Ich mag es nicht wirklich, vor Publikum zu spielen.«

»Schade. Unser Sänger kann heute nicht.«

Kat nahm einen Schluck und ließ sich nicht anmerken, wie sehr sie der Hinweis auf Jim aus dem Konzept brachte.

Conny schüttelte den Kopf und stemmte die Hände in die Hüften. »Würd gern wissen, was da passiert ist. Schau ihn dir an, er ist wirklich übel zugerichtet. Aber der Rest der Bande sieht auch nicht viel besser aus. Die Gerüchteküche brodelt ganz gewaltig, aber anscheinend rückt keiner der Bennetts mit der Sprache raus.«

Ein Schauer lief Kat über den Rücken. Jim war hier? Zögernd drehte sie sich um und blickte auf die Menschenmenge. Augenblicklich entdeckte sie ihn, weit hinten an einem abgelegenen Tisch. Kat konnte ihn nur im Profil sehen, da er seitlich zu ihr saß. Jim trug ein schickes Hemd, das sich über seine breiten Schultern spannte. Kat schluckte. Seine Blutergüsse waren heller, aber trotz der Entfernung noch deutlich zu erkennen. Entspannt saß er auf seinem Stuhl und lachte ausgelassen. Kats Blick wanderte ein Stück nach links und blieb an Jims Begleitung hängen. Ihr Magen krampfte sich zusammen. Schnell griff sie nach dem Glas und nahm einen großen Schluck. Brennend rann der Alkohol ihren Hals hinab, und eine wohltuende Wärme breitete sich in ihrem Magen aus. Noch am Samstag hatten sie sich geküsst, und Kat hatte ihm ihre Liebe gestanden, und dennoch saß er bereits heute mit seiner alten Flamme hier? Langsam sah sie wieder zu Conny.

»Du willst wirklich nicht spielen?«, fragte diese mit flehendem Gesichtsausdruck.

Kat brachte nur ein kaum merkliches Kopfschütteln zustande.

»Dann muss ich jetzt wohl oder übel eine Durchsage machen, dass es heute keine Livemusik geben wird.« Conny rauschte zur Bühne.

Jim lachte. Wann hatte Kat ihn das letzte Mal lachen sehen? Er wirkte zufrieden, so wie sie ihn in den ersten Tagen nach ihrer Ankunft erlebt hatte. Das hier war Jims Welt. Der Pub, die Farm, seine Familie und diese Frau, die ihn zum Lachen brachte. Kat hatte sein Glück in den letzten Wochen getrübt und ihn aus dem Gleichgewicht gebracht. Ein zaghaftes Lächeln huschte über ihre Lippen. Jim sollte glücklich sein, nach allem, was er für sie getan hatte. Noch immer war der Schmerz über ihre letzte Begegnung nicht verflogen, und vermutlich würde er auch noch lange anhalten. Dennoch war ihr gerade klargeworden, dass sie damit abschließen musste. Sie liebte Jim mit jeder Faser ihres Körpers und war dennoch nicht gut für diesen Mann. Zumindest Jim sollte glücklich sein. Kat schuldete ihm ihr Leben, ihre Praxis. Ihre Zukunft. Sie hatte endlich ausgesprochen, was ihr so lange auf der Seele gelastet hatte, und Jim sollte wissen, dass sie ihm dafür dankbar war. Erneut hallte die Melodie durch ihren Kopf. Lauter und deutlicher als zuvor. Und plötzlich kannte sie die Zeilen für das Lied.

»Da der liebe Jim Bennett momentan nicht in der Lage ist, gerade zu stehen, müssen wir heute leider auf seine Gesangskünste verzichten«, schallte Connys Stimme durch den Pub. Von allen Seiten erntete Jim belustigte Blicke. Er hob die Hände und winkte amüsiert ab. Strahlend beugte Sarah sich zu ihm vor. Jim wirkte so zufrieden. Und er hatte es verdient. Dieser Kerl verdiente jedes Glück der Welt und nicht, von ihr beschimpft zu werden, so wie Kat es auf der Elderberry Farm getan hatte. Mit weichen Knien stand Kat auf und ging auf Conny zu, dann flüsterte sie ihr etwas ins Ohr. Begeistert nickte die Bedienung und deutete auf das Klavier. Es gab so vieles, das Jim wissen sollte, doch noch einmal mit ihm zu sprechen kam nicht in Frage. Ihn aus der Entfernung zu sehen war schon zu viel für sie, trotzdem musste sie das, was zwischen ihnen gewesen war, zu einem guten Ende bringen. Kat würde ihm mitteilen, was er wissen sollte, auf die gleiche Weise, die Jim zuvor gewählt hatte.

»Wir dürfen heute doch zumindest etwas Livemusik genießen«, hörte sie Conny rufen.

Zitternd öffneten Kats Finger das Klavier und fuhren andächtig über die Tasten. Sie setzte sich langsam und brachte ihre Finger in die richtige Position. Während sie die ersten

Töne spielte, schloss sie die Augen. Klar und deutlich sah sie die Worte vor sich, die sie gleich singen würde.

***

Jim griff nach seinem Bier und betrachtete Sarah. Wieder hatte sie sich für ihn hübsch gemacht, und die Mühe, die sie sich gab, schmeichelte ihm. Mit aller Macht zwang Jim sich, ein guter Gesprächspartner zu sein, und glaubte beinahe selbst, dass er sich amüsierte. Er gab sich charmant, hörte ihr aufmerksam zu und lachte, wenn sie etwas erzählte, von dem er annahm, dass Sarah es für lustig hielt. Und trotzdem fühlte es sich gezwungen an. Die Wahrheit war, er langweilte sich zu Tode. Jim schmunzelte. *Der Langweiler langweilt sich.* Sarah plapperte weiter und verkündete lächelnd, dass Jim sie unbedingt bald mal wieder zu Hause besuchen müsste. Ihm war klar, worauf sie damit hinauswollte. Und vielleicht war es tatsächlich an der Zeit, sich endlich auf eine Beziehung einzulassen. Immerhin war er zweiunddreißig, und langsam sollte er sich über seine Zukunft Gedanken machen.

Im Hintergrund erklang das Klavier, und Jim horchte auf. Er lauschte der unbekannten Melodie. Offensichtlich hatte Conny doch noch einen Unterhalter für den Abend aufgetrieben. Da Jim mit dem Rücken zur Bühne saß, wusste er nicht, welcher der anderen Hobbymusiker spielte, und bemühte sich, die Tonfolge zu erkennen. Meist wurden hier die immergleichen Songs abgeliefert, doch dieses Lied war neu für ihn. Eine zarte und gleichsam starke Stimme begann zu singen. Mit gerunzelter Stirn lehnte er sich zurück, verschränkte die Arme vor der Brust und horchte auf die erste Strophe.

From the beginning
It was too late
I sowed nothing but dark
Reaped nothing but hate

I wish it had been sooner
Only you could understand
I've opened up pandora's box
How I hoped that it was lost

Jim runzelte die Stirn. Irgendwas an der Stimme, an dem Text berührte ihn. Sein Blick fiel auf Quentin und River, die ein paar Tische weiter saßen, ihn anstarrten und ihm signalisierten, sich umzudrehen. »Was ist?«, formten seine Lippen tonlos. River zog sein Handy heraus und richtete es auf die Bühne, während Quentin erneut dorthin deutete. Seufzend schob Jim den Stuhl zur Seite. Mit offenen Haaren saß Kat am Klavier, und ihre schmalen Finger huschten über die Tasten und spielten die düstere Melodie ein weiteres Mal. Jim hielt die Luft an. Was zum Teufel tat sie da?

My darkness has gripped you
And I almost gave up but
You were my light
I could have lost you

Jim beugte sich vor und stützte den Kopf in die Hände. Kat weiter anzusehen erschien ihm unmöglich. Er glaubte, kein weiteres ihrer Worte ertragen zu können, doch aufzustehen und rauszustürmen kam nicht in Frage. Stattdessen starrten seine Augen auf den verdreckten Pubboden.

All my troubles laid bare
You have freed me
From ugly truth within
Only you could shield me from this nightmare

In seinen Ohren begann es zu rauschen. Jim biss die Zähne zusammen.

This morning is yours
Yesterday was mine
Go on without sadness
I have no more to give

If we look closely
These marks upon our skin
You show yours with pride
I carry mine with sin

Sie sang von der Narbe, die sich an seiner Augenbraue bildete, und ihrem Tattoo. Jim sah die Rose und das Messer vor sich. Auf ihrer hellen Haut und dann auf Lennys breitem Arm. Übelkeit stieg in ihm auf, und er schluckte.

The gold in your hand
Will make you very happy
Waking up a lucky man
She can be one lucky lady

The souls that surround you
Oh they fill your life with luck
How they will never know
I've never known such love

Sanft lösten sich die letzten Klänge auf. Gleich darauf ertönten lautes Klatschen und Pfeifen. Jim richtete sich auf und sah sich um. Begeistert verlangten die Pubbesucher nach einer Zugabe. Quentin und River grölten Kats Namen, während diese zum Tresen huschte, ein Whiskyglas in einem Zug leerte und zwischen den Tischen hindurch nach draußen stürzte. Kat hatte ihn nicht angesehen. Sie hatte niemanden angesehen.

»Die wunderbare Kat Roberts«, schallte Connys Stimme durch die Bar. »Sie spielt hier öfter in der Mittagspause – wenn ihr Glück habt, könnt ihr euren Lunch hier zu ihren Klavierkünsten genießen.« Fröhlich lachte die Bedienung auf. »Ja, das war Werbung für unseren Mittagstisch.«

»Was ist mit deinen Brüdern los? Die flippen ja beinahe aus«, hörte Jim Sarah fragen.

Er drehte sich zu ihr um. *Weil sie die Seelen sind, von denen Kat gesungen hat.* »Keine Ahnung, haben vermutlich zu tief ins Glas geschaut«, brummte er.

»Das war ein etwas merkwürdiger Text und die Melodie etwas zu melancholisch für meinen Geschmack. Aber sie singt nicht schlecht«, kommentierte Sarah.

Das war eine Botschaft. Sie hat mir mitgeteilt, dass sie mich freigibt. »Hmm.«

Sarah schüttelte den Kopf. »Möchte wissen, was das mit der hässlichen Wahrheit bedeuten soll.«

Nein, das möchtest du nicht. Jim zuckte nur mit den Schultern und widerstand dem Bedürfnis, laut aufzuschreien, um den Gefühlen in seiner Brust freien Lauf zu lassen.

»Was meinte sie wohl mit Gold? Bestimmt nicht echtes Gold, oder?«

Du bist das Gold. Du bist goldblond, und sie möchte, dass ich mit dir glücklich werde. Du bist die lucky Lady, die sie beneidet. »Ich habe keine Ahnung. Lass uns austrinken und gehen, mein Kopf fängt an zu brummen«, murmelte Jim. Er musste dringend hier raus und wollte nichts mehr hören. Von niemandem. Mit finsterem Gesicht beobachtete er, wie seine Brüder Geld auf den Tisch warfen und hinausstürmten.

Eine halbe Stunde später stapfte Jim durch die Küchentür. Schon draußen hatte er das Stimmengewirr seiner Familie gehört. Als er eintrat, saßen alle um den Tisch versammelt. Spielkarten lagen auf dem Tisch verteilt, doch niemand hielt welche in die Hand. Als sie Jim bemerkten, verstummte das Gespräch, und er spürte ihre Blicke auf sich.

»Was ist los?«, brummte er.

River tippte auf seinem Handy herum, und plötzlich hallte Kats Stimme durch den Raum.

»Mach das sofort aus«, fuhr Jim ihn an. Offensichtlich hatten die Zwillinge nicht schnell genug nach Hause kommen können, um das Lied dem Rest der Familie vorzuspielen. Und alle hatten über ihn geredet, das war unschwer zu erkennen. Keiner sagte etwas.

»Das ist so ergreifend«, durchbrach Liz die Stille. In ihren Augen glaubte er Tränen schimmern zu sehen. Diese Schwangerschaftshormone ließen seine Schwägerin jeden Tag emotionaler werden. Sie hatte sogar bei der verfluchten Fernsehsendung geheult, als ein Paar kein Haus fand, das ihm gefiel.

»Das war bescheuert, was hat sie sich nur gedacht?«, brach es aus Jim heraus.

»Du hast doch auch für sie gesungen«, sagte Ethan und legte den Arm um Liz.

»Ich war total betrunken«, verteidigte Jim sich. »In nüchternem Zustand hätte ich das nie gemacht.«

»Dann hat Kat wohl mehr Eier als du«, gab River trocken zurück, und Harry, der mit verschränkten Armen am Kopfende saß, grummelte amüsiert.

»Keiner von euch wird je wieder darüber reden, verstanden?« Wütend sah er von einem zum anderen. »Die Sache ist vorbei, ein für alle Mal. Das habt ihr ja eben selbst gehört.« Missmutig stapfte Jim die Treppe hinauf, dann warf er seine Zimmertür hinter sich zu.

Kat war noch verletzter, als er angenommen hatte. Ihre Worte hatten all ihre seelischen Schmerzen ausgedrückt. Mit einem Seufzer setzte Jim sich auf das Fußende des Bettes. Aber dieses Lied war auch ein Danke gewesen, und trotz all des Ärgers, den er gerade empfand, rührte es ihn dennoch. *This morning is yours. Yesterday was mine.* Jim hatte geahnt, dass Kat noch immer in der Vergangenheit festhing, sie würde es vermutlich nie schaffen, sich davon zu befreien. Nun musste endlich auch Kat erkannt haben, dass sich das mit ihnen darum nicht weiterentwickeln konnte. *You were my light*, spukte es durch seine Gedanken. Nur leider hatte das nicht gereicht. Sein Licht war nicht hell genug gewesen, nicht hell genug, um Kat Roberts mit Katherine Beaufort zu versöhnen. Um die Dunkelheit, die Kat umgab, aufzulösen. *I could have lost you.* »Ich wäre für dich gestorben in diesem Moment«, murmelte Jim und streckte sich auf dem Bett aus. »Ab jetzt musst du dich um dich selbst kümmern.«

***

»Was machst du denn hier?«, entfuhr es Kat bei Erins Anblick, die mit einem Pizzakarton vor ihrer Tür stand. Draußen dämmerte es bereits.

Die Farmerin schob sich an ihr vorbei, warf die Schachtel auf den Beistelltisch und sah sich einen Moment in der Wohnung um. »Ich dachte, du könntest etwas Gesellschaft gebrauchen«, sagte sie schließlich. Ihr Blick wanderte an Kats Shirt entlang, auf dem Tomatensoßenflecken vom Mittagessen zu erkennen waren, weiter über die ausgeleierte Jogginghose bis zu den nackten Füßen.

Kat unterdrückte ein Stöhnen. Sie wollte ihre Ruhe haben. Sich weiter im Bett vergraben und in ihrem Schmerz suhlen. »Warum glaubst du, dass ich Gesellschaft brauche?«, fragte sie.

Erin zuckte mit den Schultern und ließ sich auf das Sofa plumpsen. »War gestern Abend im Pub«, erwähnte sie scheinbar beiläufig, während sie den Pizzakarton öffnete und ein Stück herausnahm. Die dicke Käseschicht zog verführerisch Fäden.

Erin hatte sie singen gehört. Und im Gegensatz zu den anderen Pubbesuchern musste ihr klar sein, dass das Lied für Jim gewesen war. »Dann brauche ich dir ja nichts zu erklären«, murmelte Kat und setzte sich neben sie.

Erin deutete auffordernd zur Pizza. »Also ist das mit dir und Jim vorbei?«

Mehr als ein Nicken brachte Kat nicht zustande.

»Tut mir leid«, sagte Erin kauend.

»Er will eine andere. Vermutlich ist es besser so.« Kat nahm einen Bissen und lehnte sich zurück.

»Die Bennetts sind allesamt emotional verkorkst, wenn du mich fragst.« Erin lachte auf. »Harry ist ein guter Vater, aber er hatte kein Glück in Sachen Liebe. Die Jungs haben drei Frauen verloren, die Mutterfiguren für sie waren. Kein Wunder, dass sie selbst in diesem Bereich nichts auf die Reihe kriegen.«

Kat wollte nicht über Jim reden, oder über die Bennetts. Und dennoch versuchte sie, sich die Brüder als kleine Jungs vorzustellen. »Kanntest du Harrys Frau?«

»Charlotte?« Erin nickte. »Ist unheimlich lange her, die Sache von damals.« Sie legte den Rest ihres Pizzastücks zurück in den Karton und sah an die Wand. »Ich war erst sechs Jahre alt, als das alles passierte. Meine Erinnerungen sind verschwommen, aber ich weiß noch, dass mir Charlotte damals bei einem meiner Besuche auf Silverwood zeigte, wie sie ihre Limonade macht.« Erin hielt inne, und ihre Lippen verzogen sich zu einem Lächeln. »Charlotte hat immer gelacht, daran erinnere ich mich, wenn ich an sie denke. Und ihre Limonade war die beste der Welt, ich war so beeindruckt, dass sie mir ihr geheimes Rezept verraten hat. An diesem Tag sah sie mich an und sagte, sie sei ganz sicher, dass das Baby ein Mädchen werden würde. Wir alle waren aufgeregt, weil es nicht mehr lange bis zur Geburt hin war.«

Kat beobachtete, wie Erin die Lippen aufeinanderpresste. Sie wagte nicht, etwas zu sagen.

»Zwei Wochen danach war Charlotte tot und Harry alleine mit vier kleinen Jungen.«

»Das muss schrecklich gewesen sein«, flüsterte Kat.

»Das war es. John hat erst wieder gelacht, als Maggie ein paar Monate später ins Haus kam.« Erin schüttelte den Kopf und grinste. »Maggie war so merkwürdig und echt schräg manchmal. Hatte Haare bis zur Hüfte und immer bodenlange Röcke an. Aber sie brachte frischen Wind ins

Haus, und irgendwann wurde es wieder leichter für alle. Wir Kinder haben damals gar nicht mitbekommen, dass sie und Harry sich verliebten, aber ich glaube, es vergingen auch einige Jahre bis dahin. Als Ethan vier war, wurden die Zwillinge geboren. Und irgendwann war Maggie plötzlich weg.« Sie schluckte sichtlich. »Das hat John einmal mehr das Herz gebrochen, auch wenn er es nie zugegeben hat.« Erin zupfte gedankenversunken an einer ihrer Locken, ehe sie weitersprach. »Und dann kam Fiona als Kindermädchen auf die Farm. Alles sah danach aus, als ob es endlich ruhiger werden würde. Die Jungs waren ausgeglichen wie nie zuvor, und Harry habe ich in dieser Zeit als sehr zufrieden in Erinnerung. Nachdem John sich eine Weile nur bei uns rumgetrieben hatte, wenn Harry ihn nicht für die Farmarbeit brauchte, spielten wir wieder öfter auf Silverwood. Fiona hat immer winzige Muffins für uns gebacken und uns die tollsten Geschichten vorgelesen. Stundenlang lagen wir im Wohnzimmer auf dem Boden, und sie hat jeder Stimme in den Büchern ihren eigenen Klang gegeben. Und dann war auch sie plötzlich weg. John hat nie darüber gesprochen, aber von dem Tag an muss für ihn festgestanden haben, dass er sich nie verlieben wird.«

Kat atmete aus. Mitgefühl erfüllte ihr Herz, für die Kinder, die so vieles verloren hatten. Und für Harry. »Waren Harry und Fiona ineinander verliebt?«, fragte sie leise nach.

Erin zuckte mit den Schultern. »Ich habe das meine Mum vor ein paar Jahren gefragt. Mein Dad und Harry sind eng befreundet, und ich dachte, sie müsste es wissen. Aber anscheinend waren die beiden nicht zusammen, auch wenn es Gerüchte gab. Ich glaube aber, John geht davon aus, dass es so war, und gibt Harry die Schuld für Fionas Auszug.« Erin schüttelte den Kopf, und ihre Locken schwangen in unpassender Fröhlichkeit mit. »Er will nicht die Fehler seines Vaters wiederholen und hat deshalb der Liebe abgeschworen.«

Erins Offenheit berührte Kat. Und auf einmal verstand sie John etwas besser. Auch wenn dieser Kerl sich jede Mühe gab, abweisend zu wirken, musste auch er das Herz am rechten Fleck haben. Und immerhin hatte er ihr ebenfalls bei der Sache mit Lenny zur Seite gestanden. Doch nicht nur John hatte das alles erlebt. Auch Jim hatte als Kleinkind seine Mutter verloren und dann Maggie und Fiona. War Kat nicht immer davon ausgegangen, dass er das perfekte Familienleben auf Silverwood führte? Dabei hatte der Doc schon bei ihrem ersten Besuch dort angedeutet, welch bewegte Zeiten die Bennetts durchgemacht hatten. Doch Kat hatte nur die Gegenwart gesehen: ein Haus voller Menschen, die sich gegenseitig halfen und unterstützten. War diese Nähe aus der Not heraus entstanden? Sie alle hatten zusammenhalten müssen, um diese Zeiten zu überstehen. Kat hatte sich bei Jim nie nach seiner Kindheit erkundigt, sondern nur von ihrer eigenen gesprochen. Sie hatte ihm beinahe vorgeworfen, dass er es gutgehabt hatte. Weil sie Neid verspürte auf seine Familie, die so viel warmherziger erschien als ihre. War sie selbstsüchtig gewesen? Jim hatte ihr gesagt, dass sie nicht nachdachte, sondern ohne Rücksicht auf die Konsequenzen handelte. Er hingegen behielt immer die Familie und die Farm im Blick. Jim sorgte sich um die Menschen in seinem Umfeld, während Kat nur auf sich selbst achtete.

»Was ist los?« Mit hochgezogenen Augenbrauen sah Erin sie an.

»Ich habe so viel falsch gemacht«, murmelte Kat und stützte den Kopf in die Hände.

»Jim saß dort mit einer anderen Frau«, sagte Erin grimmig.

»Ich habe ihn zu ihr zurückgetrieben mit meinem Chaos.«

»Ich weiß nicht genau, was vorgefallen ist, aber dass Jim gerade richtig Mist baut, kann ich sicher sagen. Ich sehe ihm an, wenn etwas nicht stimmt, so gut kenne ich ihn inzwischen, und gestern im Pub war es nicht zu übersehen bei deinem Lied. Ich glaube, ich habe ihn noch nie so aufgewühlt gesehen.«

»Wahrscheinlich sind wir beide echt verkorkst.« Fluchend rieb Kat sich über die brennenden Augen.

»Vielleicht sollten wir besser das Thema wechseln«, überlegte Erin. »Eigentlich bin ich mit der Absicht hergekommen, dich aufzuheitern.« Entschuldigend grinste sie. »Das hab ich wohl nicht besonders gut drauf.«

Trotz der feuchten Augen musste Kat glucksen. »Nein, das hast du wirklich nicht.«

»Lass uns über Pferde reden und die Männer vergessen«, schlug Erin vor.

»Pferde sind immer ein gutes Thema.« Mit dem Handrücken wischte Kat sich die Tränen von der Wange und griff nach einem weiteren Stück Pizza. Tatsächlich genoss sie Erins Anwesenheit. Sie fühlte sich schon etwas weniger alleine als zuvor.

Kapitel 17

»Ich gebe es ungern zu, aber dieses Zelt war eine erstklassige Idee«, brummte Harry, während er eines der Kälbchen mit Stroh trocken rieb.

Vier Kälber waren in der letzten Nacht geboren worden, und ihre Mütter hatten sich anstandslos mit ihnen in das alte Festzelt zurückgezogen. Schlaflos hatte Jim die viel zu stillen Nachtstunden in seinem Bett gelegen und immer wieder Kats Song vom Abend zuvor in seinen Gedanken gehört. Sein Blick fiel nach draußen auf die überschwemmte Weide. Der ausgetrocknete Boden schaffte es nicht, den Dauerregen der letzten Tage aufzunehmen. Wäre das Zelt nicht gewesen, hätte es für die Kälber vermutlich unschön geendet. Jim wollte unbedingt selbst nach dem Nachwuchs sehen, doch schon nach einer halben Stunde auf den Beinen stach es heftig in seiner Seite. »Ich geh wieder rein. Ruf mich, wenn du mich brauchst«, sagte er.

An der Seitentür zog er die von Feuchtigkeit triefenden Schuhe aus und stellte sie auf das Zeitungspapier, das Liz neben der Tür ausgelegt hatte. Seine Schwägerin stand am Herd und kochte einen ihrer herzhaften Eintöpfe für den Lunch. Während Jim sich an den Tisch setzte, musterte er ihre Haltung. Mit einer Hand hatte Liz sich auf der Arbeitsplatte abgestützt, die andere hielt sie gegen ihren unteren

Rücken gestemmt. »Ist alles in Ordnung?«, fragte er besorgt nach.

»Es ist nichts. Ich habe nur seit ein paar Stunden schreckliche Rückenschmerzen.«

»Wo ist Ethan?«, erkundigte Jim sich.

»In Harrys Büro. Aber ich habe es ihm nicht gesagt, weil er schon so ein schreckliches Nervenbündel ist.«

»Meinst du, es geht bald los?«

Sie nickte. »Vielleicht heute Nacht.«

Jim stand auf und trat hinter sie. »Du gehörst aufs Sofa und nicht an den Herd.«

»Bei dem Wetter brauchen die anderen eine warme Mahlzeit. Sicher werden sie bis auf die Knochen durchnässt sein«, protestierte Liz.

»Dann koche ich hier fertig.«

»*Du* willst kochen?« Mit hochgezogenen Augenbrauen sah Liz ihn an.

»Kann schon nicht so schwer sein.«

Da öffnete sich die Tür, und Quentin stapfte herein.

»Schuhe auf die Zeitung«, rief Liz augenblicklich.

»Kat kommt gleich, um nach Fred zu sehen, ich dachte, ich warne dich vor«, erklärte sein kleiner Bruder und sah Jim flüchtig an.

Mist. »Nimm den Hund mit nach draußen, Kat muss nicht ins Haus kommen«, brummte Jim.

»Es regnet.« River deutete entnervt auf seine nasse Kleidung.

»Dann nimm Fred mit in die Scheune.«

Quentin zuckte mit den Schultern und pfiff nach seinem Hund, der dreibeinig auf ihn zuhüpfte. Sein Herrchen beugte sich hinunter und nahm ihn auf den Arm. »Du bist echt 'ne

Zicke«, warf er Jim an den Kopf und verschwand im Regen.

»Willst du sie nicht wenigstens begrüßen?«, fragte Liz.

»Lass es, Liz, es hat keinen Zweck.«

»Ich sage ja nicht, dass ihr euch um den Hals fallen sollt, aber du wirst ihr nicht ewig aus dem Weg gehen können.«

»Wer weiß, wie lange Kat überhaupt noch hier sein wird«, sagte Jim missmutig. Er wollte nicht über sie sprechen, und erst recht wollte er sie nicht sehen.

»Du meinst, sie wird vielleicht von hier weggehen?« Entsetzt sah Liz ihn an.

»Würde doch zu ihr passen.«

Liz stöhnte auf und fasste sich an den Rücken.

»Du setzt dich jetzt sofort aufs Sofa!«, befahl Jim streng. »Ethan!«, rief er in den Flur.

»Nur wenn du Kat zumindest hallo sagst«, gab Liz patzig zurück.

»Das meinst du nicht ernst?«

»Und ob.« Demonstrativ griff Liz nach dem Kochlöffel und rührte im Topf.

»Was gibt's?« Ethan trat ein und sah ihn an.

»Liz hat Rückenschmerzen.«

Ethans Augen weiteten sich, während er auf Liz zuging. »Soll ich die Tasche fürs Geburtshaus holen?«, stotterte sein Bruder und sah Liz besorgt an.

»Es sind nur Rückenschmerzen, keine Wehen«, sagte sie, und Jim konnte erkennen, wie sie sich zu einem Lächeln zwang.

»Wir gehen besser ins Wohnzimmer, und du ruhst dich etwas aus.« Ethan nahm sie behutsam am Arm und zog sie zur Tür. »Du siehst nicht gut aus, ganz bleich.« Er warf Jim einen sorgenvollen Blick zu.

Ganz sicher würde sein Bruder während der Geburt umkippen. Vielleicht sollten sie darauf wetten, überlegte Jim, während er die Schuhe anzog. Wie sehr es ihn nervte, Kat begrüßen zu müssen, doch Liz sollte sich nicht noch mehr aufregen.

Jim stapfte fluchend durch den Regen auf die Scheune zu, vor der Kats alter Pick-up parkte. Unwillig betrat er das Holzgebäude und sah die Tierärztin und Quentin neben Fred knien. Sie sah kurz auf, dann konzentrierte sie sich wieder auf den Hinterlauf des Hundes.

»Hallo«, zwang er sich zu sagen.

»Hallo«, gab Kat zurück, ohne ihren Blick von dem Bein zu lösen.

»Ignoriert mich einfach. Ich bin gar nicht da«, sagte Quentin und flüsterte beruhigend auf Fred ein.

»Dein Lied …«, setzte Jim an und brach ab.

»Was ist damit?«, fragte Kat scheinbar unbeteiligt.

»Es war gut. Sehr außergewöhnlich. Ich wusste nicht, dass du auch singst.«

»Das tue ich auch nicht. War 'ne einmalige Sache.«

Jim rieb sich über den Nacken und lehnte sich an die Wand. »Jedenfalls glaube ich, dass ich die Botschaft verstanden habe.«

»Dann ist gut«, murmelte Kat.

»Bedeutet das, wir können ganz normal miteinander umgehen, wenn wir uns begegnen sollten?«, fragte er nach.

»Ich werde nicht die Straßenseite wechseln, falls du das meinst«, erklärte Kat kühl. Dann nickte sie zufrieden, lobte Fred und stand auf. »Es heilt sehr gut. Bald kann er es ein wenig mehr belasten. Dein kleiner Freund hat Glück gehabt«, sagte sie zu seinem Bruder.

Erleichtert nahm Quentin den Hund auf den Arm. »Kann ich gehen, oder geht ihr dann aufeinander los?«, fragte er herausfordernd.

»Verschwinde«, herrschte Jim ihn an.

Kat suchte ihre Sachen zusammen und verstaute alles in der prall gefüllten Untersuchungstasche.

»Wie geht es dir?« Unsicher blickte Jim sie an. Sie sah blass aus, und vielleicht lag es nur an ihren durchnässten Haaren, aber Kat wirkte leicht kränklich.

»Es geht. Vermutlich amüsiere ich mich nicht so wie du.« Stechend blickte sie ihn an.

Jim wusste, dass sie auf Sarah anspielte. »Ich versuche, mir über einiges klarzuwerden und wieder Ordnung in mein Leben zu bringen.«

Ihre Augen sahen auf den Boden. »So war das nicht gemeint. Wenn du den Song verstanden hast, dann weißt du, dass ich dir nur das Beste wünsche.«

»Danke«, mehr brachte er nicht heraus.

Die Scheunentür wurde aufgerissen, und Quentin stolperte herein.

»Verzieh dich, wir kommen auch ohne dich zurecht«, blaffte Jim ihn gereizt an.

»Liz …« Panik stand Quentin ins Gesicht geschrieben.

Kat rannte auf der Stelle mit ihrer Tasche unter dem Arm los, und auch Jim erwachte aus seiner Starre. »Was ist los?«, wollte er wissen, während er, so schnell es seine Rippen zuließen, neben Quentin durch den Regen eilte.

»Liz hat im Wohnzimmer plötzlich eine Wehe bekommen

und ist einfach zusammengebrochen. Sie hat starke Schmerzen.«

»Dann kommt das Kind wohl schneller, als sie dachte.«

Ohne die verdreckten Schuhe auszuziehen, liefen sie bis ins Wohnzimmer, wo Liz auf dem Teppichboden lag und stöhnte. Um sie herum war der Boden feucht.

»Die Fruchtblase ist gerade geplatzt«, sagte Kat, die bereits neben seiner Schwägerin kniete. »Zu spät, um ins Geburtshaus zu fahren. Liz sagt, sie verspürt schon jetzt den Druck, zu pressen.«

Kreidebleich saß Ethan am Boden, stützte Liz' Kopf mit seinen Beinen und sprach beruhigend auf sie ein, während er ihre Haare streichelte. Panik stand ihm ins Gesicht geschrieben. Liz schrie auf, und ihr ganzer Körper verkrampfte sich. Schweiß perlte auf ihrer Stirn, und sie bäumte sich immer wieder auf.

»Quentin, ruf einen Krankenwagen«, wies Kat diesen an. Dann sah sie Liz aufmunternd an. »Ich wasche mir die Hände, und dann taste ich deinen Bauch ab.«

»Kannst du das denn?«, fragte Ethan zweifelnd.

»Es wurde mir vor langer Zeit gezeigt. Schätze, das muss jetzt ausreichen.« Kat stand auf und verschwand in den Flur.

Ehe Jim weiter darüber nachdenken konnte, tauchte Harry in der Tür auf. Wasser rann von seinen grauen Haaren sein Gesicht herunter, und auch sein Regenmantel tropfte. »Nicht schon wieder«, stieß er hervor. Kat kam zurück in den Raum und tastete über den dünnen Stoff von Liz' Kleid. Jim sah, wie sich ihre Augenbrauen zusammenzogen und sich dann ihre Augen kaum merklich weiteten. Er kannte diesen Blick. Kat hatte ihn gehabt, nachdem er sie von sich runtergeschoben hatte. Etwas stimmte nicht.

»In Ordnung. Du machst das nicht zum ersten Mal«, sprach Kat ruhig auf Liz ein. »Du weißt, wie du atmen musst, aber press auf keinen Fall.« Dann stand sie hektisch auf und brüllte: »Quentin!«

Jim zuckte zusammen.

Schritte näherten sich auf dem Flur, und sein Bruder streckte den Kopf zur Tür herein. »Sie schicken einen Krankenwagen. Aber das nächste Krankenhaus ist, wie ihr wisst, nicht gerade um die Ecke. Daher wird es etwa dreißig Minuten dauern.«

Kat fuhr sich mit der Hand über das Gesicht und starrte zu Boden.

Jim trat an sie heran und flüsterte: »Was ist?«

»Ich befürchte, es gibt Komplikationen.«

Sein Herz schien ihm in die Knie zu sacken. »Kannst du helfen?«

»Ich bin Tierärztin, und Liz ist keine Kuh«, fuhr Kat ihn leise an. »Ich hab zwar in meiner Jugend viel Zeit im Krankenhaus meiner Familie verbracht und dabei zugesehen, wie die Hebammen die Lage des Kindes kontrolliert haben. Aber darum kann ich selbst noch lange keines auf die Welt bringen.«

»Verdammt.« Jim unterdrückte das Bedürfnis zu schreien, doch Ethan beobachtete ihn schon jetzt mit verzweifeltem Blick. »Du musst dir was einfallen lassen, Kat. Diese Familie verkraftet nicht noch ein Drama.« Fest sah er in ihre Augen. »Bitte.«

»Ich kann das nicht«, murmelte Kat, und wie in jener Nacht zitterten ihre Hände.

»Doch. Du kannst das. Du musst einfach. Unsere Mutter ist bei Ethans Geburt gestorben, genau in diesem Zimmer.

Lass nicht zu, dass die Frau, die er liebt, bei der Geburt seines Kindes stirbt.«

Langsam nickte Kat. Dann kniete sie sich wieder hin und nahm ihr Stethoskop aus der Tasche, mit dem sie sonst die Farmtiere untersuchte. Angespannt beobachtete Ethan jede ihrer Regungen und redete unablässig im Flüsterton auf Liz ein. Auch Jim konnte seinen Blick nicht von Kat lösen. Es war, als könnte er mit einem Mal in Kats Miene lesen. Was sie hörte, war nicht gut, das erkannte er an den zusammengepressten Lippen und der Art, wie sie geistesabwesend auf ihrem Piercing herumkaute. Sie setzte sich auf und sah einen Augenblick auf das Handy, das in ihrer offenen Tasche lag. Plötzlich griff sie mit einer entschlossenen Bewegung danach. Kat tippte eine Nummer ein, drückte auf den Lautsprecher und legte es neben sich.

»Der Krankenwagen kommt nicht schneller, nur weil du noch mal anrufst«, rief Ethan aufgelöst.

»Ich rufe keinen Krankenwagen«, sagte Kat und streichelte Liz beruhigend über das Bein.

Jim hielt sich die Seite und ließ sich vorsichtig auf dem Sofa nieder. Erst heute Morgen hatte er hier noch entspannt mit Liz beisammengesessen, diese dämliche Fernsehsendung geschaut, und nun drohte sich die Geschichte seiner Familie zu wiederholen. Er hatte keine Ahnung, was Kat vorhatte.

»Central Hospital Adelaide«, ertönte eine Stimme aus dem Handy.

»Bitte verbinden Sie mich umgehend mit Station drei«, bat Kat.

Eine lächerlich fröhliche Musik ertönte, und wieder krampfte Liz' Körper sich zusammen, und ihre Finger krallten sich in den dicken Teppichboden.

»Station drei. Frauenheilkunde«, sagte eine andere Stimme.

Jim sah, wie Kat schluckte. »Holen sie bitte umgehend Dr. Beaufort ans Telefon. Sagen Sie ihm, seine Tochter sei dran und es handelt sich um einen Notfall.«

»Selbstverständlich!« Die Stimme verstummte, und es waren Schritte zu hören, die sich vom Telefon entfernten.

»Du rufst deinen Vater an?«, fragte Jim leise.

»Er ist einer der führenden Gynäkologen in diesem Land«, murmelte Kat, und er bemerkte, wie sie um Fassung rang.

»Isabell, was ist los?«, fragte eine tiefe Stimme aus dem Lautsprecher.

»Ich bin es, Dad.« Mit unbewegter Miene starrte Kat vor sich hin.

»Katherine?« Die Stille, die sich dann einstellte, war auch für Jim schwer auszuhalten. »Du holst mich aus der Visite«, sagte ihr Vater schließlich vorwurfsvoll.

»Ich bin hier auf einer abgelegenen Farm, und eine Freundin liegt in den Wehen. Der Krankenwagen wird noch etwa eine halbe Stunde brauchen. Ich brauche deine Hilfe«, erklärte Kat mit bebender Stimme.

»In Ordnung«, gab ihr Vater schon etwas versöhnlicher zurück. »Gib mir alle Informationen.«

»Die Patientin ist Ende zwanzig und Zweitgebärende in der einundvierzigsten Schwangerschaftswoche. Das erste Kind wurde problemlos spontan entbunden.« Fragend sah Kat zu Liz, und diese nickte bestätigend mit dem Kopf, während sie weiter leise vor sich hin stöhnte. »Die Wehen haben erst vor ein paar Minuten eingesetzt, aber sie hat bereits das Bedürfnis zu pressen. Der Blasensprung ist erfolgt, das Fruchtwasser scheint klar zu sein.« Mit der Hand fuhr Kat über die nasse Stelle am Boden und roch an ihren Fingern. »Ja, Fruchtwasser ist unauffällig«, bestätigte sie.

Fasziniert beobachtete Jim, wie rational Kat vorging. Trotz der Stresssituation blieb sie völlig ruhig.

»Scheint sich um eine Sturzgeburt zu handeln«, diagnostizierte ihr Vater.

»Das war noch nicht alles«, sagte Kat und schlug die Augen nieder. »Wenn ich es richtig ertastet habe, liegt das Kind in Beckenendlage. Vor ein paar Tagen war die Mutter bei der Hebamme, und das Kind befand sich in Schädellage. Es muss sich gedreht haben.«

Ein Seufzen drang durchs Telefon. »Wenn ich da wäre, würde ich es eventuell mit einer äußeren Drehung versuchen, aber das ist zu gefährlich für eine ungeübte Person, und wenn es tatsächlich eine Sturzgeburt ist, fehlt dafür sowieso die Zeit.«

»Wir brauchen eine schnelle Lösung«, gab Kat besorgt zurück. »Ich habe die Herztöne abgehört. Sie fallen bedenklich ab und brauchen länger, um sich wieder zu stabilisieren.«

Stöhnend lehnte Harry sich gegen den Türrahmen. Jim sah Ethan an, der regungslos zu Liz starrte und seine Hände an ihr Gesicht gelegt hatte. Das war ein Albtraum. Ein Albtraum, der ihnen allen vertraut war.

»Dann musst du das Kind schnellstmöglich entbinden. Ich leite dich an, und du sagst mir alles, was du spürst«, sagte ihr Vater. »Isabell hat erzählt, du bist inzwischen Tierärztin. Du wirst das schon hinbekommen, Katherine.«

Ein Lächeln zuckte in Kats Mundwinkeln, und trotz dieser schrecklichen Situation empfand Jim für einen Moment Zuversicht. Kat kramte in ihrer Tasche und nahm ein paar Gummihandschuhe heraus.

»Wir warten in der Küche.« Jim stand auf, ging zu seinem Vater und legte ihm die Hand auf die Schulter. »Das wird schon.«

»Bring noch saubere Handtücher«, rief Kat ihm hinterher.

Nachdem er die Handtücher ins Wohnzimmer gebracht hatte, ging Jim zu den anderen in die Küche. Schweigend saßen Harry und Quentin am Tisch, und auch John hatte sich inzwischen eingefunden und mahlte angespannt mit den Kiefern. Immerhin war Ollie noch im Kindergarten und bekam von diesem Drama nichts mit. Jim erinnerte sich nicht mehr an den Tag, an dem ihre Mutter gestorben war. Doch er wusste, dass John es tat. Dieser eine Tag hatte seinen Bruder fürs Leben gezeichnet. Nein, Ollie durfte seine Mutter auf keinen Fall verlieren. Sie alle durften Liz nicht verlieren. Die Seitentür sprang auf, und River stürzte in ölverschmierter Arbeitskleidung herein. »Quentin hat mir Bescheid gegeben«, stieß er keuchend hervor. »Wie sieht es aus?«

»Es gibt Komplikationen. Kat hat ihren Vater am Telefon und versucht, das Kind zu entbinden«, fasste Jim die Situation zusammen.

»Scheiße.« Ernüchtert ließ River sich auf einen Stuhl fallen.

***

»Wie heißt unsere Patientin?«, fragte ihr Vater.

»Liz«, murmelte Kat und half dieser, ihre Unterhose abzustreifen.

»In Ordnung, Liz, machen Sie sich keine Sorgen. Zusammen bekommen wir das hin«, hallte es aus dem Lautsprecher.

»Danke«, hauchte Liz und krümmte sich erneut zusammen.

Ethan reichte ihr seine Hand, und augenblicklich drückte Liz fest zu.

»Katherine, du wirst ein warmes Handtuch brauchen, um das Kind während des Geburtsvorgangs abzustützen. Wenn es nicht vorgewärmt ist, könnte das Baby vor Schreck die Arme hochreißen, und das wollen wir verhindern.« Er hielt inne und schien nachzudenken, während Ethan sich eines der Tücher schnappte und es auf die Heizung legte. »Hast du deine Hände gewaschen?«, wollte Kats Vater von ihr wissen.

»Natürlich. Und ich trage Handschuhe.«

Ihr Vater erklärte ihr, wie sie den Geburtsfortschritt ertasten sollte.

Kat bemühte sich, das Zittern ihrer Hände zu unterdrücken. Sie schob das wunderschöne Blumenkleid ein Stück zurück und lächelte Liz zu. Jetzt war nicht der richtige Zeitpunkt, um Angst zu haben. Sie musste tun, was getan werden musste. Angespannt führte Kat die Anweisung aus.

Sie konzentrierte sich ganz auf ihre Finger. »Etwas Hartes drückt von oben gegen den Muttermund.«

»Das ist der Steiß des Kindes.« Er machte eine kurze Pause. »Mir ist klar, Liz, dass jede Bewegung gerade sehr unangenehm ist, aber nun müssen wir Sie in den Vierfüßlerstand bringen.«

Ethan half Kat, die bereits völlig entkräftete Liz zu stützen. Die Arme auf das Sitzpolster gestützt, kniete sie kurz darauf vor dem Sofa. Erneut stöhnte Liz auf, und Kat konnte sehen, wie sich ihr ganzer Körper anspannte. »Ich muss pressen, es geht nicht mehr«, wimmerte Liz.

»Katherine, du nimmst jetzt das vorgewärmte Handtuch

und hältst es wie eine kleine Hängematte unter Liz. Das Kind wird mit den Beinen nach oben zusammengeklappt mit dem Po zuerst herauskommen, und du stützt diesen nur mit dem Handtuch etwas ab.« Ihr Vater klang ernst, aber nicht panisch. Seine Stimme zu hören beruhigte Kat.

Ethan sprang auf, schnappte sich das Tuch und reichte es ihr. Kat platzierte es unter Liz, genau wie ihr Vater es ihr erklärt hatte. Dann beugte sie sich hinunter und rief aufgeregt: »Ich kann den Hintern erkennen!« Liz' Schreie wurden lauter. Plötzlich rutschte der Hintern heraus, und Kat hielt vorsichtig das Handtuch darunter.

»Lass es in seinem Tempo kommen. Gleich sollten die Beine hinausrutschen«, hörte sie ihren Vater wie aus weiter Ferne.

Liz krallte sich an Ethans Händen fest, der kreidebleich zwischen ihr und Kat hin und her sah. Mit einer überraschenden Geschwindigkeit flutschte das Baby ein Stück weiter hinaus, und man sah ein paar dünne Beinchen, die in das Handtuch hineinbaumelten. Für einen Moment hatte Kat das Gefühl, das alles sei nur ein Traum und würde nicht wirklich geschehen. Doch sie sprach tatsächlich mit ihrem Vater und half dem jüngsten Bennett auf die Welt.

Das Stöhnen wurde leiser, und keuchend atmete Liz durch.

»Mit der nächsten Wehe wird es vermutlich bis zur Brust herausrutschen. Vielleicht kommt es schon bis zu den Schultern.«

Gebannt starrte Kat auf die winzigen Füße, deren Zehen sich bewegten. Dieses Kind war halb geboren, und noch lebte es. *Bitte lass alles gutgehen.* Liz stöhnte wieder, und tatsächlich rutschte der Säugling bis zu den Schultern heraus. Schlaff hingen die Ärmchen zu beiden Seiten herunter. »Es ist nur noch der Kopf drinnen«, rief Kat nervös.

»Sehr gut. Wirklich gut. Der Kopf sollte sich jetzt ins Becken drehen und dann ohne Probleme herauskommen«, sagte ihr Vater.

Wie gebannt starrte Kat hinunter. Sie hatte keine Ahnung, wie viel Zeit verging, doch es passierte nichts. »Es kommt nicht, obwohl Liz presst!«, schrie sie Richtung Handy.

»Dann musst du nachhelfen. Schieb deinen Daumen unter dem Gesicht des Kindes hinein. Dann ertastest du seinen Mund und fasst dort ganz vorsichtig hinein. Du übst sanften Druck aus, damit es den Kopf nach unten senkt. Das Kinn muss zu seiner Brust.«

Verzweifelt vergrub Ethan das Gesicht in Liz' Haaren. Doch Kat konnte sich gerade nicht um ihn kümmern, sie musste sich voll und ganz auf das winzige Menschlein konzentrieren. Erleichtert ertastete sie den Mund und befolgte die Anweisungen ihres Vaters. Wie ein nasser Sack plumpste das Baby in ihren Schoß. »Es ist da.« Ungläubig starrte sie auf das verschmierte kleine Bündel.

»Atemwege!«, rief ihr Vater, und Kat tupfte vorsichtig mit dem Handtuch über das gerötete und leicht verknautschte Gesicht. Der Säugling wimmerte, und Kat öffnete seinen Mund, um sicherzustellen, dass sich darin keine Flüssigkeit befand. Ein unzufriedener Schrei drang aus dem kleinen Körper, dessen Brustkorb sich kräftig auf und ab bewegte, während die dünnen Ärmchen durch die Luft ruderten. Noch einmal krähte es mit Nachdruck, dann verstummte es.

»Gott sei Dank«, stieß Ethan hervor und küsste Liz auf die Haare, die erleichtert zu schluchzen begann.

Eilig schlug Kat das Baby in das Handtuch ein und reichte Liz ihr Kind. Der Blick in ihren Augen berührte Kat zutiefst. Nie zuvor hatte sie einen solchen Ausdruck gesehen. Schluchzend küsste Liz immer wieder die Stirn ihres Babys, und Ethan sah es fassungslos an.

»Wozu darf ich gratulieren?«, durchdrang die Stimme ihres Vaters die Stille.

Ein Grinsen zog sich über Kats Lippen. »Zur ersten Tochter seit drei Generationen«, verkündete sie.

»Ein Mädchen?«, flüsterte Ethan ungläubig. »Dann kann Ollie ja endlich ein echter Ritter sein und seine Schwester beschützen.« Ergriffen drückte er Kats Hand.

»Ich habe eine Tochter«, stammelte Liz und sah Kat mit Tränen in den Augen an. »Ich danke dir.«

»Ich nehme an, du weißt, wie man die Nabelschnur abbindet und durchtrennt?«, fragte Kats Vater.

»Ja, das schaffen wir jetzt auch noch.«

»In Ordnung. Ich bleibe noch dran, bis die Plazenta da ist, damit wir sicher sein können, dass sie vollständig ist und es keine weiteren Komplikationen gibt.«

Kat rutschte etwas von Liz weg und griff nach dem Handy. Schnell stellte sie den Lautsprecher aus und legte es an ihr Ohr. »Danke, Dad. Ohne dich hätte ich es nicht geschafft.«

»Katherine«, sagte er ruhig, »ich würde mich freuen, wenn du mich heute Abend zu Hause anrufst. Wir sollten endlich miteinander reden.«

»Vielleicht sollten wir das wirklich.« Eine Flut von Emotionen überrollte Kat. Das Baby, Liz' Anblick, die Stimme ihres Vaters – das war einfach alles zu viel auf einmal. Sie schlug eine Hand vor die Augen und rang nach Luft.

***

Die Minuten vergingen wie Stunden. Jim sprang auf, nahm die Küchenuhr von der Wand und riss die Batterie heraus. Das Ticken machte ihn wahnsinnig. Keiner sprach etwas, alle starrten nur vor sich hin und lauschten Liz' Schreien. Plötzlich wurde es still, und Jim konnte sehen, wie Harry die Hände faltete und tonlos ein Gebet sprach. Dann war auf einmal ein Wimmern zu hören. Fassungslos sahen sie einander an, als müssten sie sich vergewissern, es wirklich gehört zu haben. Dann folgte ein heller Schrei, kräftig und missmutig, und brachte ihnen die Erlösung, auf die sie gehofft hatten.

»Amen«, brummte Harry und fuhr sich über den Bart.

Jim atmete aus. Das Kind lebte! Wieder schrie es, und er war sich sicher, nie etwas Schöneres gehört zu haben.

John stand auf, ging zum Vorratsschrank und nahm eine Flasche Whisky heraus. Er schraubte sie auf, schloss die Augen und setzte sie an die Lippen. Dann reichte er sie River, und auch dieser trank daraus. Reihum wanderte die Flasche, bis sie schließlich bei Harry landete. »Erst wenn wir wissen, dass es Liz gutgeht«, brummte er.

Jim wusste, dass sein Vater den schlimmsten Moment seines Lebens gerade zum zweiten Mal durchlebte. Minuten später hallten Schritte durch den Flur, und alle sprangen auf. Mit einem beseelten Grinsen auf den Lippen trug Ethan ein kleines Bündel herein. Vorsichtig schob er das Handtuch ein wenig zur Seite und reichte Harry das Kind, dessen dunkelblonde Haare an dem winzigen Kopf klebten. »Deine erste Enkeltochter«, flüsterte Ethan ihm zu.

Verdutzt sah sein Vater auf das Kind, zu Ethan und zurück zum Baby. Harrys Fassungslosigkeit löste die Anspannung der Brüder und ließ sie in freudiges Gelächter ausbrechen.

»Gott sei Dank«, murmelte Harry. »Noch einen von der Sorte hätte ich nicht ertragen.« Er senkte seinen Kopf und küsste die winzige Stirn des Kindes. »Und wie heißt meine Enkelin?«

Ethan lächelte. »Charlotte Katherine Bennett. Wir werden sie Charlie rufen.«

Jim klopfte ihm anerkennend auf die Schulter. Die Kleine nach ihrer Großmutter und Kat zu benennen war ein schöner Gedanke.

»Und Liz?«, fragte John.

»Sie ist völlig erschöpft, aber überglücklich.« Ethan nahm Harry das Bündel vorsichtig aus dem Arm. »Ich denke, ich sollte Charlie jetzt zu ihrer Mutter zurückbringen.« Dann ging er wieder hinaus.

Harry erwachte aus seiner Starre und folgte ihm. »Wo willst du hin?«, rief Jim ihm hinterher.

»Die verdammten Zigarren holen, die ich für diesen Moment gekauft habe.«

Nachdem sie in der Scheune die Ankunft der neuen Nichte und Enkeltochter mit den höllisch teuren Zigarren gefeiert hatten, war der Krankenwagen auf den Hof gerollt.

Jim lief durch den Flur und linste durch die einen Spaltbreit geöffnete Wohnzimmertür. Kat saß am Boden und rieb mit einem Handtuch über den feuchten Teppich. Neben ihr lagen mehrere Handtücher mit Blutspuren, und der gesamte Inhalt ihrer Tasche war im Zimmer verteilt.

Leise klopfte Jim an, unsicher, ob sie ihn sehen wollte. Mit einem Seitenblick auf ihn nickte Kat.

»Du hast es geschafft«, sagte er. »Die Sanitäter konnten Mutter und Kind gesund zur Kontrolle ins Krankenhaus bringen, und ich habe jetzt eine kleine Nichte. Ist das nicht unglaublich?« Er war noch immer völlig berauscht von der Erleichterung und dem Anblick des zarten Wesens, das Liz auf die Welt gebracht hatte.

»Ja.« Kat lächelte und schrubbte weiter den Boden.

»Lass das. Du musst nicht auch noch den Teppich sauber machen. Ich fürchte, er ist so oder so hinüber.«

»Es hilft mir dabei, mich zu beruhigen«, sagte Kat.

Erst jetzt erkannte Jim ihre geröteten Augen. »Du hast geweint?«

Zögernd nickte sie. »Als die Anspannung abgefallen ist. Es hat mich einfach überwältigt. Ich habe so viele Tiergeburten erlebt, aber das hier«, sie hob die Hände, »war unbeschreiblich. Ein richtiger winziger Mensch, und ich war dabei, als Charlie ihren ersten Atemzug gemacht hat.«

Jim sah hinunter auf seine Füße. Wahrscheinlich dachte Kat an ihre Abtreibung. Als sie ihm davon erzählt hatte, war nicht zu übersehen, dass sie noch immer damit haderte. Es war ein Verlust, über den sie vermutlich nie völlig hinwegkommen würde.

»Du hast deinen Vater angerufen«, wechselte er das Thema.

Kat nickte nur.

»Du wolltest nicht einmal dieses Geld, als dein eigenes Leben davon abhing, nur weil dein Vater es mitbekommen würde. Du hättest lieber in Kauf genommen, dass Lenny alles zerstört.«

»Es ging doch um das Leben des Babys. Und um Liz. Und um euch alle«, murmelte Kat und begann, die verstreuten Medikamente, Scheren und Verbandsmaterialien zurück in ihre Tasche zu stopfen.

»Wirst du Firefly Creek verlassen, nachdem du dich nicht mehr vor Lenny verstecken musst?«

Kat zog die Nase kraus. »Wie kommst du darauf? Ich wollte schon immer auf dem Land leben. Die Stadt hat mir nie gut getan. Ich bin nicht nur wegen Lenny hierhergezogen. Das alles hier, die Farmen, die Landschaft, der kleine Ort – das ist so, wie ich es mir gewünscht habe.«

Also hatte Kat nicht vor abzuhauen. Sie würde hierbleiben und mit ihrer Praxis ein fester Teil der Gemeinde werden. Jim stand auf und sah sie unsicher an. »Ich werde nie vergessen, was du heute für meine Familie getan hast.« Er machte einen Schritt auf sie zu und griff nach ihrem Arm. »Danke.«

Kat lächelte, doch es wirkte nicht fröhlich. »Wir sind quitt, Jim.« Sie nahm ihre Tasche und ging zur Tür hinaus.

***

Unschlüssig hielt Kat das Handy in der Hand. Seit einer gefühlten Ewigkeit saß sie auf dem Sofa und versuchte, den Mut zu fassen, endlich die Nummer ihrer Eltern zu wählen. Neidisch sah sie zu Rusty, der schnarchend auf ihren Füßen lag. Sie fühlte sich, als hätte sie seit Tagen nicht geschlafen. Die Aufregung schien alle Energie aus ihr gesaugt zu haben. Nach dem unbeschreiblichen Hoch, das sie direkt nach der Geburt empfunden hatte, war ihre Stimmung ins Bodenlose gestürzt. Während auf Silverwood vermutlich alle glücklich zusammensaßen und die Geburt von Charlie feierten, war sie hier und fühlte sich einsamer als jemals zuvor. Sie hatte sich nicht einmal aufraffen können zu duschen. Noch immer hatte sie ihre blutverschmierte Kleidung an, und ihr Körper war klebrig vom Angstschweiß.

Schließlich tippte sie nervös die Nummer. Wenn sie es jetzt nicht über sich brachte, würde sie den Mut dazu niemals finden. Kat lauschte mit rasendem Herzen dem Tuten.

»Beaufort«, hörte sie die kräftige Stimme ihres Vaters.

»Hi, Dad.«

»Du rufst wirklich an«, sagte er, und Kat glaubte, Erleichterung in seiner Stimme zu hören.

»Ich wollte mich für deine Hilfe bedanken. Die Frau, der du heute geholfen hast, liegt mir sehr am Herzen.«

»*Du* hast ihr geholfen«, gab ihr Vater zurück.

»Ohne dich hätte ich es nicht geschafft.« Kat bemühte sich, nicht an die beklemmende Angst zu denken, die sie während der Geburt empfunden hatte.

»Du warst gut. Für eine Tierärztin.«

Kat lachte leise. »Ich bin eine gute Tierärztin.«

»Daran habe ich keinen Zweifel. Du hättest eine hervorragende Ärztin abgegeben.«

Da war er – der alte Vorwurf. Diese Erwartungshaltung, die damals einen Keil zwischen Kat und ihre Eltern getrieben hatte. »Ich glaube, wir legen jetzt besser auf«, murmelte sie.

Ihr Vater seufzte. »So war das nicht gemeint, Katherine. Ich habe viel über dich nachgedacht in den vergangenen Jahren. Als du ausgezogen bist, glaubte ich, du würdest dein Leben wegwerfen, und eine Zeitlang sah es auch danach aus. Aber nach allem, was mir Isabell immer wieder über dich berichtet hat, hast du es aus eigener Kraft geschafft, deine Ziele zu erreichen. Und das verwundert mich nicht, du warst schon immer zäh und hast dich nicht einschüchtern lassen.«

Auf einmal durchflutete Kat ein warmes Gefühl. Wie gut es tat, die Stimme ihres Vaters zu hören. Sie war immer ein

Papa-Kind gewesen. Hatte zu dem eindrucksvollen und erfolgreichen Mann aufgesehen, bevor sie älter und alles so verflixt kompliziert wurde. »Es war nicht leicht.«

»Du hättest es einfacher haben können«, hörte sie ihn sagen und wusste, dass er auf den Fonds anspielte.

»Nach allem, was zwischen uns schiefgelaufen ist, wollte ich nicht einfach kommen und das Geld abgreifen«, gab Kat zurück.

»Du hast jetzt deine eigene Praxis?«

»Es ist eine recht bescheidene Praxis, und sie ist nicht gerade auf dem neusten Stand, aber ich liebe es hier.«

»Das freut mich für dich. Wirklich.«

Kat lehnte sich entspannt zurück. »Danke.«

»Wie sind deine Pläne für die Zukunft? Hast du dich auf einen bestimmten Bereich spezialisiert?«

»Auf Rinder- und Pferdezucht. Ich hatte schon die Gelegenheit, hier einige Rinder zu besamen, und so langsam beginnen die Farmer, sich für diese Möglichkeit zu interessieren. Sobald die Praxis Gewinn abwirft, würde ich sie gern etwas mehr für diesen Zweck ausbauen, aber das hat keine Eile.« Kats ließ ihren Blick durch die kleine Wohnung schweifen, die ihr jeden Tag mehr ans Herz wuchs.

»In gewissem Sinne machen du und ich also das Gleiche«, stellte er fest.

Ihr Vater war ein Spezialist auf dem Gebiet der künstlichen Befruchtung. Natürlich hatte sie über die Jahre jeden Fachartikel, den sie über ihn in die Finger bekam, gelesen. »Nur dass du Menschenbabys machst und ich Kälber«, scherzte Kat.

»Du weißt sicher, dass Isabell sich die Dermatologenpraxis mit ihrem Teil des Fonds eingerichtet hat?«

»Ich nehme an, Issis Patienten sind anspruchsvoller als meine.« Belustigt gluckste Kat, und auch ihr Vater lachte leise.

»Ich will dir damit sagen, dass das Geld schon immer dir gehört hat. Lange Zeit hatte ich die Sorge, du würdest es für Dinge verwenden, die …«, er brach ab. »Du hast es nie angerührt, aber ich denke, jetzt ist der richtige Moment gekommen.«

»Du möchtest, dass ich das Geld dazu nutze, die Räume auf Vordermann zu bringen, in denen ich Hunden die Analdrüsen ausdrücke und Katzen auf den Untersuchungstisch pinkeln?« Ungläubig runzelte Kat die Stirn.

»Ach, Katherine, du bist noch immer die Alte, wie ich höre«, stöhnte ihr Vater theatralisch. »Wenn es das ist, was dich glücklich macht und dich dazu bewegt, uns irgendwann wieder zu besuchen, ja, dann möchte ich das.«

»Ich weiß nicht, was ich sagen soll«, flüsterte sie.

»Deine Kontonummer wäre ein guter Anfang.«

»Wie geht es Mum?« Angespannt wartete Kat auf die Antwort. Die vielen Streitereien von damals belasteten sie noch heute. Und doch sah sie ihre Mutter vor sich, als wäre es erst gestern gewesen, und wenn sie ehrlich war, hatte sie sich hin und wieder nach einer Umarmung von ihrer Mum gesehnt.

»Deine Mutter vermisst dich.«

»Wirklich?« Kats Herz begann erneut zu rasen.

»Natürlich, du bist ihre Tochter.«

Kat dachte an Liz' überwältigten Gesichtsausdruck zurück, als sie ihr Charlie in die Arme gelegt hatte. »Meinst du, ich kann mit Mum sprechen?«

»Ich bringe ihr gleich das Telefon.« Kat konnte hören, wie

er durch das weitläufige Haus schritt, in dem sie aufgewachsen war.

»Katherine?« Vor Aufregung schrie ihre Mutter beinahe ins Telefon.

»Hi, Mum.« Mehr bekam Kat nicht heraus.

Ein Schluchzen drang durch den Hörer. »Du bist es wirklich.« Wieder schluchzte ihre Mutter, und auch Kat rieb sich die brennenden Augen. »Dein Vater hat mir erzählt, was heute passiert ist. Du hast ein Kind zur Welt gebracht, das muss ergreifend gewesen sein.«

»Das war es allerdings.«

Geräuschvoll schnäuzte sich ihre Mutter. »Ich bin gerade am Kochen, aber weißt du was? Ich lasse alles stehen, und wir bestellen uns später etwas. Ich setze mich jetzt auf die Couch, und dann erzählst du mir, wie es dir geht.« Sie machte eine Pause. »Es ist so schön, dass du anrufst. Ich hoffe, wir können die Unstimmigkeiten der Vergangenheit endlich begraben.«

Kat hatte Mühe, gegen die Tränen anzukämpfen. »Ich musste erst dazu bereit sein, mich zu melden. Jetzt bin ich es.« Kat schloss die Augen und lauschte der weichen Stimme ihrer Mutter. Wie sehr sie diesen Klang vermisst hatte.

Kapitel 18

»Der letzte Patient kommt doch nicht, Kat«, schallte es durch die Sprechanlage. »Der Hund hat den Flummi, den er verschluckt hat, eben wieder rausgewürgt.«

Kat zog die Nase kraus und drehte irritiert den Kopf. Hatte Mrs. White sie tatsächlich eben bei ihrem Vornamen genannt? Sie drückte auf den Knopf der Anlage. »Danke Edna.« Dann wartete Kat gespannt auf einen Tadel, doch nichts passierte. Ein Grinsen schlich sich auf ihre Lippen.

Also hatte sie noch eine halbe Stunde, ehe Ednas Enkelin kommen und sich als mögliche Verstärkung für die Praxis vorstellen würde. In den letzten Tagen hatte sie überall in der Stadt Flyer mit dem Stellenangebot ausgehängt, doch keine Reaktionen darauf erhalten. Schließlich hatte Edna ihr von ihrer Enkelin erzählt, die in Dunham eine Ausbildung zur Krankenschwester absolviert hatte und danach keinen Job in diesem Bereich hatte finden können. Anscheinend arbeitete sie nun schon seit einigen Jahren frustriert als Verkäuferin im Supermarkt. Eine Krankenschwester war keine Tierarztgehilfin, aber mit etwas Einarbeitung konnte es tatsächlich funktionieren. Um Platz für Operationen zu schaffen, hatte Kat das Büro ausgeräumt und alle Unterlagen und den Schreibtisch in eine Ecke ihres Wohnzimmers geschafft. Die Wände des ehemaligen Büros waren neu gestrichen, und in einigen Tagen würde ein neuer Boden verlegt werden, der leicht zu reinigen war. Jeden Tag mussten die neuen Operationsinstrumente und ein OP-Tisch eintreffen. Es ging endlich voran.

Ihr Vater hatte umgehend die erste Auszahlung an sie angewiesen. Doch erst als auch ihre Mutter ihr versicherte, dass es im Sinne von Kats verstorbenem Großvater sei, das Geld für ihre Praxis auszugeben, hatte sie sich getraut, die Bestellungen aufzugeben. Und nun würde sie schon bald ihren eigenen kleinen Operationsraum haben. Kat lächelte und griff nach dem Klebeband. Es war höchste Zeit, den Behandlungsraum zu streichen und ihm damit ihren eigenen Stempel aufzudrücken. Konzentriert begann sie, die Fensterbank abzukleben, danach die Randleisten. Während sie auf dem Boden saß und ein weiteres Stück Klebeband abriss, fiel ihr Blick auf die Fliesen unter dem Behandlungstisch. Dort hatte Jim gelegen. Wie immer, wenn sie an diesen Moment zurückdachte, wurde ihr eiskalt. In diesem schrecklich langen Augenblick, in dem sie nicht wusste, ob Jim noch lebte, hatte all das hier – die Praxis, ihre Pläne und auch Lenny – keine Rolle mehr gespielt. Alles war ihr völlig egal gewesen.

Doch dann waren ihr die übrigen Bennetts zu Hilfe gekommen, zum ersten Mal in ihrem Leben waren andere für sie eingestanden. Seufzend befestigte Kat den Streifen an der Randleiste. Immerhin hatte sie ihre Schuld bei der Familie mit ihrem Einsatz bei Charlies Geburt begleichen können. Diese lag nun eineinhalb Wochen zurück, und seitdem war Kat keinem von ihnen mehr begegnet. Sie brachte es nicht über sich, Liz zu besuchen, um Jim nicht zu begegnen. Es wollte ihr einfach nicht gelingen, ihn zu vergessen, und sie war sich sicher, dass er ihr das ansehen würde. Ob sie es wollte oder nicht, sie liebte diesen Kerl. Jeden Morgen galt Kats erster Gedanke Jim. Wenn sie sich in ihrer Wohnung aufhielt, erinnerte sie sich daran, wie er in den Tagen nach Lennys Auftauchen auf ihrem Sofa genächtigt hatte. Sie sah ihn vor sich, wie er scheinbar in die Zeitung vertieft war, aber dennoch auf jedes Geräusch gelauscht hatte. Jim hatte sie beschützt, obwohl Kat ihm zuvor verletzende Worte an den Kopf geworfen hatte. Warum hatte er sich so für sie eingesetzt, wenn er nichts für sie empfand? Weil er einfach ein guter Kerl war? Weil er gesehen hatte, dass Kat nicht alleine aus dem Schlamassel herauskam? Es spielte keine Rolle. Jim hatte sich längst entschieden – gegen sie.

Etwas früher als erwartet läutete die Türglocke im Wartezimmer. Kat griff nach einem Block, um sich während des Gesprächs Notizen zu machen. Beschwingt schritt sie ins Wartezimmer und blieb wie angewurzelt stehen, als sie die Frau erblickte, die Edna herzlich umarmte. *Sarah.* Kat schluckte. Jims Freundin Sarah war Ednas Enkelin? Zögernd ging Kat auf sie zu.

Sarah lächelte sie unsicher an. »Hallo.«

»Dann gehen wir mal nach hinten«, stammelte Kat.

Sarah folgte ihr ins Behandlungszimmer und sah sich neugierig um. »Hier hat sich viel verändert, seit ich mit meiner Katze bei Doc Harlow war«, sagte sie.

»Das hoffe ich doch. Es war viel Arbeit, hier alles auszumisten und neu zu ordnen. Bald kommen neue Geräte, und es wird einen Operationsraum geben. Kleinere Eingriffe wie Kastrationen können zwar theoretisch auch hier durchgeführt werden, aber es nicht ideal.«

»Du hast viel zu tun.« Sarah wich ihrem Blick aus.

»Können wir offen reden?«, fragte Kat leise.

»Das sollten wir vermutlich.«

Kat lehnte sich gegen die Fensterbank und spielte mit den Zähnen an dem Piercing herum. »Ich schätze, wir hatten keinen guten Start«, begann sie unbehaglich.

»Das trifft es wohl ganz gut.« Sarah holte sichtlich Luft. »Ich weiß, das mit uns ist nicht ideal, aber die Stelle interessiert mich wirklich. Ich bin es leid, an der Kasse zu sitzen, nur weil wir hier kein Krankenhaus haben und die Stelle der Gemeindekrankenschwester schon besetzt ist. Ich möchte wieder bei Operationen assistieren und Patienten versorgen. Ob die ein Fell haben oder nicht, ist mir eigentlich egal.«

Kat lachte auf. »Sie werden Fell haben. Einige auch Federn.«

»Dann möchte ich mich offiziell bewerben.« Sarah lächelte vorsichtig.

»Ich muss mich auf dich verlassen können. Voll und ganz. Wenn es für dich ein Problem ist, dass dein Freund und ich«, Kat stockte, »miteinander hatten, was auch immer das war, dann ist das hier vermutlich keine gute Idee.« Sie konnte sich schon ausmalen, wie Jim Sarah hier nach der Arbeit abholen würde. Auf einmal war ihre Brust wie zugeschnürt. Jim mit dieser Frau zu sehen würde ihr das Herz brechen. Auch wenn Kat froh war, dass er sein Glück gefunden hatte, so war es dennoch etwas anderes, es ständig vor der Nase zu haben. Aber sie hatte wohl keine Wahl. Es gab keine anderen Bewerber und vermutlich niemanden, der qualifizierter war als Sarah.

»Mein Freund?« Überrascht sah Sarah sie an. »Meinst du Jim?«

Alleine schon seinen Namen aus ihrem Mund zu hören schmerzte mehr, als Kat erwartet hätte. Sie nickte nur.

Sarah machte einen Schritt auf sie zu. »Wir sind nicht zusammen. Um ehrlich zu sein, hat sich die Sache mit uns ein für alle Mal erledigt. Vor ein paar Tagen hat er mich um ein Gespräch gebeten und mir mitgeteilt, was ich schon lange geahnt habe: dass er sich nicht weiter mit mir treffen möchte.« Sie lachte leise auf. »Und um ehrlich zu sein, bin ich erleichtert. Ich bin es leid, auf einen Mann zu warten, der sich nicht festlegen kann. Es ist ja auch nicht so, dass es in diesem Ort keine anderen Kerle gäbe.«

Kat starrte sie an, unfähig, etwas zu sagen.

Sarah zog die Augenbrauen zusammen. »Eigentlich dachte ich, du wüsstest das längst. Ich habe angenommen, dass er mit dir zusammen sein will. Er hat es zwar nicht ausgesprochen, aber es war mir klar, dass du die andere Frau warst, mit der er sich getroffen hat. Es hat mich Überwindung gekostet, heute herzukommen, aber letztlich ist die Sache zwischen Jim und mir nie wirklich ernst gewesen. Daher hatte ich gehofft, du kannst darüber hinwegsehen.«

»Er hat sich auch gegen mich entschieden«, flüsterte Kat.

Sarah stemmte die Hände an die Hüften. »Dieser Kerl ist doch unfassbar. Anscheinend ist keine Frau gut genug für Jim Bennett.«

Beim Anblick ihres empörten Gesichtsausdrucks prustete Kat los. »Das nimmt uns beiden immerhin eine Sorge ab.«

»Also habe ich die Stelle?«

»Aber so was von.« Kat trat vor und reichte ihr die Hand.

Zaghaft griff Sarah danach. »Und wann fange ich an?«

»Wie wäre es mit morgen?« Kat drückte auf den Knopf der Sprechanlage. »Edna? Ich habe mir jetzt endlich einen Ihrer

Schokoriegel verdient. Ihre Enkelin arbeitet ab morgen bei uns.«

»Wartet einen Moment, Mädchen, ich bin gleich bei euch«, schallte Ednas Stimme wie immer zu laut durch die Anlage.

»Jetzt packt sie sicher ihren Likör aus«, sagte Sarah grinsend.

»Edna hat Likör in ihrer Tasche?«

»Immer!« Sarah sah auf das Klebeband an der Randleiste. »Streichst du heute noch?«

»Wenn ich mit dem Abkleben fertig werde. Vermutlich muss ich eine Nachtschicht einlegen, um es bis zur Sprechstunde morgen fertig zu bekommen.«

»Wenn wir es zu zweit machen, brauchst du nur halb so lange«, stellte Sarah nüchtern fest.

»Du hilfst mir?« Überrascht sah Kat sie an.

»Warum nicht? Ich habe heute nichts mehr vor, und so lernen wir uns etwas kennen.«

Die Tür wurde aufgestoßen, und Edna rauschte herein. Sie stellte drei kleine Gläser auf den Untersuchungstisch und goss mit zittrigen Händen einen knallrosa Likör hinein. »Himbeere. Zur Feier des Tages«, verkündete Edna feierlich.

»Sie haben sogar Gläser in der Tasche?« Verdutzt nahm Kat eines davon entgegen.

»Ich hatte gehofft, dass ihr euch einig werdet. Auf die Praxis und auf Sie, Kat.« Edna hob ihr Glas und musterte sie streng durch ihre Brille. »Ich hätte nicht gedacht, dass eine wie Sie das hier hinbekommt. Aber ich glaube langsam, Sie werden es schaffen.«

Kat unterdrückte ein Lachen, und auch Sarah hatte offensichtlich Schwierigkeiten, an sich zu halten.

»Auf die Zukunft«, rief Kat und schluckte den süßen, klebrigen Likör hinunter.

***

Jim saß auf dem Sofa und genoss die Stille. Knapp zwei Wochen war die kleine Charlie nun schon auf der Welt, und nach einigen Tagen im Krankenhaus hatte Ethan eine erschöpfte, aber glückliche Liz nach Hause gebracht. Seitdem stand der Haushalt kopf. Das kleine Mädchen hatte eine beeindruckende Stimme und nutzte diese gerne mitten in der Nacht, um ihren Unmut kundzutun. Ethan stolperte nur noch wie ein Zombie durch das Haus, und Liz hatte sich von der heftigen Geburt noch immer nicht gänzlich erholt. Nur selten lag Charlie in ihrem Stubenwagen in der Küche, meistens trug einer der Männer sie durch die Räume. Lächelnd sah Jim auf das kleine Köpfchen mit dem goldblonden Haarflaum hinab. Das Neugeborene ruhte bäuchlings auf seiner Brust und machte beim Schlafen Nuckelbewegungen mit dem Mund. Jim legte zärtlich seine breite Hand auf Charlies Rücken ab. Konnte es etwas Schöneres geben als das hier? Um Liz und Ethan eine Pause zu gönnen, hatte er vor einer Stunde angeboten, auf die Kleine aufzupassen. Seitdem saß er hier und genoss das behagliche Gefühl, das der winzige Körper auf seiner Brust in ihm auslöste.

Trotz der neuen Mitbewohnerin kehrte endlich wieder etwas Ordnung in sein Leben ein. Zwar konnte er noch nicht wieder mit voller Kraft arbeiten, doch die Rippen heilten gut, und jeden Tag traute er sich mehr zu. Mit Sarah hatte er endlich ein klärendes Gespräch geführt und damit den unbestimmten Zwischenzustand, in dem sie sich seit zwei

Jahren befanden, beendet. Wie konnte er mit einer Frau zusammen sein, wenn es ihm noch immer nicht gelang, Kat völlig aus seinen Gedanken zu verbannen? Er wusste, dass es eine Weile dauern würde, bis er die turbulente Zeit mit ihr hinter sich lassen konnte. Doch er glaubte einfach nicht, dass Kat schon bereit war, sich auf jemanden einzulassen, solange sie sich nicht mit sich selbst versöhnen konnte. Er hatte nicht den Eindruck, dass Kat schon in der Lage war, ihre alten Schatten hinter sich zu lassen. Sie brauchte auf jeden Fall Zeit, um sich ihren alten Dämonen zu stellen. Kat war die starrköpfigste, impulsivste und verrückteste Frau, die er je kennengelernt hatte. Gerade ihre Leidenschaftlichkeit hatte ihn von Anfang an fasziniert. All die schlechten Entscheidungen ihres Lebens waren auf diesen Charakterzug zurückzuführen. Aber eben auch die guten. Bei Kat verschwamm die Grenze zwischen Gut und Schlecht. Sie bog sich die Regeln zurecht, bis sie ihr passten. Vermutlich war er einer Frau wie Kat einfach nicht gewachsen. Mit ihr zusammen zu sein würde von ihm erfordern, sich auf alle ihre Verrücktheiten einzulassen. War er womöglich tatsächlich zu langweilig für sie? Seufzend schloss Jim für einen Moment die Augen. Es war nötig gewesen, sich gegen Kat zu entscheiden, aber es schmerzte auch. Doch es war das Beste für sie beide.

»Du und deine Mutter, ihr werdet für lange Zeit die einzigen Frauen in meinem Leben bleiben«, flüsterte er Charlie zu und beobachtete, wie sie im Schlaf das Gesicht zu einem Lächeln verzog.

Leise öffnete sich die Tür, und Quentin trat ein. »Wir müssen in die Stadt, um ein paar Ersatzteile für die Pumpe zu besorgen, und auf dem Rückweg holen wir noch Kraftfutter.

John hilft Erin bei irgendwas, und Harry wartet auf einen Anruf.«

»Du weißt, dass Charlie aufwacht, sobald man sie ablegt«, herrschte Jim ihn flüsternd an. Er war nicht bereit, diesen friedlichen Moment vorzeitig zu beenden.

»Liegen Liz und Ethan etwa noch im Koma?«, fragte Quentin amüsiert.

»Die beiden haben sich eine Pause verdient. Diese kleine Prinzessin ist jähzorniger als ihr Großvater.«

»Sie ist eben eine Bennett«, hörte er Harry brummen, der gemächlich ins Zimmer stapfte und sich neben ihn setzte. »Gib sie mir mal«, forderte er Jim auf.

Vorsichtig hob er Charlie hoch und legte sie auf Harrys Brust. »Wenn sie unruhig wird, leg deine Hand auf ihren Rücken, das beruhigt sie«, sagte Jim und stand auf.

»Ich habe sechs Babys aufgezogen, ich bin ein Naturtalent«, brummte sein Vater.

»Vielleicht was Kälber angeht.« Grinsend ging Jim mit Quentin hinaus.

»Sieh mal da«. Quentin deutete auf den Gehweg vor der Tierarztpraxis, während Jim die Hauptstraße entlangfuhr.

Vor der Eingangstür stapelten sich unzählige Kisten und Kartons, und Mrs. White stand davor und versuchte angestrengt, einen von ihnen hochzuheben.

»Das geht uns nichts an«, gab Jim genervt zurück.

Quentin warf ihm einen tadelnden Blick zu.

»Von mir aus.« Grummelnd lenkte Jim den Pick-up auf den Parkplatz davor und stieg aus. »Können Sie Hilfe gebrauchen?«, rief er der alten Dame zu.

Auf Edna Whites Gesicht zeichnete sich ein Lächeln ab.

»Euch schickt der Himmel«, sagte sie. »Den ganzen Tag schon kommen Pakete an, und einige sind wirklich schwer. Wir kommen kaum hinterher, sie alle reinzutragen.«

Quentin und Jim bückten sich und hoben eine der größeren Kisten an. Zwar zog es in Jims Seite noch etwas, doch für die paar Meter würde es gehen.

»Bitte ganz nach hinten ins ehemalige Büro«, wies Edna White sie an.

Sie beförderten das große Paket ächzend durch das Wartezimmer und den Behandlungsraum. Im Flur vor dem Büro traute Jim seinen Augen nicht. In dem kleinen Zimmer standen Sarah und Kat nebeneinander und nahmen Zangen, Messer und andere medizinische Gegenstände aus einem Karton. Leise unterhielten sie sich dabei und lachten dann auf.

»In deiner Haut möchte ich jetzt nicht stecken.« Quentin grinste ihm zu.

»Was macht ihr denn hier?« Kat hatte sie entdeckt und sah sie erstaunt an.

»Euch mit diesen Paketen helfen«, erklärte Jim kurz angebunden und zwängte sich an den Frauen vorbei in den hinteren Bereich des Zimmers. Mit einem dumpfen Knall setzten Quentin und er die Kiste auf dem Boden ab.

»Sarah, was machst du hier?«, sprach Quentin die Frage aus, die Jim auf der Zunge lag.

»Ich arbeite hier«, sagte sie, als sei es das Normalste auf der Welt.

»Tatsächlich?« Das Grinsen im Gesicht seines Bruders wurde noch breiter. »Ich wette, ihr habt euch viel zu erzählen.«

Kat warf Quentin einen vernichtenden Blick zu, doch sie sagte keinen Ton.

»Natürlich. Wir sprechen über alles, was interessant ist«,

gab Sarah zurück, und Jim wurde noch unbehaglicher zumute. »Operationstechniken, Medikamente, unsere neuen Geräte.« Sie warf einen Seitenblick auf Jim. »Unwichtiges lassen wir außen vor.« Hell lachte sie auf und boxte Kat in die Seite. »Siehst du seinen Blick?«

»Zwei abgelegte Handschuhe ergeben auch ein Paar«, kommentierte Kat und griff in den Karton, der vor ihr stand.

Jim biss die Zähne aufeinander, um sich seine Emotionen nicht anmerken zu lassen. In Kats Nähe zu sein brachte ihn aus dem Konzept. »Ihr habt neue Geräte?«, erkundigte er sich.

»Kat bringt hier alles auf Vordermann, und bald werden die Leute auch von weiter weg ihre Haustiere hierherbringen, um sie behandeln zu lassen«, sagte die Frau, in die er einst glaubte, verliebt zu sein. Nie in seinem Leben hatte er sich so geirrt. Sein Blick ging zu Kat. Er hatte Sarah gemocht, er mochte sie noch immer. Aber erst Kat hatte ihm gezeigt, was wahre Leidenschaft war. Doch obwohl es erst wenige Wochen her war, kam ihm diese Zeit lange vergangen vor.

»Hast du einen weiteren Kredit aufgenommen?« Er trat an Kat heran, die ihn schließlich unschlüssig ansah.

»Nein.« Ein Lächeln deutete sich in ihren Mundwinkeln an. »Das ist aus dem Fonds.«

»Das freut mich für dich«, brachte er gerade noch heraus, ehe er aus dem Zimmer flüchtete.

»Wir bringen die anderen Pakete ins Wartezimmer«, hörte er Quentin rufen.

»Jetzt sag schon was«, forderte sein Bruder ihn auf.

Fest hielt Jim mit einer Hand das Lenkrad umklammert und rieb sich mit der anderen über das Gesicht. »Was soll ich schon sagen?«

»Na wie du es findest, dass die zwei Frauen, mit denen du geschlafen hast, jetzt scheinbar beste Freundinnen sind.« Sein Bruder lachte auf.

»Das interessiert mich nicht«, brummte Jim und starrte auf die Straße. Es war die Wahrheit. Wenn Kat und Sarah sich mochten und Sarah nun einen Job hatte, der sie mehr erfüllte als der im Supermarkt, dann freute Jim sich darüber. Das war es nicht, was ihn beschäftigte.

»Warum guckst du dann so grimmig, seit wir in der Praxis waren?«

»Ich schaue nicht grimmig. Ich denke nach.«

»Und worüber?«

Jim stöhnte auf. »Du lässt nicht locker, oder?«

»Du kennst mich doch.«

»Sie nutzt tatsächlich das Geld aus ihrem Fonds«, murmelte er nachdenklich.

»Das, an das Lenny ranwollte?«

»Genau. Sie wollte es eigentlich niemals anrühren.« Er konnte es noch immer nicht glauben.

»Dann hat sie ihre Meinung wohl geändert. Gut für sie«, bemerkte Quentin und zog das Handy aus der Tasche. Offensichtlich war das Thema damit für ihn erledigt.

Das bedeutet, sie hat sich mit ihrem Vater versöhnt und schaut endlich nach vorne. Nur so konnte er sich das erklären. Was zum Teufel sollte er nun mit dieser Information anfangen?

Quentin nahm das Handy, um wie abgesprochen im Pub anzurufen. Sicherlich würde Liz zu müde sein, um einen Lunch zuzubereiten, und die Bennett-Männer waren alle mehr als unbrauchbar in der Küche. Zumindest ein paar von ihnen sollten endlich kochen lernen. Dass sie nicht einmal die einfachsten Gerichte zustande brachten, war ja schon fast peinlich. Einen weiteren Tag nur von Sandwiches zu leben kam für Jim nicht in Frage. Er hörte, wie sein Bruder bei Conny Burger bestellte und ungeschickt mit ihr zu flirten versuchte.

»Sie ist sicher zehn Jahre älter als du, du hast echt keine Hemmungen, oder?« Jim schüttelte den Kopf und fuhr weiter Richtung Firefly Creek. Der Futterhändler lag etwas außerhalb, aber immerhin hatten sie alles bekommen, was sie brauchten.

»Conny ist heiß. Spielt doch keine Rolle, wie alt sie ist«, erklärte sein Bruder energisch.

Wenige Minuten später parkte Jim vor dem Pub. An der Eingangstür schallten ihnen Klaviertöne entgegen, und auch ohne hinzusehen, wusste er, wer da spielte. Quentin wollte auf Kat zugehen, doch Jim packte ihn am Kragen und schob ihn an einen abgelegenen Tisch.

»Du kannst ihr nicht auf Dauer aus dem Weg gehen«, protestierte Quentin und winkte Conny mit einem breiten Lächeln zu. Mit zwei großen Papiertüten im Arm kam die Bedienung auf sie zu, doch Jim nahm sie gar nicht wahr. Sein Blick war wie gebannt auf Kats Rücken gerichtet.

»Sie spielt wunderschön. Aber wenn sie nicht bald fröhlichere Lieder auswählt, wird noch die ganze Kundschaft melancholisch.« Seufzend reichte Conny ihnen die Tüten, und Jim bezahlte wortlos.

»Was ist mit ihm los?«, fragte sie Quentin.

»Er sucht was«, antwortete sein Bruder.

»Und was?« Neugierig musterte Conny ihn.

»Erkenntnis würde ich sagen«, witzelte Quentin, griff sich die Tüten und stand auf. »Kommst du?«

Jim hob die Hand, um ihm zu signalisieren, er solle noch einen Moment warten. *Creep.* Sie sang tatsächlich *Creep* von Radiohead, und ein Schauer lief ihm über den Rücken. Er schluckte und lauschte ihrer Stimme.

But I'm a creep, I'm a weirdo.
What the hell am I doing here?
I don't belong here.

Sie sang mit einer Ausdrucksstärke, die ihre Performance an dem Abend in der Bar noch übertraf.

»Fuck. Der geht es richtig scheiße«, bemerkte Quentin und sah ihn finster an.

Jim stand mit verbissener Miene auf und ging zur Tür.

»Tu was«, forderte ihn Quentin auf und stellte sich ihm in den Weg.

»Was zum Teufel soll ich denn machen?«, fuhr Jim ihn an.

»Irgendwas. Dafür bist doch sicher du verantwortlich.« Vorwurfsvoll sah Quentin ihm in die Augen. »Tu was, damit sie weiß, dass es dir ebenso zu schaffen macht. Das tut es doch auch. Jeder kann es sehen.«

Jim war kurz davor, ihm eine zu verpassen. Wie kam Quentin auf die Idee, dass ihn das Ganze etwas anginge? Hatte Kat etwa seine ganze Familie um den Finger gewickelt? »Wie du willst«, gab er grimmig zurück, drehte sich um und ging in Richtung Klavier. Er wartete einige Sekunden ab, bis Kat die Stelle im Song erreichte, auf die er es abgesehen hatte. Er kannte dieses Lied in- und auswendig. Ethan hatte es in einer depressiven Phase als Teenager immer wieder auf voller Lautstärke in seinem Zimmer gehört. Seinen Blick fest auf Kat gerichtet, stimmte er in ihren Gesang mit ein. Er konnte beobachten, wie sie den Kopf leicht drehte und ihn einen Moment lang aus dem Augenwinkel ansah.

She's running out the door
She's running out
She's run run run run
Run

Whatever makes you happy
Whatever you want
You're so fuckin' special
I wish I was special

Mit offenem Mund starrte Conny ihn an. Nun war wohl auch bei ihr der Groschen gefallen. Aber es spielte keine Rolle. Kat und er wussten beide, dass das mit ihnen keinen Sinn mehr hatte. Doch Quentin hatte recht: Sie war zutiefst verletzt. Einmal mehr sah er ihren Blick vor sich, in dem Moment, als er sie in Erins Scheune von sich weggestoßen hatte. Niemals würde er sich sein Verhalten verzeihen. Doch jetzt hatte er ihr gezeigt, dass er ebenfalls unter dem Gefühlschaos litt, das zwischen ihnen herrschte. Er konnte nur hoffen, dass es ihr half, über ihn hinwegzukommen.

Während Kat das Lied mit bebender Stimme zu Ende sang, ging er mit zusammengezogenen Augenbrauen auf die Tür zu. Quentin sprang zur Seite und setzte sich, ohne etwas zu sagen, auf den Beifahrersitz. Von nun an würde sich sein Bruder nicht mehr einmischen, da war Jim sich sicher.

***

Kat stürzte, ohne Conny anzusehen, aus dem Pub. Nur mit Mühe riss sie sich auf dem Rückweg zu ihrer Wohnung zusammen. Doch als sie sich endlich auf ihr Bett warf und das Gesicht im Kissen verbarg, rannen heiße Tränen in den Bezug. Jim am Morgen in der Praxis zu sehen war aufwühlend gewesen, und sie hatte sich bemüht, sich vor Sarah zusammenzureißen. Zielstrebig war sie schließlich in der Mittagspause zum Pub gelaufen, um ihre aufgestauten Gefühle beim Klavierspielen herauszulassen. Und dann hatte sie plötzlich Jims unverkennbar raue Stimme gehört. Seine Botschaft war deutlich gewesen, und dennoch ging es ihr jetzt schlechter als zuvor. Sie litten also beide. Kat hatte Jim von sich weggestoßen, obwohl er nach der ersten Nacht bereit gewesen war, es mit ihr zu versuchen. Aber Kat hatte es nicht gewollt, wegen all ihrer Geheimnisse. Wenn sie jetzt zurückblickte, wusste sie eins: Sie hatte Jim Bennett von dem Moment an in ihr Herz geschlossen, als er für sie gesungen hatte. Weil er der erste Mensch gewesen war, der ihre Furcht gespürt hatte. Weil er so beschissen einfühlsam war.

Doch sie hatte recht gehabt mit ihrer Einschätzung: Jim konnte nicht mit ihr und ihrer Vergangenheit umgehen. Längst hatte sich in ihre Trauer auch ein Funke Wut gemischt. Weil Jim nicht fähig war, über seinen eigenen Schatten zu springen. Etwas zu riskieren, einfach weil sein Herz es wollte – selbst dann wenn ihm sein Verstand davon abriet. Er konnte nicht aus seiner Haut. Nicht einmal für sie. Lieber gab er ihnen erst gar keine Chance zu sehen, ob es nicht vielleicht doch funktionieren könnte. Was war überhaupt so schlimm daran, wenn sie sein Leben ein wenig chaotischer machte? Sicherlich hätte sie sich bemüht, keine Hunde mehr zu klauen oder derlei Dinge zu tun. Wenn Jim im Gegenzug nicht immer alles so ernst nehmen würde.

Als sie sich auf den Rücken drehte, sprang Rusty zu ihr ins Bett und leckte ihr fiepend über die feuchte Wange. Sie hatte Jim endgültig verloren. Dafür hatte sie sich von Lenny befreit, sprach wieder mit ihren Eltern und hatte das Geld aus dem Fonds in die Praxis investiert. Sie sollte glücklich sein, dass sie endlich angekommen war. Stattdessen sehnte sie sich danach, dass Jim sie in seine starken Arme schloss. Und sie vermisste auch die anderen Bennetts. Noch immer hatte sie es nicht über sich gebracht, Liz und das Neugeborene zu besuchen. Beinahe war es, als hätte sie ein zweites Mal eine Familie verloren. Doch es war Jims Familie und sein Leben. Und Kat gehörte nicht dazu.

»Ich muss etwas ändern«, flüsterte sie dem Hund zu. »Das hier geht nicht mehr.« Die Erkenntnis war hart, aber sie musste mit Jim abschließen. Egal was es sie kosten würde. Wenn sie in der Mittagspause die Hauptstraße entlangging, sah sie River in der Werkstatt. Verschmitzt lächelte er ihr zu, wann immer er sie entdeckte, doch beide brachten es nicht über sich, miteinander zu reden. Jeder Tag in dieser Stadt glich einem Spießrutenlauf. Überall musste sie damit rechnen, jemanden aus der Bennett-Familie zu treffen. Selbst Ollie war kreischend an den Zaun des Kindergartens gerannt, als er sie und Rusty dort entlanggehen sah. Es gab kein Entkommen in diesem Ort. Kein Entkommen vor Jim.

Kapitel 19

Gereizt sah Jim auf die Wanduhr. Wieder störte ihn das Ticken so wie während Charlies Geburt. Er wand den Blick ab und richtete ihn erneut auf die Zeitung. Es war ruhig. *Zu ruhig.* John und Quentin waren mit der Abendfütterung beschäftigt, Ethan und Liz besuchten mit den Kindern Freunde, und Harry hatte sich im Büro verschanzt. Jim griff nach der Kaffeetasse und nahm einen Schluck. Endlich hatte er seine Ruhe wieder. Nichts, um das er sich Sorgen machen musste. Ärgerlich warf er die Zeitung zur Seite. Was war nur mit ihm los? Er musste sich um nichts mehr Gedanken machen, außer um sich selbst. Und trotzdem fühlte er sich beschissen. Energisch schob er den Stuhl zurück und ging durch die Seitentür hinaus. Mit großen Schritten näherte er sich der kleinen Weide, um nach den Kälbern zu sehen, und kletterte durch die Latten des Zauns. Wie ein Sinnbild für Kats unkonventionelle Art stand vor ihm das strahlend weiße Zelt. Eine Kuh beäugte ihn durch eines der Fenster, und er brach in dröhnendes Gelächter aus. Wieder und wieder schüttelte es ihn, bis er sich die Seite halten musste. Es war, als würde plötzlich der ganze Druck der letzten Wochen von ihm abfallen. Das waren die aufreibendsten Wochen seines Lebens gewesen, doch für nichts auf der Welt würde er diese Erfahrung missen wollen. Von diesem Zelt und dem gestohlenen Sperma würde er irgendwann noch seinen Enkeln erzählen.

»Was ist denn mit dir los?«, brummte John ihm zu, während er sich ebenfalls durch den Zaun zwängte.

»Das Zelt …« Erneut lachte er, bis er glaubte, keine Luft mehr zu bekommen.

Abwartend lehnte John sich mit verschränkten Armen an die Holzlatten. Als Jim sich schließlich mit den Händen auf den Knien abstützte und nach Luft schnappte, schüttelte sein Bruder den Kopf. »Erst bist du seit Wochen so ruhig wie nie zuvor, und jetzt wirst du hysterisch. Ich glaube, Lenny hat dich härter am Kopf getroffen, als wir angenommen haben.«

»Mir ist einfach gerade klargeworden, wie absurd das alles hier ist.«

»Das Zelt?« Skeptisch betrachtete John das Ungetüm. »Ich war von Anfang an dagegen, aber zumindest erfüllt es seinen Zweck.«

»Das ist es ja. Es funktioniert. Es sieht beschissen aus, es ist mehr als ungewöhnlich, aber es ist genial.«

»Es ist so wie Kat«, sagte John nüchtern.

»Du findest, sie sieht beschissen aus?« Grinsend sah Jim ihn an.

»Nein, dass sie ungewöhnlich und dennoch genial ist«, gab John genervt zurück.

»Schon klar.« Jim stellte sich neben seinen Bruder. »Ich habe keine Ahnung, was ich machen soll. Ich will nicht mehr an sie denken, aber sie geht mir nicht aus dem Sinn. Vor drei Tagen habe ich sie im Pub gesehen, und seitdem ist alles noch viel schlimmer geworden. Und so langsam glaube ich, dass ihre Art, die Dinge zu regeln, gar nicht so verkehrt ist. Sie folgt einfach ihrem Herzen und macht das, woran sie glaubt. Was, wenn sie genau richtig ist, so wie sie ist?«

»Verstehst du jetzt, warum ich mich von Frauen fernhalte?«

»Das tust du, weil du in deinem Innern ein verbitterter alter Mann bist, wie Harry.«

John brummte und zog die Augenbrauen zusammen. »Bring das in Ordnung, auf die eine oder andere Weise. So wie du jetzt drauf bist, gehst du uns allen gründlich auf den Geist.«

»Ich habe es in Ordnung gebracht. Es ist endgültig vorbei. Ich muss mich nur noch daran gewöhnen.«

»Rede dir das nur weiter ein.«

Seufzend fuhr Jim sich über den Nacken. »Ich weiß nicht, was ich machen soll. Vor ihr war ich völlig zufrieden mit meinem Leben, und jetzt fehlt einfach was.«

»Und du meinst, das ist Kat?«

»Ich glaube fast, ihr Chaos fehlt mir. Mit ihr wusste ich nie, was als Nächstes kommt, und bevor alles schwierig wurde, habe ich mich in ihrer Nähe so lebendig gefühlt wie nie zuvor.«

»Du weißt, ich bin nicht der Richtige, um über so etwas zu reden, aber warum zum Henker bist du nicht einfach mit ihr zusammen, wenn du sie so magst?«

»Weil ich den Eindruck hatte, dass sie erst mal ein paar Dinge für sich klären muss. Und was ist, wenn ich ihr tatsächlich auf Dauer zu langweilig bin und sie mich irgendwann sitzen lässt – so wie Maggie unseren Vater? Ich bin mir nicht sicher, ob ich einer Frau wie Kat das Wasser reichen kann. Ich würde es nicht überstehen, wenn Kat einfach irgendwann abhaut. Harry hat das mit Maggie nie verwunden.«

»Aber Maggie war auf der Farm nicht glücklich. Sie wollte nur etwas Geld verdienen und ist wegen Harry länger geblieben als vorgesehen. Scheinbar ist das bei Kat doch anders. Sie steckt ihr Geld in die Praxis und baut sich hier in der Pampa eine Existenz auf. Wenn sie wegwollte, wäre sie doch längst nicht mehr hier, oder?«

»Ich schätze schon.« Jim presste die Lippen aufeinander und blickte auf die staubige Erde.

John stöhnte laut auf. »Du machst mich wahnsinnig. Kat bleibt aus freien Stücken in Firefly Creek, und sie hat sich außerdem inzwischen ihrer Vergangenheit gestellt. Sie liebt dich offensichtlich, und du willst sie doch eigentlich auch. Was steht euch jetzt noch im Weg?«

Jim verschränkte die Arme und lehnte sich gegen den Zaun. Was John sagte, stimmte. Er hatte nicht geglaubt, dass Kat ihr Leben in Ordnung bringen würde, doch sie hatte es getan. Ebenso wie sie hierblieb, obwohl er angenommen hatte, sie würde verschwinden. »Selbst, wenn ich es wollte, ich habe es damals in Erins Scheune gründlich versaut. Das wird sie mir nie verzeihen.«

»Also hast du tatsächlich keinen hochbekommen, und sie ist deshalb empört abgehauen?« Grinsend stieß John ihn in die Seite.

Jim warf ihm einen warnenden Blick zu. »Das wäre ja noch zu verschmerzen gewesen. Nein, wir haben uns geküsst und waren kurz davor, miteinander zu schlafen, als sie sagte, sie würde mich lieben.«

»Und du hast es nicht zurückgegeben.« Mit wissender Miene nickte John.

»Schlimmer. Ich habe sie von mir runtergeschoben. Ihr zu verstehen gegeben, dass das mit uns nicht funktionieren kann.«

Johns Augen wurden zu kleinen Schlitzen. »Nachdem du sie geküsst hast und ihr an die Wäsche gegangen bist?«

Er nickte. »Ich habe mich wie ein Arsch benommen, weil ich zu feige war, etwas zu riskieren. Es kam mir verrückt vor, mit jemandem wie Kat etwas Ernsthaftes anzufangen.«

Sein Bruder pfiff leise. »Das ist übel.« Er sah Jim ernst an. »Hast du jetzt mehr Mumm?«

»Was meinst du?«

»Würdest du es jetzt riskieren, dich auf sie einzulassen? Also *falls* sie dir verzeiht?«

Jim nickte kaum merklich. »Ich kann sie einfach nicht vergessen, und das muss ja was bedeuten. Aber was ich da in der Scheune getan habe, kann man nicht wiedergutmachen.«

»Wenn du es nicht einmal versuchst, wirst du nie wissen, ob du es nicht doch hättest hinbiegen können. Und wenn du es für den Rest deines Lebens probierst, wird sie dir vielleicht irgendwann verzeihen.« Aufmunternd zwinkerte er ihm zu und stapfte davon.

»Und wie mache ich das?«, brüllte Jim ihm nach.

»Sag ihr die Wahrheit: dass du ein Idiot bist. Und wenn nötig, dann fall vor ihr auf die Knie und küss ihre verdreckten Stiefel.« Heiser lachend lief John weiter.

Jim sah zurück auf das Zelt. Dann hastete er durch den Zaun und rannte los.

»Versau es nicht«, hörte er John rufen, während Jim zum Auto sprintete.

Mit trockenem Mund klopfte Jim an die Tür. Während der Fahrt hatte er fieberhaft nach der richtigen Formulierung gesucht, doch was er fühlte, ließ sich kaum in Worte fassen. Aber es war ihm egal. Im Notfall würde er einfach eine der triefenden Schnulzen singen, die er so hasste. Wichtig war nur, dass Kat begriff, wie sehr er sie brauchte. Dass sie ihm verzieh, was er ihr angetan hatte. Doch es tat sich nichts. Nervös klopfte er ein weiteres Mal, diesmal lauter. Er hörte Rustys erwartungsvolles Bellen und dann ein Rumpeln und Schritte. Jim schloss die Augen. *Das muss einfach funktionieren.* Als er die Augen öffnete, sah er in das Gesicht eines Mannes. Für einige Sekunden sahen sie sich nur an. Jims Blick glitt über seinen nackten Oberkörper, der vom Schweiß glänzte, und gelangte bei den Boxershorts an.

Der Kerl musterte ihn irritiert. »Was gibt's?«

Jim spürte blankes Entsetzen. Dieser Mann roch geradezu nach Sex. Kaum dass er aus seiner Schockstarre erwachte, schob Jim sich an dem Mann vorbei in den Wohnraum.

»Was soll das denn?«, hörte er den Typ rufen.

»Hast du sie angefasst?«, brach es aus Jim heraus.

Der Mann sah ihn mit gerunzelter Stirn an. »Du hast einen Freund?«, rief er in Richtung des Schlafzimmers.

Jim konnte die Augen nicht von ihm abwenden. Er schien etwas jünger als er selbst zu sein, war dunkelblond und schmal, aber trotzdem trainiert gebaut. Kat hatte sich schon einen anderen Mann geangelt, und das war seine Schuld. Zu lange hatte er gebraucht, um zu begreifen, dass er sie liebte. Dass er ohne sie nicht leben konnte. Und nun das.

»Jim?«, hörte er eine vertraute Frauenstimme in der Schlafzimmertür.

Wie in Zeitlupe drehte er sich um. In Unterwäsche stand sie mit fragendem Blick vor ihm. »Sarah?« Jim brauchte einen Moment, um zu erfassen, was er sah. »Was zum Teufel machst du hier?«

»Ist das nicht offensichtlich?« Sie sah ihn verwundert an.

»Ja ... Ich meine, nein«, stotterte Jim und kniff die Augen zusammen. Schließlich hob er fragend die Hände.

Sarah schüttelte den Kopf und seufzte. »Das ist Jason. Er hilft hier so lange aus, bis Kat die Praxis verkauft hat.« Lächelnd sah sie zu dem Mann, der sich inzwischen auf das Sofa gesetzt hatte.

»Bis sie *was*?«, donnerte Jims Stimme durch den Raum.

Sarah blickte ihn mitleidig an. »Setz dich doch einen Moment.«

»Willst du dir nicht erst was anziehen, Sarah?«, wand Jason ein und sah irritiert zu Jim.

»Er hat das alles schon gesehen«, erklärte Sarah und setzte sich zu ihm aufs Sofa.

Mit unsicheren Schritten ging Jim zum Tisch und nahm Platz. Er war sich sicher, dass ihm nicht gefallen würde, was Sarah zu sagen hatte. Trotzdem musste er es aus ihrem Mund hören.

»Sie ist weg, Jim.« Setzte Sarah an. »Es kam total überraschend. Eben noch stellt sie mich ein und ordert all diese neuen Geräte, und im nächsten Moment packt sie ihre Sachen.«

Kat war also wirklich weg. Jim stützte die Ellenbogen auf den Tisch und vergrub sein Gesicht in den Handflächen. Sie war tatsächlich abgehauen, so wie er es lange Zeit befürchtet hatte. »Ich dachte, sie wollte hier unbedingt bleiben«, murmelte er.

»Das dachte ich eigentlich auch«, sagte Jason und wirkte schon etwas freundlicher.

»Wer bist du eigentlich?« Erneut sah Jim den Mann an.

»Kat und ich haben zusammen studiert und waren noch in Kontakt. Als sie mich vorgestern angerufen hat, war ich mehr als überrascht. Seit Jahren hat sie davon gesprochen, dass sie sich irgendwo auf dem Land niederlassen wollte. Und als sie es endlich geschafft hat, sagt sie, dass sie hier wegmuss. Sie wusste, ich suche gerade nach einer neuen Stelle, und hat mich gebeten, hier so lange die Praxis zu betreuen, bis sie einen Käufer gefunden hat. Landtierarzt zu sein war nicht wirklich mein Plan, eigentlich arbeite ich mit Exoten. Aber Kat hat mir während des Studiums so oft beim Lernen geholfen, dass ich es ihr nicht abschlagen konnte.«

Jim nickte wie benommen. Das alles war ein Albtraum. Kat war seinetwegen gegangen. Hatte ihren Traum seinetwegen aufgegeben. Weil sie nicht an dem gleichen Ort wie er leben wollte.

»Warum bist du überhaupt gekommen?«, wollte Sarah wissen.

Jim schüttelte den Kopf. »Ich wollte Kat bitten, mir zu verzeihen. Ihr sagen, dass ich sie liebe.«

»Grundgütiger. Du hast echt kein Händchen für Frauen.« Sie seufzte.

»Du kennst mich doch«, gab Jim zurück. »Aber wie ich sehe, machst du das Beste aus der Situation.«

Flüchtig sah sie zu Jason, und ein Grinsen zeichnete sich auf ihrem Gesicht ab. »Ich genieße meine Freiheit. Und Kat und Jason haben abgesprochen, dass ich hier auch weiterhin arbeiten kann.«

»Das freut mich für dich.« Sein Blick fiel auf Rusty, der

sich neben ihm zusammengerollt hatte. Mit zusammengezogenen Augenbrauen starrte er auf den Hund. »Wenn Kat weg ist, warum ist Rusty dann noch hier?«

»Eine ihrer Nichten ist allergisch gegen Hunde«, beantwortete Jason seine Frage. »Kat hat mich gebeten, ihr Rusty nachzubringen, sobald sie eine neue Stelle und eine Wohnung hat.«

»Sie ist also bei ihrer Schwester?« Jim sprang auf. Der Stuhl kippte nach hinten und kam mit einem dumpfen Schlag auf dem Boden auf. »Hast du ihre Adresse?«

Jason schüttelte den Kopf. »Sie wohnt irgendwo bei Adelaide, meine ich. Mehr weiß ich leider nicht.«

»Aber du hast Kats Handynummer?« Er ging auf ihn zu.

»Jim.« Sarah stand auf und griff nach seiner Hand. »Sie hat mir gesagt, dass sie es für die nächsten Wochen ausschalten wird, um zur Ruhe zu kommen. Sie wollte sich erst wieder melden, wenn alles geregelt ist.«

Jim presste die Lippen aufeinander. »Ich habe es versaut.«

»Es tut mir leid. Ehrlich. Ich mag sie, und wenn sie es ist, die dich glücklich macht, dann würde ich euch nur das Beste wünschen. Vielleicht fällt dir doch noch etwas ein, wie du Kat finden kannst. Ich gebe dir auf jeden Fall Bescheid, wenn sie sich meldet.«

Dankbar drückte er Sarahs Hand und ging dann zur Tür. Ehe er sie erreichte, drehte er sich noch einmal um. »Kann ich den Hund mitnehmen? Ich habe zwanzig Schafe für das Vieh bezahlt, und vielleicht tut es mir gut, mich eine Weile um ihn zu kümmern.«

Jason stand auf, trat an die Küchenzeile und kramte in einer der Schubladen. »Ich gebe dir seine Tabletten mit. Er braucht eine pro Tag für seine Arthrose. Wenn sie aufgebraucht sind, ruf einfach an.« Er kam auf ihn zu und reichte ihm die Schachtel.

»Dann viel Spaß euch beiden noch«, murmelte Jim und pfiff nach Rusty.

Bevor Jim sich überwinden konnte auszusteigen, hatte er einige Minuten im Auto gesessen, um zu verdauen, was er eben erfahren hatte. Rusty saß hechelnd auf dem Beifahrersitz und sah ihn an. »Dann müssen wir zwei jetzt wohl für eine Weile miteinander auskommen«, brummte Jim und griff nach dem Türöffner.

Als er die Küche betrat, schlängelte sich Rusty zwischen seinen Beinen durch und schnupperte in den Raum hinein. Sofort stürmte Fred auf ihn zu und forderte ihn begeistert zum Spielen auf.

»Was macht der Hund hier?«, fragte John.

Jim ließ sich erschöpft auf einen Stuhl fallen. Die ganze Familie saß beim Abendessen, und alle sahen ihn erwartungsvoll an. Liz hatte das Baby an der Brust, und Ollie hüpfte aufgeregt um die Hunde herum.

»Kat ist weg. Hat die Praxis aufgegeben.« Mehr bekam er nicht heraus.

Keiner sagte etwas. Betroffen starrten alle auf ihre Teller. Schließlich durchbrach Harrys tiefe Stimme die Stille. »Besser jetzt als in ein paar Jahren.«

Dröhnend schlug Jim mit der Faust auf den Tisch. »Sie ist meinetwegen gegangen. Nur ich bin dafür verantwortlich. Kat wollte das alles hier. Wäre ich nicht gewesen, wäre sie nicht abgehauen.«

»Du meine Güte.« Liz strich sich eine Träne von der Wange. »Und wo ist sie jetzt?«

»Bei ihrer Schwester. Irgendwo bei Adelaide. Mehr weiß ich nicht.«

»Dann hol sie zurück.« Eindringlich sah seine Schwägerin ihn an. »Du willst Kat doch, oder?«

»Ich will sie mehr als alles andere. Aber ich habe keine Ahnung, wie ich sie finden soll.«

»Wie heißt ihre Schwester denn?« Abwartend sah Quentin ihn an.

Jim lehnte sich seufzend zurück und überlegte. *Issi.* »Isabell, glaube ich. Aber sie ist verheiratet und wird daher wohl nicht mehr Beaufort heißen.«

»Das muss doch rauszufinden sein«, dachte Ethan laut nach.

»Ist es schon. Aber du magst es ja nicht, wenn wir Leuten hinterherspionieren.« Quentin grinste ihm über den Tisch zu.

»Zehn Dollar, dass wir die Adresse in weniger als fünf Minuten rauskriegen«, murmelte River kauend.

Jim kramte in der Hosentasche und warf ihm einen Schein hin. »Dann zeigt mal, was ihr könnt.«

»Was macht diese Isabell beruflich?«, fragte River und nahm das Handy hervor.

»Sie ist Dermatologin«, brummte Jim.

Die Zwillinge begannen, auf ihren Handys zu tippen, steckten die Köpfe zusammen und tuschelten miteinander. Quentin deutete auf Rivers Bildschirm und nickte. Dann griff River nach dem Geldschein und steckte ihn ein. »Hab dir ihre Adresse geschickt.«

Fassungslos starrte Jim ihn an. »So schnell? Wie zum Teufel habt ihr das gemacht?« In diesem Moment vibrierte das Handy in seiner Hosentasche.

»Ihr seid echt hilflos, wenn es um solche Dinge geht, oder?« Quentin lachte und schüttelte den Kopf. »Es gibt nur eine Dermatologin in Adelaide und Umgebung, die Isabell heißt. Isabell Rochester, um genau zu sein. Wenn man sich das Bild auf der Praxis-Homepage ansieht, ist die Ähnlichkeit zu Kat nicht zu übersehen, auch wenn sie blond ist.«

»Sind beide heiß«, pflichtete River ihm bei.

Jim warf ihm einen warnenden Blick zu.

»Jedenfalls ist Isabell Rochester ganz old-school noch im Telefonbuch gelistet inklusive ihrer Adresse.« River grinste triumphierend.

Jim beugte sich über den Tisch und drückte ihm einen Schmatzer auf die Stirn. »Hab dich selten so gerne gehabt wie heute.«

River wischte sich fluchend mit dem Arm über das Gesicht und verpasste ihm einen Stoß.

Jim ließ sich lachend auf den Stuhl zurückfallen. »Dann fahre ich jetzt wohl nach Adelaide«, sagte er und merkte, wie ihm unbehaglich zumute wurde. Was war, wenn Kat nicht bereit wäre, ihn anzuhören? Wenn seine Entschuldigung und sein Liebesgeständnis zu spät kamen?

Liz schien seine Gedanken zu erraten. »Ich würde so gerne mitkommen, aber eine dreistündige Autofahrt mit einem Neugeborenen klingt nach einem Albtraum.« Sie schenkte ihm ein mitfühlendes Lächeln.

»Wird schon schiefgehen«, murmelte Jim und stand auf.

»Bring mir meine Veterinärin zurück«, grummelte Harry vom Tischende.

»Und was, wenn er es verbockt?«, merkte River leise an.

»Gut möglich, dass das passiert«, knurrte John.

»Ich kann euch hören!« Jim sah missmutig von einem zum

anderen. Also war nicht nur er in Sorge, wie Kat mit ihrem Temperament auf sein Auftauchen reagieren würde.

Ethan flüsterte mit Liz und stand dann auf. »Ich komme mit. Kat hat unsere Tochter auf die Welt geholt, sie soll sehen, dass wir ihr dankbar sind. Etwas Rückendeckung kann bestimmt nicht schaden.«

»Ist nicht nötig«, gab Jim zurück. Er würde nicht vor Ethan um Vergebung betteln. »Das ist mein Problem.«

Stöhnend schob John den Stuhl zurück. »Ist es nicht. Kat ist die Einzige, die mit Buster zurechtkommt. Ich fahre auch mit, damit du die Sache nicht versaust.«

Das durfte doch nicht wahr sein. Ganz sicher brauchte er keine Babysitter. Und ausgerechnet John wollte ihm helfen, der noch weniger Ahnung von Frauen hatte als Jim selbst.

»Ein Road-Trip, super!« Quentin steckte sich die letzte Kartoffel von seinem Teller in den Mund und sprang auf.

»Da sind wir dabei!«, rief River begeistert.

Resigniert zuckte Jim mit den Schultern. »Du willst nicht zufällig auch noch mit?«, fragte er an Harry gerichtet.

»Sicher nicht, das musst du selbst geradebiegen. Aber ich hole dir noch was.« Sein Vater stapfte in den Flur und kam kurz darauf zurück. Er drückte Jim seine Gitarre in die Hand. »Für den Notfall«, brummte er zwinkernd.

»Viel Glück«, formten Liz' Lippen, als er sich umdrehte und seine Brüder betrachtete, die vor der Seitentür auf ihn warteten.

»Wir nehmen Ethans Campingbus, da passen wir alle rein«, sagte Jim und pfiff nach dem Hund. »Auf einen mehr oder weniger kommt's jetzt auch nicht mehr an.«

***

Fröstelnd zog Kat die Decke ein wenig enger um ihre Schultern. Die frische Luft tat gut, doch der Wind war kühl. Die Füße auf den Tisch gelegt, saß sie in einem Korbstuhl auf Issis Terrasse und beobachtete, wie die Wolken über sie hinwegzogen. Es war schön, endlich ihre Nichten wiederzusehen und etwas Zeit mit ihnen zu verbringen. Und es tat gut, Issi ihr Herz auszuschütten. Kat hatte ihr alles erzählt – von Silverwood und der Familie und davon, wie die Bennett-Männer Lenny vertrieben hatten. Sie hatte ihr Jim beschrieben und endlich ausgesprochen, wie sehr sie die unglückliche Liebe zu ihm belastete.

»Katherine?«

Kat drehte sich zur Seite und blickte in das Gesicht ihres Vaters. »Entschuldige, ich war mit den Gedanken woanders. Was hast du gesagt?«

»Ob du deine neue Praxis nicht hier in der Nähe eröffnen willst?«

Kat runzelte die Stirn. So lange hatten ihre Gedanken nur um die Zukunft gekreist, die Schatten ihres früheren Lebens hatte sie tief in sich verborgen gehalten. Doch nun gab es keine Schatten mehr. Dafür galt ihre Sorge zum ersten Mal der Zukunft. Die Praxis war offiziell zum Kauf ausgeschrieben, und die ersten Angebote per E-Mail dazu bereits eingegangen. Kat bot sie unter Wert an, doch sie wollte schnell mit der Sache abschließen. Eine neu ausgestattete Tierarztpraxis zum Schnäppchenpreis zog mehr Aufmerksamkeit auf sich, als es damals bei Doc Harlows Ausschreibung der Fall gewesen war. »Um ehrlich zu sein, weiß ich das noch nicht. Ich wollte immer eine auf dem Land. Hier könnte ich mich nur um Haustiere kümmern, die Viehzucht würde mir vermutlich auf Dauer fehlen«, überlegte sie laut.

»Zieh nur bitte nicht wieder ans andere Ende des Kontinents«, sagte ihre Mutter, lehnte sich nach vorne und tätschelte ihre Hand.

Kat lächelte ihr zu. Gestern Abend hatte Issi sie überzeugt, endlich ihre Eltern zu besuchen. Und es war weniger schlimm gewesen als befürchtet. Das Treffen war tatsächlich so entspannt verlaufen, dass Issi ihre Eltern gleich zu Kaffee und Kuchen für heute eingeladen hatte. Zur Feier des Tages hatte ihre Mutter sogar eine sündhaft teure Flasche Champagner mitgebracht. Jeder an diesem Tisch schien Interesse daran zu haben, endlich neu anzufangen. Wie gut es Kat getan hatte, als ihre Eltern sie in den Arm genommen hatten. Auch wenn sie älter aussahen als in Kats Erinnerung, hatte sie dennoch sofort gespürt, dass trotz aller Differenzen noch immer eine instinktive Verbindung zwischen ihr und ihrem Vater bestand. Und ihre Mutter hatte nicht einmal das Piercing kommentiert, das Kat in der Lippe trug. Sie alle genossen es, dass nun Ruhe in die Familie einkehrte. Und doch spukte Firefly Creek immer wieder durch Kats Kopf. Inmitten der dichtbebauten Vorstadtsiedlung sehnte sie sich schon jetzt nach der Weite des Farmlands. Dem Himmel, der bis zum Horizont reichte, und dem niedlichen kleinen Ort. Sie hatte nicht einmal die Glühwürmchen gesehen, stellte Kat enttäuscht fest. Wie gerne sie diese betrachtet hätte.

»Ich weiß, woran du denkst«, riss Issi sie aus ihren Gedanken.

Kat lächelte und sah in die wunderschönen blauen Augen ihrer Schwester. Wie immer war Issis Haut makellos, und die helle Bluse stand ihr ausgezeichnet. Ihre Schwester war der Inbegriff von einem erfolgreichen Leben. Wie hatten sie nur so unterschiedlich geraten können? »Jim fehlt mir. Alles fehlt mir so schrecklich«, flüsterte Kat ihr zu, während ihre Eltern sich über eine Vernissage unterhielten, die sie am Abend besuchen wollten.

»Vielleicht würdest du dich besser fühlen, wenn du dich verabschiedet hättest«, überlegte Issi.

Kat schüttelte energisch den Kopf. Nach der Sache im Pub war ihr klar gewesen, dass sie es nicht ein einziges weiteres Mal ertragen konnte, Jim zu sehen. Es reichte, dass sie ihn in ihren Träumen vor sich sah.

Ein leises Klimpern riss sie aus ihren Gedanken. Mit zusammengekniffenen Augen lauschte Kat dem hellen Ton. Sie kannte dieses Geräusch, kam aber nicht darauf, was es war. Aus den Augenwinkeln nahm sie eine Bewegung wahr, und auf einmal sprang etwas auf die Terrasse. »Rusty?« Ungläubig streichelte Kat den Hund, der unter dem Tisch durchgelaufen war und aufgeregt ihre Hände abschleckte.

»Du kennst das Tier?«, fragte Issi.

»Das ist mein Hund.« Kat beugte sich zu ihm hinunter und kraulte Rusty hinter den Ohren. »Wie kommst du denn hierher?«

»Er hatte eine Mitfahrgelegenheit«, hörte sie eine Stimme, die ihr einen Schauer über den Rücken jagte. Das Herz schien ihr in die Kniekehlen zu rutschen. Wie in Zeitlupe sah Kat in die Richtung, aus der sie gekommen war. Jim stand an der Hausecke gegen die Wand gelehnt und sah sie aus seinen dunklen Augen warm an. Neben ihm standen John, Ethan und die Zwillinge. Letztere grinsten und winkten ihr zu. Was um Himmels willen taten die fünf hier? Kat war für einen Moment wie erstarrt. Nur mit Mühe gelang es ihr, den Blick von Jim zu lösen.

»Welcher davon ist dein Farmer?«, erkundigte sich Issi interessiert.

»Der Gutaussehende«, murmelte Kat wie benommen.

Issi lachte leise. »Das hilft jetzt nicht sonderlich.«

Kats Hände krallten sich in Rustys weiches Fell, und mit aller Macht drängte sie die Tränen zurück, die ihr in den Augen brannten.

Ihre Eltern unterbrachen ihre Unterhaltung und sahen verwundert zu dem unerwarteten Besuch.

»Kennst du diese Personen?«, fragte ihre Mutter schließlich und zog die Brauen hoch.

Kat atmete tief ein und nickte. »Das sind die Bennetts aus Firefly Creek, auch wenn ich keine Ahnung habe, was sie hier wollen«, sagte sie so laut, dass auch die Brüder es hören mussten.

Wie auf ein Kommando bewegten sich alle fünf Richtung Terrasse. Issi starrte auf die Erde, die die dreckverkrusteten Stiefel auf dem weißen Holz hinterließen. Eine betretene Stille machte sich breit.

Kat bemerkte, dass nicht nur sie unsicher war. Jims Augen wanderten hektisch von ihren Eltern zu Issi und wieder zurück. Er schien etwas sagen zu wollen, doch nichts passierte.

Stattdessen ging Ethan auf ihren Vater zu und hielt diesem die Hand hin. »Ich bin Ethan Bennett, und ich möchte mich bei Ihnen für Ihren Einsatz bei der Geburt meiner Tochter bedanken.«

»Charlie, natürlich.« Ihr Vater ergriff Ethans Hand. »Geht's der Kleinen gut?«

»Das tut es, dank Ihnen und Kat.«

»Passen Sie gut auf Ihr Mädchen auf.« Er warf Kat einen Blick zu. »Töchter sind ein Segen, aber sie kosten Nerven.«

Er ließ ein herzliches Lachen hören, wodurch sich Kat augenblicklich ein wenig entspannte.

Sie wandte den Kopf und starrte die Brüder an. »Was macht ihr hier überhaupt?«

»Dich zurückholen«, brummte Jim und sah sie fest an.

Kats Gedanken rasten. Plötzlich trat Wut an die Stelle der Traurigkeit, die sie bis eben verspürt hatte. »Das kannst du vergessen. Fahr einfach zurück. Ich habe euch einen neuen Tierarzt organisiert, ihr braucht mich nicht mehr.«

»Das ist ein Schlangenarzt«, knurrte John. »Wenn mit Buster was ist, macht der sich doch ins Hemd.«

Kat sah, wie Jim seinen Bruder in die Seite stieß. Sie verschränkte die Arme vor der Brust. Was bildeten die Brüder sich nur ein? Glaubten sie wirklich, sie müssten nur mit den Fingern schnippen und schon würde sie zurück nach Firefly Creek fahren und alles vergessen, was zwischen ihr und Jim vorgefallen war?

»Das ist nicht mein Problem«, erwiderte sie harsch und reckte das Kinn vor.

»Ich will dich nicht als Tierärztin zurück, Kat. Mir fehlt meine Freundin.« Jims Augen leuchteten warm auf, und Kat wandte den Blick ab.

»Du hast vier Brüder und haufenweise Kumpels«, erinnerte sie ihn. »Du brauchst keinen weiteren Freund.«

Jim murmelte einen Fluch. »Sie versteht es nicht«, hörte sie ihn flüstern.

»Dann eben Plan B.« Quentin schob sich an seinen Brüdern vorbei und reichte Jim eine Gitarre.

Kat wollte ihn nicht sehen. Sie wollte ihre Ruhe haben, um die Gefühle zu verarbeiten, die sie aufwühlten. Ihre Wunden lecken und dann neu anfangen – an irgendeinem Ort, der sie nicht an Jim erinnerte. Warum nur konnte er das nicht einfach akzeptieren? Er wollte sie nicht, also sollte er sie gefälligst nicht auch noch hier aufsuchen.

»Nicht vor ihren Eltern«, zischte Jim Quentin zu.

Kat schielte zu ihm hoch.

»Ich kann das nicht, ich bin komplett nüchtern.« Unsicher hielt Jim die Gitarre in der Hand.

»Wenn du sie liebst, dann reiß dich zusammen, Mann«, brummte John.

Kat kniff die Augen zusammen. *Wenn du sie liebst.* Unter dem Tisch spürte sie einen Tritt gegen das Schienbein. Ihr Blick wanderte zu Issi, die sie mit roten Wangen anstarrte. Ihre Schwester schien geradezu vor Aufregung zu platzen, während Kat heiß und kalt zugleich war. Nun glaubte Jim also plötzlich doch, dass er sie liebte? Jetzt, da sie ihre Praxis aufgegeben hatte und abgehauen war? »Du spinnst wohl«, zischte sie ihm zu.

Ihr Vater räusperte sich und musterte Jim eingehend, als hätte er einen Patienten vor sich und müsse eine Diagnose stellen.

Dieser stöhnte, nahm die Gitarre hoch, sah auf die Personen am Tisch, schüttelte den Kopf und griff schließlich in die Saiten.

Der Idiot wollte tatsächlich singen. Glaubte Jim wirklich, er könnte sie mit einem Lied vergessen machen, dass er sie abgewiesen hatte, als sie ihm ihre Gefühle gestanden hatte? Kat starrte auf den Holzboden der Terrasse und versuchte, die Melodie zu erkennen. War es das Lied, das sie herauszuhören glaubte? Plötzlich drang Jims Stimme an ihr Ohr. Zögernd begann er zu singen, und es klang furchtbar, schief und krumm. Hinter sich hörte Kat ihren Vater amüsiert auflachen, und sie vergrub das Gesicht in den Handflächen. Konnte es noch peinlicher werden?

When I wake up, well I know I'm gonna be,
I'm gonna be the man who wakes up next you

Jim sang tatsächlich *I gonna be* von den Proclaimers. Kat sah auf, schüttelte den Kopf, und er verstummte. Irritiert sah Jim sie an. Wieder glitten seine Augen nervös über die Personen am Tisch, dann machte er einen Satz nach vorne und schnappte sich die Champagnerflöte ihrer Mutter. In einem Zug leerte er das Glas und erntete dafür ein entrüstetes Schnaufen von ihrer Mum.

»Schmeckt ja widerlich«, brummte er und verzog das Gesicht.

»Wissen Sie, was eine Flasche davon kostet?«, rief ihre Mutter empört und schüttelte den Kopf.

»Zu viel, wenn Sie mich fragen.« Er stapfte zurück zu seinen Brüdern, wo sich Quentin und River lachend in den Armen lagen, während Ethan mit den Augen rollte.

»Wirst du jetzt den richtigen Ton treffen?«, brummelte John.

»Halt die Klappe«, zischte Jim und nahm die Gitarre mit hochrotem Kopf in die Hand.

Kat konnte erkennen, wie er mit sich rang. Er sah aus, als wolle er im Boden versinken. Doch zu ihrer Überraschung begann er erneut zu singen, dieses Mal so, wie sie es von ihm gewohnt war: mit seiner unverkennbar rauchigen, vollen Stimme.

Kat hob eine Hand, und erneut verstummte er. »Findest du das nicht etwas kitschig?«, brachte sie hervor.

Er schüttelte den Kopf und lachte. »Du hast nicht vor, es mir einfach zu machen, oder?«

Statt einer Antwort zog sie eine Schnute.

»Das muss die mieseste Liebeserklärung aller Zeiten sein«, kommentierte ihr Vater trocken, und Kat seufzte.

Jim schluckte und zögerte einen Moment. Dann streckte er den Rücken durch und sah sie eindringlich an. »Dann eben eine andere Zeile, vielleicht gefällt dir das besser«, sagte er und setzte von neuem an.

If I get drunk, well I know I'm gonna be
I'm gonna be the man who gets drunk next to you

Gegen ihren Willen musste Kat lachen. Die Worte erinnerten sie an die Nacht, in der Jim sie geküsst hatte. Wie verdammt niedlich er ausgesehen hatte, als er schlafend neben ihr saß. Sie musste sich zusammenreißen. Sich nicht anmerken lassen, wie schwer es für sie war, seine Nähe auszuhalten.

And if I haver up, yeah I know I'm gonna be
I'm gonna be the man who's havering to you

Allmählich schien Jim seine Scheu zu verlieren, jedenfalls glaubte Kat zu hören, wie sein Gesang sicherer wurde. Es musste ihn Überwindung kosten, das hier durchzuziehen.

Dann drehte Jim sich zur Seite und gab seinen Brüdern ein Zeichen. Auf einmal stimmten alle in den Refrain ein.

But I would walk 500 miles
And I would walk 500 more

Just to be the man who walks a thousand miles
To fall down at your door

Die Zwillinge grölten, und Kat war kurz davor, ihnen den Hals umzudrehen, weil die beiden sie vor ihrer Familie derart in Verlegenheit brachten. Doch als sie sich umdrehten und mit den Hintern wackelten, brach Kat in Lachen aus. Jims Gesicht war inzwischen fast violett angelaufen. Peinlich berührt schielte er auf die Zwillinge und warf ihnen strafende Blicke zu. Vermutlich war diese Einlage nicht geplant gewesen.

Ethan sang und klatschte, während John stocksteif neben Jim stand und kaum die Lippen bewegte, aber jede ihrer Regungen beobachtete. Kat gluckste und stützte den Kopf in die Hände. Diese Chaoten waren einfach wunderbar. Wie sehr sie sie dafür hasste! Sie wollte ihnen in den Allerwertesten treten, jedem Einzelnen, und doch machten sie sich hier vor ihr und ihrer Familie zum Affen, um Jim bei etwas zu unterstützen, das wohl so etwas wie eine Liebeserklärung sein sollte. Sie wagte es nicht, ihre Eltern anzusehen. Ganz sicher waren sie entsetzt über das Auftreten der Brüder, die alle ihre Arbeitskleidung trugen und entweder nach Vieh oder Benzin rochen.

Auf einmal hörte sie, wie eine helle Stimme hinter ihr in den Gesang mit einstimmte. Kat drehte sich um und spürte, wie ihr die Kinnlade nach unten fiel. Fingerschnippend sang ihre Mutter mit, hielt mit der anderen Hand die ihres Vaters, der ausgelassen mit dem Fuß im Takt wippte. Issi lachte Kat an, zuckte mit den Schultern und sang ebenfalls mit.

Kat lehnte sich zurück. Schmunzelnd beobachtete sie, wie Jim sich für seine Verhältnisse überraschend verrückt aufführte. Dieses Lied hatte endlos viele Zeilen, und doch sangen die Brüder jede einzelne. Kat runzelte die Stirn. Sie mussten das geübt haben. Alle hatten sie den Songtext auswendig gelernt, um ihn ihr hier vorzutragen. Wärme breitete sich in ihr aus. Genauso hatte es sich angefühlt, als sie an dem großen Esstisch in Silverwood gesessen hatte, umgeben von dieser Familie, die ohne Frage einzigartig war. So einzigartig, wie Jim es war. Und doch war sie sich nicht sicher, was das alles zu bedeuten hatte. Jim hatte sie doch nicht gewollt. Was, wenn er sich wieder umentschied?

Der Gesang verstummte, und Jim zupfte leise die letzten Töne. Issi und ihre Eltern klatschten, und Rusty tollte bellend um den Tisch herum.

Jim reichte Quentin die Gitarre und kam auf sie zu. »Können wir uns bitte unter vier Augen unterhalten?«

Kats Mund fühlte sich ganz trocken an. Sie zwang sich zu nicken und folgte ihm vor das Haus.

Vor einem bunten Campingbus in der Auffahrt blieb Jim stehen und lächelte sie an.

»Was soll das, Jim?«, brach es aus ihr heraus.

»Ist das nicht offensichtlich?«

»Es war dir völlig egal, was ich fühle. Du hast mich von dir weggestoßen, und ich habe akzeptiert, dass du mich nicht willst. Wenn das mit uns nicht funktioniert, dann müsste ich in einer Stadt leben, in der ich dir ständig über den Weg laufe. Oder deinen unzähligen Brüdern, die mich jedes Mal an dich erinnern. Du bist engstirnig und kannst nicht vergeben. Ich hätte dir früher die Wahrheit sagen sollen. Ich habe Scheiße gebaut, und das weiß ich selbst, es ist nicht nötig, dass du mich ständig daran erinnerst. Nicht jeder ist so perfekt wie du. Nicht jeder hatte das Glück, in so einer Familie aufzuwachsen, wie du sie hast. Du hast keine Ahnung, was Einsamkeit ist, aber ich schon.« Kat holte Luft und starrte auf den Boden.

»War das alles?« Lächelnd sah er sie an.

»Das war erst der Anfang«, stieß sie hervor.

Stöhnend fuhr Jim sich durch die Haare. »Dann wird es eine ziemlich lange Rückfahrt, nehme ich an.«

»Hast du mir nicht zugehört?« Sie funkelte ihn an. »Ich verkaufe die Praxis und bleibe hier. Gehe irgendwo anders hin, sobald ich was gefunden habe.«

»Bist du jetzt fertig?«, brummte Jim.

»Vorerst.« Wieder verschränkte sie die Arme.

»Dann kann ich ja endlich sagen, weshalb ich hierhergekommen bin.« Er trat auf sie zu. »Es tut mir leid, Kat. Alles. Ich war ein Idiot.«

»Das warst du«, flüsterte sie.

»Aber ich habe mich aber auch für dich geprügelt und mich um dich gesorgt.«

Natürlich hatte er das. Jim war ein guter Kerl. Und trotzdem hatte er sie verletzt. Kaum merklich nickte Kat.

»Ich will nicht, dass du nur als Tierärztin zurückkommst. Ich will, dass du *meinetwegen* zurückkommst. Damit wir zusammen sein können.«

»Du willst mit mir zusammen sein, so richtig mit allem Drum und Dran?«, fragte sie mit bebender Stimme.

»Ich liebe dich. Mehr als alles andere. Und es ist mir egal, ob du verrückt bist oder mein Leben durcheinanderbringst. Solange du darin eine Rolle spielst. Um ehrlich zu sein, war es verflucht langweilig ohne dich.« Er grinste. »Stell dir vor: Der Langweiler hat sich gelangweilt.«

»Du meinst das wirklich so? Du änderst deine Meinung

nicht mehr?« Kat sah ihm in die Augen, um sich zu vergewissern, dass es ihm ernst war.

»Verdammt, das ist doch keine Meinung. Das ist ein Gefühl, und ich habe endlich kapiert, dass ich dagegen nichts machen kann. Ich liebe dich, Kat Roberts.« Er lachte kehlig. »Oder Katherine Beaufort. Mir ist es egal, wer du bist. Solange du zu mir gehörst.«

»Jetzt küss den Kerl doch endlich!«, rief Issi.

Kat drehte sich um und sah, wie ihre Schwester um die Hausecke linste.

»Hast du schon mal was von Privatsphäre gehört?«, gab Kat glucksend zurück. Dann sah sie zu Jim. »So ist das bei euch auf Silverwood dauernd, oder?«

»Du solltest auf deine Schwester hören.« Grinsend strich Jim ihr eine Strähne hinter das Ohr. Dann beugte er sich zu ihr hinunter, und sein Geruch umwehte ihre Nase. Zärtlich berührte er ihre Lippen mit seinen.

Kat lehnte sich an Jims breite Brust und fuhr mit den Händen über die Bartstoppel auf seinem Kinn. Schließlich löste sie sich von ihm. »Bringst du mich jetzt bitte schnell zurück?«

»Wir können bis zum Abendessen auf Silverwood sein«, brummte Jim zufrieden.

»Ach stimmt.« Kat schüttelte den Kopf. »Jason ist ja in meiner Wohnung.«

»Und treibt es dort mit Sarah.« Er lachte.

»Ist das ein Witz?«

»Nein. Ich habe sie erwischt. Anscheinend haben sie viel Spaß miteinander.«

»Dann lassen wir ihnen die Wohnung noch etwas. Also

nach Silverwood.« Sie verspürte ein Kribbeln beim Gedanken daran, noch heute nach Firefly Creek zurückzukehren. Vor einigen Wochen war es für sie nur ein kleiner staubiger Ort gewesen. Doch jetzt war es der Ort, an dem sie leben wollte. In Jims Nähe und auch der anderen Bennetts.

Jim nahm ihre Hand, und sie liefen zusammen hinter das Haus.

Die Zwillinge reagierten auf das Händchenhalten mit Pfiffen, Ethan lächelte, und John nickte seinem Bruder zu.

»Dann hat es sich immerhin gelohnt, dass wir drei Stunden lang dieses Lied geübt haben«, sagte River und deutete auf John. »Wir hatten es ja recht schnell drauf, aber John brauchte ziemlich viele Wiederholungen.«

»Er hat doch gar nicht gesungen«, gab Kat grinsend zurück.

»Ich hab gesummt!«, erwiderte John grimmig.

»Und das hast du gut gemacht.« Kat lachte und schüttelte den Kopf. »Um ehrlich zu sein, habe ich euch ganz schön vermisst«, gab sie zu.

»Und sie dich«, sagte ihr Vater und stand auf. »Die Kerle haben eben erzählt, wie beeindruckend du in deinem Job bist und wie du die Farmer von deinem Können überzeugt hast.« Er kam auf sie zu, und Jim trat einen Schritt zur Seite.

»Ich bin sehr stolz auf dich, Katherine. Und du hast vermutlich recht: Haustiere allein würden dich sicherlich nicht auf Dauer erfüllen. Wir Mediziner haben eine Leidenschaft für unseren Beruf, und es wäre eine Verschwendung, dieser nicht zu folgen.« Er sah zu ihrer Mutter, die seinen Blick lächelnd erwiderte. »Wenn dieser Mann und Firefly Creek dich glücklich machen, dann geh dorthin zurück. Wir werden dich besuchen, das verspreche ich.«

»Es gibt dort nicht viel zu sehen, vermutlich wärt ihr etwas enttäuscht«, sagte Kat, dankbar für die Worte ihres Vaters.

»Aber *du* bist dort.« Ihre Mutter nickte ihr zu.

Kat schluckte. »Dann packe ich jetzt wohl meine Sachen.« Sie sah zu Jim hinüber, der sie warm anlächelte. Nun sollte tatsächlich alles gut werden. Erst vor einigen Wochen war sie mit großen Hoffnungen nach Firefly Creek gekommen. Sie hatte praktisch keine Familie gehabt und ständig das Bedürfnis, über ihre Schulter zu sehen. Jetzt gab es dort eine Praxis, die auf sie wartete, eine zweite Familie und Jim. Sie hatte sich mit ihren Eltern ausgesöhnt, und plötzlich schien die Zukunft direkt vor ihr zu liegen. Sie brauchte nur danach zu greifen. Mit Tränen in den Augen umfasste sie Jims Hand. Sie würde es riskieren. Einmal nicht abhauen, sondern bleiben. Und abwarten, was passierte.

***

Der Campingbus fuhr in ein Schlagloch, und Jim rutschte bedenklich nah an das Ende der Matratze. Rasch schob er sich etwas näher zu Kat heran, die seit der Abfahrt in Adelaide schweigend neben ihm gesessen und lächelnd den Gesprächen der Brüder gelauscht hatte. Ethan fuhr die alte Karre, und John saß auf dem Beifahrersitz, während Jim sich mit Kat und den Zwillingen das Bett hinten im Bus als Sitzgelegenheit teilen musste.

»Ist das überhaupt erlaubt, hier zu hocken während der Fahrt?« Fragend zog sie eine Augenbraue hoch.

»Sicher nicht, aber wie hätten wir das Lied lernen sollen, wenn wir in mehreren Autos gefahren wären?« Jim legte den Arm um sie und zog sie an sich.

»Du hältst dich nicht an die Regeln«, stichelte Kat.

»Das habe ich von einer besonderen Frau gelernt.«

»Sie muss wirklich was Besonderes sein, wenn du für sie so etwas tust«, lachte Kat.

»Das ist sie.« Jim beugte sich zu ihr und küsste sie sanft. Wie verdammt froh er war, dass Kat bereit war, ihm noch eine Chance zu geben. Und die würde er nutzen, das hatte er sich geschworen.

»Könnt ihr damit nicht warten, bis ihr alleine seid?«, murrte Quentin und verzog das Gesicht. »Niemand will seinen älteren Bruder knutschen sehen.«

»Wie wollt ihr das jetzt eigentlich machen?«, fragte River. »Silverwood ist inzwischen ganz schön überfüllt und Kats Wohnung ein ziemliches Loch. Wollt ihr euch zusammen eine Wohnung nehmen?«

»Du hast nur Angst, dass du noch länger warten musst, bis das Badezimmer frei wird.« Jim grinste. Dann sah er zu Kat. »Wir machen es so, wie du es möchtest. Ich bin ab jetzt nämlich ein sehr flexibler Mann, weißt du?«

Kat lachte und kräuselte die Nase.

Oh, wie er es kaum erwarten konnte, endlich mit ihr alleine zu sein!

»Auch wenn meine Wohnung noch ein paar neue Möbel braucht und echt klein ist, mag ich sie inzwischen. Und wir müssen ja auch erst mal sehen, ob das mit uns auf Dauer funktioniert. Also bleibt vorerst alles, wie es ist. Nur dass ich euch jetzt öfter auf der Farm besuchen komme.«

»Na wunderbar«, brummte John vom Beifahrersitz, und Kat lachte.

»Wirst dich wohl oder übel an mich gewöhnen müssen!«, rief sie ihm zu.

In der Dämmerung parkte Ethan den Wagen vor dem großen Wohnhaus. Gedankenversunken starrte Kat auf die Fassade. »Bist du bereit?«, fragte Jim und fuhr zärtlich über ihren Arm.

»Du meinst, Harry hat wirklich nichts dagegen, wenn ich ein paar Tage hierbleibe, bis Jason wieder abgereist ist?«

»Und wo ist die mutige Kat Roberts jetzt?« Aufmunternd gab Jim ihr einen Klaps aufs Bein, stieg aus und hob ihre Taschen heraus. Rusty stürmte zur Seitentür und kündigte sie bellend an. Unsicher folgte Kat ihm und den restlichen Brüdern in die Küche. Jim ließ die Taschen mit einem dumpfen Knall fallen und sah zu Harry und Liz, die sich mit den Kindern zum Abendessen um den Tisch versammelt hatten. »Haben Kat zurückgebracht«, verkündete er gelassen.

Sein Vater stand wortlos auf und stapfte aus dem Raum. Jim sah, wie Kat schluckte. Er legte den Arm um sie und zog sie zu sich heran. Harrys Schritte hallten durch den Flur, als er mit einem Stuhl aus dem Wohnzimmer zurückkam. Wortlos bedeutete er John, seinen Stuhl etwas zur Seite zu schieben, und stellte ihn an den Tisch. Dann setzte er sich und aß schweigend weiter.

»Mein Vater hat uns seinen Segen gegeben«, flüsterte Jim Kat ins Ohr und schob sie zu ihrem Platz.

»Morgen zeigst du mir deinen Katalog mit den Zuchtbullen. Ich möchte Samen bestellen«, brummte Harry.

»Wenn du mir dafür eine von deinen Zigarren gibst.« Frech grinste Kat ihn an, während sich die restliche Rasselbande ebenfalls setzte und auf das Essen stürzte.

»Das lässt sich einrichten.«

Jim glaubte, ein Schmunzeln unter Harrys Bart zu erkennen.

Liz strahlte erst ihn, dann Kat an. Dann stand sie auf, und ehe Kat die Chance hatte, sich zu wehren, hielt sie bereits Charlie in den Armen. Jim setzte sich auf seinen Platz und beobachtete, wie sie verträumt das kleine Wesen in ihrem Arm betrachtete. Als Kat aufsah, bemerkte er ein Glänzen in ihren Augen. Vermutlich war es viel zu früh, auch nur daran zu denken, doch etwas sagte ihm, dass es vielleicht irgendwann auf Silverwood Nachwuchs von einer verrückten Tierärztin und einem langweiligen Farmer geben sollte. Und dieser Gedanke gefiel ihm ziemlich gut, wenn er ehrlich war.

Epilog

Mit festen Schritten ging Harry über die vom Morgentau feuchte Wiese. Gerade erst erschien die Sonne über den Hügeln am Horizont und tauchte die Landschaft in ein blasses Licht. Diese Zeit des Tages war ihm die liebste – wenn der chaotische Alltag noch nicht begonnen hatte und ihn die Stille auf dem Land seiner Vorfahren umgab. Auf diesem Boden hatte er sein ganzes Leben verbracht, seine Söhne aufgezogen, geliebt, gelitten und jeden einzelnen Tag hart gearbeitet. Und gegen nichts auf der Welt würde er es eintauschen. Silverwood war seine Bestimmung. Und eines Tages würde er alles, was er hatte, seinen Nachkommen hinterlassen, und die Geschichte würde sich wiederholen. Er erreichte den ausgeblichenen Holzzaun und betrachtete prüfend die Rinder.

Der Frühling hatte längst Einzug erhalten, und die Tage wurden länger. Die neun von Kat besamten Kühe standen inzwischen auf der kleinen Weide beim Haus. Und jede einzelne von ihnen war tatsächlich trächtig. »Das werden die besten Kälber, die wir je hatten. Das spüre ich genau«, brummte er dem kleinen Bündel zu, das er im Arm trug. Wach sah Charlie ihn an und kaute auf ihren Fingern. »Ich werde dir alles über Rinderzucht beibringen, was ich weiß. Irgendwann wird das alles hier dir und Ollie gehören.«

Das Baby gluckste fröhlich und griff ungelenk nach seiner Hand. »Die Erste seit drei Generationen«, brummte Harry und lächelte die Augen an, die in dem gleichen Himmelblau strahlten wie die von Ethan und Charlotte.

Harry hörte, wie sich ein Auto näherte, und sah Jims Wagen auf den Hof fahren. Inzwischen verbrachte sein Sohn mehrere Nächte die Woche bei Kat, und manchmal schlief sie hier auf der Farm. »Ich glaube, das läuft ganz gut«, sprach er leise weiter zu seiner Enkelin. »Vielleicht habe ich mich doch geirrt.« Er machte eine Pause und lächelte das Kind an. »Dein Onkel wollte Kat gestern die Leuchtkäfer zeigen«, brummte Harry. »Hoffen wir, dass Jim was aus meiner Geschichte gelernt hat.« Er lachte donnernd und schüttelte den Kopf. »Wenn du älter bist, dann gehe ich mit dir und deinem Bruder die Glühwürmchen anschauen. Nach einem Vierteljahrhundert sollte ich es wohl mal wieder wagen.«

Während er Charlie, die inzwischen vier Monate alt war, beruhigend hin und her wiegte, sah er, wie Jim zur Seitentür ging. Zu Harrys Überraschung schienen sich die beiden gutzutun. Mehrfach hatte er beobachtet, wie Jim zufrieden zu Kat hinübersah, wenn sie ihrer Arbeit mit den Farmtieren nachging. Dass er diese Frau liebte, stand außer Frage. Und auch Harry hatte Kat längst in sein altes Herz geschlossen. Wann immer sie auf Silverwood übernachtete, stahl sie sich für einige Zeit in sein Büro. Gemeinsam rauchten sie Zigarren, tranken den guten Whisky und fachsimpelten über die Zucht. Diese Frau hatte die gleiche Leidenschaft im Blut wie er selbst.

Wenn Kat am vollbesetzten Tisch in der Küche begeistert von ihrer Arbeit erzählte, saß Jim mit verschränkten Armen auf seinem Platz und hörte ihr lächelnd zu. Sie hatte es geschafft, seinen Sohn ein wenig aus seinem Schneckenhaus zu locken. Mit Vorliebe neckte sie ihn, um sich gleich darauf mit liebevollem Blick an ihn zu schmiegen. »Zwei Söhne sind jetzt also versorgt«, brummte Harry seiner Enkelin zu. »Drei haben wir noch vor uns.«

Ende

Danksagung

Eine Buchreihe wie diese beschäftigt viele Menschen über Jahre hinweg. Nicht nur mich als Autorin, für die die Bennetts inzwischen zu einer Art Zweitfamilie geworden sind, sondern auch ein großartiges Team, ohne dessen Unterstützung das alles nicht möglich wäre. Ich danke von Herzen:

Julie Hübner und Tim Rohrer von der Leselupe-Literaturagentur, die regelmäßig neue Ideen von mir auf den Tisch bekommen und mit geübtem Blick die Perlen rauspicken.

Carla Grosch, die *Firefly Creek* und mir den Raum gibt zu wachsen und uns in die Fischer-Familie aufgenommen hat.

Meiner wunderbaren Lektorin Ilona Jaeger, dank der ich nicht nur ständig dazulerne, sondern die auch genau das richtige Händchen für diese Geschichten hat.

Der talentierten Hollyann Grice, die mir beim Texten von Kats Song geholfen hat.

Meinem Mann und meinen Kindern, die sich vermutlich viel zu oft beim Abendessen anhören müssen, was ich mir nun schon wieder ausgedacht habe. Bad News, meine Lieben: Das hört so schnell nicht auf!

Ein besonderer Dank gilt allen Mitarbeiterinnen und Mitarbeitern des Verlags, die auf vielfältige Weise zu dieser Veröffentlichung beigetragen haben.

Und so geht es weiter

Lilian Kaliner

Du in meiner Nähe

Roman

Exklusive Leseprobe

Prolog

27 Jahre zuvor

In das Geräusch der Hammerschläge mischte sich das Kreischen und Gelächter der Kinder. Harry, der dabei war, die neuen Latten an der Scheunenseite zu befestigen, hielt einen Moment lang inne und beobachtete, wie John auf dem Heuspeicher Anlauf nahm, absprang und auf den Heuballen landete, die Harry heute noch unter das Dach schaffen wollte.

Sein Blick wanderte zu Erin, die mit leuchtenden Augen und Stroh im Haar die Leiter hochkletterte und Samuel einen Stoß verpasste, woraufhin dieser glucksend neben seinem Bruder landete. Ein Lächeln zuckte in Harrys Mundwinkeln, als er nach einem weiteren Nagel griff und diesen mit einem gezielten Schlag im Holz versenkte. Aus den Augenwinkeln sah er das Mädchen von der Nachbarfarm abspringen und hörte gleich darauf einen Schrei, der anders als die vorherigen klang. Er ließ den Hammer fallen und stürzte auf das am Boden hockende Kind zu, das sich das Bein hielt. Auf ihrem Knie war eine Schürfwunde zu erkennen, aus der Blut sickerte.

»Geht's?«, fragte er nach, kniete sich neben sie und betrachtete die Verletzung.

»Bin nur von einem Ballen abgerutscht und auf dem Boden aufgekommen«, erklärte Erin nach Luft schnappend. Schmal und blass pressten sich ihre Lippen aufeinander.

Sein ältester Sohn John rutschte ebenfalls an Erin heran und betrachtete die Wunde. »Du brauchst ein Pflaster«, stellte er fest.

Das Mädchen schüttelte energisch den Kopf, und die dunklen, dichten Locken hüpften dabei um ihr Gesicht. »Es geht schon«, murmelte sie und zog geräuschvoll die Nase hoch.

Natürlich wusste Harry von Erins Abneigung gegen Pflaster. Oft genug hatte sich ihre Mutter bei ihm über diese Eigenheit ihrer dickköpfigen Tochter beschwert, die es beeindruckend häufig fertigbrachte, sich die Knie aufzuschürfen.

»Doch, du brauchst eins«, entschied John, sprang auf und rannte zum Haus.

»Ich hole dir ein Glas Wasser«, rief Samuel und folgte seinem Bruder.

Es war zu erkennen, dass Erin Schmerzen hatte, doch sie hielt die Tränen tapfer zurück.

Seufzend hockte Harry sich auf den staubigen Boden. »Was genau hast du eigentlich gegen Pflaster?«, bemühte er sich, sie abzulenken.

»Man braucht sie nicht«, sagte Erin. »Entweder man muss genäht werden, oder man hat nichts.«

Ein dröhnendes Lachen ließ Harrys Brust erbeben. Er legte seine Hand auf ihre schmale Schulter. »Dieser Spruch könnte auch von mir stammen«, brummte er. »Hattest du denn überhaupt schon mal ein Pflaster?«

Wieder schüttelte sie den Kopf, und Heureste rieselten aus ihren Haaren. »Ich hasse diese Dinger«, rief sie und schob die Unterlippe vor.

Die Brüder kehrten keuchend zurück in die geräumige Scheune, und während Samuel Erin das Wasser reichte, kniete John sich vor sie hin. Mit gerunzelten Augenbrauen betrachtete er die Wunde und hob eine kleine Sprühflasche. »Das muss desinfiziert werden.« John lächelte sie an. »Keine Sorge, das brennt nicht«, setzte er hinzu und sprühte die Schürfstelle ein. Harry lehnte sich abwartend gegen die Heuballen und beobachtete, wie John ein Stück von der Pflasterrolle abschnitt. Sorgfältig klebte er es auf das Knie und zupfte Erin dann mehrere Halme aus den Haaren.

»Ihr könnt das Heu nach oben bringen, für heute reicht's mit springen«, brummte Harry seinen Söhnen zu.

Beide schnappten sich je einen Ballen und kletterten damit geschickt die Leiter hoch. In ihren kurzen Leben hatten sie diese Arbeit sicherlich schon Hunderte Male verrichtet.

»Warum lässt du dir ausgerechnet heute ein Pflaster aufkleben?«, fragte Harry leise und beugte sich zu der Neunjährigen herab.

Ein Lächeln zeichnete sich auf ihren Lippen ab. »Weil Johnny es aufgeklebt hat.« Sie kicherte und zwinkerte ihm zu. »Sobald ich zu Hause bin, werde ich es natürlich abreißen.« Harry schmunzelte und half ihr aufzustehen. Ehe er sich's versah, wuchtete das zierliche Mädchen einen Heuballen auf ihren Rücken und schleppte ihn zur Leiter, wo sie ihn John übergab.

Es war, als wären die Kinder durch ein unsichtbares Band verbunden. Sein Sohn liebte das eigensinnige Mädchen über alles, und auch sie schien ihm zu vertrauen wie niemandem sonst. Harry setzte einen Nagel an und schlug zu. Wenn er mit Erins Vater Graham zusammensaß, hatten sie schon mehrfach darüber spekuliert, ob Erin und John irgendwann einmal heiraten und die Farmen beider Familien vereinen würden. Vielleicht sollte es tatsächlich eines Tages so kommen. Heute zumindest glaubte Harry daran.

Kapitel 1

Heute

Erin zog die Vorhänge zur Seite und öffnete das Fenster. Genüsslich sog sie die frische Morgenluft ein und lauschte dem Gezeter der Vögel, die über das Blechdach des Farmhauses hüpften und mit den Krallen ein Geräusch erzeugten, das an prasselnden Regen erinnerte. Seit Monaten hatte es keinen Niederschlag gegeben, und allmählich sehnte sie sich nach einem anständigen Schauer. Das Gras wurde täglich gelber, und jedes noch so kleine Lüftchen trug den Staub des ausgetrockneten Bodens geradewegs ins Haus. Dagegen half nur, Fenster oder Türen tagsüber geschlossen zu halten. Sie nahm eine Arbeitshose und ein Shirt aus dem Schrank und zog sich an. Dann schloss sie Fenster und Vorhänge, um die Hitze, die in spätestens einer Stunde gnadenlos auf die Elderberry Farm hinabbrennen würde, auszusperren und lief die Treppe runter ins Erdgeschoss.

Ihr Vater saß am Küchentisch und blätterte in der Zeitung, während ihre Mutter ihr ein Lächeln zuwarf und die Spiegeleier in die Pfanne schlug. Erin gähnte und verteilte Teller und Besteck auf dem Tisch, dann setzte sie sich ihrem Dad gegenüber. Erin schätzte die ruhigen Minuten beim Frühstück, ehe der Farmalltag begann und kaum eine Verschnaufpause zuließ.

»Die Rinderpreise fallen weiter«, murmelte ihr Vater, faltete die Zeitung zusammen und ließ sie neben sich auf den Tisch fallen.

»Die steigen schon wieder, das Spiel kennen wir doch nur zu gut.« Erin schenkte sich Kaffee ein.

Er nickte und legte die Hände um seine Tasse.

Gerade als ihre Mum sich ebenfalls gesetzt hatte und Erin sich von den Eiern nehmen wollte, war ein Klopfen an der Haustür zu hören. Sie sah auf die Wanduhr.

»Es ist halb sechs, wer taucht denn schon um diese Zeit hier auf?« Ihre Mutter fuhr sich mit den Fingern durch die Haare und überprüfte, ob ihr Morgenmantel ordentlich zugeknöpft war.

»Ich sehe nach.« Erin stand auf und trat in den Flur. Als sie die Tür öffnete, sah sie in ein lachendes kleines Gesicht. »Was machst du denn hier, Ollie?«

Der Junge ließ einen scheinbar randvoll gepackten Rucksack geräuschvoll neben sich fallen. »Ich bin abgehauen, um jetzt bei dir zu wohnen«, verkündete er und strahlte noch breiter.

»Du bist abgehauen?« Erin schielte zu dem Pferd, das der Junge am Balken vor der Scheune angebunden hatte. Der lockere Knoten in den Zügeln löste sich, und das Tier begann vereinzelte Grashalme abzuknabbern. »Und du hast Nero mitgenommen?«

»Grandpa gibt mir auf ihm Reitunterricht. Er ist zwar schon alt und langsam, aber bis hierher hat er es geschafft.« Ollie schnappte sich den Rucksack und schleifte ihn an ihr vorbei in den Flur.

Ihre Eltern tauchten in der Küchentür auf und ihre Mum stürzte sofort auf das Kind zu und beugte sich zu ihm hinunter. »Ollie Bennett, sag nicht, dass du ausgerissen bist!«

»Doch, Ma'am.« Der Bursche streckte den Rücken durch. »Ich wohne jetzt bei Erin, weil sie kein Kind hat. Ich bin schon groß und kann ihr bei der Farmarbeit helfen.« Zum Beweis winkelte Ollie einen Arm an und betrachtete zufrieden seine Muskeln.

»Deine Mum wird sich schrecklich sorgen, wenn sie dich nicht findet«, redete ihre Mutter auf ihn ein.

Ollie schüttelte den Kopf. »Die merkt das gar nicht, weil sie immerzu mit dem Baby beschäftigt ist.«

»So ist das also.« Auf dem Gesicht ihrer Mum erschien ein mitfühlendes Lächeln. »Ich bin mir ganz sicher, dass sie dich sehr vermissen wird. Ich ziehe mich rasch an und dann fahre ich dich zurück nach Silverwood.«

»Nein!« Ollie verschränkte die Arme vor der Brust. »Ich bleibe hier. Mein Grandpa hat mir alles beigebracht, was ein Farmer wissen muss. Erin hat doch keinen Mann, sie kann mich hier brauchen.«

Nur mit Mühe unterdrückte Erin ein Lachen. Ollies trotziger Ausdruck war einfach zu niedlich. Sie trat auf den Jungen zu. »Ich mache das, Mum, frühstückt ihr ruhig zu Ende.«

Ihre Mutter richtete sich auf und strich Ollie über die Haare.

»Er hat recht, noch ein Mann könnte hier wirklich nicht schaden«, brummte ihr Vater. »Aber er sollte etwas älter als fünf Jahre sein.«

Erin warf ihm einen strafenden Blick zu und zog Ollie am Arm ins Wohnzimmer. Der Kleine setzte sich auf das Sofa und platzierte den Rucksack neben sich.

»Wie lange willst du denn hierbleiben?«

»Für immer.« Ollies Ton ließ keinen Raum für Zweifel.

»Und was hast du alles eingepackt?«

Ollie öffnete den Reißverschluss und zog mehrere Schwerter hervor. »Damit ich dich beschützen kann«, sagte er. Es folgten ein paar Spielsachen, dann einige Schokoriegel, eine Ritterfigur, und zuletzt legte er sorgfältig eine Unterhose oben auf den Haufen.

Erin lachte. »Du willst für immer hier wohnen und packst nur eine Unterhose ein?«

»Die kann man umdrehen. So hält sie für zwei Tage. Dann musst du halt waschen.«

»Du hast das gut durchdacht.«

»Ich bin auch schon groß.«

»Trotzdem musst du noch bei deiner Familie leben, Ollie. Du hast es doch auch gut auf Silverwood.«

»Die brauchen mich nicht mehr.« Der Junge zog eine Schnute. »Seit Charlie auf der Welt ist, muss Mum sich immer um sie kümmern, weil sie ständig schreit. Und Dad hat auch viel zu tun. Gestern Abend ist er sogar eingeschlafen, als er mir vorgelesen hat.«

Ganz bestimmt war so ein Baby ziemlich anstrengend, und wie Erin gehört hatte, machte die kleine Charlie gerne die Nächte durch. Kein Wunder, dass Ollies Ziehvater Ethan bei der Gutenachtgeschichte selbst einschlief. »Deine Eltern lieben dich sehr, das weißt du, oder?«, wagte Erin einen erneuten Vorstoß.

Der Junge kniff die Augen zusammen.

»Ich muss sie anrufen, Ollie. Nicht, dass sie ganz Silverwood nach dir absuchen und Angst um dich haben.«

»Sag ihnen, dass ich jetzt bei dir wohne.«

Erin linste auf die Armbanduhr. Sie musste dringend mit der Arbeit beginnen. Die Tage waren auch so schon stets zu kurz. Und sie hatte nicht den blassesten Schimmer, wie man mit Kindern umging. Ollies Auftauchen kam ihr mehr als ungelegen. »Ich gehe jetzt in die Küche und rufe deine Mum an«, sagte sie und stand auf.

»Ich lege meine Sachen schon mal ordentlich hin.« Ollie sah sich im Raum um und sprang dann auf die Couch. »Und hier werde ich schlafen!«

Erin rollte mit den Augen und trat in die Küche.

»Ist er bereit, wieder nach Hause zu gehen?«, fragte ihre Mutter.

Erin griff nach dem Telefon und schnaubte. »Ollie richtet sich gerade häuslich ein. Sollen Liz und Ethan zusehen, wie sie das wieder hinbiegen.«

»Du bist auch mal ausgebüxt«, sagte ihr Dad.

»Ach ja?«

»Ja. Du warst etwa in Ollies Alter und wolltest bei den Bennetts wohnen, weil es da viele Kinder gab.«

Erin nickte. Als Einzelkind hatte sie sich stets Geschwister gewünscht und war manchmal neidisch auf ihre Freunde von der Nachbarfarm gewesen. »Ihr habt mich sicher sofort zurückgeholt«, lachte sie.

»Nein.« Ihr Vater schmunzelte. »Ich habe mit Harry telefoniert und er meinte, wir sollen dich einfach auf Silverwood lassen. Er würde dich mit anpacken lassen, bis du merkst, dass es dir bei uns eigentlich doch ganz gut geht.«

»Am nächsten Tag warst du schon vor dem Frühstück wieder hier.« Ihre Mum lachte, stand auf und holte einen weiteren Teller aus dem Schrank. »Ollie wird hungrig sein«, sagte sie und legte Brot und Eier darauf.

»Wir sollen ihn hierbehalten?« Erin stöhnte theatralisch.

»Er ist immerhin der Sohn deines Freundes.« Über die Schulter sah ihre Mutter zu ihr.

»Das ist ein gemeiner Trick«, murmelte Erin. Samuel war einer ihrer besten Freunde gewesen und leider vor Ollies Geburt gestorben. Und der Bursche glich seinem Vater nicht nur im Aussehen, sondern hatte auch seine freche Art geerbt.

»Du wirst es wohl einen Tag lang schaffen, dich um ein Kind zu kümmern. Bestimmt will er bald nach Hause zurück.«

»Ollie ist ja auch schon groß und stark, du kannst seine Hilfe sicher gebrauchen.« Ihr Dad grummelte und aß weiter.

»Schon gut.« Erin wählte die Nummer von Silverwood. »Ich werde sehen, was seine Mum dazu sagt.« Mit etwas Glück würde Liz Bennett nicht auf diese Schnapsidee eingehen und ihren Erstgeborenen umgehend zurückbeordern.

***

John stapfte durch die Seitentür in die Küche und hängte seinen Hut an den Wandhaken. »Nero ist weg«, brummte er und setzte sich zu Harry an den Tisch.

Sein Vater runzelte die Stirn. »Was soll das heißen?«

»Na, dass er nicht auf der Koppel steht.« John schüttelte den Kopf. »Es ist mir ein Rätsel: Das Gatter ist fest verschlossen, und der alte Bock wird wohl kaum über den Zaun gesprungen sein. Nach dem Frühstück werde ich ihn suchen.«

»Hast du gestern Abend nicht nach den Pferden gesehen?«, fragte Harry.

John zog die Augenbrauen zusammen. »Natürlich habe ich das, so wie immer.«

»Vielleicht will er auf seine alten Tage noch etwas Spaß haben.« Jim ließ die Zeitung sinken und blickte zwischen ihm und Harry hin und her. »Der kommt schon wieder.«

John nickte seinem Bruder zu. »Ich sehe mich zur Sicherheit trotzdem um. Man weiß ja nie.«

»Dir ist auch jede Ausrede recht, damit du ausreiten kannst«, scherzte Jim.

Der Tag konnte in der Tat schlechter beginnen als mit einem Ausritt. Doch es irritierte John wirklich, dass ausgerechnet das Rentnerpferd es irgendwie von der Koppel geschafft hatte.

Auf der Treppe waren Schritte zu hören, und Liz rauschte mit Charlie auf dem Arm in die große Küche. Sie sah sich um. »Habt ihr Ollie gesehen?«

Alle drei schüttelten den Kopf und Liz' Augen verengten sich. »Wo steckt der Lümmel nur?«, murmelte sie. Dann reckte sie den Kopf in den Flur. »Hier ist er auch nicht, hast du ihn gefunden?«

»Hab alle Räume durchgesehen, oben ist keine Spur von ihm«, schallte Ethans Stimme zurück.

»Erst Nero und jetzt Ollie«, brummte Harry. »Irgendwas ist in diesem Haus doch immer los.«

»Was soll das heißen?« Liz starrte ihren Schwiegervater an. »Was ist denn mit Nero?«

»Er ist auch weg«, erklärte John.

Liz' Blick wanderte zu den Hüten, die an der Wand in einer Reihe hingen, und sie schnappte nach Luft. Ehe John es sich versah, hatte sie ihm schon das Baby in die Arme gedrückt. Sofort lief Charlies Gesicht rot an, und John seufzte. Er wusste, was nun folgen würde. Der kleine Körper in seinen Händen erzitterte, und dann schallte lautes Gebrüll durch die Küche. John stand auf und wiegte das Mädchen hin und her, während Liz Ethan nach unten rief.

»Was ist denn los?«, fragte John und machte einen Schritt

auf seine Schwägerin zu, um ihr das krähende Kind zurückzugeben.

Liz scheuchte ihn mit einer Geste davon und zog sich Schuhe an. »Ollies Hut fehlt. Nero, Ollie und der Hut.« Sie stemmte die Hände an die Hüften. »Er ist abgehauen, John.«

»Glaubst du das wirklich?« Jim stand ebenfalls auf und sah sie besorgt an.

»Ich fürchte ja.« Liz schüttelte den Kopf und schluckte. »Er kommt etwas zu kurz, seit das Baby da ist, und meinte vor ein paar Tagen, dass ich ihn gar nicht mehr bräuchte. Natürlich habe ich ihm erklärt, dass Babys furchtbar fordernd sind und ich ihn ganz doll lieb habe. Aber vielleicht hat er es mir nicht geglaubt.« Sie hob die Hände und ließ sie wieder sinken.

»Weit wird er noch nicht gekommen sein, wir suchen ihn«, brummte Harry, rollte die Zunge und ließ einen markerschütternden Pfiff ertönen.

John betrachtete das Baby, das ihn mit aufgerissenen Augen anstarrte, erneut erbebte und noch lauter schrie. Seufzend legte er Charlie an seine Schulter, während Ethan in die Küche trat.

»Hast du ihn gefunden?«

»Er ist wohl ausgerissen«, sagte Liz und reichte ihrem Mann seine Schuhe.

»Mist.« Ethan beugte sich hinunter, um sich die Schnürsenkel zuzubinden.

Alarmiert von Harrys Pfiff, polterten die Zwillinge die Treppe herunter und stürzten in die Küche.

»Ihr hättet längst aufstehen sollen«, ermahnte Harry seine jüngsten Söhne. »Frühstück gibt's später, euer Neffe ist ausgerissen und wir müssen ihn finden.«

»Ollie ist weg?« Quentin fuhr sich durch die verstrubbelten dunklen Locken. »Seid ihr sicher?«

Liz warf ihm einen stechenden Blick zu. »Ich werde wohl noch mitbekommen, wenn mein Sohn fehlt.«

River boxte Quentin in die Seite und schob ihn zur Seitentür. »Wir nehmen die Bikes und sehen uns nördlich von hier um.«

Harry nickte. »Ich fahre mit dem Pick-up zur Landstraße, Jim sieht sich bei der großen Weide um, John im Westen, und Liz und Ethan machen sich wohl am besten mit den Pferden auf den Weg zum Stausee. Ich wette, Ollie ist dort und badet fröhlich, während hier alles Kopf steht.«

»Reiten am frühen Morgen«, stöhnte Ethan, der im Gegensatz zum Rest der Familie kein Händchen für Pferde hatte.

»Und was ist mit ihr?« John hob Charlie hoch und alle starrten auf das plärrende Kind, das in der vergangenen Nacht wieder einmal die ganze Familie um den Schlaf gebracht hatte.

»Sie hat gerade erst getrunken«, sagte Liz und sah zu ihrem Schwiegervater. »Kannst du sie mit der Babyschale im Auto mitnehmen? Mit etwas Glück schläft sie ein.«

»Natürlich.« Harry griff nach seiner Enkelin. Kaum lag das Kind in seinen Armen, verstummte es und blickte aus wachen Augen in das Gesicht seines Großvaters.

»Verdammter Babyflüsterer«, zischte John. Warum nur war Charlie ausgerechnet auf Harrys Arm immer so zufrieden? Von jedem anderen wollte sie sich einfach nicht beruhigen lassen. Und dabei hatte John eine Schwäche für seine Nichte. Wenn sie ausnahmsweise einmal zufrieden war, dann war sie bezaubernd.

Harry grummelte, und John glaubte unter seinem dicken Schnauzbart ein Grinsen zu sehen.

»Also gut, dann geht's jetzt los!«, trieb Liz sie an. Just in dem Moment klingelte das Telefon, und sie griff murrend nach dem Hörer. »Bennett.«

John nahm seinen Hut vom Haken und wollte zum Pferdestall eilen, als Liz ihn zurückrief.

Alle starrten auf die zierliche blonde Frau, die in den Hörer lauschte und immer wieder den Kopf schüttelte.

John lehnte sich an die Wand und verschränkte die Arme.

»Und du meinst, das funktioniert?«, fragte Liz. Sie nickte und schluckte. »In Ordnung. Sag ihm bitte, dass ich ihn ganz arg lieb habe und ihn sofort holen komme, wenn er nach Hause möchte, ja?« Sie lächelte traurig. »Danke dir.« Dann legte sie auf.

Alle Augen waren fragend auf sie gerichtet.

»Ollie ist bei Erin.« Liz schlüpfte aus den Schuhen und warf sie in die Ecke.

»Gott sei Dank ist ihm nichts passiert.« Ethan legte die Arme um sie und zog sie an sich. »Was will er denn dort?«

»Bei ihr einziehen. Anscheinend meint Ollie, dass wir ihn nicht mehr brauchen, und da Erin keinen Mann hat, möchte er diese Rolle nun ausfüllen.«

»Wir sollten Ollie mal erklären, dass eine Frau wie Erin keinen Mann braucht, um zurechtzukommen«, brummte John.

»Zumindest nicht, was die Arbeit angeht«, sagte Jim grinsend.

John sah seinen Bruder an. »Was ist denn heute mit dir los, so viele Witze reißt du sonst im ganzen Jahr nicht.«

»Ich habe wohl gute Laune.« Jim zuckte mit den Schultern.

»Ist ja nicht zum Aushalten, gewöhn dir das bloß wieder ab.«

Ethan küsste Liz auf die Haare. »Das wird schon wieder.«

Liz blickte zu Boden. »Habe ich mich zu wenig um ihn gekümmert?«, fragte sie leise.

»Nein.« John sah Ethan und Liz mit festem Blick an. »Ich macht das beide gut. Ollie muss sich nur noch daran gewöhnen, eine Schwester zu haben. Wir alle sollten mehr auf ihn achten, wenn ihr im Stress seid.« Er hatte das ungute Gefühl, an dieser Situation mitschuld zu sein. Immerhin war er Ollies Taufpate und Onkel. Doch seit Ethan mit Liz zusammengekommen war und Ollies Stiefvater geworden war, hatte John sich etwas zurückgezogen. Er wollte Ethan und Ollie den nötigen Freiraum lassen, um ihr Verhältnis zu festigen, damit die junge Familie zusammenwuchs. Zuvor hatte sich John jahrelang um den Kleinen gekümmert und versucht, ihm den fehlenden Vater zu ersetzen. »Ich war in letzter Zeit zu sehr mit der Farmarbeit beschäftigt«, gab er zu.

»Das waren wir wohl alle.« Harry hielt noch immer Charlie im Arm und zog die Augenbrauen zusammen. »Wenn sich hier einer von uns unwohl fühlt, dann geht uns das alle etwas an.«

Liz zog geräuschvoll die Nase hoch und lächelte. »Erin hat vorgeschlagen, dass sie ihn jetzt erst einmal bei sich behält und ihn kräftig mitarbeiten lässt. Dann will er hoffentlich ganz schnell wieder zu uns.«

»Gute Taktik«, brummte Harry. »So habe ich das damals mit ihr auch gemacht.«

John schmunzelte. Es stimmte, Erin war eines Tages in ihrer Küche aufgetaucht und hatte verkündet, ab nun auf Silverwood leben zu wollen. Er erinnerte sich noch daran, wie sie die Nacht gemeinsam in seinem Zimmer verbracht hatten, auf einem Lager aus Bettdecken und Handtüchern. Trotzdem war es auf dem Boden ziemlich unbequem gewesen. »Ich reite heute Nachmittag nach Elderberry und sehe nach Ollie.«

»Das ist lieb.« Liz wischte sich mit dem Handrücken über die Wange. »Dann frühstücken wir jetzt erst mal und verdauen den Schreck.«

»Ich sollte die Zwillinge anfunken und ihnen Bescheid geben«, sagte Jim.

»Oder wir essen in Ruhe und ohne dass sie uns die Ohren abquatschen.« John zwinkerte seinem Bruder zu.

»Wir lassen sie noch ein Stück fahren, dann kommen sie erst hier an, wenn wir fertig sind.« Zufrieden ließ Jim sich auf seinen Stuhl fallen und begann, seinen Teller zu füllen.

»Ihr seid unmöglich«, knurrte Harry und setzte sich ebenfalls mit Charlie. »Aber dass der Bursche es alleine geschafft hat, mit dem Pferd nach Elderberry zu finden, ist schon eine Leistung.«

»Das ist unser Junge«, sagte Ethan und zog Liz erneut an sich.

»Ein waschechter Bennett«, lachte sie und schmiegte sich an ihn. »Hoffentlich sieht Ollie schnell ein, dass er nach Silverwood gehört.«

***

»Fertig!« Ollie lehnte die Mistgabel an die Wand der Box und deutete stolz auf die randvolle Schubkarre.

»Kannst du sie schon bis zum Misthaufen schieben?«, fragte Erin und verteilte frisches Stroh auf dem Boden.

»Natürlich kann ich das.« Ollie machte ein ernstes Gesicht, legte seine Hände an die Griffe und bugsierte das Gefährt in den Gang der Scheune.

Als er außer Sichtweite war, blickte Erin auf die Uhr. Es war bereits Nachmittag und bisher schien der Bursche nicht daran zu denken, den Heimweg anzutreten. Sie musste sich dringend etwas einfallen lassen. Den ganzen Tag schon folgte Ollie ihr auf Schritt und Tritt und redete dabei ununterbrochen: von Rittern, davon, was er einmal werden wollte – nämlich Rinderzüchter auf Elderberry –, und dass sie nach der Arbeit endlich mit seinen Schwertern kämpfen würden. Seufzend warf sie eine weitere Ladung in die nächste Pferdebox. Plötzlich war ein Schrei zu hören, und Erin stürzte aus der Scheune.

»Ist mir umgekippt«, sagte Ollie kleinlaut.

»Das sehe ich.« Erin schüttelte den Kopf und trat auf ihn zu. Inmitten der Pferdeäpfel hockte er auf dem staubigen Boden und grinste sie an. »Jetzt musst du mich baden.«

»Auch das noch«, murmelte sie und stellte die Schubkarre wieder hin.

Ollie sprang auf und sammelte die Äpfel mit den Händen ein.

»Aber doch nicht so! Lauf und hol die Schaufel.«

»Bin eh schon schmutzig.« Lachend griff er nach einem weiteren und warf ihn in die Schubkarre.

»Wo er recht hat«, brummte es hinter ihr.

Erin fuhr herum. »Wird ja Zeit, dass sich einer von euch hier blicken lässt!«

»Hattest du nicht angeboten, auf ihn aufzupassen?«, antwortete John amüsiert.

Erin ging ein paar Schritte von dem Jungen weg und John folgte ihr. »Ich dachte, wenn ich ihn so richtig rannehme, dann will er noch vor dem Mittagessen nach Hause«, flüsterte sie.

»Du wolltest ihn müde machen.« John nickte. »Mein Neffe ist nicht kleinzukriegen, das hätte ich dir gleich sagen können.«

Erin schnaufte. »Hast du aber nicht.«

»Dafür siehst du allerdings ziemlich geschafft aus.« Grinsend sah er sie an.

»Der Junge macht mich fertig«, klagte sie. »Plappert unablässig und schwänzelt um mich herum.« Sie machte eine Pause. »Er ist ja wirklich süß, aber du glaubst nicht, wie froh ich bin, dass du hier bist und ihn wieder mitnimmst.«

John zog die Augenbrauen hoch. »Will er denn mitkommen?«

»Das hoffe ich doch!« Sie drehte sich um und betrachtete das Kind, das weiterhin Pferdeäpfel in die Schubkarre schleuderte. Mehr als die Hälfte ging daneben und kullerte über den Boden. »Zeit, deinen Rucksack zu packen, Ollie!«, rief sie ihm zu.

Ollie sah erst zu ihr, dann zu John. »Ich bleibe hier«, sagte er im Brustton der Überzeugung und wandte sich wieder dem Mist zu.

»Mach was!« Sie versetzte John einen Stoß in die Seite.

Dieser schmunzelte und verschränkte die Arme. »Und was bekomme ich dafür?«

Das war doch nicht zum Aushalten! Natürlich fand ihr bester Freund es mehr als unterhaltsam, sie zappeln zu lassen. »Ich muss morgen früh nach Dunham zur Bank. Daher habe ich heute echt viel zu tun, weil dafür der ganze Vormittag draufgehen wird.« Sie schielte zu ihm hinauf. »Bitte«, murmelte sie.

»Du willst zur Bank?« John musterte sie. »Ist alles in Ordnung?«

»Natürlich. Also bis auf die Tatsache, dass dein Neffe von mir erwartet, ihn zu baden.«

John lachte schallend und schlug ihr auf die Schulter. »Du hast echt keine Ahnung von Kindern.«

»Du doch auch nicht«, gab sie bissig zurück.

»Ich habe jahrelange Erfahrung. Sieh zu und lerne.« John zog den Hut ab und ging zu Ollie hinüber.

Der Kleine sah zu seinem Onkel auf und drehte sich dann demonstrativ weg.

»Kommst du jetzt mit?«, fragte John.

»Du siehst doch, dass ich Erin helfen muss«, sagte Ollie und klaubte den letzten Pferdemist auf.

Erin grinste John an.

»Dann eben nicht.« John setzte sich den Hut wieder auf. »Bleibt mehr von dem Brathähnchen für uns andere.« Er stapfte zum Balken vor der Scheune, an den sein Hengst angebunden war.

Ollie fuhr herum. »Mum hat Brathähnchen gemacht?«

John löste die Zügel. »Zwei sogar.«

Erin beobachtete, wie Ollie zögerte. Dann sah er sie an. »Was gibt es heute bei euch zu essen, Erin?«

»Spinat«, log sie eilig.

Der Junge verzog das Gesicht und wischte sich die Hände an der Hose ab. Dann kam er auf sie zu. »Es tut mir sehr leid, ich muss nun leider ganz schnell nach Hause.«

»Jetzt schon?« Sie schüttelte den Kopf. »Wenn es wirklich sein muss, dann hol geschwind deine Sachen.«

Ollie machte auf dem Absatz kehrt und stürmte zum Haus.

Lachend stellte sie sich neben John. »Danke.«

»Hab den Burschen schon vermisst«, gab er zu. »Ist Nero im Stall?«

Erin nickte. »Du solltest Ollie dringend zeigen, wie man die Trense richtig aufsetzt. Als er hier ankam, waren die Schnallen nicht richtig zu. Falls er sich nochmal entschließt zu mir zu ziehen, sollte er heil ankommen.«

»Werde ich tun.« Johns Mundwinkel zuckten. »Noch ein Bennett, der sein Herz an dich verloren hat.«

»Einer von der Sorte reicht mir«, sagte sie grinsend. Seit sie denken konnte, ging John hier ein und aus. Als Kind war er beinahe täglich hergekommen, andernfalls war sie nach Silverwood hinübergeritten. Doch inzwischen mussten sich beide um die Farmen kümmern und sahen sich seltener. Trotzdem war John noch immer ihr engster Vertrauter, auch wenn er nicht gerade der Redseligste und berüchtigt für sein aufbrausendes Temperament war.

»Dann hole ich jetzt Nero.« John stapfte davon und drehte sich noch einmal um. »Und lass dich mal wieder blicken.«

»Werde sehen, ob ich es einrichten kann.« Sie grinste ihm zu und griff nach der Schubkarre. Auf dem Weg zum Misthaufen flitzte Ollie an ihr vorbei und winkte. Dann wurde er von John auf Nero gehoben, und die beiden ritten davon. Schmunzelnd kippte sie die Pferdeäpfel aus. Eigentlich war ein wenig Unterhaltung während der Arbeit gar nicht so schlecht gewesen, manchmal konnte es auf Elderberry etwas zu ruhig sein. Ganz im Gegensatz zu Silverwood.

Lilian Kaliner
Du in meiner Nähe
Firefly Creek Band 3

Hedderichstr. 114, D-60596 Frankfurt am Main
ISBN 978-3-596-70553-5
erscheint am 31. 08. 2022

Leseprobe aus

Isabell May

Wir zwei in diesem Augenblick

Roman

Prolog

Das Leuchten in deinem Blick stirbt. Verzweifelt suche ich danach und schaue gegen eine stumpfe, dunkelbraune Wand.

Die Liebe, die wir hatten? Verloren. Sie ist uns zwischen den Fingern zerronnen wie Wasser, sie zerrinnt jetzt gerade vor unseren Augen, und ganz gleich, wie sehr ich es auch versuche, ich kann sie nicht festhalten.

Das, was ich für stabil und beständig wie Beton gehalten habe, ist unter der Wucht der Wahrheit zersplittert. Es war doch kein Beton, nur filigranes Porzellan. Manche Dinge bleiben besser unausgesprochen, manche Geheimnisse besser unangetastet, aber wie hätten wir ahnen können, was unsere scheinbar harmlosen Worte ausrichten würden. Woher hätten wir es auch wissen sollen?

Und jetzt sitzen wir Seite an Seite, wie wir es so oft getan haben, doch da, wo wir uns früher nah gefühlt haben, klafft nun ein Abgrund, den keiner von uns aufreißen wollte, der sich aber nicht mehr verschließen lässt. Unter unseren Füßen rauscht die Regnitz dahin. Ich schaue nicht aufs Wasser, ich schaue dich an und suche nach dem Mann, in den ich mich vor vier Monaten und drei Tagen verliebt habe, so wie ich mich noch nie verliebt

habe. Aber ich kann diesen Mann nicht finden und so bist

du jetzt jemand, den ich mal kannte. Und das ist weder deine Schuld, noch meine.

Da ist keine Wärme in deinem Blick und kein Lächeln um deine Mundwinkel. Ich blicke in ein Gesicht so kalt und reglos wie Stein. Keine Tränen. Während ich kaum atmen kann, weil ich mich so sehr bemühe, nicht hemmungslos loszuheulen, mir die Tränen lautlos über mein Gesicht laufen und ich gleichzeitig das Gefühl habe, in tausend Teile zu zerspringen, sitzt du unbewegt neben mir.

»Anna«, sagst du, und dann gar nichts mehr, weil es zwischen uns nichts mehr zu bereden gibt. Ich glaube, du weißt selbst nicht, was du sagen wolltest. Was es auch war, es wird nichts mehr ändern.

Unsere Hände liegen nebeneinander auf dem Asphalt. Es wäre so einfach, die Distanz zu überbrücken und dich zu berühren, und doch ist es unmöglich. Wir sind gescheitert, unsere Liebe ist gescheitert, und plötzlich halte ich es nicht mehr aus, so schweigend neben dir zu sitzen. Mein Körper fühlt sich fremd an, als ich aufstehe und mir den Schmutz von den Jeans klopfe.

Vergiss mich. Vergiss unsere Zeit. Vergiss unsere Küsse und meine Hand in deiner und deine Stirn an meiner. Vergiss unseren Spaß und unsere ernsten Momente.

Vielleicht bist du gerade schon dabei, all das zu vergessen. Vielleicht ist deswegen diese grenzenlose Leere in deinem Blick und diese Kälte in deinem Gesicht.

Ich gehe, lasse dich und all unsere gemeinsamen Träume zurück. Mit jedem Schritt wird der Asphalt unter meinen Füßen dünner. Die Welt löst sich auf.

Ich falle.

Anna

Sie setzt ihr Partygesicht auf und kontrolliert es sorgfältig im kleinen Klappspiegel, den sie mit einem gezielten Griff aus ihrer Handtasche geangelt hat.

Sie zieht die Mundwinkel hoch, damit niemand sie auffordert, doch mal etwas freundlicher zu gucken.

Zieht die Stirn glatt, um diese nervigen Fragen zu vermeiden, worüber sie denn jetzt schon wieder nachgrüble.

»Keine Sorge, du bist schön genug, Prinzessin. Die Männer werden bei deinem Anblick anfangen zu sabbern.«

Vor Schreck klappt sie den Spiegel zu und hätte sich beinahe die Nasenspitze eingeklemmt. Fee ist so plötzlich neben ihr aufgetaucht, als hätte sie sich hierher teleportiert – eine Erscheinung mit aquamarinblauen Locken, blumigem Parfum, Doc Martens und Jeanslatzrock.

Dumpfe Musik wummert durch die Tür. Annas Grimasse lässt keinen Zweifel daran, wie begeistert sie ist, auf diese Party zu gehen. »Ich habe keine Zeit für Männer.« Als sie Fee umarmt, kitzeln deren Haare ihre Wange. »Schon gar nicht für solche, die beim Anblick eines weiblichen Wesens sofort die Kontrolle über ihren Speichelfluss verlieren. Und außerdem …«

»Außerdem hast du keine Zeit für Partys. Ich weiß, ich weiß.« Ungeduldig verdreht Fee die Augen. »Aber wenn ich dich nicht hin und wieder zwinge, die Wohnung zu verlassen, setzt du Schimmel an.«

»Aber …«

»Ich weiß. Du verlässt die Wohnung. Ständig. Andauernd. Aber nur, um zu arbeiten oder zur Uni zu fahren. Ich rede hier von Spaß-Angelegenheiten.«

»Wenn du nicht so entsetzlich recht hättest, würde ich dir das übelnehmen«, mault sie. »Und wenn du nicht meine beste Freundin wärst, würde ich dich ein bisschen hassen.«

»Das weiß ich auch«, flötet Fee fröhlich, hakt sich bei ihr unter und zieht sie durch die Tür.

Der Geruch von feiernden Menschen schlägt ihr entgegen: Schweiß und billiges Aftershave, Bier und fragwürdiger Nacho-Schichtsalat, den jedes Mal irgendjemand mitbringt. Die Party verschluckt sie wie ein hungriges Tier, und einen Moment lang erlaubt sie sich, ihren Kopf auszuschalten und sich einfach treibenzulassen.

Juna, die ihr in der Montagsvorlesung immer einen Platz freihält, drückt ihr eine Flasche Radler in die Hand. Anna nickt ihr dankend zu und wippt im Takt zu irgendeinem Song, den außer ihr bestimmt jeder kennt. Das Radler ist eiskalt und erfrischend, sie trinkt einen großen Schluck, dann noch einen. Wenn Fee sie schon überredet hat, auf die Party zu gehen, kann sie auch versuchen, sie zu genießen.

Aus der Küche, in der Bier-Pong gespielt wird, dringt lautes Gelächter, und irgendein Idiot übergibt sich in die Spüle. Auf der Couch spielt jemand mit einer Gitarre gegen die Playlist aus dem Lautsprecher an. In einer Ecke knutscht Fee hemmungslos mit ihrer neuen Freundin Silke.

Anna weiß nicht einmal, in wessen WG sie gerade sind. Irgendwelche Freunde von Fee, die sie im Archäologie-Studium kennengelernt hat. Oder in einer Bar. Oder wo auch immer Fee die unzähligen Leute aufgabelt, die nach einer durchzechten Nacht allesamt zu ihren engsten Freunden zählen und die begeistert Anekdoten von ihren gemeinsamen Abenteuern zum Besten geben, wenn man sie auf Fee anspricht.

Und kurz, nur ganz kurz, fühlt Anna sich leicht. So leicht, als hätte sie eine ganze Heliumflasche inhaliert und könnte jeden Augenblick abheben wie ein Luftballon.

Möglicherweise so, wie sich Fee fühlt. Ihre beste Freundin, die all das ist, was sie in manchen Momenten insgeheim gernewäre: Mutig. Spontan. Unbeschwert, so als wäre das Leben ein glitzernder, pastellfarbener Ponyhof.

Sie setzt sich zu den Leuten auf dem Sofa, hört dem Gitarrenspieler zu und summt den Refrain mit, ohne den Text zu kennen – ganz leise, dass niemand sie hört, nicht einmal der Typ neben ihr auf der Couch, der immer näher rutscht, bis er beinahe auf ihrem Schoß sitzt.

Aber der Moment ist vergänglich, er löst sich einfach auf und zerrinnt ihr zwischen den Fingern. Sie schaut auf ihre Armbanduhr und eine kribbelnde Unruhe breitet sich in ihr aus.

»Hey, Anna, schau nicht so ernst. Lächle doch mal ein bisschen, das hier ist kein Begräbnis«, ruft ihr Annabelle gutmütig zu, während ihr Freund an ihrem Hals knabbert.

Sie kennt Annabelle, weil sie neben ihrem Germanistikstudium in der Unibibliothek jobbt. An seinen Namen erinnert sich Anna nicht, aber sie ist sich ziemlich sicher, dass er ihr auch schon mal auf dem Campus über den Weg gelaufen ist. Bamberg ist keine große Stadt – gefühlt ist sie jedem, der ungefähr in ihrem Alter ist, schon mal über den

Weg gelaufen: In der Mensa, der Bibliothek, einer Studentenkneipe oder eben auf einer der

Partys, auf die Fee sie schleppt, damit sie ›keinen Schimmel ansetzt‹. Die meisten Leute hier kommen ihr bekannt vor, ohne dass sie sagen könnte woher, geschweige denn, wie sie heißen. Ganz anders als Fee, die bestimmt zu jedem in dieser Wohnung einen ganzen Steckbrief parat hat.

Anna ringt sich gehorsam ein Lächeln ab und versucht mit einem verstohlenen Blick in den Spiegel, den sie in der Tasche aufklappt, ihr Partygesicht zurechtzurücken.

Es ist zu früh, um die Party guten Gewissens zu verlassen, und zu spät, um guten Gewissens zu bleiben. Sie versucht, dem Gitarrenspieler weiter zuzuhören, aber jetzt gelingt es ihr nicht mehr, sich darauf zu konzentrieren. Noch einmal schaut sie auf die Uhr, dann zur Tür und überlegt gerade, ob sie unauffällig abhauen kann, ohne dass Fee sie aufhält.

Fee erwischt sie, als sie sich gerade durch die Menge auf die Tür zuschiebt – als hätte sie einen eingebauten Sensor, der es ihr erlaubt, Annas Gedanken zu lesen. Natürlich. Fee kennt sie einfach zu gut. Energisch steuert sie auf Anna zu.

»Was machst du da, Fräulein?«

Anna zieht eine Grimasse. »Es ist schon spät.«

»Nicht mal Mitternacht. Die meisten Leute kommen jetzt erst her.«

»Die meisten Leute müssen auch nicht morgen früh bei ihrem Papa in der Firma sein und arbeiten. Die sitzen erst am späten Vormittag in irgendwelchen Vorlesungen.«

»Was du vielleicht auch tun solltest. Du könntest dir freinehmen.« Fee zuckt mit den schmalen Schultern.

Ebenso gut hätte sie Anna vorschlagen können, sich in

einer von Mäusen gezogenen Kürbiskutsche nach Hause fahren zu lassen.

»Fee. Er braucht mich.«

»Ich weiß.« Für einen Augenblick wird auch Fee ernst.

Sie weiß tatsächlich, wie es ist.

Anna weiß, wie Fee darüber denkt.

Und beide wissen sie, dass eine Diskussion darüber die reinste Zeitverschwendung wäre.

»Na schön«, seufzt Fee. Ihr Blick fixiert einen Punkt hinter Anna, und schon grinst sie wieder. Das Blau ihrer Augen leuchtet mit dem ihrer Haare um die Wette. »Aber zuerst muss ich dir unbedingt jemanden vorstellen.« Fee deutet mit dem Kinn hinter Anna. »Anna, das ist Max.«

Anna dreht sich um – und ist blind. Gleißend helles Licht sticht ihr in die Augen, begleitet von einem Klicken und einem sonoren, warmen Lachen.

»Sorry, dummer Anfängerfehler. Das mit dem Blitz war kein Absicht.« Eine tiefe, angenehme Stimme. Jemand, der sich im Gegensatz zu ihr nicht darum bemüht, leise und dezent zu sein.

Stöhnend reibt sie sich über die Augenlider, hinter denen flirrende Punkte tanzen, und blinzelt dann in das Gesicht, das hinter dem blendenden Licht erscheint. Ausdrucksstark ist es – das ist das Erste, was ihr dazu einfällt. Geschwungene Lippen, die sich in den Winkeln kräuseln. Ausgeprägte Wangenknochen, ein Grübchen im Kinn. Die Art, wie die braunen Haare in die Stirn fallen, lässt ihn wie einen Sänger von diesen Britpop-Bands wirken, die sie mal rauf und runter gehört hat.

Augen, so warm wie dunkler Honig, die es ihr schwermachen, den Blick abzuwenden.

Und in diesen Augen blitzt es amüsiert, was sie mehr nervt, als sie sich selbst eingestehen will. Verstimmt mustert sie die Kamera, die er immer noch auf sie gerichtet hält.

»Anna, Max ist vor Kurzem nach Bamberg gezogen und arbeitet in einer Medienagentur. Max, Anna ist meine Mitbewohnerin und studiert BWL«, spult Fee pflichtbewusst das Vorstellungsprogramm ab. Und schon ist sie weg, flattert hinüber zu Silke, um sie vor dem Schichtsalat zu warnen, weil die gerade drauf und dran ist, sich eine Portion davon zu nehmen.

»So. Max, der in einer Medienagentur arbeitet. Freut mich.« Annas Lächeln fällt dünn aus. Sie weiß genau, was Fee im Schilde führt, und das gefällt ihr überhaupt nicht. Es ist nicht das erste Mal, dass Fee der Meinung ist, sie hätte den perfekten Typen für Anna entdeckt und müsste ihrem Liebesglück auf die Sprünge helfen.

»Mich auch, BWL-Anna.« Sein Grinsen offenbart eine schmale Lücke zwischen den Schneidezähnen. Nur zu gerne würde sie sich einreden, das die ihn unattraktiv macht, aber die Wahrheit ist, sie lässt ihn nur noch charmanter aussehen. »Erzähl bloß niemandem, dass ich dir aus nächster Nähe ins Gesicht geblitzt habe. Wenn meine Kollegen das erfahren, kann ich den Job gleich an den Nagel hängen.«

»Dein Geheimnis ist bei mir sicher. Unter einer Bedingung.«

Fragend zieht er die Augenbrauen hoch, in seinen Augen funkelt es vergnügt. »So? Dein Schweigen ist käuflich?«

Es ist schwer, sich nicht einfach von seinem Grinsen anstecken zu lassen, das etwas so unfassbar Gewinnendes hat. Aber sie hat bereits beschlossen, ihn nicht zu mögen. Nicht nur, weil es unhöflich ist, Fremden eine Kamera ins Gesicht zu halten, sondern auch, weil Fee so selbstverständlich davon ausgeht, dass sie ihn zu mögen hat. Manchmal regt sich sogar in ihr so etwas wie Trotz. Das einzige, was sie an ihm mag, ist sein verwaschenes

Shirt, auf dem das Jurassic-Park-Logo prangt. Zumindest sagt sie sich das, während sie die Arme vor der Brust verschränkt und das Kinn vorreckt.

»Lösch das Foto.«

Um seine Mundwinkel zuckt es. »Sicher? So ein Foto kann eine schöne Erinnerung sein. Und ich bin ziemlich sicher, dass es hübsch geworden ist.« Er klappt ein kleines Display an der Kamera auf und schaut darauf.

Empört schnaubt sie und versucht sich die Spiegelreflexkamera zu schnappen, aber er hält sie über seinen Kopf und damit aus ihrer Reichweite. Ihr Gesicht glüht und sie spürt, dass ihr das Blut in die Wangen schießt. Statt hochzuspringen und sich zum Affen zu machen, weicht sie einen Schritt zurück.

»Lösch es«, wiederholt sie leise.

»Na schön, na schön.« Er macht eine beschwichtigende Geste mit seiner freien Hand. »Aber verschone mich mit diesem Todesblick.«

Das Foto, das er ihr auf dem Display zeigt, ist tatsächlich nicht so schlimm, wie sie erwartet hat. Ein bisschen zu hell, ja, und sie reißt die Augen auf wie ein verschrecktes Reh im Scheinwerferlicht, aber dennoch scheint Max ein Händchen fürs Fotografieren zu haben. Trotzdem besteht sie darauf, dass er das Bild vor ihren Augen löscht.

Interessiert mustert er sie. »Zufrieden? Wie wäre es mit einem Bier als Friedensangebot? Ich könnte heute nicht ruhig schlafen, wenn ich wüsste, dass ich BWL-Annas Zorn nicht besänftigt hätte.«

Sie muss an ihren Vater und die Firma denken, ihre Pflichten im Blick behalten. Und ihr Entschluss, diesen Max nicht zu mögen, steht felsenfest.

›Nein‹, will sie sagen. Es gibt überhaupt keinen Grund, noch länger zu bleiben. Sie hat Wichtigeres zu tun. »Na schön, wenn es deine Nachtruhe sichert«, hört sie sich sagen und weiß selbst nicht, warum sie sich darauf einlässt.

Isabell May
Wir zwei in diesem Augenblick

Hedderichstr.114, D-60596 Frankfurt am Main
ISBN 978-3-596-70665-5
erscheint am 15.12.2021